Gilbert Morris

Die gefangene Braut

Das Haus Winslow – Band 2

FRANCKE
Verlag der Francke-Buchhandlung GmbH

CIP-Titelaufnahme der Deutschen Bibliothek:

Morris, Gilbert:

Das Haus Winslow / Gilbert Morris. [Dt. von Litera ; Köppl]. –
Marburg an der Lahn : Francke
Bd. 2. Die gefangene Braut. – 1991
(Edition C : E, [Die goldene Reihe] ; Nr. 81
ISBN 3-88224-861-0
NE: Edition C / E

Originaltitel: The Captive Bride

Published by Bethany House Publishers, Minneapolis, USA

Deutsch von Litera/Köppl
Umschlaggestaltung: Reproservice Jung, Wetzlar
Umschlagillustration: Dan Thornberg
Satz: Druckerei Schröder, 3552 Wetter/Hessen
Druck: St.-Johannis-Druckerei, Lahr

Edition C, Nr. E 81

Inhaltsverzeichnis

Teil eins

BEDFORD
1660

KAPITEL EINS

Macht im Blut

„Schau, Catherine, da ist er – Matthew Winslow!" Die Sprecherin, eine untersetzte junge Frau mit scharfgeschnittenen Gesichtszügen, packte ihre Gefährtin am Arm. Die beiden waren eben von dem engen Fußpfad abgebogen, der parallel zur geschwungenen Küstenlinie auf die Hauptstraße zulief, die zur Siedlung emporführte.

Ihre Begleiterin, ein zwanzigjähriges Mädchen von hochgewachsener, biegsamer Gestalt, richtete den neugierigen Blick ihrer dunklen Augen auf den Reiter, der sich von der anderen Straße her näherte. Sie trug ein einfaches blaues Kleid, das mit einem weißen Kragen ausgeputzt war, doch sein einfacher Schnitt verbarg ihre zierliche Figur nicht. In ihrem geraden Blick lag ein Ausdruck von Kühnheit, der den meisten jungen Frauen von Plymouth fehlte.

„Also das ist der junge Dandy, der deine Träume durcheinanderbringt, Martha?"

„Catherine! Wenn du jemals auch nur ein Wort –!"

„Oh, mach dir keine Sorgen", lachte das Mädchen. „Dein Geheimnis ist bei mir sicher geborgen." Sie nahm den Reiter näher in Augenschein und klopfte sich langsam mit dem Finger auf ihr Kinn. Nachdenklich murmelte sie: „Das ist also der berühmte Matthew Winslow, der die Herzen der Hälfte aller jungen Frauen in Plymouth gebrochen hat!"

Martha kicherte. „Der Hälfte? Catherine, ich glaube, in ganz Plymouth gibt es auch nicht ein Mädchen, das ihn sich nicht angeln möchte!"

Das größere Mädchen schüttelte ungeduldig den Kopf und preßte die Lippen zusammen. „Und sein Kopf ist wahrscheinlich so groß wie von dem Pferd da, auf dem er reitet, möcht' ich meinen. Martha, in diesem kleinen Nest mag er die Antwort auf die Gebete der Mädchen sein, aber in Boston–"

„Psst! Da kommt er!" Martha zupfte an Catherines Arm und flüsterte dann mit erstauntem Kopfschütteln: „Ich wußte, daß er kommen würde! Es grenzt an Hexerei, wie er eine hübsche Frau ausfindig macht, Catherine – du könntest ihn blenden, und er wüßte es trotzdem!"

Die beiden Frauen hatten die staubige Straße erreicht, die zum Fort hinaufführte, als der Gegenstand ihrer Unterhaltung aus der entgegengesetzten Richtung auftauchte. Er blickte auf, sah die beiden Mädchen und trieb sein Pferd mit einem Sporendruck an. Er zügelte den glänzenden Rapphengst und sprang mit einer so leichten Bewegung herab, daß man den Eindruck gewann, er fliege zu Boden. Das Pferd versuchte den Kopf hochzuwerfen, wurde jedoch mit eisernem Griff festgehalten. Der gutaussehende Reiter zog schwungvoll den Hut vom Kopf und verbeugte sich mit einer höfischen Geste.

„Ich wünsche Euch einen schönen Tag, Miss Martha."

Seine Worte waren an die kleinere der beiden Frauen gerichtet, doch Catherine wußte, daß seine Aufmerksamkeit ihr galt. Das irritierte sie, denn sie fühlte sich wie eine Jagdbeute – er der Jäger und sie die Trophäe, hinter der er her war. Als sie Marthas Worte vernahm: „Das ist meine Kusine, Catherine Brent, aus Boston", blickte sie Matthew Winslow gerade ins Gesicht.

Ihre Augen wanderten prüfend über den jungen Mann hin, der vor ihr stand – groß, mehr als sechs Fuß, mit einem Schopf von üppigem kastanienbraunem Haar. Sein dreieckiges Gesicht wies einen Bronzeton auf, und sein breiter Mund zog sich in den Winkeln nach oben, als er sie ungeniert betrachtete. Seine Ohren waren ein bißchen klein, die Nase gerade. Der muskulöse Nacken und die breiten Hände verrieten außergewöhnliche Kraft. Er trug einen roten Samtrock und Reithosen, eine gelbe Weste mit rubinroten Knöpfen und Schuhe mit goldenen Spangen. Auf dem braunen Hut, den er unter den Arm geklemmt hatte, wogte eine große gelbe Feder, und trotz der sommerlichen Hitze hatte er einen Mantel von dunklem Braun an.

Was für ein Dandy – ein Stutzer! dachte Catherine zuerst, doch als ihre Blicke sich trafen, war sie nicht auf der Hut. Noch nie hatte sie derart blaue Augen gesehen – blau wie der Himmel über ihr, blau wie die Kornblumen, die den Straßenrand säumten. Die Macht aber, die in diesen Augen lag, gaben ihr das Gefühl, als habe er sie körperlich berührt!

„Ich hoffe, Miss Brent, daß Euer Aufenthalt von recht langer Dauer sein wird", sagte er mit einer tiefen, etwas heiseren Stimme.

Wider Willen streckte sie ihm die Hand entgegen, als er auf sie zutrat und ihre Hand an die Lippen führte. Plötzlich haßte sie sich wegen der Erregung, die sie ergriffen hatte. Fast unhöflich zog sie ihre Hand zurück mit der hochfahrenden Bemerkung: „Ich fürchte, es gibt an diesem Ort wenig, was meine Aufmerksamkeit fesseln könnte, Mr. Winslow." Das sollte ihn auf seinen Platz verweisen, dachte sie mit einer gewissen Genugtuung.

Er war jedoch keineswegs niedergeschmettert, ganz im Gegenteil lächelte er sie an. „Plymouth ist ein kleiner Flecken, wie Ihr sagt." Sie spürte die Macht der Augen, die ihr zulachten. „Aber wenn Ihr mir gestattet, bei Euch – und Miss Martha natürlich – vorbeizukommen, würde ich Euch gerne eine Seite von Plymouth zeigen, die Euch bisher entgangen ist."

Catherine öffnete den Mund und wollte sagen: „In dieser Stadt gibt es nichts, was mich auch nur im geringsten interessiert."

Stattdessen brachte sie heraus: „Das wäre sehr nett, Mr. Winslow."

Sie haßte sich selbst wegen dieser Antwort und wollte sie eigentlich zurücknehmen, doch Martha ergriff das Wort: „Ihr könnt heute abend kommen, wenn Ihr möchtet, Mr. Winslow."

Er faßte sein Pferd am Zügel und schwang sich in den Sattel. „Nichts würde mir mehr Spaß machen, aber mein Onkel kommt aus England zurück. Ich sehe sein Schiff da im Hafen" – er deutete auf einen Dreimast-Schoner, der in der Bucht vor Anker lag – „und meine Eltern erwarten, daß ich heute abend bei der Begrüßungsfeier zu Hause bin." Er schwenkte sein Pferd herum, und über sein Gesicht huschte ein rasches Lächeln, als er den beiden Mädchen zurief: „Aber morgen besuche ich Euch!"

„Eingebildeter Geck!" sagte Catherine zornig. Irgendwie hatte sie das Gefühl, als habe er sie zum besten gehalten. Sie war gespannt auf morgen. Da würde sie ihn in seine Schranken weisen!

Martha warf einen lächelnden Blick auf ihre Freundin und meinte: „Ich weiß, wie das ist, Catherine. Du meinst, er sei zu stolz, und möchtest ihn gerne demütigen, nicht wahr?"

„Nun-!"

„Glaubst du denn, das hätten andere noch nicht versucht?" Martha blickte den Hang hinauf dem immer kleiner werdenden Rappen nach und schüttelte mit einem schwachen, ein wenig verzweifelten Lächeln den Kopf. „Ist er nicht der hübscheste Bursche, der dir je vor Augen gekommen ist – egal, ob er stolz ist oder nicht?"

„Nun ...", sagte Catherine widerwillig, „ich muß zugeben, daß ich noch nie so einen gutaussehenden Geistlichen gesehen habe."

„Oh, er wird niemals Geistlicher werden! Das ist die Vorstellung seiner Eltern, nicht seine eigene", meinte Martha achselzuckend. „Er ist ihr einziger Sohn – der letzte des Namens Winslow. Sein Vater, Reverend Gilbert Winslow, kam mit der „Mayflower" herüber und seine Mutter auch. Du weißt ja, daß das schwierig sein kann, Catherine. Der Sohn eines Geistlichen zu sein, bedeutet noch lange nicht, die Berufung des Herrn zu haben."

Catherine faßte sich nachdenklich ans Kinn und bemerkte mit glänzenden Augen: „Ich bin gespannt auf Mr. Winslows Besuch morgen." Sie lachte plötzlich auf und fügte hinzu: „Diese blauen Augen – in denen steckt ein bißchen mehr vom Teufel, als für einen Pfarrer gut ist."

Edward Winslow entdeckte Gilbert und Humility ganz vorne in der Menge und hob die Hand, um ihren Gruß zu erwidern. Auf der langen Reise von England waren seine Gelenke steif geworden, und bei der eintönigen Ernährung war er ein wenig vom Fleisch gefallen, doch als er aus dem kleinen Boot der „Fortune" ans Ufer stieg, bot er immer noch eine stattliche Erscheinung. Nach wenigen Schritten begann er zu schwanken, und die Erde unter seinen Füßen schien sich hin und her zu bewegen. Gilbert eilte nach vorn und faßte ihn fest am Arm.

„Vorsicht, Bruder Edward!" warnte der Jüngere grinsend. „Wenn du so stolperst, denkt unser scharfäugiger Gemeindeältester noch, du hättest ein bißchen zu tief in die Flasche geschaut!" Gilbert Winslows kornblumenblaue Augen spiegelten Zuneigung, und da Umarmungen unter Angehörigen in der Familie nicht üblich waren, benutzte er den Vorwand, seinen Bruder zu stützen, um ihn derb in den Arm zu nehmen.

Ein Gefühl der Wärme erfüllte Edward Winslow wie immer beim Anblick seines jüngeren Bruders. In früheren Jahren waren sich die beiden fremd geworden, doch seit jener epischen Fahrt auf der „Mayflower" und dem ersten furchtbaren Winter, den sie in der Siedlung Plymouth durchlitten hatten, standen sich die Brüder außerordentlich nahe. Die Zeiten langer Abwesenheit von Edwards Aufenthalten in England im Dienste der Regierung waren wegen seiner Trennung von Gilbert und seiner Familie besonders schwer zu ertragen.

Er klopfte Gilbert auf die Schulter mit den Worten: „Bei Gott, es tut doch gut, seine Füße wieder auf festen Boden zu setzen!" Dann wandte er sich Humility zu und nahm sie in die Arme. Auch ihr galt seine besondere Zuneigung, und er verbarg nur mühsam sein Erschrecken über ihr schlechtes Aussehen. „Da ist ja meine Lieblingsschwägerin!" Als er sie in den Armen hielt, wurde er gewahr, daß sie seit seiner Abreise vor zwei Jahren zu einem Schatten ihrer selbst geschrumpft war. Ihre Augen lagen tief in den Höhlen, und von ihrer einstigen Schönheit, die an Bord der „Mayflower" Anlaß für mehrere Auseinandersetzungen gebildet hatte, war nur noch ein schwacher Abglanz vorhanden. Ihre einst strahlende Gesichtsfarbe war stumpf und blaß geworden, und das üppige blonde Haar war dünn und trocken und von weißen Strähnen durchsetzt. Sie ist schwerkrank – Gilbert hat das vor mir verheimlicht, dachte Edward, als er Humility betrachtete.

„Nun komm", drängte Gilbert, dem der erschrockene Blick in Edwards Augen nicht entgangen war, „du mußt doch nach zwei Monaten Schiffszwieback mit Kornkäfern halb verhungert sein, Edward. Humility hat sich aufs Kochen gestürzt, kaum daß der erste Mast in Sicht kam."

„Bring mich hin!" rief Edward, und die beiden machten sich untergehakt auf den Weg vom Strand zur Siedlung, die sich auf dem niedrigen Hügel hinzog.

An der ersten Straße, die parallel zur Uferlinie verlief, hielt Edward an und richtete seinen Blick auf die sauberen kleinen Häuser, von denen jedes auf einem recht ansehnlichen Grundstück stand. Die kalten Finger des Winters hatten das Land noch nicht berührt, und das dichte Gras, das in einem Monat grau und vertrocknet sein würde, war von einem üppigen Grün, das ihn beinahe in den Augen schmerzte. Edward nahm den Anblick der strohgedeckten Häuser mit ihren weißen Mauern, manche wie in England als Fachwerkbau errichtet, in sich auf und murmelte: „Sieht kaum noch so aus wie damals, als uns Kapitän Jones von der alten „Mayflower" hier an Land setzte, wie?"

„Nein. Das war – warte einmal – vor mehr als dreißig Jahren, nicht wahr?" Gilbert schüttelte den Kopf und meinte wehmütig: „Weißt du noch, was ich an jenem Tag zu Miles Standish sagte: ‚Miles', hab' ich gesagt, ‚das ist wahrscheinlich der Hölle am ähnlichsten unter allen Orten, die ich mir auf Erden vorstellen kann!'"

„Was erwiderte Standish darauf?"

„Oh, er fluchte fürchterlich – du weißt ja, wie Miles damals war! Behauptete, es sei geradezu ein Paradies, verglichen mit einigen Plätzen, an denen er als Soldat diente." Gilbert schüttelte den Kopf. „Der arme alte Miles. Liegt nun auch schon seine zwanzig Jahre im Grab, und immer noch vermisse ich ihn."

Humility schaltete sich in das Gespräch ein. „Ich freue mich, daß er noch zum Herrn gefunden hat, bevor er dahingerafft wurde."

„Das stimmt, mein Herz", erwiderte Gilbert und blickte sie liebevoll an. Doch in seinen klaren blauen Augen lag ein Ausdruck von Traurigkeit, als er kopfschüttelnd bemerkte: „Nicht viele von uns Erstankömmlingen sind mehr übrig!"

„Nun, ich bin noch da, mein Bruder!" sagte Edward herzlich. „Aber wenn ich nicht bald etwas von Humilitys gutem Essen in den Magen kriege, kann ich nicht für morgen garantieren!"

Sie gingen weiter bis zu der zur Stadt emporführenden Hauptstraße und kamen dabei über den einzigen quer dazu verlaufenden Weg. Zu beiden Seiten der Hauptstraße zogen sich Häuser hin, jedes von einem eingezäunten Garten umgeben, in dem fast überall schon die Saat ausgebracht worden war. An der Kreuzung der beiden Hauptstraßen standen vier schwenkbar montierte kleine Kanonen. Schweine streiften ungehindert in den Straßen umher. Sie dienten nicht nur als wichtigster Fleischlieferant, sondern besorgten auch die Abfallbeseitigung.

Sie überschritten die Querstraße und wandten sich zu einem Häuschen mit steilem strohgedecktem Dach. Es war mit unbemalten Schindeln verkleidet – kurzen Brettchen, die von Hand durch längsweises Spalten eines Holzklotzes und anschließendes Bearbeiten mit einem Abziehmesser gefertigt wurden. „Komm rein, Edward, und laß uns hören, was in England geschieht", drängte Gilbert.

Sie betraten einen ziemlich dunklen Raum, der nur von zwei kleinen, zehn mal zehn Zoll messenden Fenstern erhellt wurde. Anstelle des von vielen benutzten Ölpapiers waren die Fenster mit Glas versehen. Humility trat an eine dreieinhalb Fuß tief in die Wand eingelassene Feuerstelle, welche die halbe Wandbreite einnahm und so hoch war, daß ein Mensch sie betreten konnte. Die Rückwand war mit gerundeten Steinen ausgekleidet und der Innenraum mit eisernen Haken, Stäben und Ketten ausgestattet, die von einem Holzbalken herabhingen.

Während Gilbert und Edward am Tisch saßen und sich unterhielten, nahm Humility etwas von dem Ziegenfleisch, das sie am Spieß gebraten hatte, und legte es auf ausgehöhlte Holzbretter. Sie füllte drei große Trinkbecher mit frischer Milch und legte vor jeden ein scharfes Messer hin. Sie fügte ein kräftiges Stück Käse hinzu und holte dann den Brotlaib, den sie in einem eisernen Gemeinschaftsbackofen draußen im Freien gebacken hatte.

„Alles bereit", rief sie. Zu dritt nahmen sie Platz und senkten den Kopf. Gilbert sprach das Gebet: „Wir danken Dir, gnädiger Herr, für dieses gute Essen und die sichere Fahrt unseres Bruders, im Namen Jesu Christi."

Edward schnitt sich mit seinem Messer eine mächtige Scheibe von dem Laib ab und meinte lachend: „Gilbert, du hast die kürzesten Gebete unter allen Geistlichen in Amerika! Ich nehme an, daß deine Predigten nicht so knapp sind, sonst könnte sich die Gemeinde versucht fühlen, einen anderen Prediger zu suchen, der ihr mehr gibt für ihr Geld!"

Humility hatte sich erhoben, um Salz zu holen. Sie hielt an und legte ihrem Schwager die Hand auf die Schulter. Dabei entging ihm nicht, wie schmal und zerbrechlich sie war, als sie lächelnd bemerkte: „Ich fürchte, Bruder Edward, er ist schuldig. Eine Schande ist's, daß der beste Prediger in Plymouth nicht länger als eine Stunde spricht, während andere, die nichts zu sagen haben, drei und vier Stunden reden!“

Gilbert nahm sich ein ordentliches Stück Fleisch und hielt es auf sein Messer gespießt in die Höhe. Lächelnd meinte er: „Stimmt. Das alles rührt von einem Vorfall aus meiner Anfangszeit als Prediger her. Ich hörte jemand laut flüstern: ‚Ist er fertig?‘ und ein anderer sprach mit angewiderter Stimme: ‚Ja – aber er predigt immer noch!‘ Ich glaube, das bewog mich, dann aufzuhören, wenn ich nichts mehr zu sagen hatte.“ Er schob sich eine Ladung Fleisch in den Mund und begann bedächtig zu kauen.

„Ein gefährlicher Vorfall!“ erwiderte Edward grinsend. „Und nun erzähl mir einmal, was sich hier so ereignet – ich sterbe fast vor Neugier.“

Während die beiden Männer dasaßen und das zähe Fleisch kauten, erst mit Milch und anschließend mit dem weit gebräuchlicheren Bier hinunterspülten, lehnte sich Humility gegen die Wand zurück und betrachtete sie. Obgleich das Winslow-Blut bei beiden in Erscheinung trat, hatten Zeit und Lebensumstände ihre Züge anders geprägt. Ein wenig amüsiert sah sie die Unterschiede an.

Edward war fünfundsechzig, sechs Jahre älter als Gilbert und ein wenig größer. Er war weit schwerer und hatte immer noch ein rotes Gesicht. Das kastanienbraune Haar, das in seiner Jugend schimmerte, war nach wie vor dicht und wies kaum graue Strähnen auf. Er hatte ein glattes, gutmütiges Gesicht mit einem ordentlich gestutzten Schnurrbart und Augen von durchdringendem Blau. Um den Hals trug er einen Kragen aus feinem Batist, der unter dem Kinn mit einer rot eingefaßten Seidenkordel gebunden war. Ein Kordsamtmantel mit einer doppelten Reihe silberner Knöpfe und seidene Hosen im holländischen Stil vervollständigten seine Kleidung. In seiner Haltung lag Autorität, und die Jahre, in denen er mit Königen und später mit dem Lordprotektor, Oliver Cromwell, zu tun hatte, verliehen ihm eine gewichtige Würde.

Humility wandte den Blick auf ihren Gatten. Sie sah einen Mann vor sich, der sich nicht allzu sehr von dem jungen Draufgänger unterschied, der ihr vor dreißig Jahren begegnet war. Das Gesicht war zwar von Linien durchzogen, doch die athletischen Bewegungen waren von der Zeit nur wenig gedämpft worden. Noch immer hatte er die breite, gebräunte Stirn und das Gesicht, das zum Kinn hin schmäler wurde. Am Kinn trug er eine schmale weiße Narbe. Das Gesicht war nur um weniges schwerer als am Tage ihrer ersten Begegnung. Seine hochgewachsene, muskulöse Gestalt war mit dem einfachen, dunklen Gewand des puritanischen Geistlichen bekleidet, mit Zinnknöpfen und einem breiten, gestärkten, gefältelten Tuch über den Schultern.

Er wandte ihr das Gesicht zu und lächelte, und ihr Herz tat wie immer einen Sprung. Ein heftiges Verlangen, wieder gesund zu sein, erfüllte sie. Trotz der Last von Schwangerschaften und Geburten war sie ihm in körperlicher Hinsicht stets ebenbürtig gewesen. Doch nun hätte ein Fremder, sie zum erstenmal sah, sie für seine ältere Schwester halten können. Die Erinnerung an die Zeit, als sie, strotzend vor Gesundheit (und Schönheit, wie es hieß!) an seiner Seite schritt, ging über Humilitys Kraft. Sie stand auf und sagte: „Ihr beiden werdet einen Besuch beim Gouverneur machen wollen. Dieses Mal gehe ich nicht mit euch."

Edward erhob sich sofort und erwiderte: „Ich glaube, wir sollten ihn aufsuchen, aber wir werden bald zurück sein. Ich möchte doch unbedingt meinen Neffen sehen. Ist er zum Abendessen da?" Seine scharfen Augen bemerkten wohl den Blick, den das Ehepaar wechselte. Rasch sagte er: „Nun, ich habe ja einen ganzen Monat Zeit, mich mit dem jungen Lümmel zu befassen."

Gilbert wandte sich an Humility: „Leg dich hin, mein Liebes. Ich werde mich um das hier kümmern, wenn wir zurück sind. Widersprich nicht – ‚Die Frauen sollen den Männern gehorsam sein', wie uns die Schrift lehret." Er küßte sie und schlug dann mit seinem Bruder den Weg zum Hause des Gouverneurs ein.

„Wie schlimm steht es?" fragte Edward sofort. „Was meint Fuller dazu?"

Gilbert biß sich auf die Lippe und warf einen Blick auf die stahlgrauen Wellen, die mächtig über die Kais drunten donnerten. „Schlimm genug, Edward. Als sie zuerst krank wurde, meinte Sam, das sei das Ergebnis von zu vielem Baden. Er sagt ja immer, daß die schädlichen Dämpfe von Wind und Wasser das Baden sehr gefährlich machen." Bei dem Gedanken an Sam Fuller, ihren einzigen Arzt, seit die „Mayflower" in der Neuen Welt anlangte, huschte ein Lächeln über sein Gesicht. Dann verschattete ein düsterer Glanz seine hellblauen Augen, als er bedächtig antwortete: „Aber es steht sehr ernst, Edward. Sie verfällt von Tag zu Tag! Was immer es sein mag, es zehrt ihre Kraft vor meinen Augen aus!"

Edward packte seinen Bruder mit festem Griff am Arm. „Gott vermag alles, Gilbert!"

„Ja, das stimmt."

In den folgenden drei Stunden gingen die beiden Männer von Haus zu Haus. Edward kam seiner Pflicht nach, die Neuigkeiten aus England weiterzugeben. Außer seinen Ämtern für die Krone und später für Cromwell war er auch Gouverneur gewesen, und so zeigten einige eine gewisse Scheu ihm gegenüber. Andere Siedler wie John Billington, der Edward (und jedem anderen, der Autorität ausübte) lange Zeit mit Ablehnung begegnet war, und später eingetroffene Bewohner der Ansiedlung waren weniger beeindruckt.

Gouverneur Bradford freute sich natürlich, ihn zu sehen. Bei ihm brachten sie den größten Teil des Tages zu. Sein Haus war größer als die anderen, mehr als doppelt so groß wie Gilberts Behausung. Bradford, ein stämmiger Mann, war von allem Anfang an die treibende Kraft, die Plymouth in Ordnung hielt. Nachdem er sich einige Nachrichten von untergeordneter Bedeutung angehört hatte, ergriff er das Wort: „Und nun, kommt zur Sache, Bruder Winslow. Was wird jetzt nach Cromwells Tod geschehen?"

„Sein Sohn Richard sitzt an seiner Stelle." Edward rutschte unbehaglich hin und her und fuhr dann fort: „Ich fürchte ihn, Mr. Bradford. Er ist kein starker Mann, und die Engländer haben den Geschmack an Monarchen noch nicht eingebüßt."

Bradfords kluge Augen blickten forschend in das Gesicht des anderen. Bedächtig nickte er: „Das ist auch meine Meinung."

„Glaubt Ihr, daß man Charles zurückholt?" fragte Gilbert.

„Sein königlicher Koffer ist schon seit längerer Zeit gepackt, Pastor Winslow", erwiderte Bradford mit grimmigem Lächeln. „Und wenn Charles auf dem Throne Englands sitzt, dann wissen wir alle, wie er über Menschen wie uns denkt."

„Er wird sich daran erinnern, daß es die puritanischen Kräfte unter Cromwell waren, die seinen Vater enthaupteten und ihn ins Exil trieben", setzte Edward mit einem Nicken des Kopfes hinzu. Er richtete einen scharfen Blick auf Bradford und fuhr fort: „Es ist gut, daß wir hier sind mit einem Ozean dazwischen, nicht wahr, Mr. Bradford?"

„Ja, aber unsere Brüder in England sind nicht so geschützt", antwortete Bradford. Er schüttelte den Kopf, und in seiner Stimme klang Traurigkeit an, als er hinzusetzte: „Ich fürchte, in England wird es bald Erschütterungen geben."

Sie verließen das Haus des Gouverneurs. Auf ihrem Weg den Hügel hinauf sprachen sie über die Gefahren, die ihren Brüdern in England drohten. Beim Einbiegen in die Straße fiel ihr Blick auf Winslows Pferd. Gilbert bemerkte: „Matthew ist daheim." Trocken fuhr er fort: „Die meisten von uns zäumen einen Ochsen oder eine alte Kuh auf, wenn es ans Reisen geht – aber mein Sohn zeigt einen gewissen Widerwillen gegen solch primitive Gewohnheiten."

„Ich weiß, was du meinst, Gilbert", erwiderte Edward beim Anblick des am Zaun vor dem Haus angebundenen Pferdes. „Wo hatte er denn das Geld für diesen prächtigen Hengst her?"

Gilbert zuckte die Achseln und sagte, als sie durch das Tor schritten: „Von mir nicht. Der Preis für dieses Pferd würde sechs meiner Jahresgehälter ausmachen. Matthew arbeitet nicht, also hat er's entweder gestohlen oder darum gespielt." Er legte Edward die Hand auf den Arm und sagte leise: „Ich hielt es für nötig, nachzuforschen, wie er es angestellt hat, und zu meiner Freude kann ich berichten, daß das letztere zutrifft. Es wäre doch recht beschämend, wenn der Sohn eines Geistlichen gestohlen hätte, meinst du nicht?"

Edward nahm die sarkastische Schärfe in Gilberts Stimme wahr, und das stimmte ihn traurig. Er war an den ganzen Gräbern gestanden, in denen die totgeborenen Kinder von Gilbert und Humility ihre letzte Ruhe gefunden hatten, und er wußte um den tiefen Kummer, der sie beide beinahe zerstört hätte. Als das jüngste Kind am Leben geblieben war, hatten sich die Eltern mit solcher Hingabe um ihn bemüht, daß Edward befürchtete, womöglich könnte das Kind den anderen Geschwistern ins frühe Grab folgen. Als klugem Beobachter der menschlichen Natur entging ihm nicht, daß Matthew mit einem kräftigen Körper gesegnet und mit einem rebellischen Geist verflucht war.

Gilbert öffnete die Türe, und als Edward eintrat und von seinem Neffen stürmisch begrüßt wurde, dachte er wohl zum zehntausendsten Male: Gilbert, wie er mit siebzehn war! Die Ähnlichkeit war geradezu unheimlich, denn der junge Matthew besaß die gleichen scharfgeschnittenen Gesichtszüge, die kornblumenblauen Augen, die allen männlichen Winslows eigen waren, hatte die gleichen Bewegungen, den gleichen geschmeidigen Gang des geborenen Athleten – ausgewogen, beinahe sinnlich, und als er durch das Zimmer ging, war nicht die Spur einer überflüssigen Bewegung zu bemerken.

„Onkel Edward!" Sogar die Stimme ist gleich! dachte er. Die kräftige Hand, in der seine beinahe zerdrückt wurde, war wie Arme und Schultern von dicken Muskelsträngen durchzogen. „Bei Gott, wie schön, dich wieder bei uns daheimzuhaben!"

„Du siehst gut aus, mein Junge." Edward lächelte dem jungen Mann zu. „Ich hab' solch prächtige Gewänder seit meinem Besuch in Bond Street in London nicht mehr gesehen."

Der Blick des jungen Mannes verriet eine gewisse Verlegenheit, als er sagte: „Weißt du, lieber Onkel, ich bin wohl ein bißchen ein Pfau – aber ich bin in Boston, und da wird so etwas erwartet."

„Manche erwarten es", meinte Gilbert ruhig. Sein Bruder bemerkte, wie sich das Gesicht des jungen Mannes mit Röte überzog und in seinen blauen Augen ein jäher Ausdruck von Ablehnung aufflackerte.

Edward war nicht umsonst Diplomat gewesen. Lachend warf er ein: „Ich erinnere mich, daß dein Vater als Student in Cambridge sich beinahe genauso ausstaffierte. Ich glaube, unser Vater sah das mit recht scheelen Blicken, wie, Gilbert?"

Gilberts Gesicht verriet Verblüffung, dann warf er den Kopf in den Nacken und brüllte vor Lachen. „Vierzig Jahre lang hab' ich nicht mehr drangedacht, Edward!" Mit einem lächelnden Blick auf Humility fuhr er nachdenklich fort: „Vater drohte, mich in den Stock werfen zu lassen, wenn ich ihm je mit solcher Kleidung unter die Augen käme!"

„Unser Vater war ein strenger Mann", sagte Edward mit leiser Stimme und sah, daß die Bemerkung ihre beabsichtigte Wirkung erfüllte.

Gilbert nickte, und die Linien um seinen Mund wurden weicher, als er seinen Sohn anblickte. „Ja, das war er." Er verlor keine weiteren Worte, doch die zornige Stimmung, die sich im Raum ausgebreitet hatte, schwand, und der junge Matthew warf seinem Onkel einen dankbaren Blick zu.

„Nun laß uns einmal hören, was du alles geleistet hast, solange ich weg war. Wie steht es mit Latein und Griechisch? Bekommt Mr. Littleton immer noch das große Grausen?"

„Ich muß sagen", erwiderte Gilbert, der sich neben Humility setzte, „daß es sich eher umgekehrt verhält." Über den Tisch hinweg sah er seinen Sohn liebevoll an und lächelte. „Ich meine damit, daß Matthew seinen Lehrer überrundet hat."

„Und das ist's, worüber ich mit dir sprechen möchte, Onkel Edward."

„Aber nicht jetzt, Matthew", wehrte Humility ab. „Dein Onkel ist müde von der langen Reise."

„Laß den Jungen reden, Schwägerin", sagte Edward nachsichtig. Er lehnte sich zurück und betrachtete das eifrige Gesicht des jungen Mannes, der sofort mit einem Plan heraussprudelte, auf den er offenbar viel Zeit verwandt hatte. Kurz gesagt, er wollte entweder nach England auf die Schule gehen oder sterben!

Als Edward endlich eine Lücke in der Wortflut seines Neffen fand, erkundigte er sich: „Willst du die kirchliche Laufbahn ergreifen, Matthew?"

„Nein, die juristische!"

Sein Onkel warf einen raschen Blick auf Gilbert und Humility; die Enttäuschung auf ihren Gesichtern war nicht zu übersehen. Er erkannte sofort, daß diese Familie, die ihm so ans Herz gewachsen war, einem großen Unheil zusteuerte. Wenn der junge Mann seinen Willen bekam, würde er eine Laufbahn einschlagen, die seine Eltern ablehnten. Außerdem würden sie ihn für immer verlieren – zumindest galt das für Humility! Das Studium der Rechtswissenschaften war lang und hart. Tief in seinem Herzen wußte er, daß Humility in keinem Falle so lange leben würde, um ihren Sohn wiederzusehen, falls er sich zu diesem Weg entschloß.

„Mr. Shakespeare hat uns viele schöne Zeilen geschenkt, mein Junge", bemerkte Edward bedächtig. „Mein Lieblingsvers ist nicht so bekannt, aber er spiegelt meine eigenen Ansichten wider."

„Wie lautet die Zeile, Onkel Edward?"

„Bringt zuerst die Advokaten um!" zitierte Edward. „Ein Gefühl, das ich von Herzen teile, nachdem ich ein Leben lang mit dieser Brut zu tun hatte und nicht einmal genug Ehre für eine Handvoll im ganzen Berufsstand vorfand!"

„Also dann die Armee!" rief Matthew mit durchdringendem Blick auf seinen Onkel. „Ich tauge nicht für die Kirche und das Recht taugt, wie du meinst, nicht für mich. Laß mich dann Soldat werden, Vater!" Er wandte sich um und hielt Gilbert in einer seltsam flehenden Gebärde eine kräftige, kantige Hand entgegen.

„Mein Sohn, das kann nicht dein Ernst sein!" protestierte Gilbert und rückte näher zu Humility in einem unbewußten Versuch, sie zu beschützen. „Dein Onkel wird dir sagen, daß das unmöglich ist!"

„Warum ist das unmöglich?"

„Überleg einmal, Matthew!" sagte sein Onkel eindringlich. „Es gibt in England überhaupt keine Armee, in der du dienen könntest." Mit hartem Gesicht hieb er die Faust auf den Tisch. „Die Modellarmee von Cromwell war die beste Gemeinschaft von kämpfenden Männern auf Erden – doch Cromwell ist tot, und es gibt keinen lebenden Menschen, der diese Truppen um sich scharen könnte. Binnen Jahresfrist wird – wenn Gott nicht eingreift – Karl II. als Monarch über England herrschen, und wenn du glaubst, daß der Sohn eines puritanischen Geistlichen in dieser Armee dienen könnte, dann bist du ein Einfaltspinsel!" In seinem Zorn hatte er sich halb vom Stuhl erhoben, doch sein Ausbruch galt nicht dem Jungen vor ihm, sondern dem Geschick Englands, das er liebte. Nun lehnte er sich zurück und zwang sich zur Ruhe.

„Nicht die Armee, Matthew." Es geschah selten, daß ein Winslow um etwas bat, aber es lag ein flehender Ton in der Stimme des Älteren, als er fortfuhr: „Matthew, gib der Kirche eine Chance. Du bist jung und glaubst, du müssest Abenteuer erleben. Das ist bei einem jungen Burschen wie dir ganz natürlich. Dein Vater war genauso."

„Du hast's getroffen, Onkel Edward!" meldete sich Matthew umgehend zu Wort. „Mein Leben lang hab' ich alle möglichen Geschichten von dir gehört, Vater! Daß du der beste Degenfechter in ganz England warst, und daß du Duelle ausgefochten und –"

„Sohn! Sohn!" rief Gilbert mit erhobenen Händen, das Gesicht von Entsetzen erstarrt. „Ruf mir diese Zeit nicht mehr ins Gedächtnis zurück! Um des Himmels willen, glaubst du denn, daß ich stolz darauf bin?" Er schüttelte den Kopf, beugte sich vor und flüsterte: „Ich gäbe mein Leben darum, wenn ich jene wilden Tage aus meinem Leben tilgen könnte."

Humility legte den Arm um ihn und sagte: „Still! Davon will ich nichts hören, Gilbert. Du warst nicht böse. Gewiß, du hast dein Schwert gebraucht, doch in jedem Falle geschah es, um Unrecht abzuwehren."

„Das ist wahr, mein Bruder", setzte Edward hinzu. Mit einer Handbewegung deutete er auf den jungen Mann vor sich. „Er hat dein Blut, Gilbert, und vielleicht einige der Fehler, für die die Männer der Winslows anfällig zu sein scheinen."

„Willst du sagen, er solle wirklich gehen?" fragte Gilbert überrascht.

„Nein, gewiß nicht! Es ist nicht an mir, solche Entscheidungen für deine Familie zu treffen." Mit diesen Worten stand Edward auf. „Ich merke doch, daß ich müder bin, als ich dachte. Habt ihr etwas dagegen, wenn ich mich schon früh zur Ruhe begebe?"

„Du schläfst bei mir in der Dachkammer, Onkel Edward", entgegnete Matthew rasch. „Ich werde alles herrichten."

Kaum eilte er flink die Treppe hinauf, da brach Humility in Schluchzen aus. Gilbert legte den Arm um ihre Schultern. „Er wird uns verlassen!" brachte sie mit brechender Stimme hervor.

Edward sah das Paar an und wußte nicht, was er sagen sollte. Er wandte das Gesicht ab, und sein Blick fiel auf einen Degen, der an einem in die Wand getriebenen dicken Nagel hing. Er trat an die Wand, nahm den Degen und hielt ihn in den Händen. „Ich habe den da schon lange nicht mehr gesehen", bemerkte er ruhig. Es war ein Rapier aus den Händen von Clemens Horn, einstmals dem berühmtesten Waffenschmied Englands. Er fuhr mit der Hand über das flache Stichblatt, das wie eine in Stahl gestochene, sich schließende Blume schimmerte, und folgte der Klinge bis zum spitz zulaufenden, tödlichen Ende.

„Der Junge besitzt deine Geschicklichkeit im Umgang damit, Gilbert", bemerkte er in aller Ruhe.

„Gebe Gott, ich hätte ihn das Ding niemals anrühren lassen! Ich wollte es ihm nicht beibringen, aber andere haben ihn darin unterwiesen, und ich ließ es zu –“

„Du kannst den Jungen nicht wie in einem Käfig halten, Gilbert!“

„Ja, aber –“

„Mann, erinnerst du dich denn überhaupt nicht an deine eigene Jugend?“ fragte Edward scharf. „Gerade du unter allen Männern solltest ein wenig Verständnis für den inneren Kampf aufbringen, den dein Sohn durchmacht!“ Mit einer heftigen Bewegung hängte er den Degen wieder an seinen Platz, wandte sich um und betrachtete die beiden voller Mitgefühl, doch sein Gesicht verriet eine gewisse Strenge.

„Erinnerst du dich, daß du in den Dienst der Kirche gezwungen wurdest? Und was hat es dir gebracht, Gilbert? Nichts! Du spieltest und liefst Tag und Nacht den Frauenzimmern nach! Und wen hast du dafür gehaßt?“

Gilbert hob den gesenkten Kopf und sagte langsam: „Dich. Ich dachte, du hättest Vater dazu überredet, mich in den Kirchendienst zu stecken.“

„Und was glaubst du, wen Matthew dafür hassen wird, wenn man ihn zwingt, die gleiche Laufbahn einzuschlagen?“

Gilbert war bleich, doch er erwiderte mit fester Stimme: „Mich natürlich. Glaubst du denn, ich hätte mir nicht darüber den Kopf zerbrochen?“

Humility schlüpfte aus Gilberts Arm und blickte Edward an. „Du hast dir doch etwas überlegt, Edward, oder nicht?“

„Ich fürchte“, entgegnete Edward achselzuckend, „darauf gibt es keine einfache Antwort – aber die gibt es wohl nie! Aber ihr müßt ganz einfach einsehen, daß es so nicht weitergehen kann. Früher oder später gerät der Junge auf Abwege, wenn er nicht ein bißchen Freiheit erhält.“

„Was – was für eine Art von ‚Freiheit‘ meinst du?“ wollte Humility wissen.

„Nicht das Recht – und auch nicht die Armee!“ Er hielt inne und begann seine Gedanken zu ordnen, eine Gewohnheit, die ihnen vertraut war. Schließlich sagte er: „Laßt ihn mit mir nach England fahren – nicht nach London, sondern in eine kleine Stadt, wo er wenigstens außer Reichweite einiger Versuchungen wäre. Ich habe dort einen Freund, der Pfarrer an der dortigen Kirche ist. Er war früher einmal ein recht weltlicher Mensch, diente als Major in der royalistischen Armee und war ein ziemlicher Spieler, Trunkenbold und Gotteslästerer. Aber das hat sich gründlich gewandelt. Heute ist er der ‚heilige Mr. Gifford‘.“

„Aber – was sollte Matthew dort tun?“

„Vielleicht das Geschäftsleben studieren. Wenigstens könnte das als Vorwand für seine Reise gelten. Ich kenne dort einen Mann, der auf diesem Gebiet recht erfolgreich ist. Wir könnten Matthew in seine Obhut geben. Aber ich setze meine Hoffnung auf etwas Besseres."

„Und was wäre das?" erkundigte sich Gilbert.

„Nun, Matthew wird älter, und unter dem Einfluß eines Mannes wie John Gifford wird er seinen Weg finden. Ich wage zu hoffen, daß ihr ihn in wenigen Jahren als Kandidaten für das geistliche Amt in Empfang nehmen könnt."

Gilbert blickte mit eigentümlichem Ausdruck auf Humility. Edward fuhr fort: „In der Tat wäre es vielleicht für uns alle besser, zurückzugehen. Es wäre für euch gewiß recht gut, nach England zurückzukehren – alte Freunde wiederzusehen –"

„Gilbert könnte seine Gemeinde niemals im Stich lassen, Edward", sagte Humility. Da stand sie, schmal und abgezehrt, doch in ihren Augen war ein Licht, das die beiden Männer an das Feuer erinnerte, von dem sie in ihren jungen Jahren erfüllt war. „Wir wollen beten", setzte sie ruhig hinzu. „Gott wird uns Seine Absicht in dieser Sache kundtun."

Als Edward sich der Treppe zuwandte, um in das Schlafgemach hinaufzusteigen, fragte Gilbert: „Was ist das für ein Ort – wo Reverend Gifford lebt?"

„Bedford."

„Ein kleiner Ort?"

„Sehr klein", versicherte ihm Edward. „Matthew wird sich langweilen, aber er ist dort sicher. In Bedford passiert nie etwas."

KAPITEL ZWEI

Lydia

Der 200 Tonnen-Schoner „Fortune“ hob und senkte sich mit den Wellen unter einem stahlgrauen Himmel. Die Mannschaft stand bereit, um den Anker zu lichten. Sie wartete nur noch auf das Paar, das sich an Bord begeben hatte, um von dem jungen Matthew Winslow Abschied zu nehmen.

Gilbert hielt Humility fest umfaßt, um sie gegen die Bewegung der Wellen zu stützen, die andere Hand klammerte sich an die Reling. Seine leuchtenden blauen Augen blickten forschend auf seinen Sohn, als suche er in den wohlgestalteten Zügen ein Vorzeichen für die Zukunft des Jungen. Er erhob die Stimme, um sich gegen den auffrischenden Wind durchzusetzen: „Gott führe dich, mein Junge. Er lasse Sein Angesicht leuchten über dir.“ Der kräftige Bariton wurde leiser, als er seinem Sohn die freie Hand mit den Worten entgegenstreckte: „Bleib Gott treu, Matthew! Verlaß ihn nie – niemals!“

Matthew nickte und staunte über die Kraft in seines Vaters rechter Hand. Rasch trat er vor und schloß seine Mutter fest in die Arme. Als er sich niederbeugte, um einen Kuß auf die fahle Wange zu drücken, ging es ihm durch den Sinn, daß er sie vielleicht niemals auf Erden mehr sehen werde. Dieser Gedanke traf ihn weit schärfer als der schneidende Wind, der gegen sein Gesicht peitschte. „Mut-ter, wenn du mich bittest zu bleiben ...“

Humility hob ihm das Gesicht entgegen, das von den dunkelblauen Augen beherrscht wurde. Sie berührte seine Wange mit unsicherer Hand. „Du würdest hier niemals glücklich sein, mein Sohn“, murmelte sie so leise, daß er sich vorbeugen mußte, um ihre Worte zu verstehen. Sie hob die Hand, um ihm eine rotblonde Locke aus der Stirn zu streichen, die ihm in die Augen fiel. In dieser Geste lag soviel Vertrautes, daß der Klumpen in seinem Hals unerträglich wurde und seine Augen vor ungeweinten Tränen brannten.

„Nur ein Jahr, Mutter“, flüsterte er ihr endlich zu. Er hielt die zerbrechliche Gestalt in seinen Armen und rang darum, die Beklemmung in sich abzuwehren. „Nur ein Jahr!“

„Zeit, daß wir gehen!“ mahnte Gilbert ruhig. „Der Kapitän muß mit der Tide auslaufen.“

Humility löste sich aus Matthews Armen und richtete ein letztes Mal ihren Blick auf ihn. „Christen verabschieden sich niemals, mein Sohn", sagte sie und streichelte noch einmal über seine Wange. „Bis wir uns wiedersehen."

Gilbert führte sie mit Unterstützung eines stämmigen Matrosen die Leiter hinab ins Boot. Dann setzte auch er seinen Fuß auf die Leiter, und als sein Kopf und die breiten Schultern gerade noch zu sehen waren, erhaschte er den Blick seines Sohnes und hob die Hand in einer eigentümlichen Geste, als schwenke er einen Degen. Ein Lächeln verscheuchte den strengen Ausdruck seines Gesichtes, das in der klaren Seeluft sehr jung wirkte. Laut rief er: „Sei getreu, mein Sohn! Sei treu zu Gott – und zu dir selbst!"

Dann war er verschwunden, und Matthew wandte sich blindlings um und ging zum Vorderdeck. Er hörte den dumpfen Stoß, als die Matrosen das Boot abstießen, doch er blieb erst stehen, als er an der vorderen Reling einen einsamen Platz gefunden hatte. Der Erste Maat rief laut: „Anker lichten!" Das Rasseln der Ketten dröhnte schmerzhaft in seinen Ohren. Er beugte sich über die Reling; seine Lungen füllten sich mit der scharfen, salzigen Luft, in die sich schwach vom Lande her der lehmige Geruch frisch umgepflügter Erde mischte. „Großsegel hissen!" ertönte der Ruf des Maats, und langsam schwenkte das Schiff, und der Bug drehte vom Land ab.

Die Segel glitten empor und wurden von kräftigen Windstößen gefüllt, die wie Peitschen knatterten. Die Takelage knarrte, und plötzlich wurde das Schiff von der Brise erfaßt. Es hob sich wie ein lebendiges Wesen und drückte die Wellen an sich, das Land hinter sich lassend.

„Wink ihnen zurück, mein Junge!"

Matthew fuhr herum und sah seinen Onkel vor sich stehen, der auf das zurückweichende Ufer deutete. „Siehst du? Sie winken uns zu!"

Matthew wandte sich um und erblickte die winzigen Gestalten seiner Eltern, die sich noch im Boot befanden und die Arme in einer Geste erhoben hatten, die ihn trauriger stimmte als alles, was er bisher in seinem Leben erfahren hatte. Doch er reckte die Arme hoch und winkte aus Leibeskräften, bis das kleine Boot am Ufer anlegte.

„Ich bin ein Narr, Onkel Edward!" sagte er voller Bitterkeit, die Lippen schmerzlich verzogen. „Was ist das für ein Mann, der seine Mutter so krank im Stich läßt?"

„Ein junger Narr, nehme ich an", meinte der alte Mann sanft. Er legte Matthew den Arm um die Schultern, eine für ihn ungewohnte Geste der Zuneigung, und fuhr fort: „Mach dir nie das Herz schwer über vergangene Entscheidungen, Matthew, sonst findest du kein Ende damit – und du änderst die Dinge nie."

Die Worte seines Onkels gingen Matthew in den folgenden drei Wochen, während die „Fortune" ihren Weg durch die aufgewühlte graue Wasserfläche des Atlantiks pflügte, ständig durch den Kopf. Einige Tage lang blieb er in seiner Kabine. Er ließ sich nur zum Essen sehen, dann stand er an der Reling und hielt den Blick auf das unsichtbare Land gerichtet, das sie immer weiter hinter sich ließen, – eine einsame Gestalt, doch sein Onkel war weise genug, es der Zeit zu überlassen, den schlimmsten Abschiedsschmerz zu heilen. Da sich jedoch kein Gefühl bei einem solchen Seegang lange hält, fand Matthew allmählich wieder zu sich, und von Tag zu Tag lebte sein Geist auf, während sich das Schiff England immer weiter näherte.

Er verbrachte seine Tage damit, den Matrosen zuzuschauen, wenn sie wie 'Affen in der Takelage herumturnten und die Segel in Ordnung brachten. Stundenlang hörte er dem Bericht seines Onkels über die erste Fahrt der „Mayflower" zu und vernahm von den Mühsalen und Beschwernissen jenes furchtbaren ersten Jahres, in dem die Hälfte der Kolonisten starb. „Schließlich mußten wir unsere Toten in der Nacht begraben, damit die Indianer nicht merkten, daß wir auf eine verschwindende Zahl zusammengeschrumpft waren", erzählte er seinem Neffen eines Abends, als sie am Heck standen und zuschauten, wie sich der Widerschein der Sterne diamantgleich im Kielwasser des Schiffes brach.

„Ich wundere mich, wie auch nur einer von euch den Mut zu einer solchen Reise fand", meinte Matthew.

Sein Onkel dachte eine Weile darüber nach und schlug dann unvermittelt heftig mit der Faust auf die Reling. „Wir brauchten ganz einfach Gott, Matthew!"

„Ich – ich hab' geglaubt, Land und Freiheit."

„Nein, es war Gott, nach dem wir hungerten!" Der Ältere schwieg eine Weile, und ein weiches Lächeln huschte über sein Gesicht. Seine Augen glänzten im Schein des Mondes. Er lachte kurz auf. „Damals sehnten wir uns nach Gott wie die Toren!" Er berichtete dann weiter, wie Matthews Vater zu Gott gefunden und ein angenehmes Leben im Dienste von Lord North abgelehnt hatte, um ein armer Prediger zu werden. „Er hätte Cecily heiraten können, die Tochter von Lord North", setzte er müßig hinzu. „In jenen Tagen gewann er die Herzen der Frauen im Sturm." Ein Gedanke fuhr ihm durch den Kopf. „Wie du wohl auch."

Matthew wurde rot und empfand dankbar den Schutz der Dunkelheit. Rasch wechselte er das Thema. „Erzähl mir etwas von Bedford."

Die beiden unterhielten sich viel während der restlichen Fahrt, doch als sie in Southampton gelandet waren und in einer Kutsche den Weg nach Norden zurückgelegt hatten, erhielt Matthews Stimmung beim ersten Anblick des kleinen Ortes, auf den sein Onkel deutete, einen schweren Schlag. „Dort ist's, mein Junge. Da ist Bedford."

„Es . . .ist ziemlich klein, nicht?" sagte Matthew. Wenn er nicht zuvor Southampton gesehen hätte, wäre seine Enttäuschung vielleicht nicht so groß gewesen. Bedford bestand aus verstreut liegenden Fachwerkhäusern, die alle mit Stroh gedeckt waren. Sie schienen keinem Plan zu folgen, sondern eher wie eine Handvoll Spielwürfel hingeworfen und irgendwo liegengeblieben zu sein. Die einzige Straße verband viele der Häuser bis zu einem gewissen Grade, doch im Mittelpunkt des Ortes bemerkte der junge Winslow ein etwas stattlicheres Gebäude. „Das ist die Mote Hall", erläuterte sein Onkel und deutete auf ein zweistöckiges Haus mit hochgezogenen Giebeln, die sich über dem vorstehenden zweiten Geschoß erhoben. „Die meisten unserer großen Versammlungen finden hier statt."

Die Kutsche hielt vor einer Gastwirtschaft, an der ein roter Löwe als Zeichen prangte. „Komm, wir wollen erst etwas essen, bevor wir dich unterbringen." Edward gab Anweisungen wegen des Gepäcks; dann betraten sie den Roten Löwen, wo sie von einem Mann mit vorstehenden Zähnen und einer um seine üppige Leibesmitte gebundenen weißen Schürze begrüßt wurden. „Mr. Winslow! Wieder zurück hier bei uns?"

„Bei mir ist's nur ein kurzer Besuch, Williams, aber mein Neffe hier wird eine Zeitlang in der Stadt bleiben. Könnt Ihr uns etwas zu essen auftragen?"

Die Frage kränkte den Wirt, und schnüffelnd entgegnete er: „Habt Ihr je hungrig den Roten Löwen verlassen, Sir?"

„Nein, ganz gewiß nicht, Williams!" lachte Master Winslow, und die beiden setzten sich an einen mächtigen Eichentisch und unterhielten sich, bis das Essen gebracht wurde. Nach der eintönigen Ernährung auf dem Schiff mundeten ihnen das frische Fleisch und Gemüse köstlich. Heißhungrig verzehrten sie ihre Portionen von kaltem Rindfleisch, frischem Brot mit frischer, gelber Butter und gekochten Kartoffeln, als ein Mann die Gaststube betrat.

„Willkommen zurück in Bedford, Mr. Winslow!" Er war nur durchschnittlich groß, hielt sich aber so aufrecht, daß er den Eindruck einer hochgewachsenen Gestalt machte. Sein in die Stirn hängendes Haar war braun, und in den von dicken Brauen gekrönten klugen braunen Augen lag ein fragender Ausdruck. Sein Kopf fuhr mit raschen, scharfen Bewegungen hin und her, die zu seinen Worten paßten, so als stecke sein Hals in einem engen Kragen, den er loswerden wollte.

„Schön, Euch wieder zu sehen, Pastor." Winslow erhob sich und ergriff die beiden ausgestreckten Hände. „Dies ist mein Neffe Matthew, – der Sohn meines Bruders Gilbert, aus Amerika." Er beobachtete, wie die beiden Männer sich die Hand schüttelten, und fuhr fort: „Matthew, das ist Pastor John Gifford. Solange du hier bist, wirst du zu seiner Gemeinde gehören."

„Ich freue mich, Euch kennenzulernen, Herr Pastor." Matthew gefiel der Prediger mit den scharfgeschnittenen Zügen auf Anhieb. „Ich hoffe, daß ich keine zusätzliche Last bei Euren vielen Pflichten sein werde."

„Oh, ich erwarte von jungen Männern, daß sie Mühe bereiten!" meinte Gifford zwinkernd. „Als ich in Eurem Alter war, steuerte ich geradenwegs auf den Galgen zu – doch ich glaube, Ihr seid mehr gefestigt als ich es als junger Mann war."

„Das kann man ruhig sagen, Pastor Gifford!" meinte Edward lachend. „Prächtige Rösser, hübsche Frauen und hin und wieder ein Duell, um ein bißchen Würze in den Alltag zu bringen – damit habt Ihr unseren Jungen!"

„Aber Onkel Edward!"

„Alles nur Scherz, mein Junge!" meinte Winslow mit erhobener Hand und lachte. „Matthew wird als Lehrling bei Asa Goodman wohnen, um ein wenig die Geschäftswelt zu erlernen." Er warf einen Blick zur Tür hinaus und setzte hinzu: „Es wird ein wenig spät. Wollt Ihr uns auf unserem Weg zu Mr. Goodman begleiten, Pastor?" „Gern, ich kann Euch unterwegs die letzten Neuigkeiten berichten", erwiderte Gifford zustimmend. Die drei Männer verließen den Roten Löwen und machten sich im Lichte der untergehenden Sonne auf den Weg. Matthew lauschte, während Gifford recht düster über politische Zustände sprach. Als der Pastor die Möglichkeit einer Rückkehr von Charles auf den Thron erwähnte, unterbrach ihn Edward rasch: „Das wird eintreten, Pastor. Wir sollten uns schon jetzt auf Drangsale einstellen."

Sie lenkten ihre Schritte in einen schmutzigen Fußweg. Gifford rief einem Manne zu, der vor einem niedrigen Häuschen saß. „Hallo John, da ist jemand, der dich sprechen möchte!"

Beim Näherkommen der drei Männer stellte der Angesprochene die kleinen Kinder, die er auf dem Schoß gehalten hatte, auf den Boden und erhob sich. Er war ein großer, stattlicher Mann von vielleicht dreißig Jahren mit breiten Schultern und einem vollen, runden Gesicht. Seine Augen waren nicht sehr groß, besaßen jedoch einen durchdringenden Blick, und

Matthew hatte das Empfinden, als werde er unter dem direkten Blick des Mannes sorgfältig gewogen.

„John, das ist Edwards Neffe, Matthew Winslow. Edward, darf ich Euch Mr. John Bunyan vorstellen – eine unserer herausragenden Gestalten im geistlichen Dienst."

„Da muß ich widersprechen, Mr. Winslow!" sagte Bunyan mit einem Blick auf Edward, und die vollen Lippen unter dem rötlichen Schnurrbart verzogen sich zu einem Lächeln. „Ich bin nur ein einfacher Kesselflicker mit dem Bedürfnis, von Christus zu sprechen." Bunyan hatte eine jener klaren Tenorstimmen, die über weite Entfernungen ohne die geringste Einbuße an Deutlichkeit zu hören waren. Matthew erkannte, daß von dem Mann eine Art magnetischer Kraft ausging – eine Eigenschaft, die er auch bei Gouverneur Bradford in Plymouth wahrgenommen hatte. Sie hatte nichts damit zu tun, daß sie etwa besondere Anziehungskraft besessen hätten, denn das war bei beiden nicht der Fall. Auch lag es nicht an der Beschaffenheit der Stimme, denn beide Männer sprachen zwar klar und deutlich, aber sie erhoben ihre Stimme nicht zu donnernder Rede wie manche anderen, die dies für notwendig erachteten, um ihre Autorität zu unterstreichen. Was immer es sein mochte, Matthew wußte, daß beide Männer jene nicht zu definierende Führungseigenschaft besaßen. Die Menschen hörten auf sie und ordneten sich ihrer Führung unter.

„John ist viel unterwegs, seit Ihr uns verlassen habt, Edward", sagte Gifford. „Er predigt in der ganzen Gegend – und die Reaktion ist großartig."

Das Lob war Bunyan peinlich. Er rutschte verlegen auf seinem Platz hin und her. „Nun, wenn Charles wieder König wird, dann wird keiner von uns mehr viel zum Predigen kommen, was meint Ihr?"

„Das ist nur allzu wahr, John", bekräftigte Edward düster. „Er wird unseren Kirchen den Garaus machen – vor allem Männern wie Pastor Gifford hier."

„Vielleicht könntet Ihr nach Amerika kommen, Pastor Gifford", regte Matthew an. „Und Ihr auch, Mr. Bunyan."

„Wir können nicht alle England den Rücken kehren!" entgegnete Gifford scharf, und mit einigen ruckartigen Kopfbewegungen fuhr er fort: „Im Krieg gegen die Krone kämpfte ich auf royalistischer Seite – aber diesmal wird es anders sein."

„Es wird keinen neuen Krieg geben, Gifford", widersprach Edward sofort und schüttelte den Kopf. „Die Engländer wollen einen König haben – sie verlangen sogar nach einem König. Ganz gleich, was Charles auch verspricht – und ich habe vernommen, daß er versprochen hat, auf jegliche Rache gegen diejenigen zu verzichten, die seinen Vater hinrichteten –, in Frankreich sitzt eine mächtige Schar, die kurz vor Cromwells Machtergreifung das Land verließ, und die sind nun an der Reihe. Denkt an meine Worte!"

Die beiden älteren Männer waren in düsterer Stimmung, sehr zum Ärger Matthews, der jedoch schwieg. Er war nach England gekommen auf der Flucht vor der Langeweile und Eintönigkeit von Plymouth, und nun schien es ihm, daß er inmitten eines brodelnden Kessels gelandet sei. Aufregung und Abenteuer zeichneten sich am Horizont ab, und diese Freunde seines Onkels redeten, als stünde der Jüngste Tag kurz bevor!

„Ihr müßt mich einmal auf einer meiner Predigtfahrten begleiten, Mr. Winslow." Bunyan unterbrach Matthews Gedanken mit einem Kopfnikken. Lächelnd fuhr er fort: „Ihr werdet nicht viel von einem üblichen Prediger entdecken, aber dafür werdet Ihr eine hübsche Gegend und einige wirklich fromme Menschen kennenlernen."

„Das mache ich bestimmt, Mr. Bunyan", antwortete Matthew.

„Komm, wir müssen gehen", drängte Edward. „Gute Nacht, Mr. Bunyan."

Als die drei Männer fortgingen, meinte Gifford: „Er ist schon etwas Besonderes, unser John Bunyan. Der geborene Prediger!"

„Ja, das glaube ich auch", sagte Edward. „Aber er sollte besser beim Flicken von Töpfen und Pfannen bleiben, wenn Charles auf den Thron zurückkehrt."

„John! Das wird er niemals tun!" Pastor Gifford schüttelte den Kopf und deutete auf ein von hohen Eiben umgebenes Gebäude. „Da ist Asa Goodmans Haus." Er schwieg, bis sie an den Eingangsstufen angelangt waren, und setzte dann hinzu: „Nein, Bunyan ist genau die Art Mensch, auf die es die Royalisten abgesehen haben werden. Er ist ein Mann, auf den die Menschen hören. Er hat die Gabe, Menschen aufzuwühlen – also genau das, was der König unter keinen Umständen dulden wird!"

Winslow klopfte an die Tür, die umgehend von einem untersetzten Mann geöffnet wurde. Er warf einen mißtrauischen Blick auf die Besucher, doch als er sie erkannte, rief er: „Ach, Ihr seid's, Mr. Winslow. Kommt nur herein!"

Die drei Männer betraten das Haus, und Matthew machte die Bekanntschaft von Asa Goodman, seiner Frau Ruth und seinen beiden Töchtern Chastity und Faith, die sechzehn und achtzehn waren. Er wurde in sein Zimmer geführt, einen kleinen Raum im zweiten Stock, der nicht viel mehr enthielt als Bett, Schreibtisch und Waschkommode.

Als sie wieder herunterkamen, sah er seinen Onkel zur Tür gehen. Er hielt kurz inne und sagte zu seinem Neffen: „Ich muß noch einen weiteren Besuch machen, Matthew. Mr. Goodman wird dich mit deinen Pflichten vertraut machen.“ Er verabschiedete sich in Begleitung von Pastor Gifford; Matthew aber brachte die nächste Stunde damit zu, Ruth Goodman klarzumachen, daß er gerade eben gegessen habe und im Augenblick keinen Bissen mehr hinunterbringe.

Am Tisch saß er zwischen Chastity und Faith und erzählte von Amerika, doch er konnte sie nur unter großen Schwierigkeiten davon überzeugen, daß die Bevölkerung dort wirklich nicht durch Elefanten gefährdet war. Die ganze Familie hatte Reisebücher gelesen; sie hingen an jedem Wort seines Berichtes über die Indianer. Besonders die Mädchen waren ganz begierig auf blutrünstige Geschichten über deren Grausamkeit. Matthew wußte von keinen Bluttaten, aber sie waren von einer geradezu mitleiderregenden Sehnsucht danach erfüllt, so daß er sich rasch ein paar Geschichten ausdachte, um sie nicht zu enttäuschen.

So früh wie möglich zog er sich in sein Zimmer zurück. Er holte ein kleines Buch aus seiner Tasche, setzte sich an den Schreibtisch, tauchte eine Feder in die Tinte und begann zu schreiben:

Bedford, im Jahre des Herrn 1660, den 6. August.
Dies ist mein erster Abend in Bedford. Ich habe mir vorgenommen, dieses Journal der Aufzeichnung meines neuen Lebens zu widmen – und dabei so brutal ehrlich zu sein, wie ein Mensch es überhaupt vermag!
Meine arme Mutter! Werde ich ihr Gesicht jemals wieder sehen? Ich fürchte nicht. Ich werde das Bild ihres Antlitzes, wie ich es zum letzten Male auf der „Fortune“ erblickte, bis zu meinem Grabe bei mir tragen! Welche Fähigkeit liegt in uns, denen wehzutun, die wir zutiefst lieben! Wenn es denn einen Preis dafür geben sollte, daß ich Heimat und Eltern verlassen habe, dann bin ich fest entschlossen, daß es die Sache wert sein soll! Die Zukunft ist ein Buch, dessen Seiten ich noch nicht kenne, ja ich habe nicht einmal eine Seite auf einmal gelesen. Die Zeiten sind unruhig. Schon liegt Angst in der Luft. Bunyan, Gifford und mein Onkel – sie alle kommen mir vor wie Männer, die am Rande eines furchtbaren Abgrundes stehen und nicht wissen, was vor ihnen liegt. Doch sie sind davon überzeugt, daß es ein dunkler Tag für England ist – zumindest für die Puritaner!

Was werde ich unternehmen? Herzlich wenig, nehme ich an. Vielleicht werde ich ein trockener, verstaubter Geschäftsmann wie Asa Goodman. Jedenfalls bin ich nun hier, es ist ein Abenteuer – ich werde mich gewiß nicht langweilen!

Doch Matthew empfand tatsächlich entsetzliche Langeweile, nachdem die erste Aufregung über den Aufenthalt in einem fremden Land abgeklungen war, – und das geschah nach ungefähr einem Monat. Bedford war, wie er bedrückt eingestehen mußte, so ziemlich das gleiche wie Plymouth. Bald erlernte er seine Pflichten bei Asa Goodman, und da sein Onkel schon zwei Tage, nachdem er ihn in Bedford untergebracht hatte, wieder nach London reiste, gab es niemand, mit dem er sich hätte unterhalten können. Gewiß, Goodman war kein harter Arbeitgeber, aber er hatte nichts anderes im Kopf als seine Geschäfte. Pastor Gifford war ein geistreicher Mann, doch er war sehr beschäftigt und hatte einen weitreichenden Pflichtenkreis. Matthew freute sich auf die Versammlungen am Sonntag. Er hielt Gifford bei weitem für den besten Prediger, den er je gehört hatte, doch die Tage zogen sich hin und die Abende wurden einsam.

Er trug eine bittere Bemerkung in sein Tagebuch ein:

Ich hätte genauso gut in Plymouth bleiben können! Wenn Onkel Edward wiederkommt, werde ich ihn dazu bewegen, mich mit irgendeiner Aufgabe nach London oder sonst wohin zu bringen. Wenn diese Woche nichts passiert, sterbe ich in diesem Nest noch vor Langeweile! Bitte, lieber Gott, gib mir irgend etwas hier zu tun!

Am Tage nach diesem jammervollen Gebet begab sich Matthew voller Verzweiflung zu John Bunyan. „Nehmt mich nächste Woche mit, wenn Ihr zum Predigen geht!“

Bunyan warf ihm einen verständnisvollen Blick zu und nickte. „Ihr langweilt Euch, Mr. Winslow, wie? Nun, das ist ein kleiner Ort. Hier geschieht im Augenblick nichts Aufregendes. Wartet, am nächsten Sonntag gehe ich nach Elstow. Das ist meine alte Heimat, und dort gibt es eine gottesfürchtige Gemeinde ohne eigentlichen Pastor. Möchtet Ihr mich gerne dorthin begleiten?“

„Ja! Sagt mir Zeit und Ort, und ich bin Euer Mann, Bunyan!“

Der Kesselflicker lachte und gab Winslow einen kleinen Stoß gegen den Arm. „Vielleicht seid Ihr uns sogar eine Hilfe. Könnt Ihr denn singen?“

„Ich werde mein Bestes tun“, meinte Matthew grinsend. „Alles für ein bißchen Abwechslung!“

„Seid am Sonntag bei Tagesanbruch hier, junger Mann“, sagte Bunyan und nickte. „Und betet viel für den Gottesdienst, vergeßt das nicht!“

Das war am Donnerstag gewesen. Mit einem Gefühl der Erleichterung traf Matthew beim ersten Schein des Tages, der das Dörfchen streifte, mit Bunyan zusammen. „Kommt, sputen wir uns!“ sagte Bunyan lächelnd, und die beiden machten sich auf den Weg nach Elstow, das nur acht Meilen von Bedford entfernt lag. Während des Gehens erzählte Bunyan dem Jüngeren von seinen Anfängen. Als junger Mann war er ein großer Sünder gewesen, hatte in Cromwells Modellarmee gedient und war nach dem Krieg unter dem Einfluß von Giffords Predigten Christ geworden. Gifford hatte einige Jahre vor ihm mit seiner Verkündigung begonnen.

Die Sonne stand hell am Himmel, als die beiden Männer nach Elstow kamen. Bunyan begrüßte jeden, der ihnen begegnete. Er führte Matthew zu einem großen scheunenartigen Gebäude im Norden des Ortes. Zu Matthews Überraschung war der Raum voll. Er suchte sich einen Sitzplatz auf einer der Bänke, die keine Lehnen hatten, und in den nächsten drei Stunden lauschte er wie gebannt diesem Kesselflicker zu, der die machtvollste Predigt hielt, die Matthew je in seinem Leben vernommen hatte!

Es war eine starke Predigt, und zuerst vermochte er nicht zu sagen, warum sie ihm so anders erschien. Nach und nach erkannte er, daß es die eigenartige Vorstellungskraft war, welche die Heilige Schrift und die Botschaft miteinander verknüpfte. Bunyan besaß die Gabe des geborenen Geschichtenerzählers, und er setzte sie meisterhaft ein, so daß selbst kleine Kinder dasaßen und zuhörten, als ob sie alles verstünden.

Am stärksten war Matthew aufgewühlt, als er von Jesus sprach – meist als „der Mensch“ –, denn Bunyan war von tiefer Liebe zu Jesus Christus erfüllt, die sich seinen Hörern mitteilte. Nie hatte Matthew bei einem Prediger solch poetische Gestalten und solch schlichte Hingabe erlebt!

Er wurde mitgerissen, und als Bunyan um die Mittagszeit zum Ende kam, schob er sich nach vorn, um bei ihm zu sein. Er drehte den Kopf nach allen Richtungen, um ihn zu sehen, und merkte auf einmal, daß sein Fuß auf etwas Weiches trat. Im nächsten Augenblick vernahm er einen schwachen Schmerzensschrei.

„Oh, verzeiht bitte!"

Bei diesen Worten blickte er in die Augen der schönsten Frau, die er je geschaut hatte!

Sie war nicht sehr groß, ihre schwarzen Locken reichten ihm kaum bis zu den Schultern. Ihre tränenerfüllten Augen waren so dunkel, daß man kaum die Pupille wahrnehmen konnte. Sie biß sich auf die Lippe und schwankte hilflos, und so faßte er sie ohne weitere Überlegung am Arm und sagte: „Was bin ich doch für ein Tollpatsch! Wartet, ich bringe Euch zu einem Stuhl."

„Es ... geht schon." Ihre tiefe, heisere Stimme verriet eine Spur von Akzent, den Matthew ganz entzückend fand. Sie versuchte auf ihrem Fuß zu stehen, stöhnte und meinte dann: „Ich setze mich doch besser hin."

„Kommt, ich helfe Euch!" Matthew führte sie durch die Menge hindurch, und dabei entging ihm trotz ihres dunkelgrauen Kleides nicht, daß sie eine wunderbare Figur hatte. Er brachte sie zu einer Bank, wo er stehenblieb und sich wie ein Tölpel vorkam. „Kann ich irgendwas für Euch tun?"

„Nein, es wird bald wieder in Ordnung sein." Sie sah zu ihm auf, und er glaubte nie im Leben solche Farben gesehen zu haben. Ihre Lippen wirkten gegen die blasse Haut wie leuchtendrote Blütenblätter, und von den großen Augen und den geschwungenen Brauen ging etwas Berükkendes aus. Plötzlich lachte sie und sagte: „Seid nicht so töricht! Ihr seid mir doch nur auf den Fuß getreten."

Erleichtert atmete er auf, meinte aber kopfschüttelnd: „Es ist so ein zierlicher Fuß, und meine Füße sind so groß."

Lächelnd bemerkte sie: „Mir geht's schon wieder gut – oh, da kommt meine Tante." Sie sprach ihre Worte mit einem schwachen französischen Akzent aus, und Matthew wandte sich zu der Frau um, die neben sie getreten war.

„Ist alles in Ordnung, Lydia?"

„Ja. Ich habe mir nur den Knöchel übertreten, Tante", sagte sie und richtete ihre großen dunklen Augen auf Matthew, der rasch erklärte: „Ganz mein Fehler. Ich bin so tollpatschig!"

In diesem Augenblick erschien John Bunyan und sagte: „Aha, Ihr habt Euch schon bekannt gemacht?"

„Nein."

„Miss Smith und ihre Nichte, Lydia Carbonne. Dies ist Matthew Winslow. Seinen Onkel kennt Ihr, glaube ich, schon?"

Die Erwähnung seines Onkels milderte den etwas strengen Ausdruck auf Miss Smiths Gesicht. „Selbstverständlich", bekräftigte sie mit einem Nicken des Kopfes. Sie warf Matthew einen prüfenden Blick zu und stellte fest: „Ihr seht ihm sehr ähnlich."

„Ach, die Winslows sehen sich alle gleich", meinte Matthew achselzuckend.

„Draußen gibt es Erfrischungen", schaltete sich Bunyan ein. „Wollt Ihr mitkommen?"

Er führte sie ins Freie hinaus, wo Tische aufgestellt waren, die bald mit kaltem Braten und frischem Brot gefüllt wurden. Bunyan und Miss Smith waren rasch in ein Gespräch vertieft, und Matthew fand Platz neben der Nichte, die mit herzhaftem Appetit zugriff.

„Ihr solltet Euch lieber stärken, Mr. Winslow", meinte sie lächelnd. „Pastor Bunyan hat noch gar nicht richtig angefangen. Die zweite Hälfte der Predigt steht uns nach dem Lunch bevor."

Matthew Winslow hätte Sägemehl verzehren können statt kaltem Rindfleisch, er hätte es nicht gemerkt! Er blickte in die schwärzesten Augen, die er je gesehen hatte, und er brauchte seine ganze Kraft, um seine Gedanken bei der Unterhaltung mit Lydia zu halten.

Als er merkte, daß er sie wie ein Dummkopf anstarrte, nahm er sich zusammen und begann sie nach ihrer Herkunft zu fragen. Er erfuhr, daß sie Waise war. Ihre Mutter und ihr Vater (natürlich Franzose) waren von einer Seuche dahingerafft worden, und ihre unverheiratete Tante, Martha Smith, hatte sie zu sich genommen. Ihr Geplauder wurde durch die Predigt unterbrochen, und Matthew mußte sich damit begnügen, hin und wieder Blicke auf ihr schönes Gesicht und ihre feine Gestalt zu werfen, während Bunyan vorne predigte.

Viel zu schnell war alles vorbei. Wäre es nach Matthew gegangen, dann hätte Bunyan noch endlos weiterreden können!

Eins war ihm jedoch sicher – für die kommende Woche war er zu Miss Smith zum Tee eingeladen!

Auf dem Rückweg nach Bedford war Matthew wie trunken. Seine heitere Stimmung vermochte den Prediger nicht völlig zu täuschen, der ihm in seiner ruhigen Art zulächelte, als sie an der Straße angelangt waren, wo Matthew sich zum Haus der Goodmans wandte.

„Das war eine großartige Predigt, Mr. Bunyan", sagte Matthew aus vollem Herzen, als er ihm die Hand schüttelte.

„Was meint Ihr zum zweiten Teil?" erkundigte sich Bunyan, ohne das Gesicht zu verziehen. „War er hinsichtlich der Lehre genauso interessant wie der erste Teil?"

„Nun …" Matthew bemerkte, daß sich ein leichtes Lächeln um

Bunyans Lippen kräuselte, das er erwiderte. „Nun, was das anbetrifft, er traf genau die Wahrheit – und die Gemeinde war großartig."

„Ja, das war sie, wie?" stellte Bunyan fest. Dann lachte er. „Ihr solltet am nächsten Sonntag lieber in der ersten Reihe sitzen, Bruder Winslow. Mit einer schönen Frau wie Lydia Carbonne kann ich's nicht aufnehmen!"

Matthew errötete, doch schließlich mußte er grinsen. „Ihr habt scharfe Augen, Mr. John Bunyan."

Bunyan schlug ihn kräftig auf die Schulter. „Wißt Ihr, ich war auch einmal jung!"

An diesem Abend fand sich in Matthews Tagebuch nur eine einzige Zeile:

Lydia – Lydia – Lydia – Lydia – ach, Lydia Carbonne!

KAPITEL DREI

Ein junger Mann und seine Phantasie

„Lydia, du mußt auf der Stelle damit aufhören, dich mit diesem Manne zu treffen!"

Lydia Carbonne blickte von ihrem Platz vor einem Tischchen, wo sie sich die Haare bürstete, trotzig zu der hohen Gestalt ihrer Hüterin auf. Sie preßte die vollen Lippen zusammen, und in ihren Augen loderte ein rebellisches Feuer. Sie hatte diese Erklärung in den vergangenen beiden Monaten in der einen oder anderen Form immer wieder von Martha Smith vernommen. Zuerst hatte sie seufzend nachgegeben, doch nun schüttelte sie den Kopf, daß die rabenschwarzen Locken um ihre Schultern tanzten.

„Es ist nichts Unrechtes daran, Matthew Winslow zu sehen."

„Es ist aber etwas Unrechtes daran, wenn sich ein junges Mädchen selbst mit einem Mann in der Öffentlichkeit zur Schau stellt!"

„Das ist nicht wahr! Er begleitet mich zu den Versammlungen, kommt zum Tee hierher, und manchmal gehen wir zusammen spazieren, – willst du sagen, daß ich mich damit zur Schau stelle?"

Miss Smith blickte ihre Nichte voller Verzweiflung an. „Du bist genauso starrsinnig wie deine Mutter." Sie schüttelte den Kopf und fragte sich zum tausendsten Male, wie ihre Schwester Mary eine solche Närrin hatte sein können, einen Franzosen zu heiraten. Ihre Gedanken flogen zurück in die Vergangenheit, in eine andere Zeit, an einen anderen Ort, als sie der Mutter dieser feurigen jungen Frau in genau der gleichen Weise gegenüberstand.

In diesem selben Zimmer hatte Mary Smith kaum ein Jahr nach dem Tode ihres Vaters einen schneidigen jungen Ausländer kennengelernt, André Carbonne, hatte sich in ihn verliebt und war bereit gewesen, ihn zu heiraten. Ihre Mutter war eine Frau ohne innere Kraft und vom Tode ihres Mannes darniedergebeugt gewesen. So war es an Martha, diese Verbindung nach Kräften zu verhindern.

„Er hat nicht einmal den gleichen Glauben wie du", hatte sie Mary entsetzt vorgehalten. „Deine Kinder werden einmal als Götzenanbeter heranwachsen, was Gott verhüten möge!"

„Nicht alle Christen stehen außerhalb der katholischen Kirche!" hatte ihre Schwester heftig erwidert. Von diesem Augenblick an wußte Martha

Smith, daß keine Hoffnung bestand, das Mädchen könnte sich noch anders besinnen. „Wir werden heiraten und in Dover leben, Martha. Wir lieben einander, und ich will ihn haben!“

Nun, zwanzig Jahre später, beschlich Martha Smith das unheimliche Gefühl, daß ihre schon vor langer Zeit verstorbene Schwester Mary, die zusammen mit ihrem Manne in Frankreichs Erde bestattet war, auf irgendeine Weise vor ihr stand. Als ob Mary zurückgekommen wäre! dachte sie hilflos. Die gleiche Schönheit – der gleiche rebellische Geist – wie die Sünde der Hexerei! Der Gedanke erschreckte sie, und rasch sagte sie: „Du kennst diesen Mann nicht. Er ist ein Fremder für uns.“

„Ich kenne ihn durchaus, Tante Martha“, fuhr Lydia auf. Sie fuhr sich noch einmal mit einem Elfenbeinkamm durch ihr üppiges Haar, erhob sich und trat neben die Ältere. Sie legte ihrer Tante die Hand auf den Arm und sagte mit veränderter Stimme ruhig: „Hab keine Angst. Ich weiß, daß es dir das Herz brach, als Mutter einen Mann von anderem Glauben heiratete. Es – es war auch für sie schwer, weißt du – von ihrer Familie ausgeschlossen zu sein.“

„Es war ihre eigene Entscheidung, Lydia.“

„Ich weiß, ich weiß, aber sie mußte einfach dem Manne folgen, den sie liebte. Verstehst du das denn nicht?“

„Ach Lydia, ich habe doch nur Angst um dich!“ Martha Smith war nie verheiratet gewesen, und dieses Mädchen war für sie die Tochter, die sie nie gehabt hatte. Nun entglitt sie ihr, und die Angst vor einer vielleicht drohenden Tragödie schlich sich in ihr Herz. „Will Howard möchte dich zur Frau nehmen. Ich hatte gehofft, daß du und er ein Paar würdet.“

„Ich liebe ihn nicht, Tante Martha, und könnte ihn auch niemals lieben.“

Nach dieser kategorischen Feststellung blieb kein Raum mehr für weitere Argumente, und schließlich äußerte sie die Frage, die sie bisher nicht zu stellen gewagt hatte: „Wirst du diesen Mann heiraten?“

„Wenn er um mich anhält, werde ich ihn heiraten.“

Ja, genau wie bei Mary! durchfuhr es Martha Smith. Mary stand genau hier im Zimmer, sie schaute mir ebenfalls direkt in die Augen und sagte die gleichen Worte: „Ich werde André heiraten, wenn er mich darum bittet.“

„Sprichst du mit Pastor Gifford darüber? Willst du mir wenigstens diesen Gefallen tun?“

Lydia zog lächelnd den Kopf ihrer Tante zu sich her und küßte sie auf die Wange. „Natürlich mache ich das. Und du brauchst dir keine Sorgen zu machen, Tante Martha. Er wird diese Frage niemals stellen.“ Plötzlich kam ihr ein Gedanke. „Matthew verbringt im Augenblick soviel Zeit mit John Bunyan zusammen, daß er mich womöglich vollständig vergißt!“

Der Gegenstand ihrer Unterhaltung saß in diesem Moment tatsächlich in Bunyans Häuschen in ein Gespräch mit dem Familienoberhaupt vertieft, bei dem es genau um das Thema Ehe ging. Allerdings redeten sie nicht von einer Heirat Matthews, sondern von Bunyans Ehe.

Da leichter Regen fiel, saß Bunyan nicht vor dem Haus auf einem Schemel bei der Arbeit, sondern am Tisch und brachte eine Anzahl von Nieten an einem Gerät aus Zinn an. Er hielt es ans Licht hoch und blickte über den Tisch auf Matthew. „Wie wär's mit Tee, mein Junge?“ Er richtete den Blick auf seine Tochter Mary, die am anderen Ende des Zimmers auf einem Schemel saß und nähte. „Mary, wärst du bitte so lieb und würdest für Bruder Winslow und mich Tee aufbrühen?“

„Ja, Vater.“ Matthew wandte sich um und schaute dem Mädchen zu, wie sie aufstand, mit traumwandlerischer Sicherheit zu der Stelle ging, wo die Teekanne auf einem Tisch stand, und sich anschickte, den Tee zuzubereiten. Matthew wußte, daß ihre Blindheit für Bunyan ein ständiger Quell der Sorge war, obwohl er selten darüber sprach. Doch nun lag ein Schatten des Kummers in seinen Augen, als er sie beobachtete.

„Sie ist wie ihre Mutter, Matthew. Ich wünschte, du hättest sie kennenlernen können.“ Alle vier Kinder Bunyans stammten aus der Ehe mit seiner ersten Frau, die im Kindbett gestorben war. „Sie war wirklich eine fromme Frau“, fuhr er fort, klopfte behutsam auf den Kopf einer Niete und hielt sein Werkstück erneut ans Licht.

„Wahrscheinlich hattet ihr eine schwierige Zeit, wie es bei den meisten jungverheirateten Paaren ist“, bemerkte Matthew.

„Schwierig? Ja, das war's wohl. Ich hatte nichts, doch sie besaß eine wundervolle Aussteuer, die sie mit in die Ehe brachte.“

„Wirklich?“

„Ja, Matthew. Mit dieser Mitgift wurde ich zum wohlhabenden Manne.“ Seine lebhaften Augen zwinkerten, als er aufstand und zu einem an der Wand festgenagelten Bücherbord trat. Er holte zwei Bücher heraus, kehrte zum Tisch zurück und legte sie vorsichtig vor seinen Gast hin. „Das ist sie.“

Matthew hob die abgegriffenen Bände auf und las die Titel laut vor: „‚The Plain Man's Pathway to Heaven' von Arthur Dent und ‚The Practice of Piety' von Lewis Bayly. Ich kenne diese Bücher nicht, John.“

„Sie sind pures Gold, mein Junge, pures Gold!“ bekräftigte Bunyan lächelnd. „Du weißt ja, daß ich auf eine recht ungewöhnliche Weise zum Herrn gefunden habe.“ Er legte die Hand auf Matthews Arm: „Vielleicht hab' ich dir die Geschichte schon einmal erzählt – aber ich selbst möchte sie noch einmal hören."

„Wie ging das zu, John?"

„Nun, du weißt ja, daß ich in der Armee war, und wir waren ungefähr so fromm, wie Soldaten es überhaupt sein können. Dafür kannst du Cromwell danken! Jeden Tag Predigten, und gnade Gott dem armen Teufel, der fluchte oder den Namen Gottes vergeblich führte! Er wurde über eine Kanone gebunden und bis aufs Blut ausgepeitscht! Aber es hat sich gelohnt, mein Junge." Seine Augen bekamen einen träumerischen Glanz, als er die Hände auf den Tisch stützte und sich vorbeugte, während seine Gedanken in die Vergangenheit schweiften. „Mit Chorälen zum Lobe Gottes auf den Lippen zogen wir in die Schlacht. Ich glaube, das jagte dem Feind mindestens ebensoviel Schrecken ein wie unsere Gewehre! Nun, eines Tages wurde ich ausgemustert und kehrte nach Elstow heim. Dort lernte ich Sarah kennen, heiratete sie und wir gründeten unseren Hausstand. Aber ich war ein wilder Bursch, Matthew, ja, ein wilder Bursch!"

„Und wie hat sich das geäußert, John?"

„Ach, wir machten am Sonntag törichte Spiele, läuteten zu den unmöglichsten Zeiten wie Mitternacht und so die Kirchenglocken, aber das Schlimmste waren die üblen Reden, die ich führte. Was hab' ich damals so zusammengeflucht! Doch dann ging ich eines Tages durch die Straßen von Elstow und sah einige arme Frauen neben einer Haustüre sitzen, die über die göttlichen Dinge redeten. Mir kam es so vor, als ob die Freude sie zum Sprechen bringe. Sie redeten so fröhlich und mit einem solchen Ausdruck der Gnade von der Schrift, daß es mir schien, als hätten sie eine neue Welt entdeckt!"

„Eine neue Welt, John?"

„Ja, nichts Geringeres!" Bunyan schüttelte den Kopf, als wundere er sich darüber, und fuhr mit leiser Stimme fort: „Ich wußte nichts von Jesus Christus außer dem wenigen, was ich in Predigten gehört hatte. Sie sprachen von Ihm wie von einem teuren Freund, der ihre Gesellschaft teilte. Das wollte ich auch haben! So wurde ich mit diesen armen Frauen bekannt und wurde in die Gemeinschaft aufgenommen, der sie angehörten. Es war wirklich wie die Reise in eine neue Welt, und als ich einige Monate später Mr. Gifford kennenlernte, war ich von einem solchen Hunger erfüllt, Gott zu finden, daß ich mit meiner Familie nach Bedford zog, nur um zu seinen Füßen zu sitzen. Ich habe das keinen Augenblick bereut."

„Er ist ein großartiger Prediger."

„Ja, wirklich ein Mann Gottes." Sie unterhielten sich über den Prediger, bis Mary ihnen zwei große Tassen mit Tee brachte und sich von Bunyan auf den Schoß nehmen ließ, während er das dampfende Getränk zu sich nahm. „Du bist so gut zu deinem alten Vater, mein Liebling!" rief er und nahm sie in die Arme. „Und eine große Hilfe für ihre Mutter – ich sag' dir, Master Winslow, das ist wirklich ein Wunder!"

„Ich weiß." Matthew betrachtete die beiden, wie sie so dasaßen. Bunyan drückte das Kind fest an sich, während ihre blinden Augen auf ihn gerichtet waren.

Die beiden hörten Bunyans Erzählungen zu, bis Elizabeth mit einem leeren Korb am Arm nach Hause kam. „Predigst du dem armen Jungen immer noch was vor, Mann?" erkundigte sie sich lächelnd. Elizabeth Bunyan war dreiundzwanzig, eine große, kräftige Frau mit den rosigen Wangen und klaren Augen ihrer sächsischen Vorfahren. Ihre Hände waren rauh von der Arbeit, doch sie besaß ein natürliches gewinnendes Wesen, das Matthews Bewunderung erregte. Sie hatte Bunyan geheiratet und die Versorgung seiner vier Kinder übernommen, obwohl sie eine weit bessere Partie hätte machen können.

Bunyan stand sofort auf, nahm sie in den Arm und sagte: „Setz dich erst einmal hin und laß dich von mir verwöhnen!" Lächelnd gehorchte sie. Er brachte ihr Gebäck und Tee, wobei er eine tröpfelnde Spur hinterließ. Matthew amüsierte sich darüber, daß der Kesselflicker, der in seiner Arbeit mit dem Metall so exakt und sorgsam war, beim Bedienen eine solche Sorglosigkeit an den Tag legte.

Sie erzählte von den Armen, die sie an diesem Nachmittag besucht hatte. Bunyan schüttelte betrübt den Kopf über jeden einzelnen Fall. Bei all seinem Wunsch, endlich in der weiten Welt aktiv werden zu können, genoß es Matthew, in die freundliche Atmosphäre dieser Familie eingeschlossen zu sein. Die kleineren Kinder kamen herein und hängten sich an Vater und Mutter, und Matthew zog Mary auf seinen Schoß. Lachend wischte er ihren Einwand, daß sie zu groß sei, beiseite.

Die Kinder gingen wieder zum Spielen bis auf Mary, die der Mutter beim Zubereiten des Abendessens zur Hand ging. „Sieht aus, als hätte es aufgehört zu regnen", bemerkte Bunyan. „Komm, wir machen noch einen kleinen Spaziergang vor dem Essen."

Sie gingen die Dorfstraße entlang, und Bunyan beobachtete verschmitzt, wie die Nachbarn alle auch den jungen Winslow begrüßten. „Du bist hier schon eine feste Einrichtung geworden, Matthew. Wie lange ist's her, seit du kamst – zwei Monate?"

„So ungefähr."

Unvermittelt drehte sich Bunyan zu Matthew um. „Du bist ganz hingerissen von dem Carbonne-Mädchen."

„Nun, sie ist eine charmante junge Frau –"

„Pah!" gab Bunyan zurück. „Glaubst du denn, ich habe keine Augen im Kopf? Selbst Mary, die nicht sehen kann, hat mich schon gefragt, wann ihr beiden heiratet."

Matthew blieb abrupt stehen und lehnte sich an die Steinmauer, die ein behagliches Häuschen umgab. Er zupfte eine Handvoll Moos zwischen zwei glatten Steinen heraus, strich mit den Fingern über die seidige Struktur und ließ sie zu Boden fallen. „Ich bin nicht zum Heiraten nach England gekommen, John. Zu finden –" Er verstummte und rupfte erneut ein Büschel smaragdgrünen Mooses ab. Seine Fingerspitzen fuhren leicht darüber, während er in Gedanken verloren dastand. „Um ehrlich zu sein, Bruder Bunyan, ich weiß nicht, was ich in England finden wollte. Vielleicht das Abenteuer – das wünschte ich mir schon immer! Aber die letzten Tage hier am Ort haben mich unsicher werden lassen."

Bunyan nickte weise und sprach: „Ich weiß, mein Junge, ich weiß. Bin ich nicht selbst von zu Hause fortgelaufen, als ich kaum ein junger Bursch war, um im Krieg zu kämpfen? Etwas davon steckt auch in dir. Du bist kein Mann, der sich damit zufriedengibt, vom Leben unversengt daheim zu sein und Rost anzusetzen, das sag' ich dir! Aber Krieg – nein, das ist keine Antwort." Kopfschüttelnd blickte er einer Schwalbe nach, wie sie anmutig durch die Luft segelte und sich am Kamin auf dem Haus hinter der Mauer niederließ. „Nein, Männer werden des Kampfes müde. Aber es gibt noch eine andere Art von Aktion, den Krieg des Geistes. Jesus ruft uns zu den Waffen, wie du weißt. Er fordert uns auf, die Rüstung Gottes anzulegen, uns als Athleten auf den Wettkampf vorzubereiten. Christ zu sein bedeutet kein behagliches, leichtes Leben – vor allem nicht in diesem armen Land im Jahre unseres Herrn 1660."

Matthew warf ein Moosbüschel zu Boden und sah Bunyan mit einem erregten Blitzen seiner blauen Augen an. „Ich glaube, an diesem Kampf werde ich teilhaben, John."

Bunyan umfaßte mit seinem Blick die schlanke Gestalt, das ihm zugewandte lebhafte, dreieckige Gesicht und schüttelte bedrückt den Kopf. „Es wird nicht leicht sein, mußt du wissen. Ich glaube nicht, daß wir diesen Krieg gewinnen können. Manche von uns werden nicht in ihrem Bett sterben – und manche werden ins Gefängnis geworfen oder über den Ozean vertrieben werden."

„Davor fürchte ich mich nicht!"

„Nein, jetzt vielleicht nicht. Aber ich sage dir auf den Kopf zu, Matthew Winslow, daß allein diejenigen diese kommende Finsternis überleben werden, für die der Herr Jesus Christus lebendige Wirklichkeit ist! Kannst du sagen, daß das für dich gilt?“

Matthew neigte den Kopf, und zwischen beiden herrschte ein Schweigen von solcher Tiefe, daß er den fernen Schrei eines Brachvogels vernehmen konnte. Die Stille hielt an, nur vom Bimmeln der Glöckchen einiger Schafe auf einer entfernten Wiese unterbrochen.

Als er den Kopf hochreckte, lag auf seinem Gesicht ein Ausdruck aus Traurigkeit und Verlangen. „Nein, John“, sagte er langsam. „Das kann ich von mir nicht sagen. Ich beobachte die Leute hier, und ich muß dir bekennen – wie ich es auch Pastor Gifford bekannt habe –, daß Christus sich in meinem Herzen nicht dargestellt hat. Noch nicht! Aber ich bin bereit, mich in diese Schlacht zu werfen, die du ankündigst.“

Bunyan richtete sich gerade auf und blickte den jungen Winslow prüfend an. Was er in diesem Gesicht sah, gefiel ihm, doch im Augenblick war er nicht bereit, viel zu sagen. „Du stchst erst am Anfang, Matthew. Gott wird dich führen – und ich sagte dir schon, daß du gewiß kein verstaubter Geschäftsmann wirst! Der Geist, der dich erfüllt, ist viel zu stark dafür!“

„Ich – ich bin einfach verwirrt von allem, John, aber in einem bin ich mir sicher: Ich möchte Lydia Carbonne heiraten.“

Bunyan schüttelte den Kopf. „Sei erst deiner selbst sicher, Matthew.“ Mit einer Handbewegung wischte er den Protest beiseite, der sich auf Matthews Lippen formte. „Erst einmal bist du noch jung und hast keinen Beruf. Ich höre zwar von Asa Goodman, daß du dich in der Geschäftswelt unter Umständen recht gut entwickeln könntest, aber zum Heiraten reicht das nicht.“

„Aber ich liebe Lydia!“

„Es gibt da etwas bei Lydia, was nur wenigen Menschen bekannt ist und was nicht einmal ihre Tante ahnt.“

„Und was?“

„Sie wirkt launisch, macht den Eindruck, als ob sie es mit ihrer Religion nicht ernst nehme, aber ich sag’ dir, das stimmt ganz und gar nicht! Selbst ihre Tante irrt sich da. Wegen ihres heftigen Widerstandes gegen die Heirat der Mutter bildet sie sich nun ein, daß der französische Einschlag die englische Frömmigkeit verdorben habe. Sei einmal ehrlich, mein Sohn: Hältst du die junge Frau nicht auch für etwas leichtfertig – wenn auch bildschön?“

„Ja, ich glaube schon, aber –“

„Du irrst dich, und du wirst feststellen, daß sich hinter ihrem hübschen

Aussehen ein eiserner Wille verbirgt. Ich hatte mehr als einmal mit ihr Gespräche über ihr Engagement für den Herrn Jesus Christus, und ich sage dir, sie wird nicht glücklich werden mit einem Mann, der nicht genauso Christ ist wie sie selbst."

„Und du denkst, daß ich nicht genug Christ bin, um ihr Mann zu werden?"

Bunyan legte dem jungen Mann lächelnd seine mächtige Hand auf den Arm. Sein gerader Blick verriet eine Mischung aus Zuneigung und Urteil. Dann sagte er leise, aber fest: „Ich glaube, du hast noch nicht zu dir selbst gefunden, mein Junge – und du hast deinen Gott noch nicht gefunden. Ich ringe im Gebet viel um dich." Er gab dem jungen Mann einen kräftigen Schlag auf die breiten Schultern und meinte aufmunternd: „Du wirst deinen Weg finden! Und nun komm, laß uns hineingehen."

Gemeinsam betraten sie das Häuschen, doch zum erstenmal hatte Matthew keinen Appetit auf Elizabeths Kochkunst. Er stocherte in seinem Essen herum und spielte nach der Mahlzeit noch eine Weile mit den Kindern. Endlich dankte er den Bunyans für ihre Gastfreundschaft und ging heim. In seinem Zimmer holte er sein Tagebuch heraus und versuchte, das, was sich in ihm abspielte, zu Papier zu bringen.

Bedford, 3. Oktober 1660.
Dieses Land ist wie im Fieber! Es gibt keine Regierung, und alle reden davon, daß Karl wieder den Thron besteigen soll. Pastor Gifford meinte, das werde innerhalb eines Monats geschehen, und jeden Sonntag ermahnt er die Gemeinde, sie sollten ihre Seelen auf die schrecklichen Ereignisse vorbereiten, die seiner Meinung nach kommen würden.
Was soll ich dann tun? Mich wie ein Straßenköter mit eingezogenem Schwanz nach Hause verziehen? Den Glauben verleugnen und der englischen Hochkirche beitreten? Das wäre ja so einfach! Und wie ist's mit Lydia? Ich habe mir selbst bisher keine Rechenschaft darüber abgelegt, doch in diesem Zimmer an diesem heutigen Abend fasse ich es in Worte, damit es mir für die kommende Heimsuchung Kraft und Sinn gibt: Bei meiner Seele, ich liebe diese Frau. Du bist jung, du weißt noch nicht wirklich Bescheid im Leben – du hast keinen Beruf! Das und noch mehr werden sie vorbringen.
Und wie lautet meine Antwort? Ich liebe diese Frau. Das ist meine Antwort, und selbst wenn sie meine Liebe nicht erwidert, weiß ich,

daß ich bis ans Grab ihr Bild in meinem Herzen tragen werde. Selbst wenn ich sie auf dieser Welt nie mehr wiedersehen sollte, hat sie für mich das Bild jeder anderen Frau zunichtegemacht – nein, nicht das Bild – die Wirklichkeit!
Was werde ich tun? Eins werde ich tun: Meinen ganzen Mut zusammennehmen, vor sie hintreten und sagen: Lydia Carbonne, ich liebe dich von ganzem Herzen. Ich will, daß du mein Leben, mein Bett und mein Herz mit mir teilst, solange ich hier auf Erden lebe. Wahrscheinlich sagt sie nein. Das ist dann ihre Entscheidung. Mein Beschluß ist jedenfalls gefaßt – ihr meinen Namen und meinen starken rechten Arm anzubieten – und mein Herz – so wahr mir Gott helfe!

Behutsam schloß Matthew das Tagebuch, reinigte die Spitze des Federkiels und legte ihn auf die Schreibtischplatte. Sein Gesicht war blaß, als er sich neben seinem Bett niederkniete. Anstelle des ziemlich routinemäßigen Gebetes, mit dem er für gewöhnlich den Tag beschloß, hob er das Gesicht empor und harrte lange Zeit auf irgendeine Antwort. Endlich ging er zu Bett, wo er lange dalag und an die Decke starrte.

Lydia meinte später zu Matthews Heiratsantrag: „Das war der ungewöhnlichste Heiratsantrag, den je ein Mann gemacht und je ein Mädchen erhalten hat!“

Den Schauplatz bildete die kleine Kapelle in Elstow. Zuhörer waren die Mitglieder der Separatistengemeinde, die sich zu ihrer üblichen Sonntagspredigt versammelt hatten. Da die Gemeinde keinen eigenen Pfarrer besaß, war John Bunyan gebeten worden, die Predigt zu halten. Er hatte eben mit dem siebten Hauptthema begonnen, als Matthew Winslow mit kreideweißem Gesicht eintrat. Im allgemeinen nahm er hinten in der Kirche Platz, doch bei dieser Gelegenheit ließ er den Blick über die Gemeinde schweifen, und als er Lydia entdeckt hatte, die mit ihrer Tante in der zweiten Reihe saß, schritt er unbeirrt über den hölzernen Boden und setzte sich nachdrücklich neben sie.

Lydia erschrak, denn die Gemeinde von Elstow hielt sich an die alten Gepflogenheiten, daß die Männer auf der einen und die Frauen auf der anderen Seite ihren Platz hatten. Sie riß die großen Augen auf, als Matthew neben ihr Platz nahm, und spürte zugleich, wie ihre Tante sich an ihrer anderen Seite ärgerlich rührte.

Matthew beugte sich vor und flüsterte ihr leise etwas zu, was sie nicht verstand, vor allem, weil Bruder Bunyan über die Hölle predigte und die

Gewohnheit hatte, die Stimme zu erheben, wenn dieses Thema behandelt wurde.

Er lehnte sich noch weiter vor, bis der schwarze Besatz ihres Kleides seine Wange berührte, als er ihr ins Ohr flüsterte, doch genau in dem Augenblick, als er seine Frage wiederholte, hieb Bunyan mit der Faust dröhnend auf den vor ihm stehenden Tisch.

Lydia war verwirrt, denn sie konnte sich nicht vorstellen, welch dringende Angelegenheit der Anlaß für ein solches Benehmen des jungen Mannes sein mochte. Sie wandte sich von ihm ab, doch er faßte mit festem Griff ihren Arm und zwang sie, ihn anzusehen. Diesesmal hob er die Stimme so, daß sie ihn mit unmißverständlicher Deutlichkeit verstehen konnte! Nicht nur sie, sondern jedes einzelne Gemeindeglied hörte ihn, denn genau in dem Augenblick, als er seine Stimme erhob, hielt Bruder Bunyan unvermittelt mit Sprechen inne. In die plötzliche, vollkommene Stille, die das Gotteshaus erfüllte, dröhnte Matthew Winslows klare, drängende Stimme: „Ich sagte, willst du mich heiraten, Lydia?"

Lydias Tante schnappte bei der lauten Frage plötzlich nach Luft und fuhr herum, wobei ihre große Bibel mit dumpfem Poltern zu Boden fiel. Summen schwirrte durch den Raum, und John Bunyan, der im Krieg Geschützdonner mit weit größerem Lärm gehört hatte, stand hinter dem Altartisch, den Blick auf das Paar gerichtet.

Lydia war wie vom Donner gerührt. Die nun einsetzende Stille schien ihr in den Ohren zu dröhnen, als ihr allmählich bewußt wurde, wie Blicke von allen Seiten auf ihrem Gesicht brannten. Ihre Lippen öffneten sich ein wenig, und sie fragte sich, ob sie ihn richtig verstanden habe. Sicherlich würde kein Mann einer Frau unter solchen Umständen die Ehe antragen!

Aber offensichtlich war Matthew Winslow genau der Mann, denn er schien die auf sie starrenden Zuschauer überhaupt nicht wahrzunehmen. Erneut sagte er: „Lydia, ich liebe dich und möchte, daß du mich heiratest!"

Die Röte schoß ihr ins Gesicht, während sie den Blick auf ihn richtete, und Tränen des Zorns füllten ihre Augen. „Nein!" fuhr sie ihn ärgerlich an, und mit einer Abruptheit, auf die niemand vorbereitet war, stand sie auf und verließ eilends die Kirche. Matthew blieb, dem zornigen Blick ihrer Tante preisgegeben, zurück.

Er wandte sich von der wuterfüllten Frau ab, schenkte weder dem Prediger noch der Gemeinde einen Blick und stürmte mit laut pochenden Absätzen aus der Kirche.

Als die Türe hinter Matthew zuschlug, richtete er einen verstörten

Blick auf seine Gemeinde, holte tief Luft und fuhr dann fort, als sei nichts geschehen: „Die Hölle“, so stellte er nachdrücklich fest, „wurde für den Teufel und seine Engel geschaffen – nicht für Menschen!“ Er warf einen flüchtigen Blick zur Türe, durch die das Paar verschwunden war, und setzte geheimnisvoll hinzu: „Für die Menschen schuf Gott andere Dinge – wie etwa die Ehe.“ Doch all seine Versuche, die Aufmerksamkeit seiner Herde wieder einzufangen, schlugen fehl.

Indessen lief Lydia, blind vor Tränen der Demütigung, stolpernd über das Kopfsteinpflaster die enge Gasse entlang. Als sie in den Weg einbog, wo sie mit ihrer Tante wohnte, packten kräftige Hände sie von hinten.

„Laß mich los!“ schrie sie und versuchte, sich aus dem eisernen Griff zu befreien. „Ich hasse dich, Matthew Winslow!“

Tränen strömten über ihr Gesicht, als sie mit Fäusten gegen seine Brust schlug. Endlich gab sie auf, ließ sich mit einer hilflosen Geste des Nachgebens an seine Brust fallen und stöhnte: „Was soll ich tun? Was soll ich tun?“

Er legte ihr die Hand unter das Kinn und hob ihr Gesicht zu sich hoch. Nie war sie ihm so schön erschienen.

„Warum hast du mir das angetan?“ rief sie.

Er zog sie an sich und sagte mit leidenschaftlicher Stimme: „Weil ich dich liebe! Und ich will dich haben, Lydia, oder bei dem Versuch mein Leben lassen!“

Sie zog scharf die Luft ein angesichts solcher Kühnheit, doch zu mehr blieb ihr keine Zeit, denn er neigte sich plötzlich zu ihr nieder und küßte sie heftig. Als seine Küsse sanfter wurden, merkte sie auf einmal, daß sich ihre Arme um seinen Nacken legten. Keiner von ihnen wußte, wie lange sie so dagestanden waren und wer sich zuerst aus der Umarmung des anderen löste. Voll atemlosen Staunens blickten sie einander an, und Lydia flüsterte: „Ich liebe dich, Matthew Winslow! Ich werde niemals einen anderen Mann lieben!“

Sie holte tief Luft und atmete langsam aus. Ihre Hand hob sich und fuhr zärtlich über seine Wange. Ein Lächeln breitete sich um ihre bebenden Lippen, als sie murmelte: „Ich wußte nie, daß die Liebe so sein kann.“

„Ich auch nicht“, erwiderte Matthew ruhig. „Aber das ist erst der Beginn, mein Liebling!“ sagte er mit triumphierender Stimme. „Erst der Beginn! Wir haben unser ganzes langes Leben vor uns für unsere Liebe!“

Ihre Antwort darauf erschreckte ihn, da sie so unerwartet kam. „Und wir können Gott gemeinsam lieben, nicht wahr, Matthew?“

Auf einmal fiel ihm Bunyans Feststellung ein: Nie wird sie mit einem Manne glücklich sein, der weniger Christ ist als sie selbst. Er hätte diesem

Gedanken mehr Beachtung schenken sollen, wäre er nicht so verliebt gewesen, doch er lächelte nur und sagte: „Ja, natürlich werden wir das!"

Sie drehten sich um und kehrten zur Kirche zurück, begleitet von einem Chor kleiner Vögel, deren Gezwitscher die Freude widerhallen ließ, die ihre Herzen erfüllte.

KAPITEL VIER

Wer eine Frau findet ...

Edward Winslow fühlte das Gewicht seiner Jahre, als er vor der Mote Hall aus der staubigen Kutsche stieg. Mit steifen Gliedern schritt er das zu Pastor Giffords Haus führende Gäßchen entlang und wechselte auf seinem Weg mit allen, die ihn grüßten, ein paar Worte. Die strahlende Maisonne warf einen goldenen Glanz auf die Strohdächer im Dorfe, doch er hatte an diesem Tag keinen Blick für die üppige Schönheit ringsum.

Ich bin wie ein alter Hund, der ein Plätzchen zum Sterben sucht, dachte er müde. In diesem Augenblick blieb er abrupt stehen, denn er war stets ein von großem Eifer erfüllter Mann gewesen, und die Erkenntnis, daß er aufgegeben habe, überfiel ihn. Er blieb mitten auf der Straße stehen und nahm die weißgetünchten Häuser Bedfords und die schnatternde Gänseherde, die auf der Dorfwiese einhermarschierte, nicht wahr. Plötzlich entsann er sich des Tages, da er unmittelbar vor Southampton mit Pastor Robinson – auch er schon tot – an Deck der „Mayflower" stand. An jenem Tage warfen sie gemeinsam mit der kleinen Schar von Gläubigen einen letzten Blick auf England und wandten sich dann ganz dem unsichtbaren Land weit jenseits des Ozeans zu. Er spürte einen Klumpen im Hals, als er an die Gefährten dachte – Standish, Alden, Mullins, Bradford und Kapitän Christopher Jones! Sie alle sind dahingegangen – und ich folge ihnen bald nach.

„Mr. Winslow!" Eine Stimme drang an sein Ohr und unterbrach seine Erinnerungen. Er wandte sich um und erblickte Pastor Gifford in Begleitung seines Neffen. „Ihr seid zwei Tage verspätet", sagte Pastor Gifford, als er seine Hand ergriff. „Wir haben uns schon Sorgen gemacht."

„Seit der König aus Frankreich zurückgekehrt ist, waren zwei Tage lang alle Kutschen besetzt." Traurig schüttelte er den Kopf. „Ich wäre froh und glücklich gewesen, wenn ich früher hätte fahren können."

„Komm mit, Onkel Edward", sagte Matthew rasch, dem die offensichtliche Erschöpfung des Älteren nicht entgangen war. „Diese Fahrten in der Kutsche können einen wirklich so ermüden, daß man sich nur noch nach dem Bett sehnt. Ich werde dich zu Pastor Giffords Haus begleiten. Unterwegs kannst du uns die neuesten Nachrichten erzählen."

„Ich glaube, ich werde mich zuerst ein wenig ausruhen, Matthew", meinte sein Onkel. Er ließ sich von Matthews behutsamem Druck auf seinem Arm durch die Straße führen. Er sprach wenig auf dem Weg an der ersten Häusergruppe nördlich der Mote Hall vorbei, doch als sie vor dem Häuschen des Pastors angelangt waren, seufzte er erleichtert auf.

„Liebe Frau!" rief Gifford nach dem Überschreiten der Schwelle, „wir haben einen Gast."

Giffords Frau Sarah, eine kleine, stämmige Person von fünfzig Jahren, erhob sich von ihrem Platz neben dem mächtigen Kamin. Ihr Gesicht leuchtete beim Anblick des Älteren auf. „Wie schön, seit zwei Tagen habe ich nach Euch Ausschau gehalten! Setzt Euch und genießt diese Fleischpasteten, die ich gegen meinen Mann und Euren Neffen verteidigen mußte!"

„Ja, nimm Platz, Edward", forderte Gifford ihn auf und schob einen schweren Stuhl vom Tisch zurück. „Setzt Euch auch", sagte er zu dem jungen Winslow gewandt. „Du kannst dich nach dem Essen hinlegen, Edward, aber jetzt laß uns die große Neuigkeit hören."

„Charles ist König von England – mehr gibt's dazu nicht zu sagen", meinte Winslow bedächtig. Er griff in seine Innentasche, kramte ein wenig darin und zog ein Schreiben heraus. „Ein Brief von deinem Vater."

Matthew öffnete seinen Brief und hörte nebenbei Pastor Gifford sagen: „Nun, wir wußten, daß es so kommen würde!"

„Ja, wir wußten es." Winslow beugte sich vor und stützte die Stirn auf seine Faust. „Gewiß, wir wußten es, John – aber ich glaube nicht, daß auch nur einer von uns sich wirklich darüber im klaren ist, wie es werden wird."

„Damit hast du wahrscheinlich recht", erwiderte Gifford langsam. „Eine tiefe Nacht wird sich auf die Seele unserer Leute senken."

Während sich die beiden Älteren über die neue Ordnung und die Probleme, die dadurch auf ihre kleine Welt zukamen, unterhielten, las Matthew die kurzen Zeilen:

Mein lieber Sohn Matthew!
Deine Bitte, daß wir nach England reisen sollen, um deine junge Frau kennenzulernen, ist außer jeder Frage. Ich fürchte, du machst dir immer noch nicht klar, wie krank deine Mutter wirklich ist. Sie ist jetzt fast ständig bettlägerig, und ich muß zu Hause bleiben und sie versorgen bis auf die Zeit, wenn Nachbarn kommen und bei ihr sitzen.
Ich getraue mich nicht einmal, zum Predigen in eine der Gemeinden über Nacht wegzugehen, weil ich Angst habe, sie könnte bei

meiner Rückkehr verschieden sein. Sie ist völlig bereit, zum Herrn heimzukehren. Heute früh, als eine der guten Frauen sich erkundigte, ob sie Angst habe, erhob sie sich mit einem Feuer in den Augen, wie es ihr eigen war, als ich ihr das erste Mal begegnete, und sie sagte nachdrücklich: „Angst? Wie sollte ich Angst haben vor dem, den ich diese ganzen fünfzig Jahre hindurch geliebt und nach dem ich mich gesehnt habe?"

Deine Briefe lernt sie Wort für Wort auswendig und hat nur den einen Wunsch, daß sie deine junge Frau hätte sehen können. Doch am meisten bedeutet ihr – und auch mir, mein Sohn! – der Teil deines letzten Briefes, in dem du schreibst, daß du den Weg des Herrn beschreiten willst. Das erfüllte ihr Herz, und auch das meine, mit Freude, zugleich mit dem Brief deines Onkels, in dem er von deinem Interesse spricht, gemeinsam mit dem guten Master Bunyan zu predigen.

Als wir schieden, Matthew, sagte ich zu dir: „Bleibe Gott und dir selbst treu." Ich kann dem nur hinzufügen, daß deine Mutter und ich heute großes Vertrauen in dich setzen, und wenn wir uns auf dieser Erde nicht wiedersehen sollten, dann werden wir doch in einem besseren Reich wieder vereint!

Gilbert Winslow

Matthew blinzelte beim Lesen heftig, und seine Augen brannten. Er biß sich beim Zusammenfalten des Briefes, den er in die Tasche steckte, auf die Lippen. Er wußte, daß er mit seiner Heirat übereilt gehandelt hatte, und die Schuld lastete schwer auf ihm. Sein ursprünglicher Plan war gewesen, mit Lydia nach Plymouth zu reisen, damit sie seine Eltern kennenlernen konnte, und dann dort die Hochzeit zu feiern. Doch Martha Smith hatte derart heftige Einwendungen gegen eine solch lange Reise erhoben, solange Lydia noch unverheiratet war, daß sie den Plan aufgegeben hatten. „Wir gehen bald nach Amerika, mein Liebling", sagte Lydia, die um den Schmerz wußte, den er empfand. Doch die Reise war langwierig und teuer, und so hatten die fünf Monate ihrer Ehe nur dazu beigetragen, die Pein zu steigern, die Matthew beim Gedanken an seine Eltern fühlte.

Er schüttelte den Gedanken ab und hörte, wie sein Onkel von der Restaurierung Karls auf dem englischen Thron sprach. „Das ganze Land ist ein einziger riesiger Freudenball, John. Du hättest die Aufregung sehen sollen, als Charles vorgestern das Ufer betrat! Er kam in einer Barke in Begleitung zweier Herzöge. Mr. Pepys war bei ihm, und der Kapitän der Brigg führte das Steuer. Auch Mr. Mansell und ein Hund, den der König liebt, waren dabei, – und noch viele andere aus seinem Nest in Frankreich. Eine große Menschenmenge war zu seiner Begrüßung gekommen, unter ihnen General Monk, der ihm mit aller Liebe und Achtung entgegentrat, die man sich vorstellen kann, und Tausende von Reitern und Adeligen jeder Art. Der Bürgermeister der Stadt überreichte ihm seinen weißen Stab, das Zeichen der Stadt, die der König ihm wieder zurückgab." Er stieß ein kurzes Lachen aus, und ein spöttischer Ausdruck trat in seine Augen. „Das wird dir gefallen, John. Der Bürgermeister gab ihm eine prächtig geschmückte Bibel, die Karl emporhielt mit den Worten: ‚Das ist's, was ich lieber habe als alles in der Welt!'"

„Glaubst du nicht, daß er es ernst meinte?" erkundigte sich Matthew.

„Ernst? Mit seinen aufgeputzten französischen Dirnen in seiner Kabine auf dem Schiff, die er gerade eben verlassen hatte?" Winslow schüttelte heftig den Kopf und hieb mit der geballten Faust auf den Tisch. „Ich sage euch, der Mann ist ein Schauspieler! Jetzt gefällt er sich darin, den wohltätigen Monarchen zu spielen, der seinen Feinden vergibt – aber denkt an meine Worte, innerhalb von wenigen Monaten werden sich Englands Galgen unter dem Gewicht derer biegen, die Cromwell am nächsten standen."

„Und was geschieht mit dir, Edward?" fragte Gifford rasch.

„Mich würde nicht im geringsten überraschen, wenn ich zu denen gehören würde, die Karl aufs Korn genommen hat."

„Aber – du wirst doch nicht hierbleiben, Onkel Edward?" fragte Matthew.

„Hierbleiben? Natürlich bleibe ich hier! Ich habe nicht mehr so lange zu leben, daß ich alles preisgebe, wofür ich gelebt habe, nur um einiger Stunden mehr auf dieser Erde willen!"

„Das mag für dich gut und schön sein, Edward", meinte Gifford mit bedächtigem Nicken. „Aber ich glaube, für deinen Neffen wäre es das beste, nach Plymouth zurückzukehren."

„Das denke ich auch", sagte der alte Mann.

„Aber ich nicht!" Das Gesicht des jungen Winslow lief rot an, und das energische Kinn rief dem Älteren plötzlich das Bild Gilbert Winslows vor Augen. Er schaute zu, wie Matthew aufstand und erregt in dem kleinen Raum auf und abging. Seine schlanke Gestalt vibrierte vor nervöser Energie. „Für was haltet ihr mich eigentlich? Für einen Feigling vielleicht?"

„Nun, Matthew, davon kann keine Rede sein", entgegnete Gifford besänftigend. Er hatte sich inzwischen an die raschen Stimmungsschwankungen des jungen Mannes gewöhnt und trug seine Argumente nun behutsam vor. „Zu allererst ist dies nicht deine Heimat. Die Geschehnisse hier sind nicht dein Kampf – ausgenommen vielleicht im Gebet. Zweitens bist du nun nicht mehr allein. Wärest du ledig, dann sähe die Sache anders aus. Aber, wie Mr. Bacon sagt: ‚Wer ein Weib und Kinder hat, gibt Geiseln in des Geschickes Hände.' Du mußt auch an Lydia denken. Und drittens stehst du unter ständiger Belastung wegen deiner Mutter. Du mußt einsehen, daß eine Rückkehr nach Plymouth das Klügste wäre."

„Vielleicht, aber du läßt eines außer Acht", entgegnete Matthew rasch. „Sie und ich, wie beide haben lange Gespräche über mein Predigen geführt, nicht wahr? Und das soll ich nun auch aufgeben? Und sagt mir nun bitte nicht, daß auch in Plymouth gepredigt werden müsse, Pastor Gifford! Ich werde Euch eine Stelle aus der Schrift zitieren, und dann sagt mir, wie ich diese Aussage ignorieren kann, ohne an meiner Seele Schaden zu nehmen: ‚Wer die Hand an den Pflug legt und siehet zurück, der ist nicht geschickt zum Reiche Gottes!'"

Pastor Gifford sperrte angesichts des hitzigen Eifers des jungen Winslow verblüfft den Mund auf. Dann lachte er kurz auf und meinte mit einer resignierten Handbewegung: „Ich überlasse ihn dir, Edward!"

„Das taugt auch nichts", meinte Edward lächelnd, und für einen Moment wurden seine Züge weich und glichen dem Gesicht des jungen Mannes vor ihm. „Die Winslows waren immer eigensinnige Toren, und der hier bildet keine Ausnahme, wie ich sehe. Sein Vater war genauso, und ich wahrscheinlich auch."

Matthew stand da in seiner vollen Größe; er stieß beinahe an den Balken über seinem Kopf. Lächelnd wandte er sich an Gifford: „Es wäre viel einfacher, wenn es sich um einen richtigen Krieg mit Schwertern und Büchsen handeln würde, nicht wahr? Einfach losziehen und um sich schlagen – dann tötet man eben oder wird getötet. Aber so ist es ja wohl nicht?"

„Nein, unsere Waffen sind nicht die Waffen des Fleisches, sondern die kraftvolle Zuversicht, daß Gott Festungen einreißen kann", erklärte Gifford nachdrücklich „Es ist schon ein mächtiges Bollwerk, das vor uns liegt – das Königreich England wird ausziehen und jeden einzelnen Puritaner und Separatisten zermalmen, und zwar sehr bald."

Stille trat ein, als Giffords Frau mit Schüsseln voll Fleisch an den Tisch trat. „Nun", warf der Jüngere ein, „Lydia wartet auf mich." Er schüttelte seinem Onkel die Hand. „Du kommst doch heute zum Nachtessen zu uns?“

„Abgemacht!“

„Allerseits guten Tag. Ich werde vor unseren Studien morgen das Buch von Mr. Hooker lesen, Herr Pfarrer.“

Nachdem er eilends weggegangen war und die beiden Männer sich ans Essen gesetzt hatten, erkundigte sich Edward: „Was hältst du von dem jungen Mann, John?“

Gifford kaute bedächtig auf einem Stück Fleisch herum, schluckte und erwiderte dann: „Entweder wird einmal etwas Großes aus ihm –“Er hielt inne, zuckte seine schmalen Achseln und beendete seinen Satz: „Er hat das Rohmaterial dazu, Edward, aber seine wahre Prüfung wird erst in dem Schmelztiegel zutagetreten, der uns allen bevorsteht.“

„Es würde Gilbert und Humility umbringen, wenn er versagt“, bemerkte Edward mit einem Ausdruck der Trauer in seinen alten Augen. „Er allein ist vom Hause Winslow übriggeblieben. Wenn er unterginge, wäre es, als ob es nie jemand von uns gegeben hätte.“

„Nein! Er wird nicht untergehen!“ fuhr Gifford unvermittelt auf, und sein sonst so milder Gesichtsausdruck verzerrte sich vor Zorn. „Dieser König mag sich einbilden, er könne uns auslöschen, aber es wird ihm nicht gelingen, nicht bei allem, was heilig ist! Du und ich, wir haben gekämpft, aber wir sind alt. Die jungen Männer wie dein Neffe sind es, die diesmal in die Bresche springen müssen!“

„Amen!“ bekräftigte Edward Winslow laut. Er blickte zur Tür und wiederholte mit andächtigem Flüstern: „Amen!“

Das winzige Häuschen am Rande des Ortes sah aus wie ein Puppenhaus. Es besaß einen einzigen Raum zum Kochen, Essen und Studieren und ein Kämmerchen von nicht mehr als acht Quadratfuß als Schlafzimmer. Matthew Prince, einer der Diakone, hatte es als Lager für seine Schmiedeausrüstung benutzt, war aber bereit gewesen, es den Jungvermählten besonders billig zu überlassen.

Für die beiden jungen Leute war es ein beglückendes Spiel gewesen, die Zimmer zu säubern, ein paar Möbelstücke aufzustöbern und sie an allen möglichen Stellen unterzubringen. Sie begannen ihren Hausstand mit einem Geburtstagsgeschenk von Edward Winslow, einem Säckchen mit Goldsovereigns. „Wenn dein Onkel Edward nicht wäre, dann müßten wir uns auf einem Baum einnisten!“ hatte Lydia einmal lachend bemerkt, als sie versuchten, ein Büffet an einer Wand aufzustellen, die höchstens zwei Zoll länger war als das massive eichene Möbelstück.

Er hatte das Ende polternd losgelassen, mit dem er sich abmühte, sie hochgehoben und ihr Gesicht mit Küssen bedeckt. „Lieber würde ich mit einer Frau wie dir in einem Baum hausen, als mit einer anderen in einem Schloß!"

„Matthew!" Trotz ihres Protestes lag in ihren dunklen Augen ein Ausdruck tiefer Befriedigung, der jeden Versuch zu schmollen scheitern ließ. Sie war immer ein Mädchen voller Romantik gewesen, viel zu sehr für den Geschmack ihrer Tante. Vielleicht zeigte sich darin das französische Blut. Auf jeden Fall war es ihr stets gelungen, das Gleichgewicht zwischen einem von Phantasie erfüllten inneren Leben und dem starren Glaubensbekenntnis und den strengen Praktiken des Pilgerweges zu wahren. Sie hatte schon sehr früh gelernt, kleine Dramen, die sie sich ausdachte, nur ganz allein für sich selbst darzustellen, und selbst wenn die Pantomime zu Ende war, blieb ihr eine lebhafte Vorstellung davon.

Diese kleinen Dramen waren tief in ihrem Inneren vergraben, doch fast von Anfang an war ihr klargeworden, daß der junge Mann, den sie geheiratet hatte, mindestens genauso romantisch veranlagt war wie sie selbst, auch wenn er es heftig leugnete.

Auf Außenstehende wirkten Matthew und Lydia wie ein recht konventionelles junges Ehepaar. Sie versorgte das kleine Häuschen, nähte, kochte und saß während der vier Stunden dauernden Predigten bescheiden neben ihrem großen, gutaussehenden Mann. Er wiederum ging getreulich seiner Arbeit an den staubigen Geschäftsbüchern von Asa Goodman nach und sah so feierlich aus wie ein Diakon.

Doch wenn sie in ihrem behaglichen Häuschen mit sich allein waren, hätte ihr Benehmen die Nachbarn, geschweige denn die Diakone und Pastoren, zutiefst schockiert! Beide hatten einen spielerischen Sinn, und ihre Wortspielereien, Späße und Scherze wären jedem anderen sinnlos erschienen, doch für sie bildeten sie eine Quelle beständigen Vergnügens.

Selbst als er jetzt eintrat, klopfte sein Herz ein wenig schneller beim Gedanken an sie. Sie kam ihm entgegen, warf die Arme um ihn und zog seinen Kopf zu sich nieder, um ihn zu küssen. So standen sie einen langen Augenblick und freuten sich aneinander, doch dann trat er einen Schritt zurück und zog den Brief aus einer Tasche. „Onkel Edward ist zurück. Er brachte einen Brief von Vater mit."

Sie überflog das Schreiben und blickte voller Sorge auf. „Das klingt sehr ernst."

„Ich glaube, das ist es auch. Vater ist kein Freund eitler Worte."

Sie biß sich auf die Lippe und sagte ruhig: „Du bist sehr bedrückt, nicht wahr?"

„Ich – ich wünschte, wir hätten heimkehren können." Als er den angespannten Gesichtsausdruck wahrnahm, zog er sie in seine Arme und setzte hinzu: „Nun, schmoll nicht, kleine Prinzessin. Es hat halt nicht sein können."

„Glaubst du, wir sollten jetzt fahren?"

Er ließ sie los und nahm auf der einzigen Bank im Zimmer Platz. „Onkel Edward und Pastor Gifford meinen, wir sollten gehen. Nicht nur wegen Mutters Krankheit, sondern weil sie glauben, daß uns harte Zeiten bevorstehen."

Mit einem Nicken ihres Kopfes setzte sie sich neben ihn, nahm seine Hand in ihre und sagte leise: „Und was sagst du dazu, mein Lieber?"

Er schüttelte eigensinnig den Kopf. Sie hatte gelernt, diesen Ausdruck zu erkennen. „Ich sage, daß wir hierbleiben. Wo gibt es in Amerika einen Mann wie Pastor Gifford oder John Bunyan als Prediger?"

„Schön, wir bleiben also!" rief sie, sprang plötzlich auf und lief zum Herd. „Oh je, ich hab' die Kartoffeln anbrennen lassen!"

Lachend trat er neben sie. „Vergiß die Kartoffeln! Da versuche ich, die wichtigste Entscheidung unseres Lebens zu treffen, und du zerbrichst dir den Kopf über angebrannte Kartoffeln!"

„Und du wirst dich wie ein Verrückter aufführen, wenn ich sie dir heute abend zum Essen vorsetze!" entgegnete sie lachend.

„Ich bin vielleicht verrückt – aber nicht wegen der Kartoffeln, sondern wegen dir." Mit diesen Worten packte er sie und wirbelte sie im Zimmer umher.

„Ach Prinzessin, ich wußte gar nicht, daß die Liebe so herrlich sein kann." Er blickte in ihr glühendes Gesicht und küßte sie zärtlich. „Meine Liebe, ich –"

„Einen guten Tag, Bruder Winslow."

Matthew ließ Lydia so plötzlich los, daß sie beinahe gestürzt wäre. Mit flammenden Gesichtern standen die beiden da und starrten auf John Bunyan und seine Frau Elizabeth, die unbemerkt zur Haustür eingetreten waren.

„Oh –", stotterte Matthew. „Nun, Bruder Bunyan, kommt herein – wir haben nur – nur –"

Lydia schob sich die üppigen Locken, die ihr über die Schultern gefallen waren, zurück und ging Elizabeth entgegen. „Kommt herein. Matthew und ich haben gerade über unsere Zukunft gesprochen!"

„Wie beglückend, junge Liebe zu sehen. Ich hoffe, ihr habt immer noch solche Freude dran, wenn ihr erst solange verheiratet seid wie unsereins!" Er legte seiner Frau den Arm um die Schultern und lächelte ihr zu. Dann erkundigte er sich: „Nun, Matthew, gehst du morgen mit mir nach Hinton zum Predigen?"

„Natürlich."

„Gut!" Mit einem Lächeln wandte sich Bunyan an den jungen Mann. „Ich denke, du könntest diesesmal ein paar Worte sprechen, Matthew."

„Willst du sagen, ich soll – predigen?"

Bunyan mußte über den Ausdruck des jungen Mannes lachen. „Irgendwann mußt du einmal anfangen, wie wir alle. Komm, Elizabeth, wir müssen gehen."

„Er ist wirklich ein wunderbarer Mensch", murmelte Lydia, als sie den beiden nachblickte. „So einfach."

„Ja, aber von tiefer Art", meinte Matthew nachdenklich. Er sah dem scheidenden Ehepaar nach. „Vier Kinder! Und ein weiteres unterwegs! Elizabeths erstes – und dann ist er vielleicht im Gefängnis oder deportiert worden. Wie kann er das nur aushalten?"

Lydia nahm seinen Arm und sagte ruhig: „Wir müssen beten, Mat thew, und ganz fest zusammenhalten. Weißt du, vor was ich am meisten Angst habe?"

„Vor was denn?"

„Nicht Gefängnis oder Verfolgung, sondern daß wir irgendwie getrennt werden könnten."

„Wie sollte das zugehen, Prinzessin?" fragte er zärtlich. „Ich würde dich niemals verlassen."

Sie stand da und hing mit ihrem Blick an den entschwindenden Gestalten der beiden Bunyans. „Ich weiß nicht wie, aber ich habe einfach Angst davor. Laß das niemals geschehen, Matthew!" rief sie und warf sich ungestüm in seine Arme.

„Niemals!" bekräftigte Matthew und streichelte über ihr Haar. „Mag die Welt einstürzen, wir beide bleiben zusammen."

Sie legte den Kopf in den Nacken und lächelte ihn mit zitternden Lippen an. „Mehr will ich gar nicht, Matthew. Das ist doch keine übertriebene Bitte, wie? Wir mögen von der Welt enttäuscht werden, aber wir können doch Gott um das eine bitten! Glaubst du, daß es allzu selbstsüchtig ist, Ihn darum zu bitten, daß Er uns zusammen läßt, solange wir auf dieser Erde leben?"

„Nein, bestimmt nicht."

Er führte sie in das dunkle Häuschen zurück, zog die Tür zu und sperrte damit die Welt mit all ihrem Lärm und ihren Forderungen aus. Als die Tür mit einem kräftigen Laut ins Schloß fiel, da wünschte er sich, daß es immer so leicht sein möchte – einfach sich aus der Welt zurückziehen, ein behagliches Versteck mit einem geliebten Menschen aufsuchen und die Tür schließen.

Doch als er sich zu Lydia umwandte, die ihm mit erhobenem Gesicht entgegenblickte, spürte er, wie ihn eine Welle von Fatalismus überflutete. Eine Wolke verhüllte die Sonne, schnitt die hellen Strahlen ab und hinterließ einen vagen, unbestimmten Schatten.

KAPITEL FÜNF

Der Himmel stürzt ein!

Richter Twisten wohnte im größten Haus von Bedford, einem ausladenden zweigeschossigen Fachwerkbau, über dessen Dachtraufen fünf mächtige Schornsteine emporragten. Wölkchen weißen Rauches quollen daraus hervor, die von dem scharfen Septemberwind erfaßt und zu einer Säule zusammengewirbelt wurden, bevor sie in den stahlgrauen Himmel hochstiegen. Das leuchtende Grün des Sommers lag unter einer düsteren Decke dürrer Blätter begraben, die unter den Schritten der drei Männer auf ihrem Weg von der Hauptstraße durch die lange Allee knisterten.

John Bunyan sah seine Gefährten an und richtete den Blick dann auf das Haus, das im Kreise einer gewundenen Zufahrt lag. „Ich wünschte, dein Onkel wäre hier bei uns, Matthew. Er ist mit dem Umgang mit Anwälten und Leuten der Regierung vertraut."

„Er könnte diesmal auch nicht viel unternehmen, John, selbst wenn er in der Lage gewesen wäre zu kommen", entgegnete Pastor Gifford. „Ich habe keinerlei Hoffnung auf Milde von seiten Twistens. Er haßt unseren Glauben seit eh und je."

Bunyan scharrte an den Ziegelstufen den Schmutz von den Füßen und verzog das Gesicht, als er den Türklopfer aus Messing kräftig gegen die Tür poltern ließ. „Ja, das glaube ich auch. Wie geht's ihm denn, Matthew, weißt du das?"

„Ziemlich schlecht." Zornesröte schoß Matthew ins Gesicht beim Gedanken an seinen Onkel, der in einem gemeinen Gefängnis in London in eine Zelle gepfercht war. „Er hat schwache Lungen, und die kalte Zelle könnte sein Ende bedeuten." Das Winslow-Blut kochte auf, und mit geballter Faust hieb er gegen die moosbewachsenen Ziegel. „Verflucht sollen sie sein! Einen alten Mann so zu behandeln, der sein ganzes Leben lang seinem Lande gedient hat!"

„Sie werden ihm aber niemals vergessen, daß er Cromwell diente", erinnerte Pastor Gifford. „Wie ich erfuhr, sind die Gefängnisse überfüllt mit Männern des Fünften Königreichs (Anm.d.Üb.: Siehe dazu die Deutung Daniel Kapitel 2 über die fünf Königreiche) und Separatisten, aber –" Er verstummte, als die Tür aufging, und erklärte: „Wir sind zu Richter Twisten gerufen worden."

„Er erwartet Euch", sagte der hochgewachsene, schmale Mann, der die

Tür geöffnet hatte und führte sie durch einen großen, offenen Raum einen breiten Korridor entlang, an dessen Wände Porträts mit streng dreinblickenden Männern hingen. „Hier herein bitte."

Die drei Männer betraten ein großes, mit Büchern angefülltes Studierzimmer, das von einem wuchtigen Schreibtisch beherrscht wurde, hinter dem Richter Simon Twisten Platz genommen hatte. Er war ein großer, stattlicher Mann mit einem Stiernacken. Seine Äuglein verschwanden beinahe in den Speckfalten, die sein Gesicht einrahmten. Er blieb ihnen einen Gruß schuldig.

Pastor Gifford wartete einen Augenblick, und als er merkte, daß der andere nicht bereit war zu sprechen, ergriff er das Wort: „Ihr habt uns kommen lassen, Richter Twisten?"

Der Richter blieb immer noch stumm. Seine Schweinsäuglein verrieten unmißverständlich seine Feindseligkeit. Plötzlich brach er sein Schweigen: „Ihr wißt, warum Ihr herbestellt wurdet, Gifford. Wir werden uns auf keine Diskussion einlassen!" Seine hohe Stimme, die in merkwürdigem Gegensatz zu seiner massigen Gestalt stand, schwoll an, und sein fettes Gesicht lief rot an: „Ihr seid Gesetzesbrecher, und ich werde auch nicht einen in diesem Lande dulden."

„Sir, ich möchte –"

„Ich habe gesagt, ich will nichts von Eurer glattzüngigen Rede hören! Ihr seid mit dem Conventicle Act bekanntgemacht worden. Ihr könnt Euch also Eure Bitten um Gnade sparen. Das Gesetz ist klar und deutlich; es verbietet die Zusammenkunft von mehr als fünf Personen zu religiösen Versammlungen." Er starrte Bunyan an und schleuderte ihm voller Bosheit entgegen: „Ihr, John Bunyan, seid als Verbrecher bekannt!"

„Ich bin kein Verbrecher!"

„Still!" brüllte Twisten. Er stemmte seinen wuchtigen Leib hoch und stand drohend vor ihnen. „Ihr predigt abends vor Gruppen von Menschen – wir verfügen über entsprechende Informationen. Und ich warne Euch, Bunyan, wenn ihr verhaftet werdet, dann unterliegt Ihr dem vollen Gewicht des Gesetzes!"

„Richter Twisten", wandte Gifford ein, „Ihr werdet gewiß nicht ein paar einfache Prediger mit Mördern und Dieben gleichsetzen!"

„Das Gesetz, Gifford, das Gesetz besorgt die Gleichsetzung!" fuhr Twisten ihn an, wobei er sich mit den Fäusten auf dem Schreibtisch aufstemmte, wie ein riesiger Bär vorbeugte und die drei anstarrte.

„Wohl das gleiche Gesetz, das einen alten Mann wie meinen Onkel mit gemeinen Mördern ins Gefängnis wirft?" warf ihm Matthew mit erhobener Stimme entgegen und trat mit einer so unerwarteten Bewegung einen

Schritt auf den Richter zu, daß Twisten sich aufrichtete und mit einem erschrockenen Ausdruck zurücktrat. „Das nennt Ihr Gesetz? Ich nenne das eine feige Tyrannei!"

„Matthew!" warnte Gifford und packte den jungen Mann mit festem Griff am Arm, kam aber zu spät.

Twisten fuhr herum und durchquerte mit einer für einen so massigen Mann erstaunlichen Geschwindigkeit den Raum. Er rieß die Tür auf und schrie: „Matthew Winslow, nicht wahr? Ihr werdet Eurem berühmten Onkel im gleichen Augenblick Gesellschaft leisten, wo ich von Euch auch nur ein einziges Wort höre, mit dem Ihr das Gesetz herausfordert! Solange der Verräter Cromwell lebte, hattet Ihr freie Hand bei den wahren Dienern des Königs – nun werden wir sehen, wer seinen Nacken vor der Königlichen Majestät, König Karl dem Zweiten, beugt! Hinaus!"

Matthew machte eine Bewegung auf den Richter zu, doch seine Arme wurden von Gifford und Bunyan eisern festgehalten. Während sie sich abmühten, ihn zur Tür hinauszuschaffen, rief er mit dröhnender Stimme: „Ihr gottloser Hund! Werft mich doch ins Gefängnis! Ich werde drinbleiben, bis Moos auf meinen Augen wächst, bevor ich mich Euch unterwerfe!"

Er tobte immer noch, als sie die Haustür durchschritten.

„Du junger Narr! Was wolltest du damit erreichen?" sagte Bunyan und schüttelte den jungen Mann, daß sein Kopf hin und herfiel.

„Erwartest du von mir, daß ich dastehe und mir das mitanhöre –!"

„Halt den Mund!" unterbrach Bunyan heftig. Als sie am Ende der Zufahrt bei der Hauptstraße angelangt waren, ließ er Matthew los und wandte sich mit raschem Schritt dem Ortszentrum zu. Gifford gesellte sich zu ihm.

Matthew stand da wie angenagelt und eilte dann los, um die beiden Männer einzuholen, die jedoch keine Notiz von ihm nahmen, sondern sich ruhig miteinander unterhielten.

„Keine Hoffnung auf Gnade von Twisten, wie ich's gesagt habe", bemerkte Gifford verzagt. Er warf rasch einen Blick auf den kräftigen Kesselflicker an seiner Seite. „Was wirst du nun machen, John?"

„Wozu Gott mich leitet!"

„Aber du kennst das Ende –, wenn sie dich beim Predigen fassen, wirst du deportiert, vielleicht auf Lebenszeit!"

Bunyan sah Gifford nicht an. Sein Blick war auf den Horizont gerichtet, wo kleine Gruppen dahintreibender Wolken das eintönige Grau des Himmels unterbrachen. Er schien in Gedanken verloren, und erst als sie gegenüber von dem Feld angekommen waren, wo der Fußweg zu seinem Häuschen abzweigte, hielt er an und wandte sich zu Gifford und Winslow um.

„Ich habe Angst, Pastor."

„Du – Angst?" fragte Matthew verblüfft. Nie hatte ein Mensch auf ihn den Eindruck solcher Hingabe gemacht wie John Bunyan. Er vermochte die Aussage des Predigers nicht zu glauben.

„Ja, ich habe Angst", sagte Bunyan schlicht. Er lächelte schwach und richtete den Blick auf Winslow. „Du hast mir oft gesagt, welch gute Vorstellungskraft ich habe, Matthew."

„Ja?"

„Nun, ich besitze wirklich mehr davon als die meisten Menschen, aber das ist ein Fluch – wenigstens in diesem Fall." Er fuhr sich mit einer seltsamen Geste mit der Hand über das Gesicht, als versuche er, unsichtbare Spinnweben fortzuwischen. Als er die Hand sinken ließ, lag auf seinem kräftigen Gesicht ein Ausdruck von Verletzlichkeit, wie ihn Matthew nie zuvor wahrgenommen hatte. „Jede Nacht habe ich einen Traum – immer den gleichen. Ich bin in einer Zelle, einer dreckigen, modrigen, mit Unrat überzogenen Zelle. Und im Traum bin ich schon so lange Zeit dort, daß ich mich gar nicht mehr daran erinnern kann, wann ich hierher kam, und kein Ende ist abzusehen! Jede Nacht ist eine Ewigkeit, die sich bis zum Ende der Tage erstreckt – aber das ist nicht das Schlimmste!"

„Was dann, John?" fragte Gifford ruhig.

„Meine Familie – meine Frau und meine Kinder." Bunyan strich sich mit der Hand über die Augen, und als er aufblickte, bemerkte Matthew, daß sie von Tränen erfüllt waren. „Ich höre sie draußen vor der Zelle weinen – vor allem Mary –, oh der Gedanke an meine arme Blinde und was sie erdulden muß, das bricht mir das Herz!"

Seine Gefährten standen hilflos da. Gifford warf einen raschen Blick auf Matthew, als wolle er sagen: ‚Diese Seite von John habe ich noch nie erlebt.' Behutsam erklärte er: „Das ist zuviel verlangt – von einem Mann mit Familie. Laß die Jüngeren in der ersten Reihe kämpfen, John."

„Soll ich vielleicht das Predigen aufgeben?"

„Nur für eine Weile."

„Nein! Niemals. Ich hab' dich vorher voreilig angefahren, Matthew", meinte er mit schwachem Lächeln. „Mir gefällt das, was du zu dem Richter gesagt hast! Wie waren doch deine Worte?" Er versuchte sie ins Gedächtnis zu rufen und fuhr dann fort: „ ‚Ich werde drinbleiben, bis Moos auf meinen Augen wächst.'" Er schlug Winslow herzhaft auf die Schulter. „Das waren deine Worte – und genauso empfinde ich."

„Aber deine Familie?" widersprach Gifford. „Was wird aus ihr?"

„Gott wird der Vater der Vaterlosen sein!" rief Bunyan aus. Er wirkte, als habe er ein Gewicht abgeschüttelt, das ihn bedrückt hatte. Er reckte die Schultern und richtete einen Blick auf Richter Twistens Haus, in dem keine Spur von Angst mehr lag. „Gott wird uns nicht verlassen. Wir stehen in Seiner Hand, und wenn es zu Seinem Lobe dient, daß wir in eine Zelle eingesperrt werden, dann werde ich das mit der Gnade Gottes auf mich nehmen!"

„Amen!" rief Matthew. „Gehen wir morgen nach Lower Samsell, wie wir's geplant haben?"

„Ja! Hol mich um fünf Uhr ab. Die Leute versammeln sich am Fluß. Wenn es sein muß, predige ich in der Dunkelheit!"

„Wenn ich du wäre, John, würde ich nicht hingehen", wandte Gifford ein. „Twisten ist kein Narr. Er wird dich beobachten lassen."

„Das mag so sein." Bunyan überlegte und meinte dann: „Die Schrift sagt, daß der kluge Mann auf seine Schritte achtet. Wir werden nach Einbruch der Dunkelheit fortgehen, Matthew. Auf diese Weise können wir sicher sein, daß uns niemand folgt. Ich glaube gewiß, daß niemand aus der Gemeinde uns verrät."

„Ich werde dort sein!" rief Matthew voller Begeisterung. Er winkte ihnen kurz und eilte nach Hause, um Lydia zu berichten.

„Er ist schon ein Hitzkopf, wie?" bemerkte Gifford und schaute dem jungen Mann mit einem Ausdruck der Zuneigung nach.

„Ja, das ist er. Wir hätten ihn in Cromwells Modellarmee gut gebrauchen können. Aber das wird ein Krieg ganz anderer Art. Wenn's eine Sache von Schwert und Schießpulver wäre, dann hätten wir in Matthew den idealen Kämpfer. Beschwerden dieser Art würde er auf sich nehmen. Da gäbe es Gefahr und Abenteuer in Menge – und darauf ist er ja aus. Aber seine Abenteuerlust ist nicht die Sache Gottes, und dieser Kampf wird anders sein. Kann er Verfolgung jener anderen Art – Gefängnis, Deportation und Bösartigkeit von höherer Stelle – auf sich nehmen?"

Gifford schüttelte den Kopf. „Das ist wohl nicht seine starke Seite, John. Wenn er nicht wirklich zu einem persönlichen Glauben findet, wird er's nicht durchstehen. Wir müssen versuchen, ihn davor zu bewahren."

„Wir können es versuchen, aber er ist jung – und er hat die Sache angepackt – einen heiligen Krieg." Bunyan wandte sich um und meinte: „Wir alle werden unsere Narben davontragen, Herr Pastor! Ich bete darum, daß der junge Winslow genug Glauben zu seiner Stütze finden möge!"

Die beiden Männer fielen in Schweigen und beendeten ihren Heimweg auf getrennten Pfaden.

Lydia wurde völlig überrumpelt, als Matthew mit erregt blitzenden Augen hereinstürmte. Sie hatte den Fußboden ihres kleinen Zimmers geschrubbt, als er durch die Tür stürzte und rief: „Lydia! Komm her!"

Er führte sie zum Tisch, und als sie sich gesetzt hatte, schritt er auf und ab und berichtete ihr dabei von der Begegnung mit Richter Twisten und seinem Entschluß, sich dem Kampf gegen die Tyrannei der Krone anzuschließen. Sie lächelte kurz, denn seine knabenhafte Aufregung belustigte sie, doch als er Bunyans Worte wiederholte, trat Ernüchterung ein. Sie hob die Hand, um ihn zu unterbrechen.

„Aber Matthew, du bist doch kein richtiger Prediger – noch nicht."

„Aber bald genug werde ich einer sein", entgegnete er unbekümmert. „Früher oder später akzeptieren sie mich, und bis dahin begleite ich Bunyan. Ha, morgen gehen wir nach Lower Samsell. Ich hab' vergessen, dir das zu sagen. Wir machen uns nach Einbruch der Dunkelheit auf den Weg – um die Männer des Sheriffs abzuschütteln." Seine Augen leuchteten bei diesem Gedanken, und unter lautem Lachen zog er sie vom Stuhl hoch.

Lydia zögerte und fragte dann ruhig: „Matthew, warum tust du das?"

Verwirrt von dieser Frage hielt er inne. „Nun, – um der Ehre willen, nehme ich an. Jemand muß der Tyrannei des Königs entgegentreten!"

„Tust du es auch für Gott?"

„Ja, ich glaube schon. Ich tue es auch für Gott!" Er packte sie mit seinen starken Armen und wirbelte sie herum wie ein kleines Mädchen. „Auf, ihr Männer des Königs! Kommt doch und versucht, uns zu fangen!"

Sie hatte von Anfang an diesen unbekümmerten Zug an ihm gefühlt, der einen Teil seines Charmes ausmachte. Sein Geist hatte etwas von einem wilden Falken, etwas Draufgängerisches, das sie als Teil seiner Persönlichkeit liebte.

Doch eine Wolke überschattete ihr Gesicht, und als er sie wieder auf die Füße stellte, wandte sie ein: „Aber es ist mit großer Gefahr verbunden! Früher oder später ...?"

Er hob ihre Hand an die Lippen und küßte sie. Als er dastand und ihr zulächelte, wirkte er entsetzlich jung. Kein Schatten lag in seinen strahlenden blauen Augen. Das reine Abenteuer erregte ihn – fast wie ein Glücksspiel oder ein Zweikampf mit Degen.

Plötzlich wurde sie von Furcht befallen. Blindlings schlang sie ihre Arme um ihn und hielt ihn so fest, daß er überrascht anhielt.

„Was – was ist denn los?" wollte er wissen. „Du hast doch nicht etwa Angst, Prinzessin?"

„Doch, ich fürchte mich", flüsterte sie mit zitternder Stimme.

„Du darfst keine Angst haben“, besänftigte er sie und hielt sie fest an sich gepreßt. „Ich kann auf mich selbst aufpassen.“

Seine Stimme klang so sicher, so glücklich, daß sie sich von ihm freimachte und sich die Tränen abwischte, die ihr in die Augen geschossen waren. „Das muß Gott in die Hand nehmen“, sagte sie ernst. Sie wußte, daß seine Verbindung zu Gott nicht so stark war wie ihre eigene, und das bereitete ihr Kummer. Wann immer sie sich in Gedanken mit der Ehe beschäftigte, hatte sie an einen Mann gedacht, der stärker war als sie, und in gewisser Weise war er das auch. Doch seine Erfahrung mit Gott war oberflächlicher Natur. Zwar spürte sie in ihm die Befähigung zu einem dem Dienste Gottes geweihten Leben, doch sein Glaube war noch nie geprüft worden, nie hatte er darum ringen müssen, Gott auf anderen als den gewöhnlichen Wegen zu finden.

Bei ihr war das anders. Bunyan hatte sie ganz richtig beurteilt, denn trotz ihres Aussehens (ihre Schönheit verführte manche dazu, ihr geistliche Haltung abzusprechen!) und ihrer gelegentlich etwas launischen Art hatte sie eine Zeit durchlebt, die sie nahe zu Gott geführt hatte. Der Tod ihrer Eltern hatte sie völlig niedergeschmettert und sie an den Rand des Wahnsinns gebracht. Niemand wußte, wie nahe sie daran gewesen war, den Verstand zu verlieren, doch in dieser schweren Krise hatte sie gelernt, zu beten und der noch leisen Stimme des Heiligen Geistes zu folgen.

Damals waren unter Führung von George Fox jene eigenartigen Menschen aufgetreten, die sich „Quäker“ nannten; wegen ihres fremdländischen Betragens wurden sie in ganz England verfolgt. John Bunyan hatte sich berufen gefühlt, gegen sie Stellung zu nehmen. Er verfaßte ein Buch, in dem er das erläuterte, was er als Irrtümer in der Lehre erblickte – und einer dieser Irrtümer war eine Doktrin des „Inneren Lichts“.

Obgleich Lydia keine tieferen theologischen Erkenntnisse besaß, hatte sie etwas von dem „inneren Licht“ erfahren. Es war plötzlich über sie gekommen, doch erst nach langem, verzweifeltem Beten. Sie hatte wenig gegessen, hätte das aber nicht bewußt als „Fasten“ bezeichnet, doch das Erlebnis trat ein, nachdem sie mehrere Tage lang nichts zu sich genommen hatte.

Sie war allein in ihrem Zimmer auf dem Bett gelegen, vom Weinen und von lauter Angst völlig erschöpft, als sie aufschrie: „Oh Gott, ich habe solche Angst! Hilf mir, bitte hilf mir!“

Da erlebte sie etwas, was sich völlig von allem unterschied, was sie bisher in ihrem Leben erfahren hatte. Sie vergaß es niemals, und ihr Leben wurde von da an weitgehend davon beherrscht.

Ihr armer, erschöpfter Körper schien auf einmal wie von Licht erfüllt, und ein Gefühl der Wärme durchrann ihren Leib! Mattigkeit und Magenschmerzen, die sie geplagt hatten, schwanden auf der Stelle, und sie fühlte sich warm und geborgen, ganz besonders geborgen, denn das war es, was sie am meisten brauchte. Sie war sich so entsetzlich allein vorgekommen!

Eine lange Zeit – wie lange, wußte sie später nie zu sagen – lag sie da in dem Gefühl der Wärme und Geborgenheit. Dann drang etwas in ihren Sinn, was sie nicht begreifen konnte. Es war keine Stimme, denn sie konnte nichts mit den Ohren vernehmen, doch die Worte waren da – tief drinnen, als wären sie in ihren Geist eingemeißelt.

Mein Kind, hast du mich lieb? Willst du mich in dein Herz einziehen lassen? Willst du mich für immer bei dir behalten?

Lydia sehnte sich von ganzem Herzen nach Liebe, Trost und Geborgenheit. Sie streckte die Hände aus, als wolle sie nach den tröstenden Armen ihres verlorenen Vaters greifen, und rief: „Ach ja, komm in mein Herz!“

Und im gleichen Augenblick kam jemand zu ihr. Sie vermochte es nicht zu erklären und unternahm auch gar nicht den Versuch. Doch es war, als öffne sich eine Tür und jemand betrete das Zimmer, der Gesundheit, Freude und inneren Frieden mit sich brachte!

Sie dankte Gott für diesen Gast, dessen Namen sie nicht wußte, und erhob ihre schwache Stimme zu Lob und Dank. Während sie betete, wurde ihr Geist von einer machtvollen Kraft erfüllt, und sie flüsterte: „Jesus, bist du das?“

In ihr Herz drang eine Antwort, erst leise, dann anschwellend, bis sie es kaum noch ertragen konnte.

Ja, ich bin nun in dir, mein Kind!

Lange Zeit war sie so dagelegen in dem Bewußtsein, daß sie ein anderer Mensch geworden war. Sie sprach zuerst mit niemand über ihr Erlebnis, doch eines entdeckte sie bald: Wann immer sie Kummer oder Angst empfand, konnte sie beten, und fast sofort wurde sie sich der Gegenwart des Herrn Jesus Christus bewußt!

Sie sehnte sich danach, Matthew von diesem Erlebnis zu erzählen, doch bisher war es ihr noch nicht gelungen. Als sie nun in seine strahlenden, blauen Augen blickte und ganz von ihrer Liebe zu ihm erfüllt war, erkannte sie, daß er von einem solchen Leben mit Gott nichts wußte – und das erschreckte sie zutiefst.

„Komm, Matthew, wir wollen beten“, sagte sie ruhig.

Überrascht sah er sie an. „Du besorgst das Beten, Prinzessin, und ich den Rest", meinte er lachend. Dann fing er aufgeregt an, über den bevorstehenden Gang nach Samsell zu reden, doch die Enttäuschung, die sich über ihr Gesicht breitete, bemerkte er nicht.

Am nächsten Abend bei Einbruch der Dämmerung ging er fort. Als er sie zum Abschied in die Arme nahm und küßte, leuchteten seine Augen vor Erregung. „Bleib auf und wart auf mich, Prinzessin!" flüsterte er unter glühenden Küssen. „Ich werde mit diesen Hetzhunden von Twisten Katz und Maus spielen, und wenn ich heimkomme, wollen wir feiern!"

„Ich werde für dich beten", erwiderte sie und rang die Furcht nieder, die sich in ihr regte.

„Ja, bete du", sagte er und grinste breit. Dann war er fort.

Sie ging ins Haus zurück und setzte sich mit schwerem Herzen an den Tisch. Sie wußte, daß Stunden vergehen würden, bis er zurückkam, vielleicht erst gegen Morgen. Die Last drückte sie so sehr, daß sie sich niederkniete und aus ganzem Herzen für ihn betete.

Sie flehte zu Gott, bis sie völlig erschöpft war und zusammengekauert mit einem Arm unter dem Kopf auf dem harten Fußboden niedersank und einschlummerte. Als im Morgengrauen heftig an die Tür geklopft wurde, erwachte sie allmählich, noch verwirrt und mit schweren Lidern vom Schlaf.

„Lydia! Lydia, wach auf!"

Mühsam erhob sie sich und stürzte beinahe, weil ihre Füße noch taub waren. Vor der Tür stand Pastor Gifford – allein. Sie warf nur einen einzigen Blick auf sein Gesicht und sagte sofort: „Sie wurden verhaftet, nicht wahr?"

„Ja, alle beide."

„Ich hole meinen Mantel."

Während sie langsam auf das kleine Gefängnis zuschritten, das auf einer Brücke über dem kleinen Fluß hingekauert lag, hörte sie still den Bericht Giffords an, wie Bunyan und Matthew in Haft genommen und des Gesetzesbruchs angeklagt worden waren.

Sie nahm nur wenig von seinen Worten in sich auf, doch sie wußte, daß das Leben nie wieder so einfach sein würde wie an jenem Morgen, als die Sonne durch das Fenster auf ihr Gesicht geschienen hatte. Das Gefängnis, das sie so oft schon gesehen hatte, wirkte plötzlich unheilvoll, und jähe Angst quoll beim Näherkommen in ihr hoch. Doch sie rief bei sich: „Gott, sei mein Helfer!" und wie immer zog Friede in ihre Seele ein.

Matthew wird lernen müssen, zu beten! dachte sie bei sich, als sie Pastor Gifford nach drinnen folgte.

KAPITEL SECHS

Das Gefängnis von Bedford

„Elizabeth?" Lydia klopfte an die Tür von Bunyans Häuschen und stand schaudernd vor Kälte in dem schneidenden Novemberwind. Sie hielt einen dampfenden eisernen Topf an den Griffen fest, doch ihre Hände waren fast steif von der eisigen Kälte, die wie ein physischer Schlag über das Land hergefallen war.

Die Tür sprang auf, und mit steifen Beinen stolperte sie in den Raum, wo ein kleines Feuer im Kamin flackerte. „Mary, ist deine Mutter da?"

Die blinden Augen des Kindes richteten sich ohne zu zaudern auf sie. „Ja, aber sie liegt im Bett, Mrs. Winslow. Sie ist wieder krank."

Ein besorgter Ausdruck zeigte sich auf Lydias Gesicht. „Nun, ich habe einen Topf guter, kräftiger Fleischbrühe mitgebracht. Willst du nicht den Tisch decken, solange ich mit ihr rede?"

„Oh, das riecht gut!" Mary schob sich an den anderen Kindern vorbei, die sich eng um sie drängten. Sie sah wie die Miniaturausgabe eines Erwachsenen aus, als sie hin und herging und die Schüsseln auf den Tisch stellte. Auf dem Weg zur Schlafzimmertür dachte Lydia: Mary ist viel zu jung für solche Dinge. Sie hat nie eine richtige Kindheit gehabt. Ihr mißfiel es sehr, daß die Separatisten ihre Kinder wie kleine Erwachsene behandelten. Ihr Vater hatte ihr seine Zuneigung offen gezeigt, und ihre Mutter hatte sich nach ihm gerichtet. Das hatte ihr zu Lebzeiten ihrer Eltern viel Glück und Freude beschert, doch als sie in die strenge Welt ihrer Tante verbracht wurde, bedeutete das einen grausamen Schock.

Sie trat an das hohe Bett in dem düsteren Schlafzimmer und fand Elizabeth mit steif abgebogenem Rücken daliegen, die Hände auf den Magen gedrückt. Sie beugte sich vor und legte der Leidenden die Hand auf die Stirne. „Elizabeth?" flüsterte sie leise.

Die Kranke schlug langsam die Augen auf, versuchte sich aufzurichten und sagte schwach: „Ich muß wohl eingeschlummert sein, Lydia." Ihr Gesicht verzog sich plötzlich vor Schmerz. „Ich muß John etwas zu essen bringen."

„Nein, du bleibst liegen", entgegnete Lydia und schob sie wieder ins Bett zurück. „Ich habe genug Suppe für uns alle gebracht. Ich werde John und Matthew einen grosen Topf voll hinbringen. Wenn du aufstehst, dann iß bitte davon, soviel du hinunterbringst."

Elizabeth ergriff Lydias Hand und drückte sie an ihr Gesicht. Leise sagte sie: „Ich weiß nicht, was ich ohne dich machen würde, Lydia!" Langsam schüttelte sie den Kopf. „Ich möchte dieses Baby so gerne haben – aber es sieht so aus, als ob alles verquer geht!"

„Ich weiß – aber wir müssen unser Vertrauen auf Gott setzen." Lydia zog die Decke hoch und wickelte Elizabeth sorgfältig darin ein. Sie wandte sich zum Gehen, zögerte jedoch und biß sich auf die Lippe. „Ich möchte dich etwas fragen – gib mir keine Antwort, wenn du's für töricht hältst."

„Es ist bestimmt nicht töricht, meine Liebe!"

„Nun, ich habe soviel über meine Ehe nachgedacht", sagte sie langsam. „Wir waren voreilig, Matthew und ich. Wir hätten wenigstens warten sollen, bis wir seine Eltern hätten sehen können! Ich wollte das so haben, aber Matthew war so ungeduldig!" Sie zog mit dem Finger das Muster von Elizabeths Steppdecke nach und fuhr nach einigem Zögern fort: „Ich – ich frage mich, Elizabeth, wegen dir und John, ich will sagen –?"

„Warum ich einen älteren Mann mit vier Kindern geheiratet habe?"

„Ja!"

Ein Lächeln breitete sich über Elizabeths Gesicht, ließ die von den Schmerzen eingekerbten Linien weicher werden und verlieh ihr ein jüngeres Aussehen. „Du würdest es nicht glauben, wie sehr ich dagegen angekämpft habe, Lydia! Mein ganzes Leben lang träumte ich davon, einen jungen Mann mit Zukunftsaussichten zu heiraten; wir hätten dann unser eigenes Häuschen, und er würde Erfolg haben. Mit der Zeit hätten wir dann ein Kind – und vielleicht noch eins oder zwei." Sie lachte und strich sich die Haare aus der Stirn. „Dann kam John daher mit seinem linkischen Wesen und seinen vier greinenden Kindern – eins davon auch noch blind! Was hab' ich durchgemacht, als ich erkannte, daß Gott wollte, ich sollte ihn heiraten und seinen Kindern eine Mutter werden!"

„Wie hast du das gewußt, Elizabeth?" unterbrach Lydia rasch.

„Wie? Das kann ich eigentlich nicht sagen, Lydia. Ich hörte nicht etwa eine Stimme oder so etwas – ich wußte es ganz einfach!" Lächelnd fragte sie: „Glaubst du denn, ich hätte ihn in seiner Situation geheiratet, wenn Gott es nicht von mir gewünscht hätte? Nein, doch Gott gab mir irgendwie die Erkenntnis, daß mein Dienst an Ihm mit John Bunyan verknüpft sei, und so wurde das mein Leben." Sie sah zu Lydia auf und fragte: „Du hast Zweifel, nicht wahr?"

Lydia nickte bedächtig. „Wir haben so schnell geheiratet, und ich glaubte, unser Denken wäre das gleiche – aber die vergangenen drei Monate, seit Matthew im Gefängnis sitzt, waren sehr – hart!"

„Es wäre für jeden Mann hart, dieses Gefängnis zu ertragen."

„Natürlich, aber Matthew nimmt Schaden dabei!" stellte sie betrübt fest. „Dein Mann ist anders. Er war Soldat und hatte in vielerlei Hinsicht ein schweres Leben. Aber Matthew – nun, er hatte in seinem Leben bisher keine Prüfung zu bestehen, Elizabeth!"

„Aber er ist noch so jung!"

„Das ist's ja gerade!" Lydia schüttelte erregt den Kopf. Die Probleme, mit denen sie sich herumschlug, drängten an die Oberfläche, als sie fortfuhr: „Vielleicht ist er zu jung für dies alles – und vielleicht haben wir übereilt geheiratet. Ich weiß nicht, aber ich sehe ihn – sehe ihn verbittert werden, Elizabeth! Du mußt es auch bemerkt haben!"

„Ja, ich hab's gesehen, und John auch. Wir haben oft darüber gesprochen."

„Letzte Woche geriet er so außer sich, daß er Gott für die ganzen Beschwernisse die Schuld gab!" Lydias Stimme zitterte, und Elizabeth richtete sich auf und nahm ihre Hand. „Er fluchte und erklärte, entweder schlafe Gott oder er kümmere sich nicht um das, was mit den Menschen geschieht! Sicher, er faßte sich wieder und bat mich um Verzeihung. Aber es war sein Herz, was da aus ihm sprach – und ich habe Angst davor! Was wird mit ihm geschehen, Elizabeth? Mit uns?"

Elizabeth sagte gelassen: „Was hast du vor wenigen Augenblicken zu mir gesagt, Lydia? Wir müssen unser Vertrauen auf Gott setzen. Du mußt für Matthew mit glauben, bis er selbst zu glauben vermag. Er muß diese Heimsuchung bestehen, denn wenn er jetzt versagt, dann wird er vielleicht niemals mehr ein Mann Gottes!"

Elizabeths Stimme hatte sich gekräftigt, und der Griff ihrer Hand klammerte sich fest an Lydias Arm. „Wir müssen darum beten, daß sie bei der Verhandlung freigelassen werden."

„Ja, darum habe ich auch gebetet", murmelte Lydia, doch dann sagte sie: „Du mußt nun wirklich ruhen, Elizabeth – ich werde das Essen ins Gefängnis hinüberbringen."

„Komm nachher zurück und berichte mir, wie es ihnen geht – und sag John nicht, daß ich krank bin. Sag ihm, daß ich morgen komme."

„Gut, das sage ich ihm."

Lydia ging in das größere Zimmer zurück, füllte einen kleineren Zinntopf mit Fleischbrühe, wickelte einen Laib frisches braunes Brot in ein Tuch ein und machte sich auf den Weg zum Gefängnis. Sie hatte nicht weit zu gehen, doch der scharfe Wind stach ihr ungeschütztes Gesicht und ihre Hände wie mit Nadeln. Die Luft roch nach Schnee, und Lydia schauderte heftig, während sie über den gefrorenen Boden dahineilte.

Bedford besaß nicht viel, doch sein Gefängnis war kaum anders als in jeder anderen englischen Stadt dieser Größe. Es war neben dem kleinen Fluß errichtet, der den Rand des Städtchens berührte, ein großes, zweigeschossiges Bauwerk – mit dem Erdgeschoß gerechnet waren es eigentlich drei Stockwerke. Im dritten Stock befanden sich die Räume des Gefängniswärters Paul Cobb und seiner Familie. Im ersten Stock war unmittelbar hinter der Tür ein kleines Abteil, das vom übrigen Raum durch massive Eisenstangen abgetrennt war. Auch das unterste Stockwerk, das Kellergeschoß, wurde zur Unterbringung von Gefangenen benutzt, doch da es praktisch auf einer Höhe mit dem Fluß lag, war es so feucht, daß es nur belegt wurde, wenn der erste Stock überfüllt war.

Glücklicherweise war die Zahl der Häftlinge seit Beginn des Winters nur gering, so daß die ungefähr zwanzig Gefangenen in dem etwas bequemeren Teil des Gefängnisses untergebracht wurden. „Bequem" war allerdings ein relativer Begriff, denn es gab keinerlei Feuer, um die Kälte von den Gefangenen abzuwehren. Sic trugen alle Kleidungsstücke am Leib, die sie bekommen konnten, und bewegten sich wie riesige, plumpe Bären in dem engen Raum ihrer gemeinsamen Zelle.

Zwei hoch an der Wand angebrachte einzelne Fenster ließen Luft und Licht genauso herein wie Schnee und Regen, und nur ein selbstverständlich dick vergittertes Doppelfenster befand sich so tief in der Wand, daß es den Gefangenen einen Blick auf die Stadt – oder von der anderen Seite einen Blick auf den Fluß – bot, wenn sie auf Zehenspitzen standen oder sich auf eine der wenigen, rohbehauenen Bänke stellten.

Im Frühherbst war dies ein recht angenehmes Plätzchen, um das ein heftiger Wettstreit ausgefochten wurde. Doch im Winter wehten die eisigen Winde Schnee und Graupel mehrere Zoll hoch in der Zelle auf. Zum Schlafen zog sich jeder alles an, was ihm überhaupt zur Verfügung stand, und deckte sich mit allen Tüchern zu, deren er habhaft werden konnte. Der mit ein paar Büscheln Stroh bedeckte blanke Fußboden stank mit jedem Tag mehr.

Paul Cobb, ein wohlbeleibter, kahlköpfiger Mann, kam auf Lydias Ruf hin die Treppe herunter. Beim Öffnen der Tür brummte er: „Ihr solltet einmal ein Wort mit diesem Mann da von Euch reden, Lydia Winslow." Er zog die massive Türe auf, und als Lydia eintrat, fuhr er fort: „Gestern abend hatte er'n Streit mit dem alten Jamison! Ich mußt' eingreifen, sonst hätt' er mit dem Alten den Boden aufgewischt! Ich denk', Ihr solltet ernsthaft mit ihm reden." Er sperrte die Tür hinter ihr ab und rief nach drinnen: „He, Winslow, da ist Eure Frau – vielleicht kriegt sie ein bißchen Vernunft in Euren Schädel!"

Lydia erblickte Matthew sofort, aber er rührte sich nicht vom Fleck. Er stand an einem der Fenster, starrte mürrisch auf den braunen Fluß hinüber, der sich um die Stadt schlängelte, warf ihr einen Blick zu und drehte sich um.

John Bunyan bemerkte die Szene mit einem Blick und versuchte sie zu überspielen. „Nun, was haben wir denn da Schönes? Rieche ich wirklich Fleischsuppe?“ Eifrig half er ihr, den kleinen Tisch zu decken, und hielt dabei ständig ein leichtes Gespräch in Gang. „Elizabeth ist nicht gekommen? Ach so, morgen – also dann, oh schau dir das frische Brot an, Matthew!“ Er brach den Laib auseinander und roch begierig daran. „Ja, so muß es gebacken werden, sag ich dir! Und Käse haben wir auch? Wo hast du den versteckt?“

Lydia überließ ihn dem Tischdecken und ging zu Matthew, der stur aus dem Fenster starrte. Sie nahm seinen Arm und blieb wortlos bei ihm stehen, bis er sich endlich umdrehte und bemerkte: „Lausig kalt heute!“

„Ja. Morgen bringe ich dir eine weitere Decke – oder vielleicht kann ich sie auch später noch vorbeibringen.“

„Macht nichts“, meinte er gleichgültig. „Am Tag nach dem Prozeß sind wir draußen aus diesem Loch.“

Bei diesen Worten blickte Bunyan abrupt auf, zuckte mit den Schultern und schnitt dann weiter Brot und Käse auf. „Komm her und halte mit, Matthew“, forderte er ihn heiter auf.

„Ich hab' keinen Hunger.“

„Aber du mußt etwas essen!“ drängte Lydia und zog ihn am Arm zum Tisch. „Ich hab' ein wenig Thymian in die Brühe gegeben – genau so, wie du's gern magst.“ Sie schöpfte von der heißen Suppe in seine Schüssel und stellte sie vor ihn hin. Achselzuckend nahm er einen Löffel und begann gleichgültig zu essen.

Bunyan nahm keine Notiz davon, sondern neigte den Kopf. „Wir danken dir, gnädiger Gott, für dieses gute Essen, im Namen unseres teuren Erlösers. Amen.“

Matthew brachte den Anstand auf, beschämt auszusehen. Grinsend meinte er: „Ich glaube, ich verliere hier meine ganzen Manieren. Bitte entschuldige, John.“

Lächelnd klopfte ihm Bunyan auf die Schulter. Er warf einen Blick durch den Raum und sagte ruhig: „Vielleicht solltest du Mr. Jamison auch etwas von dieser feinen Suppe anbieten, mein Junge?“

Matthew sah ihn scharf an, und plötzlich flammte Ärger in ihm auf. „Dieser alte Gauner? Der kann froh sein, daß ich ihm gestern abend nicht alle Knochen gebrochen habe!“

Bunyan schalt ihn nachdrücklich und sagte: „Matthew, er ist alt und allein auf der Welt. Du bist jung und kräftig und hast Freunde. Kannst du denn nicht ein bißchen Mitgefühl aufbringen?"

Matthew biß sich auf die Lippen, stand jedoch auf und schöpfte Suppe in eine Schale. Er ging auf einen großen alten Mann zu, der an die Wand gelehnt dasaß und das Gesicht in den Armen verborgen hielt.

„Hier, Jamison", sagte er, „nehmt etwas von dieser kräftigen Suppe. Sie wird Euch aufwärmen."

Der alte Mann blickte auf, doch als er sah, wer vor ihm stand, spuckte er auf den Boden und bedeckte von neuem das Gesicht mit den Armen.

„Das ist alles, was man dafür kriegt, daß man sich hier wie ein Christenmensch benimmt!" knurrte Matthew, als er zum Tisch zurückkam und sich setzte. „Ich kann dem Alten nicht einmal einen Vorwurf machen. An diesem Ort verliere ich auch noch den Verstand! Bin ich froh, wenn der Prozeß vorbei ist und wir hier rauskommen. Wann wird die Verhandlung sein, John?"

„Das kann man nicht sagen. Ich hoffe, daß Richter Twisten ihn in ein bis zwei Wochen ansetzt, aber er ist rachsüchtig genug, um ihn bis zum St. Nimmerleinstag hinauszuschieben." Er biß sich auf die Lippen und schüttelte den Kopf. „Ich möchte draußen sein, wenn Elizabeth ihr Kindchen bekommt. Beim ersten ist es für die Mutter immer schwerer, glaub' ich." Er schüttelte die kräftigen Schultern, stand auf und meinte lächelnd: „Ich laß' euch beide ein bißchen allein, so gut es hier geht."

„Komm, nimm ein wenig Käse, Matthew", drängte Lydia, nachdem Bunyan durch die Zelle zu Jamison hinübergegangen war, um mit ihm zu sprechen. „Du bist so schmal geworden!"

Er nahm sich ein Stück Käse, biß ab und kaute langsam darauf herum. „Ich kann diesen Ort nicht viel länger ertragen, Lydia." Er sprach leise, doch in seiner Stimme klang nackte Verzweiflung. Sie erschrak über den hohlen Ausdruck seines Gesichts und die Angst, die in seinen Augen lauerte.

„Dies ist eine Zeit der Prüfung", flüsterte sie ihm begütigend zu. Sie legte ihren Arm um ihn und zog ihn so eng an sich, wie es die schmale Bank erlaubte. Sie hätte so gerne seinen Kopf an ihre Brust gebettet und ihn getröstet, wie sie es bei Bunyans jüngstem Kind machte, doch in Gegenwart der Gefangenen wäre das unpassend gewesen. „Wir werden das durchstehen, du und ich. Erinnere dich an die Schrift: ‚Wen der Herr liebt, den straft er?' Diese Heimsuchung macht unsere Ehe stark, wie sie nie zuvor war!"

Er blickte sie an, als rede sie in einer fremden Zunge. Ein Schauder rann durch seine schmale Gestalt. „Ich glaube, ich könnte alles ertragen, Lydia – bis auf diese Mauern." Wild schweifte sein Blick über die massiven Steine, die sie umfangen hielten, und wieder wurden seine Schultern von einem heftigen Zittern erfaßt. Lydia hielt ihn ganz fest. „Es ist nicht die Kälte oder der Gestank hier, obwohl das weiß Gott elend genug ist! Nicht einmal, daß ich von dir getrennt bin. Oh Gott, ich könnte in Armut leben und dabei glücklich sein – selbst in Krankheit, glaube ich, – wenn ich nur nicht so eingesperrt wäre wie ein Hund!"

Seine Stimme schwoll an, daß mehrere Gefangene sich nach ihnen umdrehten. Lydia packte ihn plötzlich mit hartem Griff und sagte heftig: „Ich weiß, ich weiß! Es ist doch nur noch für eine kurze Weile!" Sie zögerte, dann zog sie seinen Kopf zu sich herunter und legte ihre Lippen an sein Ohr. So leise, daß er es nicht verstehen konnte, flüsterte sie ihm etwas zu.

„Wie war das? Ich kann dich nicht verstehen."

Sie näherte sich noch dichter seinem Ohr, und ihr Atem berührte ihn sanft und warm, als sie voller Glück in der Stimme murmelte: „Mein geliebter Mann, du mußt tapfer sein, denn du wirst eine Familie haben!"

Er saß da und rührte sich nicht, als habe er sie nicht gehört. Dann drehte er sich langsam um und blickte ihr in die Augen, in denen Tränen schimmerten – Tränen der Freude.

„Ein – Baby?"

„Ja!"

Seine Lippen bewegten sich, doch kein Laut drang aus seinem Munde. Nur seine Augen verrieten den tiefen Schock. Endlich lächelte er schwach, legte den Arm um sie und küßte sie, ungeachtet der starrenden Blicke einiger Gefangener. „Ein Sohn!" brachte er heraus, und in seiner Stimme klang mehr Leben, als sie seit Wochen von ihm vernommen hatte.

„Oder eine Tochter."

„Natürlich – vielleicht wird es auch ein Mädchen!" Matthew saß da inmitten des Gestanks, der eisigen Windstöße, die bis aufs Mark gingen, den starrenden Blicken der zerlumpten Gefangenen und den kahlen grauen Wänden, doch die grauenvolle Umgebung konnte nicht verhindern, daß Lydias Herz jubilierte. Darum hatte sie die ganze Zeit gebetet. Nie hatte sie in der kurzen Zeit ihrer Ehe eine vollkommene Harmonie mit Matthew empfunden – bis zu diesem Augenblick. Sie hatten viel miteinander gelacht, ihre Gedanken waren die gleichen und kein Paar, so glaubte sie gewiß, hätte von der pulsierenden Liebe, die sie beide empfanden, mehr erfüllt sein können.

Doch stets war ihr bewußt gewesen, daß es einen Teil von ihm gab, zu dem sie bisher keinen Zugang finden konnte, so wie auch er einen Teil ihrer selbst nicht zu entdecken vermochte, den sie so gerne mit ihm geteilt hätte. Tief in ihrem Inneren wußte sie, daß es ihr Wandel unter Gott war – jener nur ihr eigene Ort, der einer tief verborgenen Grotte glich, wo der Geist den Lärm der Welt hinter sich läßt und dem lebendigen Gott begegnet. Gerade dieses Element hatte sie nicht mit Matthew zu teilen vermocht. Im Innersten lauerte die Angst, daß sie beide bei aller liebenden Bande des Körpers und Geistes füreinander Fremde waren. Matthew fehlte etwas, und obwohl sie sich scheute, überkritisch zu sein, empfand sie doch in seiner Beziehung zu Gott eine gewisse Oberflächlichkeit, die sich trennend zwischen beide schob.

Doch in diesem Augenblick vereinte sie eine vollkommene Vertrautheit des Geistes. Ihr Herz quoll über vor Freude, als er dasaß und sie festhielt. So soll die Ehe sein, dachte sie glücklich.

Doch plötzlich fuhr er auf, blickte wild in der Zelle umher. Qual lag in seinen Augen, als er ihr wieder das Gesicht zuwandte, – eine Angst, die das Glück des kurzen Augenblicks erstickte, als er von ihrem Zustand erfahren hatte.

„Ich muß hier raus, Lydia!“ keuchte er, und stöhnend barg er das Gesicht in seinen Händen. „Wie kann ich hier leben, wenn du ein Kindchen erwartest – und ich bin hier angekettet wie ein Hund!“

Sie legte ihren Arm um ihn und flüsterte heftig: „Wir sind Gottes Kinder, mein Geliebter – Er wird uns niemals verlassen!“

Doch es war, als habe er ihre Worte überhaupt nicht wahrgenommen. Er kauerte da, sein Gesicht mit den Armen verhüllt, und nichts, was sie zu ihm sagte, änderte seine Haltung.

Endlich erhob sie sich und sagte: „Ich muß zu Elizabeth. Ihr steht eine schwere Zeit bevor mit diesem Baby.“

Matthew hob den Kopf und blickte zu Bunyan hinüber. Plötzlich winkte er den Prediger zu sich her. „John, Lydia erwartet ein Kind!“

Bunyans breites Gesicht strahlte. „Wirklich? Das ist aber schön.“

„Nein – nicht wenn ich hier im Gefängnis sitze! Und Elizabeth – Lydia meint, sie mache eine schwere Zeit durch. John, wir müssen hier heraus.“

Bunyan fragte gelassen: „Geht es Elizabeth schlechter?“

„Ich fürchte, es geht ihr nicht gut.“

Er stand da im grauen Licht, das schwach durch das hochgelegene Fenster drang. Seine kraftvolle Gestalt schien aus dem gleichen Stoff wie die Wände – dauerhaft, zäh und unberührt von Zeit und Härten. Doch sein

Gesicht verriet etwas anderes, denn als das Licht darauf fiel, lag ein Ausdruck von solcher Qual und Sorge darauf, obgleich er den Schmerz in seinen tief in den Höhlen eingesunkenen Augen zu verbergen suchte, daß Lydia am liebsten in Tränen ausgebrochen wäre.

Matthew stand da und harrte seiner Antwort, doch es war nicht, was er erwartet hatte.

„Wir müssen Gott treu sein, mein Junge. ‚Wer seinen Mann oder Frau mehr liebet als mich, der ist nicht wert, mein Jünger zu heißen.' Das sind harte Worte, doch unser Erlöser hat sie gesprochen. Du und ich, wir können das Leiden unseres Leibes ertragen, und der Satan weiß das ganz genau! Er wird uns nicht dort angreifen, sondern an der Stelle, wo wir schwach sind. Und das sind unsere Frauen und unsere kleinen Kinder!"

Matthew sah ihn kopfschüttelnd an. „Wer nicht für die Seinen sorgt, ist schlimmer als ein Heide", zitierte er. „Erwartet Gott von uns, daß wir unsere Lieben leiden lassen, deren Schutz wir gelobt haben?"

„Er ist der Vater der Vaterlosen, und wir müssen Seinem Wort gehorchen. Er wird für Elizabeth und für meine Kleinen sorgen – und Er wird sich auch um deine liebe Frau und das Kindchen annehmen, das sie unter ihrem Herzen trägt."

Matthew starrte ihn an und wandte sich dann voller Bitterkeit in seinen blauen Augen ab. „Gott ist ungerecht!" würgte er zwischen zusammengebissenen Zähnen hervor. Heftig fuhr er herum, marschierte mit steifen Beinen zu dem Fenster, an dem er zuvor schon gestanden hatte, und ließ seine Blicke über den grauen Fluß schweifen, der schwerfällig am Gefängnis vorbeiströmte.

„Er wird drüber wegkommen", flüsterte Bunyan Lydia zu, die mit Tränen in den Augen dastand. „Sein Glaube ist noch jung. Ich war in seinem Alter auch nicht glaubensstärker. Bete! Bete für ihn!"

Lydia vermochte nicht zu antworten, sondern kämpfte die Tränen nieder. Endlich verabschiedete sie sich: „Ja, John, ich werde mich um Elizabeth kümmern – vielleicht ist sie morgen schon kräftig genug, daß sie selbst kommen kann."

Mit gesenktem Kopf ging sie nach Hause, ohne des beißenden Windes zu achten. Tödliche Angst, stärker als die Macht des Wintersturms, kroch in ihr Herz, und die Tränen, die sie nicht länger zurückhalten konnte, rannen ihr über die Wangen.

Sie versuchte zu beten, doch die Worte wollten nicht kommen. So schritt sie neben dem kalten Fluß dahin. Das dürre braune Gras vom vergangenen Sommer zerbrach unter ihren Schritten, während sie ihr Herz zu Gott erhob. Sie wußte nicht, was sie Gott zu Füßen legte, doch als der drängende Schrei ihrer Seele zu Ihm emporstieg, senkte sich auf irgendeine Weise Seine Gegenwart auf sie nieder. Die Angst, die sie durchdrungen hatte, schwand, und in ihren Geist zog ein Frieden ein, wie sie ihn noch nie erfahren hatte!

Für viele Tage war das ihre ganze Stärke. Die Tage gingen ins Land, und noch immer war kein Prozeß in Sicht. Ihre ganze Welt wurde erschüttert. Elizabeths Zustand verschlechterte sich so, daß Lydia in das Bunyan-Häuschen umzog und mit Marys Hilfe den Haushalt besorgte. Sie war ein großer Trost für Elizabeth, las ihr stundenlang aus dem Wort Gottes vor. Die Kinder betrachteten sie wie eine zweite Mutter.

Tag für Tag legte sie den Weg ins Gefängnis zurück, denn der Staat versorgte die Gefangenen nicht mit Nahrung. Damit wurde ihre Aufgabe noch dringlicher, denn sie und John Bunyan konnten es nicht mitansehen, daß jene Gefangenen, die keine Angehörigen hatten, Hungers starben. Daher brachte sie soviel zusätzliches Essen, wie ihr möglich war.

Matthews Zustand verschlimmerte sich von Tag zu Tag. Er verlor derart an Gewicht, daß sie um sein Leben fürchtete. Seine Lungen litten unter der schneidenden Kälte, und allmählich entwickelte sich ein Husten, die sie alle mit Besorgnis erfüllte. Doch weit schlimmer noch war die schreckliche Depression, die sich seiner bemächtigte. Er sprach kaum und schien nur wenig von dem zu hören, was sie zu ihm sagte.

Sie dehnte ihre Wanderungen am Fluß aus und betete inbrünstig. Das Gebet hielt sie aufrecht, stärkte ihren Geist und gab ihr die Kraft, die schwere Last zu tragen.

Schneefall setzte ein, und am zweiten Tag machte sich Lydia vom Häuschen der Bunyans aus durch das weiße Polster auf den Weg zum Gefängnis. Der schwere Suppentopf zerrte an ihrem Arm, und das Gehen durch die hohe Schneedecke war recht beschwerlich.

Sie bog auf die Hauptstraße ein, die zum Gefängnis führte. Als sie den Kopf hob, empfand sie bei dem Anblick, der sich ihr plötzlich bot, einen solchen Schock, daß sie beinahe den schweren, eisernen Topf fallenließ.

„Matthew!“ rief sie aus, mühte sich ab, um ihn zu erreichen, zutiefst aufgewühlt, daß er frei war.

Endlich stellte sie den Topf ab und lief ihm mit tränenblinden Augen entgegen, die ihr die vertraute Gestalt beinahe verhüllten. Sie stolperte in seine Arme, die sie mit kraftvollem Griff festhielten.

„Matthew, oh Matthew, mein Lieber!“ rief sie und packte ihn, als wolle sie ihn nie wieder loslassen.

Da vernahm sie die vertraute Stimme, die doch auf seltsame Weise anders klang: „Nun, meine liebe Tochter, hier bin ich ...!“

Sie blickte auf und löste sich sofort aus seinen Armen. Sie sah ein keilförmig geschnittenes Gesicht mit breiten Lippen und den kornblumenblauen Augen, die sie an ihrem Mann so sehr liebte – aber es war nicht ihr Mann!

Er sagte: „Ich komme eben von meinem Sohn, Lydia. Wir beide haben viel, worum wir beten müssen." Dann lächelte er, und seine Augen zeigten den gleichen Ausdruck von Mut und Kraft, in den sie sich bei Matthew verliebt hatte. „Aber gestatte mir erst einmal, dich als Vater in die Arme zu schließen. Denn nun bist du meine Tochter!"

Sie stieß einen Schrei aus und fiel in die starken Arme von Gilbert Winslow, wie ein vom Sturm geschütteltes Schiff in Frieden und Sicherheit eines ruhigen Hafens einläuft!

KAPITEL SIEBEN

Der Prozeß

„Sie ging mit der Ebbe dahin“, erzählte Gilbert Winslow bedächtig. „So wie sie im Vertrauen auf Gott den Herrn gelebt hatte, ertrug sie auch ihren Heimgang.“ Entspannt saß er vor dem fröhlich knisternden Feuer, das tanzende Figuren auf die Wände des kleinen Häuschens warf. In seiner Stimme klangen Ruhe und Frieden, die den Schmerz über die Nachricht linderte, daß Matthews Mutter tot war. Er beugte sich vor und nahm den schweren Schürhaken hoch, und Lydias Augen brannten, als sie an ihrem Schwiegervater die heitere Anmut und Kraft entdeckte, die sie an Matthew so liebte.

„Es muß entsetzlich hart für Euch sein, Mr. Winslow.“

„Hart?“ Er drehte den Kopf leicht nach rechts, um sie anzublicken, eine Geste, die sie bei Matthew wohl tausendmal gesehen hatte. Lächelnd schüttelte er den Kopf. „Nein, mein Kind, hart ist es nicht. Schwer war für mich, von Tag zu Tag ihre Schmerzen mitanzusehen. In jener letzten Nacht verschwand der Schmerz, und wir wußten beide, daß die Zeit nun gekommen war. Sie hatte immer so gerne die Ebbe ablaufen sehen, und so nahm ich sie und trug sie zu einer Lichtung auf dem Hügel – dem gleichen Ort, an dem ich sie vor vierzig Jahren gefragt hatte, ob sie meine Frau werden wolle. Der Tag brach gerade an, und das erste Morgenlicht tauchte das Meer in einen roten Schein. Die Ebbe setzte ein, die Wellen begannen vom Strand abzulaufen, als sie mir ihre Arme um den Hals legte und flüsterte: ‚Du warst mir auf dieser Erde ein guter Mann, Gilbert – aber ich muß nun heim zu meinem himmlischen Bräutigam!‘ Mit diesen Worten legte sie den Kopf auf meine Schulter – und ging dahin, um bei Ihm zu sein!“

Lydia, die mit untergeschlagenen Beinen dasaß, konnte den Blick nicht von ihrem Schwiegervater wenden. Er sieht viel eher wie Matthews älterer Bruder aus als wie sein Vater! dachte sie auf einmal. Während er ruhig weitersprach, zog sie die bunte Steppdecke wie einen Kokon um sich und wandte dabei nicht ein einziges Mal den Blick von seinem Gesicht. Matthew ist ihm so ähnlich, dachte sie, und doch ist da ein Unterschied. Sie brauchte nicht lange, um diesen Unterschied herauszufinden. Gilberts Gesicht war das Gesicht von Matthew, doch Not und Härten hatten daraus ein Antlitz mit scharfen Flächen und zarten Linien geformt, das in starkem Gegensatz zu den weichen, hübschen Zügen seines Sohnes stand.

„Ich – ich bin froh, daß Ihr gekommen seid“, sagte sie, als er innehielt. „Matthew ist ein guter Ehemann, aber seit er ins Gefängnis kam, hat er sich sehr verändert.“

Gilbert lächelte bei ihrer ersten Aussage, bei der zweiten schüttelte er den Kopf. „Sein ganzes Leben ist er dem wilden Falken gleich gewesen, Lydia. Er wird alles wagen, aber ich glaube, man kann ein Geschöpf der Wildnis nicht einkerkern, ohne seinen Geist abzutöten.“

„Das Gefängnis bringt ihn noch um.“ Sie warf die Decke beiseite, stand auf und hob den schweren Kessel hoch. Sie goß eine Tasse dampfendes Wasser für seinen Tee ein und fragte beherrscht: „Was meint Ihr, wird mit ihm geschehen?“

„Wenn er im Gefängnis bleibt?“ Er nahm den Tee, nippte vorsichtig daran und blickte über den Rand der schweren Tasse zu ihr hinüber. „Es kann sein, daß er es nicht überlebt. Ich erkannte ihn kaum wieder, Lydia!“ stieß er heftig hervor. „Du weißt, daß er sehr krank ist. Dieser Husten ist schlimm – er sitzt tief drinnen in seiner Lunge, und das Gefängnisfieber ist schnell und tödlich wie eine Schlange!“

Sie sah ihn an und stellte dann zögernd die Frage, die sie bisher vor niemand laut zu äußern gewagt hatte. „Glaubt Ihr, daß er sich der Krone unterwirft? Ihr wißt ja wohl, daß er und Bruder Bunyan jederzeit das Gefängnis verlassen können, wenn sie sich bereit erklären, dem neuen Gesetz zu gehorchen?“

„Ich weiß.“ Gilbert drehte die Tasse in seinen Händen, als finde er auf der glatten Oberfläche etwas Faszinierendes. Er saß bequem auf seinem Stuhl. Selbst in der entspannten Haltung drückte sich Kraft aus. Von Winslows Sohn wie von seinem Bruder hatte sie gehört, wie er in seiner Jugend das Draufgängertum eines Freibeuters besaß; wie er gezwungen gewesen war, zwischen einer angesehenen Stellung als Gemahl von Cecily North, der Tochter von Lord North, der schönen Aristokratin, die ihm über den Atlantik gefolgt war, und dem einfachen Pilgermädchen Humility Cooper zu wählen. Er war ein Fechter gewesen, der seinesgleichen suchte, mit einem gewissen Ruf als Liebhaber, und er hätte es in der Welt weit bringen können – doch er hatte das alles beiseitegeworfen, um das harte Leben eines Geistlichen an den steinigen Ufern von Plymouth zu führen.

Sie sah die Kraft in seinen Händen, seinem Gesicht, in jeder Linie seiner hohen Gestalt, und auf einmal durchfuhr sie der Gedanke: Das ist’s, was ich mir als Ehemann wünsche! So hatte ich mir Matthew vorgestellt!

Er warf ihr einen scharfen Blick zu und sagte als Antwort auf ihre Frage: „Wenn er sich der Krone unterwirft, wird er am Leben bleiben – aber was bleibt ihm dann noch? Ein Mensch, der einem König – oder einem anderen! – erlaubt, seine Seele zu lenken, kann körperlich lebendig sein, aber das Beste in ihm ist tot!"

„Ich habe Angst um ihn. Ich habe auch Angst um mich selbst, um Mr. Bunyan und seine arme Frau und die Kinder!"

Er erhob sich und trat zu ihr, nahm ihre Hände in die seinen und sah einen Augenblick auf sie nieder, dann meinte er leise: „Nimm niemals den Rat deiner Ängste an, Lydia. Auch ich hätte Angst, denn Matthew ist der Letzte der Familie – der Letzte des Hauses Winslow."

Sie lächelte mit bebenden Lippen und sagte scheu, doch mit einem triumphierenden Ton in der Stimme: „Nein, auch dieses Kind wird den Namen Winslow tragen!"

„Oh!" Ein zärtliches Lächeln spielte um Gilberts breite Lippen. Er nahm sie in seine Arme und drückte ihr einen Kuß auf die Stirn, der alle Beklemmung beseitigte. Es war ihr, als hätte sie ihn ihr Leben lang gekannt. In ihrer Not klammerte sie sich an ihm fest, wie sie sich vor langer Zeit an ihren Vater geklammert hatte.

„Ich bin froh, daß du hier bist", sagte sie wieder. „Das gibt mir Zuversicht, und ich weiß, daß du Matthew helfen kannst."

Er schüttelte den Kopf und meinte nur: „Ich hoffe, daß es so ist – aber in gewissen Dingen muß ein Mann seinen eigenen Weg gehen. Wir wollen alles versuchen und wir werden beten, aber mein Sohn muß selbst seine Entscheidung treffen."

„Ich weiß, – aber er setzt ein solches Vertrauen in dich, – und ich auch!" Verlegen lachte sie und fuhr fort: „Da kommst du nun frisch vom Schiff, und ich lade gleich bei unserer ersten Begegnung meine ganzen Sorgen auf dich ab!"

Sofort erwiderte er: „Du bist keine schwache Frau, Lydia. Ganz gewiß nicht! Weißt du, was mir durch den Kopf ging, kaum daß wir uns getroffen haben? Ich dachte bei mir: Das ist eine Frau, die so stark ist wie meine Humility! Nie hätte ich gedacht, daß ich das sagen würde."

Das Kompliment machte sie verlegen, doch zugleich erfüllte es sie mit Wärme. „Ich muß zu Mrs. Bunyan. Willst du mitkommen und für sie beten?"

„Natürlich!"

Die beiden machten sich durch den Schneefall auf den Weg. Mr. Winslow hatte bei den kleinen Bunyans sofort Erfolg. Er kannte alle möglichen Spiele und fand nichts dabei, mit den Kleinen herumzutoben. Elizabeth fühlte sich so wohl, daß sie aufstehen und sich in einen Sessel neben dem Kamin setzen konnte. Erstaunt schaute sie zu, wie der hochgewachsene Pfarrer sich auf Hände und Knie niederließ und mit den Kleinen spielte. „Er ist wirklich ein ungewöhnlicher Mann, nicht? Man sieht sofort, daß er Kinder liebhat", flüsterte sie Lydia zu.

Als die Kinder zu Bett gebracht waren, las er Lydia und Elizabeth lange aus der Bibel vor, aus dem elften Kapitel des Hebräerbriefes, und die alten Verheißungen schienen den kleinen Raum mit Wärme zu erfüllen. Endlich schloß er das Buch und betete voller Inbrunst und Anteilnahme für Elizabeth und ihren Mann.

Nachdem er gegangen war, blieb die Kraft seiner Gegenwart noch eine ganze Weile. Lächelnd bemerkte Elizabeth zu Lydia: „Dieser Mann hat eine Menge Kraft in sich! John wird ihn gern haben!"

„Wer nicht?" erwiderte Lydia leise. „Er ist die Art Mann, die –"

Sie verstummte, und Elizabeth sprach den Satz zu Ende. „Die Art Mann, die du in Matthew gesehen hast? Ja, meine Liebe, und sie ist auch da. In Matthew Winslow fließt genug vom Blut seines Vaters, daß er seinen Kampf gewinnen kann!"

In den folgenden Wochen dachte Lydia oft an Elizabeths Worte, doch die Hoffnung, daß Matthew diesen Gedanken rechtfertigen würde, schien sich nicht zu erfüllen. Sie bemerkte keine Besserung bei ihm. Die Nachricht vom Tode seiner Mutter traf ihn mit solcher Wucht, daß selbst der starke Rückhalt durch Gilbert zunichtegemacht wurde.

Gilberts Gegenwart war allem Anschein nach für John Bunyan ein größerer Segen als für seinen eigenen Sohn. Die beiden Männer schlossen fast von Anfang an Freundschaft, und Winslow verbrachte einen großen Teil seiner Zeit im Gefängnis und studierte mit Bunyan die Heilige Schrift. Gilbert war tief beeindruckt von der lebhaften Einbildungskraft des Mannes, und oftmals, wenn Mary ihn besuchte, saß er da und lauschte Bunyans Erzählungen genauso hingerissen wie sie. „Ihr solltet ein Buch schreiben, John!" sagte er oft.

„Ich bin kein Bücherschreiber!"

„Ihr seid der beste Geschichtenerzähler, den ich je gehört habe", beharrte Winslow. „Die eine über den Burschen, der Pilgrim hieß – das ist in gewisser Weise fast, als ob man die Bibel liest! Bedenkt, was es für christliche Eltern bedeuten würde, wenn sie eine Geschichte von einem Mann hätten, der sein Heim verläßt und sich seinen Weg durch Schwierigkeiten erkämpft, um in den Himmel zu kommen!"

„Sie haben die Bibel", entgegnete Bunyan achselzuckend.

„Aber Vater, mit deinen Geschichten ist die Bibel viel leichter zu verstehen", widersprach Mary.

„Da habt Ihr's, John", meinte Winslow lachend. „Weisheit aus dem Munde der Unmündigen, wie, Matthew?"

„Ja, so wird's wohl sein." Matthew saß auf einem Strohhaufen und zupfte lustlos daran herum. Seine Stimme klang leblos.

Bunyan und Winslow blickten sich gegenseitig an, sagten aber nichts. Sie hatten in Ruhe über den jungen Mann gesprochen, als Matthew außer Hörweite war, und sie waren sich darin einig gewesen, falls er sich dem neuen Gesetz der Krone unterwerfen würde, dann hätte er zwar sein Leben gerettet, doch sein Geist würde für immer Narben behalten.

Bunyan hatte eben seine Geschichte von Pilgrim wieder aufgenommen und seinen Helden in eine höchst mißliche Lage geraten lassen, als Paul Cobb die Zellentür aufsperrte und Pastor Gifford mit vor Aufregung glänzenden Augen hereinstürmte.

„Twisten – er hat den Termin für den Prozeß festgelegt!"

„Wann?" Matthew wirbelte herum und sprang mit einem Satz auf Gifford zu. Seit Wochen hatten sie ihn nicht so lebhaft gesehen.

„Von heute an in einem Monat – weniger einen Tag!"

„Gott sei Dank!" rief Matthew mit Tränen in den Augen.

„Ja, Gott sei Dank", fiel Bunyan ein, dann setzte er vorsichtig hinzu: „Nun müssen wir um ein für uns günstiges Urteil beten."

Matthew blickte ihn an und erklärte trotzig: „Gott wird uns nicht hier verfaulen lassen!" Er schüttelte den Kopf und lachte zum erstenmal, seit Gilbert nach Bedford gekommen war. „Es wird alles recht werden! Ihr werdet schon sehen!"

Als Lydia später kam, wurde sie von Matthews verändertem Wesen völlig unvorbereitet getroffen. Er nahm sie in die Arme und schwenkte sie wie in den frühen Tagen im Kreis herum. „Es ist vorbei, Lydia! Es ist vorbei!"

„Matthew, sei vorsichtig!" rief sie außer Atem. „Gleich bekommst du wieder deinen Husten!"

„Zum Teufel mit dem Husten!" entgegnete er grinsend. „Laß mich nur einen Zug freie Luft atmen, und dieser Husten wird schon irgendwie weggehen!" Solange sie da war, führte er sich ganz wild auf. Dadurch setzte sein Husten wieder ein, und sie mußte ihn zum Hinlegen zwingen, ehe er erstickte. Die beiden roten Flecken, die sich vor einer Woche auf seinen Backen gezeigt hatten, erschienen von neuem; sie wußte, daß er wieder vom Fieber befallen war.

Als Gilbert an diesem Abend vorbeischaute, um für Elizabeth zu beten, sagte sie: „Es geht ihm besser, nicht wahr?"

„Ja, ich nehme an." In Gilberts Stimme schwang Vorsicht mit. Nüchtern fuhr er fort: „Allerdings wird es ihn hart ankommen, wenn das Urteil zu seinen Ungunsten ausfallen sollte."

„Glaubst du, – daß es – daß das Urteil schlecht sein wird?"

„Es ist eine schlimme Zeit, Lydia. Die Flut läuft gegen uns. In zwei Tagen muß ich nach London und meinen Bruder besuchen. Ich werde schon etwas von ihm erfahren. Er sitzt zwar im Gefängnis, aber er hat immer noch einflußreiche Freunde, und einige von ihnen können vielleicht helfen."

Nachdem Gilbert abgereist war, beging Lydia den Fehler, seine Worte Matthew gegenüber zu erwähnen. Voller Eifer stürzte er sich darauf. „Aber natürlich! Onkel Edward wird uns helfen!"

„Er kann sich nicht einmal selbst helfen, mein Junge", sagte Bunyan rasch.

„Du hast doch nie ein aufmunterndes Wort, John." Bunyans Versuche, den jungen Mann auf die Möglichkeit eines schlechten Ausgangs des Prozesses vorzubereiten, waren fehlgeschlagen. Sie hatten vielmehr, zu Bunyans und Lydias Kummer, einen Keil zwischen die beiden getrieben.

„John ist nur –"

„Ich weiß, was John macht!" fauchte Matthew. „Ihr seid eine feine Hilfe, alle miteinander! Wo ist denn euer Glauben? Wir sollen doch an Gott glauben, oder nicht? Nun, genau das tue ich – und ihr anderen schaufelt mir das Grab mit eurem Unglauben-!" Ein entsetzlicher Hustenanfall unterbrach ihn. Er wehrte Lydia ab, die ihm zu helfen versuchte. „Laßt mich allein, ihr Zweifler!" keuchte er und verzog sich in den hintersten Winkel der Zelle.

Am nächsten Tage entschuldigte er sich, doch war er von einer Spannung beherrscht, und er hatte den beiden wenig zu sagen. Das einzige Thema, mit dem er sich beschäftigte, war der Prozeß, – das und Gilberts Rückkehr mit guten Nachrichten.

Lydia war an dem Nachmittag im Gefängnis, als Gilbert zurückkam. Bunyan stand auf einer Bank und sprach durch das Fenster zu einer kleinen Gruppe, die sich von Zeit zu Zeit draußen versammelte, um ihn predigen zu hören.

Gilbert bemerkte sie beim Näherkommen. Er hielt inne, um der kräftigen Stimme Bunyans zu lauschen, die mühelos durch die kalte Luft drang. Die vor Kälte zitternden Zuhörer traten von einem kalten Fuß auf den anderen und schlugen die Hände zusammen, um das kalte Blut in

Bewegung zu halten, doch keiner ging vor dem Schlußgebet weg, auf das alle mit einem fröhlichen „Gott segne dich“ antworteten.

Cobb sagte, als Winslow eintrat: „Nun, Sir, da seid Ihr ja wieder. Ich hoff', Ihr bringt dem jungen Burschen gute Nachricht. Er lebt kaum für was anderes!“

Matthew sah seinen Vater hereinkommen und trat sofort auf ihn zu. „Vater, was hat Onkel Edward gesagt? Wird er uns helfen?“

Gilbert zog bedächtig seinen Mantel aus und wandte den Blick nicht von Matthews Gesicht. In seinen Augen lag etwas, was dem jungen Mann die Sprache raubte. Endlich sagte er: „Dein Onkel ist tot, mein Junge. Er ist zu seinem Herrn heimgekehrt.“

Matthew fuhr zurück, als habe ihn jemand ins Gesicht geschlagen. Seine Züge verzerrten sich, er ließ den Kopf fallen und wandte sich wie blind zur Wand um.

Lydia lief zu ihm hin, und Bunyan sagte still: „Es tut mir sehr leid, das zu hören, Gilbert. Er war ein gottesfürchtiger Mann.“

„Ja.“ Gilbert setzte sich, und Bunyan nahm neben ihm Platz. „Er hat das bessere Teil erwählt, John. Er war schwerkrank, und es bestand wenig Hoffnung auf Leben für ihn. Ich glaube, sie hätten ihn hingerichtet, wenn er noch bis zur nächsten Gerichtssitzung gelebt hätte.“

„Nein, bestimmt nicht!“ erwiderte Bunyan zutiefst erschrocken bei dieser Vorstellung.

Gilbert lehnte sich an die Wand zurück und sagte mit müder Stimme: „Sie haben am vergangenen Freitag Generalmajor Harrison hingerichtet. Ich war dort.“

„Ich kann das einfach nicht glauben“, sagte Bunyan. „Er war so ein guter Mensch.“

„Aber er stand Cromwell nahe – genau wie Edward. Edward hatte mich gebeten, hinzugehen. Ich werde das niemals vergessen. Er ging seinem Tode so heiter entgegen, wie ein Mensch es unter diesen Umständen überhaupt fertigbringen kann. Er hielt eine kurze Ansprache, pries Gott und ging mit keinem Wort auf die schmachvolle Art und Weise ein, in der er von seinen Feinden behandelt wurde. Nachdem man ihn niedergelegt hatte, wurden sein Kopf und sein Herz entfernt und den Leuten präsentiert – unter Freudengeheul – John! Wie tierisch die Menschen sich doch aufführen können! Deshalb empfinde ich keinen Kummer um Edward. Das ist ihm wenigstens erspart geblieben. Ich war bei ihm, als er starb. Er sehnte sich danach, heimzugehen.“

Der Schock, den der Tod seines Onkels bei Matthew ausgelöst hatte, führte dazu, daß er nur noch von dem Prozeß sprach. Zwei Tage vor dem von Richter Twisten angesetzten Termin saß Lydia bei ihrem Mann und hörte ihm zu, während er voller Eifer von dem Tag sprach, an dem er in die Freiheit entlassen würde.

Endlich legte er eine Pause ein, und sie sagte: „Ich fand etwas, was dir vielleicht gefällt, Matthew."

„Was ist es denn?"

„Ach, nur ein Gedicht. Dein Vater zeigte es mir gestern abend. Ein Mann, den er als Junge gekannt hatte, hat es geschrieben, und es wurde berühmt."

„Ein Gedicht? Wie heißt es?" fragte Matthew teilnahmslos.

„Es wurde von einem Mann namens Lovelace für eine junge Frau geschrieben. Den letzten Vers habe ich mir aufgeschrieben, weil er dir vielleicht gefällt." Sie zog ein Stückchen Papier aus der Tasche und las mit leiser Stimme vor:

„Nicht Mauern sind's, die ein Gefängnis schaffen,
und Käfige sind nicht aus Eisenstäben.
Ein Geist voll Unschuld und voll innrer Stille,
der findet hier die Klause seiner Seele.
Hab' ich die Freiheit nur in meiner Liebe
und bin in meiner Seele frei,
dann haben nur die Engel dort im Himmel
die Freiheit, die auch mir beschieden ist!"

Lächelnd blickte sie zu ihm auf und sagte: „Nicht Mauern sind's, die ein Gefängnis schaffen, und Käfige sind nicht aus Eisenstäben."

Er blickte sie nüchtern an und schüttelte den Kopf. „Das ist nette Poesie, aber es hat nichts mit dem Leben zu tun."

Sie saß da und äußerte zum erstenmal die Frage, die sie seit Wochen bewegte: „Matthew, was ist – was ist, wenn die Dinge sich nicht zum Guten wenden?"

„Was?" fragte er ärgerlich. „Wovon redest du?"

„Ich habe so inbrünstig gebetet", sagte sie und faßte ihn am Arm. „Aber selbst wenn du und John wirklich noch eine Weile länger hierbleiben müßtet, wäre es –"

„Das wird nicht eintreten!" fiel er ihr ins Wort und blickte wild um sich. „Lydia, ich sterbe an diesem Ort! Gott wird das nicht zulassen!"

Sie wechselte sofort das Thema, doch auf dem Heimweg war ihr Herz voll düsterer Vorahnung, und sie wußte, daß Gilbert genauso empfand.

Die Stunden schlichen träge dahin, doch endlich kam der Tag des Prozesses. In dem großen Saal, der für Gerichtsverhandlungen benutzt wurde, war jeder Zoll mit Menschen gefüllt. Wer drinnen keinen Platz fand, drängte sich trotz der klirrenden Kälte draußen vor der Tür.

Richter Twisten thronte auf einem erhöhten Podium. Sein fleischfarbenes Gesicht war steinern, während der Fall seinen Fortgang nahm. „Wie lautet die Anklage gegen diese Männer?"

Ein Angestellter las mit schriller Stimme von einem großen Blatt ab: „John Bunyan und Matthew Winslow, beide aus Bedford, werden beschuldigt, das Gesetz des Königs gebrochen zu haben, weil sie ungesetzliche Versammlungen und Vereinigungen abhalten und sich nicht an die Nationale Andacht der Kirche von England halten."

Ein großer, stämmiger Kerl mit Namen Ryeson war der Hilfssheriff, der die beiden verhaftet hatte. Er legte lang und weitschweifig Zeugnis ab, wie er den beiden gefolgt war und sie angetroffen hatte, als sie zu einer Gruppe von Leuten sprachen.

„War einer von ihnen bewaffnet?" wollte Richter Twisten wissen.

„Sir?"

„Waren sie bewaffnet, will ich wissen!"

„Nein, Sir, sie hatten nur Bibeln bei sich!"

„Gut."

Die Zeugeneinvernahme zog sich hin. Endlich sagte der Richter: „John Bunyan, Ihr könnt aufstehen und Eure Verteidigung vorbringen."

Bunyan war infolge des langen Aufenthaltes im Gefängnis blaß, doch er sprach flüssig und mit fester Stimme. Bald entwickelte sich zwischen ihm und dem Richter ein Rededuell, das Twisten beendete, indem er den Angeklagten anschrie: „Ihr werdet die Gesetze Englands befolgen, oder ich werde dafür sorgen, daß Ihr gehängt oder aus diesem Land gejagt werdet!"

„Ich werde meinem König – den ich achte und für den ich bete, wie Gott wohl weiß – in allen bürgerlichen Gesetzen gehorsam sein, aber ich werde der Stimme des Königs folgen, der unsterblich ist, wenn zwischen beiden ein Konflikt besteht!"

„Ihr habt Euch durch Euer eigenes Zeugnis überführt!" rief Twisten und sprang zornig hoch. „Ihr habt nicht bestritten, daß Ihr und Winslow das Gesetz des Königs gebrochen habt. Auf der Grundlage Eures eigenen Zeugnisses und den diesem Gericht vorgelegten Beweisen verurteile ich Euch zu lebenslanger Haft!"

Ein Brummen erhob sich im Gerichtssaal. Er ließ seinen Blick über die dichtgedrängten Bänke schweifen und setzte hinzu: „Verschwendet euer Mitleid nicht an diese Männer. Sie können das Gefängnis in jedem Augenblick verlassen – in jedem Augenblick, das heißt, wenn sie sich bereit erklären, das Gesetz zu befolgen."

Bunyan erhob plötzlich seine Stimme und rief laut: „Ich werde das Evangelium verkündigen, bis mir das Moos über die Augen wächst!"

„So komme es über Euer Haupt", entgegnete Twisten und sah die beiden Männer an. „Ihr werdet im Gefängnis von Bedford bleiben, bis ihr versprecht, bei Euren Predigten die vom König gesetzten Grenzen zu wahren! Gerichtsdiener, bringt diese beiden Männer in ihre Zellen zurück! Das Gericht ist entlassen."

KAPITEL ACHT

Das Ende eines Mannes

„Wirst du's ihm sagen, Gilbert?" fragte Lydia erschöpft. Sie stützte sich mit dem Arm gegen die Wand, legte den Kopf darauf und biß sich auf die Lippe, um die Tränen zurückzuhalten. „Es wird ihn umbringen, – er hat doch für dieses neue Kindchen gelebt."

„Wirklich zu schlimm!" meinte Gilbert kopfschüttelnd. Er hob seinen schweren Mantel auf und sagte beim Hineinschlüpfen: „Ja, ich gehe zu ihm. Bleibst du bei Elizabeth?"

„Ja." Sie richtete sich auf und brachte einen etwas lebhafteren Ton in ihre Stimme. „Wenigstens geht es Elizabeth ordentlich. Sie kann noch weitere Kinder bekommen, meint der Arzt. Sag das John."

„In Ordnung."

„Und sag Matthew –" Plötzlich verstummte sie und blickte den Mann an, der ihrem Gemahl so ähnlich war. Eine Frage drängte sich auf ihre Lippen, doch sie unterdrückte sie, schien in Verlegenheit, etwas zu äußern und sagte schließlich nach kurzer Pause: „Ich weiß nicht, was ich ihm sagen soll. Hast du einen – einen Unterschied an seiner Art bemerkt?"

Winslow nickte nachdenklich. „Sein Geist ist verstört. Das bereitet mir mehr Sorge als seine Gesundheit."

„Gestern führte er so wilde Reden, daß ich mir keinen Reim darauf machen konnte. Er sprach vom Sterben. Ich glaube, er hat die Hoffnung aufgegeben."

Gilbert meinte überlegend: „Er ist krank am Leib, aber wir müssen mehr für seinen Geist beten, Lydia."

Winslow verließ das Häuschen und lenkte seine Schritte auf den schlammigen Weg. Beim Gehen vermied er die zahlreichen Pfützen. Der erste Hauch des Frühlings war erschienen, ließ den Schnee schmelzen und weckte das im eisigen Boden begrabene Leben. Er sah den winzigen Krokus an, dessen Farben sich gegen die dunkle, winterliche Erde abhoben, und dachte an das tote Kind, um das sie alle trauerten. „Zu schlimm!" murmelte er vor sich hin.

Cobb ließ ihn in die Zelle ein, und er begab sich sofort zu der Bank, auf der Bunyan und Matthew beieinander saßen. Bunyan erhob sich sofort, und in seinen schweren Zügen lag ein ahnungsvoller Ausdruck. Er wartete, bis Gilbert nahe genug herangekommen war, blickte ihn suchend an und sagte ruhig: „Elizabeth hat das Baby verloren."

Gilbert nickte. „Ja. Es tut mir schrecklich leid, John."

„Ist mit ihr alles in Ordnung?"

„Der Doktor sagt, daß es ihr gut geht. Sie kann noch weitere Kinder bekommen."

„Gott sei Lob und Dank!" Bunyan atmete schwer, ging zum Fenster hinüber und starrte hinaus, allein mit seinem Leid.

Gilbert setzte sich neben Matthew. Ihm entging nicht, daß er noch abgezehrter aussah als je zuvor. Der Husten hatte sich verschlimmert, doch sein geistiger Zustand bereitete Gilbert weit mehr Sorge. „Es wird wärmer, mein Sohn. Der Frühling naht."

Matthew zuckte die Achseln und sagte nur: „Ich glaube, ich hätte wissen müssen, daß das passieren würde."

Gilbert verstand ihn nicht. „Was soll das heißen, mein Sohn?"

„Ich wußte, daß das Baby sterben würde."

„Es ist eine Schande – aber du darfst dir um Lydia keine Sorgen machen. Sie ist völlig gesund."

Matthew blickte seinen Vater aus hohlen, tief in den Höhlen liegenden Augen an. Er hatte kaum noch Ähnlichkeit mit dem kraftvollen jungen Mann, der er vor seiner Haft gewesen war. Beim Sprechen war seine Stimme stumpf und leblos wie seine Augen. „Ich kann überhaupt nichts mehr glauben."

„Das darfst du nicht sagen, mein Sohn", erwiderte Gilbert ruhig. Er legte dem jungen Mann die Hand auf die Schulter, und als er weitersprach, lag drängender Ernst in Stimme und Blick. „Du hast einen schweren Schlag erlitten, aber diese Dinge gehen vorüber ..."

Matthew hörte seinem Vater zu, doch seine Schultern verrieten Widerspenstigkeit, und schließlich wandte er ein: „Hast du nicht gehört, was Richter Twisten sagte? ‚Lebenslängliche Haft' lautete der Begriff. Du weißt genauso gut wie ich, daß es keinen Weg aus diesem Loch gibt als –"

„Daran darfst du nicht einmal denken!" entgegnete Gilbert sofort. „Ich weiß, daß du krank und niedergeschlagen bist und daß ein Baby unterwegs ist, aber wenn du jetzt aufgibst, wirst du nie wieder ein Mann sein."

„Und wenn ich hier nicht rauskomme, dann werde ich tot sein!" warf ihm Matthew an den Kopf. In seinen Augen glühte ein Blick, der an Wahnsinn grenzte. Er holte tief Luft und sagte: „Ich habe meinen Entschluß gefaßt, was ich tun werde, Vater – und ich weiß, daß du und John es mißbilligen werdet. Ihr glaubt, es sei furchtbar für einen Mann, nachzugeben, aber ich denke anders darüber."

„Und wie anders denkst du?“

„Nun, du mußt doch erkennen, daß John ein Prediger ist – das ist’s, was er macht. Aber ich bin kein Prediger.“

„Du hast das Evangelium verkündigt, wie mir Bunyan sagte – und du selbst hast mir erzählt, daß du Gottes Hand in deinem Leben gefühlt hast.“

„Nun, das habe ich gesagt, aber viele junge Burschen versuchen es einmal mit Predigen und entdecken dann, daß es nur so ein augenblicklicher Einfall ist.“

„Matthew, mach nicht –“

„Sag du mir nicht, was ich tun soll!“ rief Matthew, und seine Stimme brachte Bunyan dazu, sich vom Fenster abzuwenden. Er betrachtete die beiden nachdenklich und kam zu ihnen herüber. „Ich konnte nicht verhindern, daß ich Zeuge eures Gespräches wurde.“ Seine klugen Augen waren von Mitleid erfüllt, als er fortfuhr: „Triff jetzt keine Entscheidung. Warte, bis du Zeit hattest, darüber zu beten.“

Matthew richtete den Blick auf die beiden Männer, und ein beinahe wahnsinniger Ausdruck glomm in seinen Augen auf. Gilbert erkannte, wie nahe sein Sohn daran war, den Verstand zu verlieren. Sofort wandte er sich an ihn: „Ich gehe jetzt, mein Sohn. Versuch, ein wenig zur Ruhe zu kommen. Morgen besuche ich dich wieder. Wir werden uns schon etwas einfallen lassen.“

Er verabschiedete sich von Bunyan und bat ihn mit einem Blick, auf Matthew acht zu haben. Er begab sich nicht zum Häuschen, sondern lenkte seine Schritte zu einem wenig begangenen Weg, um in seiner Verzweiflung im Gebet Gott zu suchen. Bunyan hatte zu ihm von der Angst seines Sohnes vor dem Tod gesprochen, und das hatte ihn mehr erschreckt als alles, was er vorher gehört hatte. Er betete, bis er endlich aufblickte und sah, daß die Sonne bereits im Untergehen war. Dann machte er sich auf den Weg zum Häuschen der Bunyans.

Lydia war mit den Kindern beschäftigt, und Gilbert nahm ihr einiges von den Arbeiten ab, damit sie bei Elizabeth sein konnte. Es wurde spät, bis die Kleinen alle zu Bett gebracht und Elizabeth eingeschlummert war, doch danach setzte er sich zu Lydia und erzählte ihr von seinem Besuch bei Matthew.

Sie saß da und starrte in die glimmende Asche des Kamins. „Ich bin so erschöpft von alledem, daß ich nicht einmal mehr zu denken vermag.“

„Ich weiß. Ich – ich bin nicht sicher, ob es richtig ist, Lydia.“ Die Anspannung hatte neue Linien in Gilberts Gesicht eingegraben. Voller Verzweiflung schüttelte er den Kopf. „Wenn’s mein Leben wäre, wüßte ich, was ich zu tun hätte, – aber wer kann in einer solchen Sache für einen anderen Entscheidungen fällen?"

Mehr war nicht zu sagen, und müde trottete er nach Hause. Er erwartete nicht, Schlaf zu finden, aber wie durch ein Wunder fiel er doch in Schlummer. Er hatte vorher wenig Schlaf gefunden und schlief daher lange über seine gewohnte frühe Stunde hinaus. Ein lautes Klopfen an der Tür weckte ihn auf, und mit erschrockenem Blick bemerkte er, daß die Sonne schon hoch am Himmel stand.

„Gilbert! Wach auf!"

Benommen vom Schlaf taumelte er zur Tür, riß sie auf und sah Lydia mit schreckgeweiteten Augen draußen stehen. „Er ist fort!" war alles, was sie herausbrachte. Schluchzen schnürte ihr die Kehle zu. Sie fiel ihm an die Brust und weinte vor Elend über ihre Verlassenheit.

„Matthew?" wollte er wissen.

Er mußte Geduld aufbringen, bis sie sich ein wenig gefaßt hatte. Endlich richtete sie sich auf und wischte sich die Tränen aus den Augen. „Ja! Er schickte gestern nach Richter Twisten und erklärte sich bereit, das neue Gesetz einzuhalten – und so hat der Richter ihn freigelassen."

„Hat er dir das gesagt – Matthew, meine ich?"

„Nein! Ich habe ihn überhaupt nicht gesehen – doch als ich gestern von den Bunyans heimkam, waren alle seine Kleider fort; dafür fand ich diesen Zettel hier."

Gilbert nahm den Papierfetzen und laß rasch: „Lydia, ich gehe fort. Bitte versuch mich zu vergessen – und möge Gott mir vergeben!"

Die Nachricht war in einer zitterigen Schrift verfaßt und nicht einmal unterschrieben.

„Er war gestern beinahe von Sinnen", sagte Gilbert und biß sich auf die Lippe. Er versuchte, einen Gedanken zu fassen, was nun zu tun sei. „Ich glaube, er war auch ganz benommen vom Fieber."

„Wo kann er hingegangen sein?" stöhnte Lydia.

„Nun, weit kann er nicht gekommen sein", meinte Gilbert sofort. „Mach dir keine Sorgen, Lydia, wir werden ihn finden."

Doch diese Vermutung bestätigte sich nicht. Nachdem die Nachricht im ganzen Dorf verbreitet war, konnten sie lediglich feststellen, daß er sich nicht in Bedford aufhielt. Jeder kannte ihn von seiner Verbindung mit Bunyan her recht gut, und erst am nächsten Morgen kam Gilbert nach einer schlaflosen Nacht zu Lydia in das Häuschen der Bunyans.

„Hast du ihn gefunden?" rief Lydia, die in Gilberts Gesicht keine Veränderung seit dem vergangenen Tag erkennen konnte.

„Nein – aber der Kutscher kam auf seiner Rückfahrt hier durch – der,

der die Strecke nach London fährt. Er ist diesmal nicht die ganze Strecke durchgefahren, aber er sagte, daß ein Mann, auf den Matthews Beschreibung paßt, hier in Bedford zustieg und gestern noch in der Kutsche Richtung London saß."

„London! Warum nur wollte er dorthin?"

„Ich fürchte, er ist zur Küste unterwegs und versucht, ein Schiff zu erreichen, um außer Landes zu kommen." Gilbert nahm ihren Arm und drückte ihn behutsam. „Ich werde sofort losfahren. Ganz bestimmt gelingt es mir, ihn aufzustöbern! Ich muß nur die ganzen Schiffe überprüfen, die zum Auslaufen bereitliegen."

„Du mußt ihn finden, Gilbert! Er ist nicht mehr bei Sinnen – ich werde dich begleiten ..."

„Nein, du bleibst hier für den Fall, daß wir uns irren und er zurückkehrt", sagte Gilbert. „Ich werde nicht die Kutsche nehmen, das ist viel zu langsam. Ich habe mir bereits ein schnelles Pferd gekauft und bin dann bereits in London um die Zeit, wenn die Kutsche eintrifft. Mit Gottes Willen kann ich sie vielleicht sogar einholen!"

„Ja, beile dich! Ich werde beten, daß es dir gelingt", sagte Lydia. Unbewußt berührte sie ihren Leib. Er wußte, daß sie an das Kind unter ihrem Herzen dachte. „Gott ist noch immer Herr des Geschehens!"

„Amen!" bekräftigte er, drückte sie an sich und eilte weg, während Pläne aller Art durch seinen Kopf wirbelten.

In der folgenden Woche dehnten sich die Stunden endlos hin. Obwohl Lydia sich darüber im klaren war, daß Gilbert bei einer solchen Entfernung nicht innerhalb von kurzer Zeit zurück sein konnte, brachte sie Stunden auf der Großen Straße zu und hielt nach ihm Ausschau. Sie aß nichts, sondern fastete und betete, bis ihr Gesicht vor Anspannung immer blasser wurde. Bunyan riet ihr dringend, wieder zu essen: „Gott kennt die Absicht deines Herzens", sagte er behutsam. „Du mußt an dein Kind denken."

Am sechsten Tage brachte Pastor Gifford eine Nachricht direkt von der Kutsche. Sie war von Gilbert und lautete: „Ich halte Tag und Nacht Ausschau, bisher ohne Erfolg. Verzweifle nicht. Vielleicht hat er die Kutsche verlassen und sich auf den Weg in eine Stadt an der Küste begeben. Ich gehe nach Southampton. Dort wird ein Mann, der zu Schiff in ein anderes Land will, sich am ehesten hinwenden." Er drängte Lydia, in ihrem Vertrauen auf Gott nicht wankend zu werden, und versprach, sofort zu schreiben, wenn er eine Spur von Matthew entdeckt habe.

Drei Wochen später schaute Lydia den Fußweg hinauf und erblickte Gilbert, der langsam auf ihr Häuschen zukam. Er hatte etwas an sich, was sie mit tiefer Angst erfüllte, und langsam erhob sie sich. Sein Gesicht war ganz schmal geworden und trug die unübersehbaren Spuren von Kummer in sich. Er trat zu ihr und sagte: „Lydia, meine Liebe ..."

Sie erkannte, daß er nicht weiterzusprechen vermochte, und fragte matt: „Er ist tot, nicht wahr?"

„Ja." Gilbert preßte die Lippen aufeinander und nahm sie in die Arme. „Du mußt deinem Kleinen nun Mutter und Vater sein." Er ließ sie los, und in seinen Zügen drückte sich eine heftige Spannung aus.

„Was ist geschehen, Gilbert?" fragte sie ruhig. „Ich möchte alles wissen."

„Da gibt's wenig zu berichten, mein Kind", sagte er erschöpft. „Erst vor einer Woche fand ich eine Spur von ihm. Ich war zuerst nach Southampton gegangen, hatte dort aber nichts entdeckt. Einer der Männer, mit denen ich dort sprach, war ein Schiffszimmermann namens Lyle, der wartete, bis sein Schiff überholt wurde. Das dauerte länger, als er gedacht hatte, und so kam er nach Portsmouth, wo seine Familie lebt. Ich lief ihm zufälligerweise über den Weg, und er erinnerte sich sofort an mich."

„Hat er Matthew gesehen?" fragte Lydia voller Eifer.

Gilbert nickte bedächtig. „Ja. Lyle erkannte ihn nach meiner Beschreibung und setzte Matthew von meiner Nachfrage in Kenntnis."

„Was?"

Gilbert schüttelte den Kopf. Seine Augen waren vom Kummer umwölkt. „Lyle berichtete, daß Matthew gesagt habe: ‚Es gibt niemand auf der Welt, der mich jetzt finden möchte!'"

„Aber was ist passiert?"

„Lyle erzählte mir, daß er eine Passage auf einem Handelsschoner namens ‚Intrepid' genommen habe, dem Schiff von Kapitän George Milton." Er nahm Lydia bei der Hand und sagte leise: „Mein liebes Kind, die ‚Intrepid' ist vor zwei Wochen in einem Hurricane mit Mann und Maus untergegangen."

„Könnte – könnte hier ein Irrtum vorliegen?" Lydias Augen waren flehend auf ihn gerichtet, doch Gilbert schüttelte nachdrücklich den Kopf.

„Ich ging nach Southampton und sprach mit den Schiffseignern. Ein anderes Schiff, die ‚West Wind' geriet in den gleichen Sturm. Sie sah die ‚Intrepid' untergehen, war jedoch außerstande, zu Hilfe zu kommen. Er ist tot, meine Liebe!"

Sie blickte ihn voller Entsetzen und Schmerz in ihren dunklen Augen an. „Bist du sicher?"

„So gerne ich dir ein bißchen Hoffnung geben möchte, aber es wäre eine dauernde Pein, mit falscher Hoffnung zu leben, Lydia. Ich habe den

Quartiermeister befragt, der das Schiff ausgerüstet hat, und er konnte sich gut an Matthew erinnern. Er hat die Passage unterschrieben und ist mit dem Schiff ausgelaufen."

Lydia schloß die Augen und schwankte plötzlich. Gilbert führte sie zur Bank vor dem Häuschen, setzte sich neben sie und wartete still, bis sie sich ausgeweint hatte. Dann sagte er: „Lydia, ich möchte dir davon erzählen, was Gott über dich und das Kind sagt, wie ich glaube ..."

* * *

Die salzige Gischt brannte auf Lydias Lippen, als sie an Deck der „New Hope" stand, einem Zweimastschoner, und England hinter sich verschwinden sah, während das Schiff seinen Kurs durch die graugrünen Wellen pflügte.

„Ich weiß, Kind", sagte Gilbert rasch, „es tut im Herzen weh, die Heimat zu verlassen – aber die Neue Welt wird für dich – und für meinen Enkel – ein besserer Ort sein."

Das war sein Plan gewesen, und Lydia drängte darauf, zu gehen, um für sich und ihr Baby ein neues Leben zu finden. Die einzige Verwandte, die sie in England hatte, war ihre Tante, und sie hatte Gilbert Winslow als Vater lieben gelernt. Er besaß keine eigenen Blutsverwandten mehr, und dieser Verlust führte sie mehr als alles andere zusammen.

Nun flackerte ein plötzlicher Zweifel in ihr auf. „Gilbert, ist es recht, – daß ich nach Plymouth gehe?"

Er sah zu ihr hinab, und mit schneidendem Schmerz dachte sie bei sich: Ich werde Matthew niemals vergessen – nicht, solange sein Vater lebt!

Er legte seinen starken Arm um sie und lächelte. „Es dauert nur eine kleine Zeit, bis wir alle wirklich heimkehren, Lydia. Doch bis jener Tag kommt, brauchst du und mein Enkel einen Platz und eine Familie." Er verstummte und richtete den Blick nach Westen, fast als könne er Plymouth mit seinen scharfen blauen Augen in der Ferne erkennen.

Sein Blick kehrte zu ihr zurück. „Der Letzte des Hauses Winslow, Lydia- das ist die kostbare Last, die du trägst!"

Er führte sie zum vorspringenden Bug der „New Hope", wo sie über das offene Meer hinweg der gemeinsamen Zukunft entgegenblickten.

Teil zwei

PLYMOUTH
1675

KAPITEL NEUN

Rachel

Der Hochzeitstag brach hell und klar an diesem Morgen des 2. April 1675 an. Rachel Winslow lächelte ihrem Bild im polierten Spiegel zu und murmelte vor sich hin: „Fünfzehn Jahre alt am heutigen Tage – und irgendwann bist du eine alte Frau!"

Sie warf den Spiegel mit einer charakteristischen Geste aufs Bett und verließ eilends ihr kleines Schlafzimmer im oberen Stock. Ihre Mutter blickte vom Tisch hoch, wo sie stand und Teig knetete. „Man könnte denken, du seist die Braut, soviel Mühe gibst du dir, dich schön zu machen!"

Die Worte klangen hart, doch in Lydia Winslows Wesen lag wenig Härte. Die Menschen von Plymouth nahmen ihre zahlreichen Akte der Fürsorge beinahe als selbstverständlich hin, und ihre Tochter, die nun lächelnd auf sie zukam, wirkte in keiner Weise beunruhigt. Sie streckte die Hand aus, zupfte unter dem Kopftuch eine rabenschwarze Strähne aus den Haaren ihrer Mutter hervor und meinte sorglos: „Ich möchte hübsch aussehen für Joshua, Mutter. Wahrscheinlich wird er vorbeikommen und mir wieder einen Heiratsantrag machen." Lydia entging der kecke Blick in Rachels haselnußbraunen Augen nicht; sie schüttelte den Kopf.

„Und du wirst ihm wie gewöhnlich einen Korb geben. Eines Tages wird dir das noch leid tun, Rachel. Er wäre dir ein guter Ehemann."

„Das Land ist voll von angehenden guten Ehemännern", entgegnete Rachel fröhlich. „Und es wimmelt auch von Murmeltieren und anderem lästigem Volk, aber ich hab' mit keinem von ihnen etwas im Sinn!"

Lydia blickte ihre Tochter an. Sie wußte, daß sie eigentlich hätte ärgerlich und entsetzt sein sollen, doch wie üblich warf sie nur die Hände hoch und lachte. „Du bist ein törichtes Mädchen!" meinte sie liebevoll.

„Großvater sagt, ich hätte mehr Verstand als die ganze Konföderation von Neu-England", erklärte Rachel mit demütig gesenktem Blick.

„Dein Großvater ist ein kluger Mann – außer wenn's um dich geht, da hat er auch nicht die Spur von Vernunft!"

„Er sagt immer, du seist die schönste Frau der ganzen Kolonien. Ich denke mir, daß er auch bei dir voreingenommen ist, Mutter."

„Das ist er wirklich. Nun, raus mit dir, du Gänschen! Geh und hilf dem armen Mädchen, das neben dir wie ein abgelatschter Schuh aussieht!" Als Rachel aus dem Zimmer ging, richtete sie noch eine letzte Bemerkung an sie: „Aber häuslich ist sie. Sie heiratet heute, und das ist mehr, als ich von dir sagen kann!"

Rachel lachte und rannte leichtfüßig die Straße hinab, die an Gouverneur Bradfords Haus vorbei zum Hafen hinunterführte. Dann schwenkte sie nach rechts, wo sie Mercy Doolittle, die Braut, im Haus vorfand, wo sie mit ihren Eltern und fünf weiteren Kindern wohnte.

„Ach, du bist's, Rachel!" rief Mercys Mutter. Sie drückte Rachel den Kamm in die Hand und meinte: „Sieh zu, ob du mit Mercys Haaren etwas anfangen kannst – ich gehe und helfe beim Kochen!"

„Nun ist der große Tag also da, Mädchen", sagte Rachel und fuhr so heftig durch Mercys Haar, daß das arme Mädchen aufschrie. „Sei still! Dies ist dein letzter Tag in Freiheit, und dein Mann wird's dir noch schlimmer besorgen, wenn du dich nicht um ihn kümmerst!"

„Oh, Praise God und ich werden ausgezeichnet miteinander auskommen."

Rachel lächelte, als die Braut den Namen des Bräutigams nannte – Praise God Pittman. „Es wird dir schwerfallen, mit ihm zu streiten, nicht wahr, Mercy? Ich meine, wie kannst du vor Wut schreien und gleichzeitig ‚Praise God' kreischen?"

Mercy war ein großes, reizloses, schüchternes Mädchen mit schweren Knochen, doch das wurde wettgemacht durch ihre heitere Laune und Freundlichkeit gegen jedermann; vor allem Praise God wollte sich nicht davon überzeugen lassen, daß sie nicht genauso lieblich war wie eine Rose. Der kräftige, muskulöse Bräutigam war zweiundzwanzig und von Beruf Grobschmied und Kesselflicker. Es war bekannt, daß er gelegentlich ein wenig zu tief ins Glas guckte, und sein Ruf als Freund des schönen Geschlechts hielt sich beharrlich, obwohl er standhaft leugnete. Jedenfalls waren die beiden miteinander zufrieden, und – wie Mercy es ausdrückte: „Solange wir zusammenpassen, sollen die anderen sich um ihre eigenen Angelegenheiten kümmern!"

Ihre einzige Schönheit waren ihre Haare, und während Lydia mit dem Kamm durch das schimmernde, rötliche Gold strich, fragte sie neugierig: „Mercy, hast du Angst?"

„Angst? Wovor?"

„Nun, vor der Ehe", erwiderte Rachel. „Wird's dich nicht hart ankommen, all das zu tun, was Praise God dir sagt?"

Mercy richtete sich auf und wandte sich zu ihrer Freundin um. „Für dich wäre es wahrscheinlich hart", bemerkte sie lächelnd. „Du bist so klug und all das. Aber die meisten Frauen haben einen recht schwachen Geist." Dies war der allgemein übliche Glaube unter den Kolonisten, und Mercy pflegte diese Doktrin. „Ich hab' einmal von einem Mädchen erzählen hören, dem ihr Vater allerhand Sachen mit Lesen und Schreiben beigebracht hat. Und eines Tages verliert sie den Verstand und erwürgt ihre Tochter, jawohl! Beim Gericht haben sie gesagt, das komme nur vom Lesen und Schreiben, das habe ihr Gehirn zerstört, weil es nicht so stark ist wie bei einem Mann."

„Aha", entgegnete Rachel mit schiefem Lächeln.

Mercy streichelte die Wange ihrer Freundin. „Du wirst gewiß keinen Mann nehmen, der dich herumscheucht, Rachel Winslow, du nicht. Gott möge dem armen Kerl helfen, der das versuchen wollte!"

„Damit hat's keine Eile", bemerkte Rachel. Lachend drängte sie die Freundin: „Du solltest besser jetzt deinen Putz anlegen, sonst muß Praise God noch auf seine Braut warten – und er ist bestimmt kein Mann, der lange auf eine Frau wartet, meinst du nicht?"

Sie waren eben mit dem Anlegen des Hochzeitskleides fertig geworden, eines Mieders, das für dauerhaften Gebrauch blau gefärbt worden war, und eines orangefarbenen Rockes. Manche Kolonisten, die aus England gekommen waren, hatten die Vorstellung, daß die Separatisten in Plymouth nur Schwarz und Grau tragen, doch das galt nur für ihre Versammlungen am Sonntag. Die meisten trugen jedoch mit Vorliebe leuchtende Farben und putzten sich zu bestimmten Gelegenheiten sorgfältig heraus.

Beim Laut des Gesanges rief Rachel: „Sie kommen!" Bald war die Luft erfüllt von singenden Stimmen, und sie gingen hinaus, um die Hochzeitsgesellschaft zu begrüßen. Die Gäste zählten mindestens vierzig Personen; jeder von den Jüngeren, der sich freimachen konnte, war gekommen, denn eine Hochzeit galt bei den Separatisten nicht als Sache der Kirche, so wie auch Weihnachten nicht als religiöser Feiertag betrachtet wurde.

Sie schritten zu dem großen, freien Platz vor dem Gemeinschaftshaus, wo Richter Haskell die Ziviltrauung vornahm. Ein langes Gebet von Gilbert Winslow beendete die Feier.

„Und nun der Kuchen!" rief Richter Haskell, nahm einen großen, einfachen Kuchen und brach ihn über Mercys Kopf vorsichtig auseinander. In Stückchen warf er ihn in die Menge, wo sich ein wildes Durcheinander erhob, denn es wurde als glückliche Sache angesehen, ein Stück vom Brautkuchen zu erwischen, es unters Kopfkissen zu legen und davon zu träumen, wen man einmal heiraten werde.

Als Rachel ein kleines Stückchen aufhob, hörte sie eine Stimme, die ihr ins Ohr flüsterte: „Warum sich mit einem Traum zufriedengeben, wenn man einen richtigen Mann haben kann?“

Sie drehte sich zu einem großen, blonden Mann mit dunkelblauen Augen in einem runden Gesicht um. „Oh, David, soll das ein Heiratsantrag sein?“

Er lachte sie an, und sein Gesicht spiegelte Bewunderung, aber auch Vorsicht. „Nun, du hast doch genug arme Teufel, die wie Mondsüchtige hinter dir herlaufen, ohne daß du mich auch noch unter die Verrückten einreihen müßtest.“

„Ich dachte doch, daß du kneifen würdest, David Morris! Du bist kein Mann!“

Er stand da und lachte, genoß ihre frische Schönheit und ihren Witz, doch wie andere überlegte er sich, ob es ganz richtig für eine Frau war, so schlagfertig zu sein. Für einen Mann mag's angehen, einen scharfen Witz zu haben, aber wäre es nicht recht lästig, wenn die eigene Ehefrau einen so kecken Verstand hätte? Er bewunderte sie, doch sie erkannte die gleiche Zurückhaltung, die sie auch bei anderen Männern schon wahrgenommen hatte. Da sie keinerlei Absicht hatte, David Morris zu heiraten, bereitete es ihr ein Vergnügen, ihn unsicher zu machen.

Sie bemerkte ihren Großvater, der in der Nähe stand und ihre Unterhaltung mit anhörte, ließ den jungen Morris stehen und zog Gilbert mit sich fort. „Komm, laß uns etwas essen, solange die Speisen noch warm sind.“

„Du heizest diesen jungen Männern ganz schön ein, Rachel“, sagte er lächelnd.

„Du verwöhnst mich, Großväterchen“, meinte sie lachend. „Wenn ich einen Mann finde, der so gut aussieht und so gescheit ist wie du, unterwerfe ich mich auf der Stelle!“ Halb scherzhaft, halb ernst blickte sie ihn an, denn mit seinen 75 Jahren sah er immer noch sehr stattlich aus. Das kastanienbraune Haar war von silbrigen Fäden durchzogen, aber noch dicht und glatt, und die Linien ließen sein kantiges Gesicht kraftvoller wirken als früher. Seine vom Alter ungetrübten blauen Augen blickten unter buschigen Brauen hervor. Er bewegte sich ohne Mühe, und seine hohe Gestalt war kräftig genug, um selbst junge Männer weit hinter sich zu lassen.

„Du mußt dich an das halten, was du kriegen kannst, Mädchen“, meinte er scherzhaft, und das unvermittelte Lächeln ließ ihn weit jünger erscheinen. „Du bist wahrhaftig hübsch, aber mit deiner kecken Zunge hast du die meisten Freier verschreckt.“

„Wenn sie vor der Zunge einer Frau Angst haben, taugen sie sowieso nicht für mich!" entgegnete sie.

Er brachte es nie lange fertig, sich mit seiner schönen Enkeltochter zu streiten. Er hatte sie nach ihrer Geburt als erster in den Armen gehalten, das einzige Enkelkind, das er wohl haben würde. Zwar hatte er auf einen Enkel gehofft, den Familiennamen weiterzuführen, doch er hatte sein Herz an das rote, quäkende Menschlein verloren – halb französisch, halb englisch, und seit fünfzehn Jahren bildete sie das Hauptinteresse in seinem Leben. Nur seine Treue zu Gott nahm noch eine wichtigere Stelle ein.

Sie traten an den mächtigen Tisch, der mit Wildbret, gebratenem Truthahn, Hühnerfrikasse, Rinderhaschee, gekochtem Fisch, mit Kastanien gefülltem Gänsebraten, gefülltem Kabeljau, Täubchen, gesottenen Aalen, Maismehlpudding, indianischem Bohnentopf, Kürbispudding und Apfelkuchen beladen war. Zum Hinunterspülen standen Bier, Most, leichter Wein, Branntwein und Flip (Getränk aus Bier oder Wein mit Branntwein, Zucker, Ei und Muskatnuß, Anm.d.Üb.) bereit.

Während des Essens kündigte Gilbert an: „Morgen gehe ich zum Indianerlager."

„Oh, nimm mich bitte mit!"

Er grinste sie an und sagte: „Wer möchte schon die beschwerliche Reise in ein schmutziges altes Indianerlager unternehmen, in dem es von Flöhen wimmelt?" Er lachte, als er bemerkte, wie ihre Wangen sich röteten. „Du willst doch nicht etwa einen kurzen Halt einlegen und Jude Alden besuchen?"

„Nun, ich denke, da es doch am Weg liegt ..."

Er lächelte ihr zu, kannte er sie doch in mancherlei Hinsicht so gut wie sich selbst. „Du kleine Hexe! Glaubst du, ich könnte nicht in diesem schlauen Köpfchen lesen?"

„Darf ich mitkommen, Großvater?"

„Ich denke schon. Eines Tages wirst du mich um etwas bitten, was ich dir nicht geben kann!"

Sie bedankte sich mit einem Lächeln, und spontan sagte er: „Du bist deinem Vater sehr ähnlich, – wenn du lächelst, dann sehe ich ihn in Gedanken so deutlich vor mir wie dich."

Sie riß die Augen auf und starrte ihren Großvater an. Er hatte ihren Vater kaum jemals erwähnt. „Sehe ich ihm wirklich ähnlich, Großvater?"

„Nicht so sehr wie deiner Mutter – Gott sei Lob und Dank!" setzte er hinzu. Rachel wunderte sich wie stets darüber, daß die einzige Bitterkeit, die sie je an Gilbert Winslow wahrgenommen hatte, ihren Anlaß in seinem Sohn Matthew fand. Sie hatte die ganze Geschichte von seiner kurzen Ehe mit ihrer Mutter und seinem Tod gehört. Als ihre Mutter ihr zum erstenmal vom traurigen Ende ihres Vaters erzählt hatte, da hatte sie tagelang geweint und ihn schließlich gehaßt. Sie kam nie darüber hinweg, daß sie ihn verachtete, weil er ein Feigling war oder weil er sie um eine normale Familie beraubt hatte. Sie begrub ihre Gefühle in ihrem Inneren, doch immer erschrak sie darüber, bei ihrem Großvater einen Fehler zu entdecken; nun stand sie da und sinnierte über diesen einzigen Riß in seinem sonst vollkommenen Charakter.

Eilig forderte er sie auf: „Sei zeitig dran, mein Kind, wir haben eine lange Reise vor uns."

Nachdem er gegangen war, gingen Rachel den ganzen Nachmittag über während des Tanzens und Feierns die Gedanken an ihren Vater durch den Kopf – selbst als Praise God bei Sonnenuntergang Mercy über die Schwelle seines Hauses trug. Dem Brauch gemäß saß das junge Paar mit rosigen Gesichtern und ihren Hemden bekleidet im Bett, während die jungen Leute ringsum standen und Socken über die Betten warfen. Wenn ein von einem Mädchen geworfener Socken die Braut traf oder ein aus der Hand eines jungen Mannes stammender Socken beim Bräutigam landete, dann galt das als Vorzeichen für eine baldige Heirat.

Als Rachels Socken Mercy mitten ins Gesicht traf, erhob sich lautes Geschrei. Sie rannte aus dem Zimmer, die Hände über die Ohren gepreßt, um die groben Späße nicht zu hören, die bei solchen Gelegenheiten immer die Runde machten.

Sie flüchtete sich aus der Menge und wanderte über den steinigen Strand. Nach kurzer Zeit kam sie an dem großen Stein vorbei, wo den Berichten nach die ersten Pilger nach dem Ausschiffen aus der „Mayflower" ihren Fuß an Land setzten.

Sie war der wilden Singerei und lauten Fröhlichkeit müde und gab sich ganz der Stille der einsamen Bucht hin, die nur von Zeit zu Zeit durch das Tosen der Brandung und den heiseren Schrei der Möwen unterbrochen wurde. Sie liebte diese Küste, und lange Zeit wanderte sie ziellos umher, nahm hin und wieder eines der hier herumliegenden Schneckengehäuse auf, um seine komplizierten Windungen zu studieren, und warf es in den Sand zurück.

Manchmal bist du deinem Vater sehr ähnlich. Die Worte ihres Großvaters kamen ihr wieder in den Sinn, und von neuem versuchte sie sich vorzustellen, wie er wohl gewesen war. Natürlich besaßen sie kein Porträt von ihm. Nur wenige hatten so etwas, denn das war sehr teuer. Das einzige Porträt, das ihr Großvater sein eigen nannte, zeigte seinen älteren Bruder Edward, dem er so nahe gestanden war. Rachels Mutter hatte ihr einmal erzählt, daß ihr Vater große Ähnlichkeit mit Gilbert und seinem Bruder gehabt habe. „Es heißt, daß sich die männlichen Winslows alle gleich sehen. Aber du schlägst mehr nach mir."

Sie mußte an ihre Mutter denken, die von ihrem Vater in recht allgemeinen Worten sprach, doch nie gelang es Rachel, in die undurchdringliche Oberfläche von Lydia Winslows Art zu dringen – in diesem einen Punkt. Rachel entsann sich, daß sie einmal verzweifelt zu ihrer Mutter gesagt hatte: „Mutter, nie erzählst du mir etwas Bedeutsames über meinen Vater, nur immer Belanglosigkeiten!"

Auf ihrem Weg bergan zu dem Haus, das sie mit ihrer Mutter und ihrem Großvater bewohnte, dachte sie über dieses Gespräch nach. Ihre ausgeprägte Vorstellungskraft rief ihr die Worte in Erinnerung, als seien sie auf Leinwand vor ihr aufgezeichnet. Sie sah das zarte Gesicht ihrer Mutter innerhalb von einer Minute erstarren, und dic Lider senkten sich über die Augen. Mit der Spur eines Zitterns in der Stimme sagte sie schließlich: „Wir hatten nur so wenig Zeit für uns gemeinsam, Rachel! Nur wenige Monate, und dann war er – fort."

„Hat er dich denn geliebt?" hörte sich Rachel in ihrer Erinnerung fragen.

Ihre Mutter blickte mit feuchten Augen auf und sagte leise: „Oh ja, Kind, ja! Zuerst hat er mich wirklich geliebt – aber später ..." Plötzlich hatte sie sich aufgerichtet und mit einem Ton, in dem eine gewisse Schärfe lag, geantwortet: „Er ist fort, Rachel, und es bereitet mir Kummer, darüber zu sprechen."

Rachel erreichte das Haus, eine neue „Salzbüchse", das Gilbert Winslow errichtet hatte, nachdem ein Kaminbrand das Häuschen eingeäschert hatte, das 1621 bei seiner Heirat mit Humility entstanden war. Sie schritt durch die Haustür in einen kurzen Flur. Zur Linken befand sich eine Wohnküche, doch sie wandte sich nach rechts zu dem gemeinsamen Zimmer, in dem sie ihre Mutter in einer Unterhaltung mit Mr. Oliver Bradford, dem Enkelsohn des berühmten Gouverneurs John Bradford, antraf.

„Nun, hast du die jungen Leute gut verheiratet, Rachel?" fragte er und erhob sich bei ihrem Eintritt. Er war ein kräftiger Mann von mittlerer Statur, 46 Jahre alt, mit kurzgeschnittenen braunen Haaren und warmen braunen Augen. Er war Rachel schon immer zugetan, doch seit sie nach dem Tode seiner Frau bereit war, sich mit seinen kleinen Kindern abzugeben, stieg seine Wertschätzung noch.

„Oh ja, sie sind für immer miteinander verbunden, Mr. Bradford", meinte sie lächelnd. „Glücklich wie die Lerche am Himmel und arm wie eine Kirchenmaus!"

„Ach ja, aber Praise God ist so verliebt, daß ihm das gar nicht zum Bewußtsein kommt", warf Lydia lachend ein. Sie trug wie stets ein schwarzes Kleid, doch das nüchterne Gewand schien ihre Schönheit nur zu unterstreichen. Ihre rosigen Wangen und vollen Lippen gaben ihr das Aussehen eines jungen Mädchens. Viele junge Frauen blickten mit Verzweiflung auf die schlanke, wohlgerundete Gestalt, denn im Alter von 35 Jahren schien die Zeit spurlos an Lydia vorübergegangen zu sein. Ihr Großvater sagte einmal zu Rachel: „Wenn ich's nicht besser wüßte, dann könnte ich glauben, deine Mutter sei eine Hexe! Es ist schon fast unirdisch, wie sie sich weigert, älter zu werden, – sie sieht noch genauso aus wie damals, bevor du geboren wurdest!"

Die dunkle Schönheit Lydia Winslows hatte über Jahre hinweg immer wieder Männer in ihren Bann gezogen, doch nie hatte sie das geringste Interesse an einer Verheiratung gezeigt. Als Diakon Charles Milton vergeblich um sie warb, hatte Gilbert gemeint: „Nun, Charles sieht gut aus, hat Geld, Charme und ist ein frommer Mann, Lydia. Wenn der dir nicht taugt, wer dann?"

Seine Schwiegertochter hatte ihm nur ein kurzes Lächeln geschenkt und war fortgegangen, um einer hungernden Familie Essen zu bringen. Die Gemeinde war ihr Lebensinhalt geworden, und obwohl viele gesagt hatten, ein unverheirateter Mann wie Gilbert Winslow werde seine Schwierigkeiten mit ihr haben, hatte sie die Schandmäuler dadurch gestopft, daß sie dem Herrn in einer Weise diente, die keinen Platz für Zweifel ließ.

„Hast du's geschafft, die Braut mit deiner Socke zu treffen?" erkundigte sich Bradford lächelnd.

„Ja, aber ich warte, bis sich ein Mann wie Ihr oder mein Großvater zeigt", gab Rachel zurück. Sie warf ihrer Mutter einen pfiffigen Blick zu und fragte unschuldig: „Habt ihr beiden etwas abgemacht?"

Oliver Bradford hatte sich Zeit gelassen mit seiner Entscheidung. Mehr als ein Jahr war seit dem Tode seiner Frau vergangen, doch seine plötzlichen häufigen Besuche bei Lydia Winslow waren ein wenig zu auffallend. Jeder in der Siedlung wußte, daß er entschlossen war, Lydia Winslow zur Frau zu nehmen.

Sein scharfgeschnittenes Gesicht überzog sich mit Röte. Er antwortete: „Wir – haben ein wenig geredet, aber deine Mutter zögert noch." Er fühlte sich auf einmal unbehaglich, stand auf und verabschiedete sich.

Lydia folgte ihm zur Tür, und die beiden tauschten noch einige Worte, die Rachel nicht hören konnte.

Als Lydia zurückkam, sagte sie: „Du solltest die Leute nicht necken, Rachel."

„Warum heiratest du ihn nicht, Mutter?" fragte Rachel unvermittelt. Sie sah ihrer Mutter nachdenklich ins Gesicht, und als sie eine Spur von Verwirrung entdeckte, fuhr sie fort: „Ich habe mich immer wieder gefragt, warum du niemals mehr geheiratet hast – aber das haben sich alle gefragt. Ist es, weil du meinen Vater immer noch liebst?"

„Nein!" entgegnete Lydia schroff. „Nein, das wäre töricht, Rachel. Ich werde niemals mehr heiraten, weil ich glaube, daß Gott mich zu einem Leben für mich allein berufen hat."

„Brauchst du denn keinen Mann, Mutter?" fragte sie, wurde plötzlich rot und stotterte: „Ich – ich meine ..."

Lydia warf den Kopf in den Nacken und lachte. „Das ist einer der seltenen Anlässe, wo ich dich habe rot werden sehen, Rachel!" Sie legte der Jüngeren, die ihr verjüngtes Ebenbild war, den Arm um die Schultern und setzte mit einem Lachen, das die Stube mit einem fröhlichen Laut erfüllte, hinzu: „Ich dachte, du wärest schon viel zu erwachsen und ‚fortgeschritten', um verlegen zu werden bei der Erwähnung dessen, was die Diakone ‚dic Intimitäten des Ehebettes' nennen!" Als sie jedoch erkannte, daß das Mädchen wirklich verstört war, hörte sie auf zu lachen und sagte behutsam: „Die meisten Frauen brauchen einen Mann, so wie ein Mann eine Frau braucht. Doch Paulus sagt: ‚Wer ledig ist, sorgt sich um die Sache des Herrn, daß er an Leib und Seele heilig sei.' Das ist mein Bestreben, Rachel – und es ist nicht hart, denn wir haben einen liebevollen und treusorgenden Bräutigam!"

Ihre Mutter hatte immer ein Leben der Nähe zu Gott geführt, und so hatte Rachel dadurch, daß sie ständig bei ihr war, weit mehr gelernt als in allen Predigten, die sie in der Kirche hörte. Lydia Winslow konnte beten und von Gott Antwort erhalten. Selbst als sie noch ein Krabbelkind war, hatte Rachel erfahren, daß sie, wenn sie sich irgendwo wehgetan hatte, einfach zu ihrer Mutter laufen konnte. Sie betete und streichelte die Wunde, und der Schmerz schwand. Niemals sprach sie von „Heilen", ja sie benutzte nie irgendeine Bezeichnung dafür; sie vollbrachte es einfach. Rachel hatte den Glauben ihrer Mutter für selbstverständlich hingenommen und sie nie danach gefragt.

„Nun, Mutter, wie ist es mit mir?" fragte Rachel unvermittelt. „Ich gehe mit Großvater ins Indianerdorf, und du weißt, daß mir das völlig gleichgültig ist. Ich halte eine ganze Menge von Jude."

Sie war immer aufrichtig gewesen, und als Lydia ihr in die Augen sah, empfand sie Dankbarkeit, daß ihre Tochter ihr soviel Vertrauen entgegenbrachte, über die Empfindungen ihres Herzens zu sprechen.

„Wie ich höre, wird er allmählich recht vermögend. Wieviel Land gehört ihm denn schon?"

„Ich weiß nicht. Ich habe einmal zu ihm gesagt, er wolle einfach alles Land haben, das an seine Grundstücke grenzt, und da wurde er ganz verlegen. Aber ich kümmere mich nicht um sein Land, Mutter."

„Was liegt dir dann am Herzen, Rachel?" fragte Lydia ruhig.

Rachel stand ganz überrascht da. Die Frage hatte sie überrumpelt und ging ihr nun durch den Kopf. Endlich sagte sie: „Ich weiß es nicht, aber ich möchte irgend etwas tun!"

Lydia Winslow biß sich auf die Lippe und entgegnete nachdenklich: „Wie dein Vater, Rachel. Er war genauso."

„Bin ich ihm ähnlich, Mutter?"

„Du hast einiges von meiner impulsiven französischen Art, aber das ist es nicht, was mir Sorge bereitet."

„Was dann?"

Lydia blickte ihre Tochter eindrücklich an. „Das Winslow-Blut ist es. Dein Großvater mag dir als ein Turm der Festigkeit erscheinen, aber in deinem Alter war er ein wilder Bursche! Und mein Matthew war von der gleichen Ruhelosigkeit besessen. Manchmal überspringt es eine Generation, wie mir Gilbert erzählte, aber du hast sie auch, Rachel – und deshalb würde ich es gerne sehen, wenn du bald heiratest."

„Damit ich einen Ehemann habe, der meine Wildheit im Zaum hält?"

„Du magst darüber lachen, aber ich habe es erlebt. Dein Vater war für mich alles, was ich mir nur wünschen konnte – doch das Winslow-Blut war stark, und – ich verlor ihn. Ich kann dich nicht auch noch verlieren, Rachel!"

Rachel spürte plötzlich die Arme ihrer Mutter, die sie fest umschlangen, als wollten sie sie vor irgendeiner jähen Gefahr beschützen.

Sanft ließ Lydia sie wieder los und sagte leise: „Ich wollte dir diese Dinge schon lange sagen. Nun wirst du wohl denken, ich sei eine nervöse alte Frau, die sich um ihr einziges Küken ängstigt!"

„Nein." Rachel blickte ihre Mutter an. Zum erstenmal in ihrem Leben sah sie in ihr die Frau – nicht die Mutter, sondern einfach die Frau, und das erfüllte sie mit Traurigkeit.

KAPITEL ZEHN

König Philip

Rachel verließ das Haus, als der erste Schimmer des Morgenrots den Himmel erleuchtete. Voller Freude entdeckte sie John Sassamon neben ihrem Großvater. Sein bronzefarbenes Indianergesicht war ein willkommener Anblick. „John! Du bist zurück!“ rief sie und lief ihm entgegen. In einer völlig unüblichen Geste nahm er sie in die Arme. Das war ein seltener Vorgang, denn Frauen und Männer, die nicht miteinander verwandt waren, umarmten sich niemals. Aber noch ungewöhnlicher für einen Indianer war es, solche Gefühle einer weißen Frau gegenüber zu zeigen.

Doch John Sassamon war alles andere als ein typischer Indianer. Er war in einer Gemeinschaft christlicher Indianer in Natick, fünfzehn Meilen westlich von Boston aufgewachsen und hatte in Harvard studiert. Vielleicht in einer Art Identitätskrise hatte er sich wieder seinem eigenen in der Wildnis lebenden Stamm angeschlossen. Er diente Philip Metacomet, dem Sohn Massasoits, als eine Art Adjutant.

Philip hatte dem jungen Mann große Wertschätzung entgegengebracht und hatte einen seiner legendären Wutausbrüche erlitten, als John vom Geist Gottes geführt wurde, wieder nach Natick zurückzukehren, wo er die Aufgabe erhielt, junge bekehrte Indianer zu unterrichten.

Rachel war praktisch mit ihm zusammen aufgewachsen, denn er war Gilbert Winslow zum Unterricht zugewiesen worden. Die beiden waren ein unzertrennliches Paar, das den Pfarrer auf seinen seelsorgerlichen Besuchen begleitete. Sie hatten gemeinsam die endlos langen Predigten angehört und die gleichen Bücher studiert, doch ihre liebsten Erinnerungen waren die Zeiten, die sie draußen in der Wildnis mit ihm verbracht hatte. Er hatte eine Indianerin aus ihr gemacht, sie in der Kunst des Spurenlesens, Jagens und tausenderlei anderer Fertigkeiten der Wildnis unterwiesen. Tagelang war sie in Tränen aufgelöst, als er fortgegangen war, um Harvard zu besuchen, und sie hatte gemerkt, daß auch er unter seinen unbewegten Zügen traurig war.

Nun stand er ein wenig verlegen bei der Umarmung da, doch in seinen ebenholzschwarzen Augen leuchtete Freude, als er sie begrüßte: „Du bist eine Frau, Nahteeah.“ Sie lachte, als sie seinen Kosenamen für sie vernahm „Hirschkälbchen“.

Gilbert warf ein: „Ihr beiden könnt eure Bekanntschaft unterwegs erneuern. Wir haben eine lange Tagesreise vor uns.“ Die Straße nach Middleborough, fünfzehn Meilen südwestlich von Plymouth, war so ordentlich, daß sie ihn mit dem Wagen zurücklegen konnten, den eins von Gilberts Pferden zog, doch danach mußten sie auf Indianerpfaden reiten oder zu Fuß gehen, die für ein Fahrzeug zu schmal waren.

Rachel ging mit John hinter dem Karren her, den Gilbert lenkte. Nachdem sie ihm die ganzen Neuigkeiten über seine alten Freunde in Plymouth berichtet hatte, fragte sie: „Was machst du denn jetzt, nachdem du in Harvard fertig bist, John?“

„Mein Volk in Nemasket hat sich im Herrn prächtig entwickelt, Nahteeah“, erwiderte er lächelnd. „Ich werde ihr Pastor werden.“

„Wie schön!“ rief Rachel voller Freude. „Das ist nicht so weit, da werden wir uns öfter sehen.“

„Das ist gut, Nahteeah. Ich habe dich vermißt.“ Lachend fuhr er fort: „Erinnerst du dich noch, als du zwölf warst und dich in mich verliebt hast?“

Rachel mußte bei dieser Frage lachen. „Ich hab' versucht, dich dazu zu bringen, mit mir wegzulaufen. Und du hast gesagt: ‚Ich kann dich nicht heiraten, weil ich ein Prediger werde!‘“

„Was war ich für ein großspuriger Bursche!“ Die Erinnerung wärmte sie beide. Da warf ihr John einen Blick zu und sagte in eigentümlichem Ton: „Du hast noch keinen Gatten gewählt, wie mir Mr. Winslow sagte. Du bist nun fünfzehn, und für eins unsrer Mädchen würde es Schande bedeuten, wenn es so alt würde, ohne einen Ehemann zu bekommen.“

Rachel blickte weg und schaute einem Eichhörnchen zu, das die Wanderer, die seine Ruhe störten, zornig anschnatterte. Ein wenig verlegen erwiderte sie: „Ich hab' noch viel Zeit.“

„Macht dir Jude Alden immer noch den Hof?“

Die Frage behagte ihr nicht, und ein wenig kurz gab sie zur Antwort: „Ich sehe ihn gelegentlich.“

„Er mag mein Volk nicht, Nahteeah“, stellte John ruhig fest. „Wenn du ihn heiratest, können wir nie mehr so wie jetzt miteinander sprechen.“

„Er ist ein guter Mensch! Wenn ich ihn wirklich heiraten sollte, würde ich ihn umstimmen.“

John lächelte ihr spöttisch zu und sagte kurz: „Das ist die Rede einer törichten Frau, Nahteeah. Wenn eine Frau das Wesen eines Mannes vor der Ehe nicht ändern kann, wenn er noch begierig ist, ihr zu gefallen, wie kann sie ihn dann ändern, wenn er sie eingefangen hat und sie nicht länger zufriedenzustellen braucht?“

Diese Feststellung bereitete Rachel Kopfzerbrechen. Sie wechselte das

Thema, doch den ganzen Weg nach Middleborough waren ihre Gedanken aufgewühlt von dem, was John Sassamon zu ihr gesagt hatte. Ihr war Judes Haß gegen die Indianer seit langem bekannt, doch trotz ihrer engen Freundschaft mit Sassamon hatte sie versucht, diese Einstellung zu ignorieren. Seine Voreingenommenheit ließ keinen Spielraum für eine Unterscheidung zwischen freundlichen und feindlichen Indianern – alle roten Männer waren für ihn „Wilde". Eine solche Einstellung war im Grenzland nicht allzu selten, obwohl es seit den Kämpfen gegen die Pequots im Jahre 1637 keine Indianerkriege mehr gegeben hatte. Doch drei Stämme – die Nipmuck in Massachusetts, die Narragansett im Gebiet der Bucht und die von Philip in Plymouth geführten Wampanoag – wurden unter dem wachsenden Druck der weißen Zivilisation zunehmend aufsässig. An der Grenze zu wohnen war, als lebe man auf einem Pulverfaß, denn wenn ein Krieg mit den Indianern ausbrach, waren sie ohne Schutz. Es gab keine Miliz und keine Armee, um die Stämme in Schach zu halten.

Den ganzen Morgen schritten sie stetig voran und hielten nur gegen Mittag kurz an zu einem einfachen Imbiß aus kaltem Rinderbraten und Brot, den sie mit klarem Wasser aus einem Bach hinunterspülten. Nach kaum einer Stunde Rast setzten sie ihre Reise fort, doch diesmal fuhr Rachel auf dem Wagen und die beiden Männer gingen voraus. Sie hörte ihnen zu, wie sie über Fragen des geistlichen Amtes sprachen. Im Augenblick befaßten sie sich mit dem armseligen geistlichen Zustand in Plymouth.

„Ihr jungen Leute müßt es wohl bald satt haben, von alten Männern zu hören, daß die Kirche nicht mehr das sei wie in unseren Tagen", meinte Gilbert. „Aber es stimmt. Gewiß, immer wieder flackern kleine Feuer echter Frömmigkeit auf, aber ich kann's nicht ändern, ich muß immer an die ersten Jahre hier denken."

„Warum ist das nur so, Bruder Winslow? Was mag der Grund sein, daß das Feuer in den Menschen erloschen ist?"

Winslow ließ sich diese Frage durch den Kopf gehen. Schließlich sagte er: „Zum Teil liegt es am bequemen Leben, John. Die Leute werden in städtische Umgebung hineingeboren und müssen nicht mehr der Wildnis ihren Lebensunterhalt abringen. Sie wachsen auf und wissen nichts davon, was es heißt, eingesperrt zu werden, nur weil sie Gott so lieben, daß sie Ihn an die erste Stelle setzen – so wie der arme John Bunyan. Sie wissen nicht, was es bedeutet, kein Land und keine Arbeit zu haben und ohne Mitspracherecht über die Art der Regierung zu sein. Es hat uns zutiefst geformt, John, – uns Erstankömmlinge meine ich – daß wir wochenlang in der elenden Nässe auf dem offenen Meer und danach in Zelten oder Erdlöchern hausen mußten, während Kälte und Krankheit einen um den anderen dahinrafften. Ich entsinne mich eines Monats in jenem ersten Jahr, da wir unsere Toten bei Nacht begraben mußten, damit die Indianer nicht sehen konnten, wie stark sich unsere Reihen gelichtet hatten! Wir ernährten uns von Erdnüssen oder gruben nach Miesmuscheln, um uns am Leben zu erhalten – und das alles um einer Vision von einem Gelobten Land willen!“

John nickte. „Ich habe oft von Euch die Worte vernommen ‚Gott hört nur auf verzweifelte Menschen‘, Mr. Winslow!“

Winslow zuckte die Schultern. Er schritt so kräftig aus wie am Morgen beim Aufbruch, und Rachel wunderte sich erneut über den junggebliebenen Körper ihres Großvaters. „Ich fürchte, Gott wird nur auf einem Wege die Aufmerksamkeit unserer Leute finden, John – wenn sie verzweifelt werden, so wie wir es einst waren.“

„Glaubt Ihr, daß gute Zeiten die Kirche zugrunderichten?“

„Reverend Cotton Mather glaubt das. Er sagte vergangenen Monat in einer Predigt: ‚Religion hat den Wohlstand gezeugt, und nun verschlingt die Tochter die Mutter.‘ Er steht mit seiner Meinung nicht allein, denn Daniel Gookin zeigte mir einen Brief von Richter Sewall, in dem der kluge Richter schrieb: ‚Der Wohlstand ist für jeden Menschen eine zu üppige Nahrung – wenn er nicht mit einigen Körnchen von Widrigkeiten gewürzt ist‘.“

Am Nachmittag kamen sie durch Middleborough. Sie ließen den Wagen bei Freunden und begaben sich zu Fuß zu Philips Lager. Der Tag war schon weit fortgeschritten, als sie die Ansammlung von rohen Hütten erreichten, die großenteils aus mit Weinranken zusammengebundenen Schößlingen bestanden. Der Geruch der Kochstellen zog durch die Luft, und sie wurden unverzüglich von Philip, dem Häuptling der Wampanoags, begrüßt.

„Ihr seid gekommen“, sprach er und trat näher, um ihnen seinen Gruß zu entbieten. Mit dem traditionellen indianischen Gruß hielt er die Handflächen hoch und zeigte damit an, daß er keine Waffen bei sich hatte. „Wir essen zuerst, dann reden.“

Sie ließen sich im Kreis in seinem Zelt nieder, das stark nach Fisch, Hunden und ungewaschenen Leibern roch. Rachel tat, als ob sie etwas esse. Das Gericht war eine Art Eintopf in einem großen eisernen Kessel; der Gast griff einfach hinein, holte sich ein Stück Fleisch oder Gemüse heraus und aß mit den Fingern. Sie ließ das Fleisch beiseite, da sie die Vorliebe der Indianer für junge Hunde kannte. Oftmals hatte sie mitangesehen, wie eine Squaw einen jungen Hund auf den Kopf schlug, ihn mit ein paar geschickten Handgriffen zerlegte und die Stücke in einen solchen Kessel warf. Zwar hatte sie derartige Gerichte schon verzehrt, aber nie Geschmack daran gefunden.

In körperlicher Hinsicht wirkte Philip nicht gerade eindrucksvoll. Er war klein, und seine leichte Gestalt war von Muskelsträngen überzogen. Eine kräftige Nase beherrschte das Gesicht, und der schmale Mund blieb meist fest zusammengepreßt. Doch er war nicht wegen seiner körperlichen Erscheinung zum Sachem, zum obersten Häuptling seines Volkes aufgestiegen, sondern einfach aus dem Grunde, weil er bei weitem der Intelligenteste war. Gerissen traf die Wahrheit wohl eher. Rachel beobachtete den kleinen Indianer, der mit ihrem Großvater sprach, und wieder war sie von den glitzernden Augen beeindruckt, die sein Gesicht beherrschten. Sie hatte sich immer ein wenig vor dem Manne gefürchtet, und nun fühlte sie Beklemmung in sich aufsteigen, als er zornig redete und heftig mit den Händen fuchtelte.

„Ihr kommt wie Heuschrecken, ihr weiße Männer", stellte er fest und starrte seine Besucher wie hypnotisch an. „Bald mein Volk hat keinen Platz mehr, seine Füße daraufzustellen. Ihr sprecht von Großem Gott im Himmel, aber ist Er nicht nur Gott des weißen Mannes! Hat Er nicht auch mein Volk erschaffen?"

„Er ist der Gott aller Menschen, König Philip", erwiderte Winslow ruhig.

„Warum Er läßt dann zu, daß Seine Kinder einander berauben? Die Väter der Wampanoag sind nicht so grausam zu ihren Söhnen! Er ist grausam, dieser Gott Jesus!"

John Sassamon ergriff mit seiner klaren Baritonstimme das Wort. „Nein, Jesus ist nicht ungerecht. Er starb für die Sünden aller Menschen, der roten wie der weißen. Er wünscht, daß alle Seine Kinder einander mit Liebe begegnen."

Philip warf dem jungen Mann einen bösartigen Blick zu und spuckte ihm die Worte geradezu ins Gesicht: „Der weiße Mann beraubt uns, nimmt unser Land und stößt uns ins Meer! Wie kannst du da von Liebe sprechen? Du hast das Volk verlassen und siehst nur noch die Wege des weißen Mannes!"

Philips kaum verhüllter Haß auf das Christentum und vor allem auf die christlichen Missionare, die einige seiner besten Krieger abspenstig gemacht hatten, war kein Geheimnis. Für Philip war John Sassamon ein Abtrünninger übelster Sorte. Er wandte sich in diesem Augenblick von dem jungen Indianer ab und ignorierte ihn vollständig.

„Du bist für dein Land bezahlt worden, König Philip", hielt Winslow ihm entgegen, doch er wußte, daß die Worte für den Mann ohne Bedeutung waren. Indianer verstanden Landbesitz nie in dem Sinne wie Engländer. Ihr Gedanke bei der Unterzeichnung einer Grundbesitzurkunde, im allgemeinen im Tausch gegen eine bestimmte Menge von Äxten, Kesseln, warmen Mänteln oder dicken Wollstoffen, ging dahin, das Land mit den Bleichgesichtern zu teilen und nicht davon fortzuziehen. Sie betrachteten den Preis als Pacht, die immer wieder zu begleichen war.

Philip hörte mürrisch zu, während Winslow ihm zuredete und die Sache des weißen Mannes in den schönsten Ausdrücken darlegte, doch nachdem schließlich alles gesagt war, wurde nur allzu deutlich, daß Philips glimmender Haß nicht ausgelöscht war.

„Wir müssen aufbrechen, bevor es zu dunkel wird", mahnte Winslow. Sie verabschiedeten sich von dem brummigen Häuptling und machten sich eilends auf den Weg.

„Wir werden nicht vor Anbruch der Dunkelheit nach Middleborough gelangen", bemerkte John.

„Nein, aber wir können die Nacht über bei Alden bleiben", erwiderte Winslow.

Zwei Stunden lang gingen sie, so rasch Rachel mitzuhalten vermochte, doch die Sonne war schon hinter der langen Hügelkette im Süden verschwunden, als sie den Pfad verließen und auf den Weg zu Jude Aldens Farm abbogen. Er erwartete sie nicht, doch als sie die Lichtung betraten, die er für sein behagliches Haus in den alten Eichenbestand gehauen hatte, kam er auf Winslows Ruf heraus.

„Mr. Winslow –" begann er, doch in diesem Augenblick fiel sein Blick auf die beiden Personen hinter Gilbert. „Das ist aber eine Überraschung, Rachel."

Von John nahm er keine Kenntnis. Rachel trat auf ihn zu und sagte: „Hallo, Jude. Kannst du drei müde Reisende für die Nacht unterbringen? Du erinnerst dich sicher an John Sassamon."

Alden zögerte, warf einen Blick auf den Indianer und nickte. „Natürlich! Kommt herein. Wir werden Tee trinken und ein bißchen was essen."

Nacheinander betraten sie das kleine Haus. Er stellte seine Büchse beiseite und kümmerte sich um das Essen. Er redete fortwährend, hauptsächlich mit Winslow, doch er war sich der Anwesenheit seiner beiden anderen Gäste sehr wohl bewußt.

Er vermochte sein Mißtrauen gegen Sassamon nicht zu verbergen. Bedrückt sah Rachel den verstohlenen Blick, den er dem stumm an der Wand stehenden Indianer zuwarf.

Doch am meisten war ihm ihre Gegenwart bewußt, wie sie mit einer gewissen Freude bemerkte. Er hörte ihrem Großvater zu, gab auch Antworten, doch er konnte den Blick nicht von ihr wenden. Rachel war an die Aufmerksamkeit junger Männer gewöhnt, doch als er den Tee eingoß und sie sich zum Essen niedersetzten, erfüllte sie plötzlich Stolz, daß er so von ihr gefesselt war.

„Gott, wir danken dir für dieses Essen – Amen!" sagte Jude rasch, und alle waren von der Kürze seines Tischgebets ziemlich verblüfft.

Gilbert lachte und meinte, während er sich eine Scheibe Rindfleisch abschnitt: „Da spricht dein Großvater aus dir, Jude." Er bezog sich auf John Alden, der an Bord der „Mayflower" Priscilla Mullins umworben und zur Frau genommen hatte. „Er war ein frommer Mann, aber kein Freund langer Gebete – oder Predigten! Ich erinnere mich noch, wie er einmal zu Gouverneur Bradford nach einer dreistündigen Predigt, die keine von Bradfords Glanzleistungen war, sagte: ‚Verzeihung, Gouvernor, daß ich eingenickt bin, aber Ihr solltet an die Auster denken.' Bradford starrte ihn restlos verwirrt an und fragte schließlich: ‚Die Auster? Was hat's mit der Auster auf sich?' John blickte ihm gerade in die Augen und antwortete: ‚Weil dieses Biest, Sir, genau weiß, wann's Zeit zum Öffnen – und zum Zumachen ist!'"

Judes Gelächter übertönte die anderen. „Das glaube ich von ihm, Mr. Winslow. Ich vermisse ihn sehr."

„Ich auch, Jude", sagte Gilbert nachdenklich. Er zeichnete mit dem Finger eine Figur auf den Tisch, blickte dann auf und meinte: „Sie waren wirklich fromme Menschen, die ersten Ankömmlinge."

„Und auch Ihr selbst, Mr. Winslow", bekräftigte Alden mit einem Nicken.

„Nein, ich war das schwarze Schaf, John." Gilbert Winslow schüttelte traurig den Kopf. „Wenn ich wollte, könnte ich Euch einiges aus meiner sündhaften Vergangenheit erzählen, daß sich Euch die Haare einkringeln."

„Ich wollte immer schon gekräuselte Haare haben, Großvater", ließ sich Rachel plötzlich vernehmen. „Bitte erzähl uns was von jenen Zeiten."

Winslow sprach nur selten von seinem Anteil an der Besiedlung von Plymouth, doch an diesem Abend machte er eine Ausnahme. Er schonte sich nicht, denn er war nicht freiwillig an Bord der „Mayflower", sondern als Flüchtling vor den Gerichten des Königs. Er erzählte, wie er in den Dienst von Lord North getreten war, wie er das Leben als Student der Theologie in Cambridge aufgegeben hatte, um bei einem von Englands mächtigsten Lords Ruhm und Reichtum zu erwerben. Er berichtete von Lady Cecily North, der schönen Aristokratin, in die er sich verliebt hatte. Rachel wollte mehr über sie erfahren, doch sie getraute sich nicht, ihren Großvater zu unterbrechen.

„Ich gesellte mich mit einem einzigen Gedanken zu der Gemeinschaft von Bradford in Holland", fuhr Gilbert mit traurigem Blick in seinen weisen Augen fort. „Ich sollte William Brewster aufspüren, einen der Gründer der Gemeinschaft, und so wurde ich ein Spion."

„Ein Spion, Sir? Das kann ich schwerlich glauben!" rief Alden.

„Dann kennst du die Verworfenheit des menschlichen Herzens nicht", meinte Winslow lächelnd. „Aber es kommt noch schlimmer. Ich errang die Liebe einer reinen jungen Frau in der Gruppe, um in den inneren Kreis zu gelangen."

Er setzte seine Erzählung fort mit dem Bericht, wie er mit Lady Norths Anbeter Lord Roth ein Duell ausgefochten und ihn dabei getötet hatte, um die junge Frau und die Gemeinschaft zu schützen.

„So flüchtete ich auf dem gleichen Schiff mit der Gemeinschaft aus England, doch ich haßte Gott!"

„Was geschah dann, Großvater?"

Winslow sprach langsam, als durchlebe er noch einmal die Tage, als sie um das Überleben kämpften, das Ringen mit der von ihnen so genannten allgemeinen Krankheit, die mehr als die Hälfte von ihnen im ersten Winter tötete. Er berichtete, wie er von dem opfervollen Leben Bradfords und anderer tief beeinflußt wurde und wie er endlich Jesus Christus in einem verheerenden Schneesturm fand, in dem Gott sich ihm offenbarte.

„Erzähl uns von der jungen Frau, von Großmutter!" beharrte Rachel.

Gilbert Winslow lehnte sich vor, stützte das Kinn auf seine gefalteten Hände und überlegte. „Sie war das lieblichste Geschöpf auf Gottes Erdboden." Er wandte den Kopf und Tränen glänzten in seinen Augen, als er sagte: „Du bist ihr sehr ähnlich, Rachel, sehr. Nein, vom Aussehen her nicht, aber ihr Geist ist in dir lebendig." Er zögerte so lange, daß sie schon glaubte, er sei zu Ende mit seiner Erzählung; da setzte er nachdenklich hinzu: „Alles Gute, was in deinem Vater steckte, kam von ihr – seine Großzügigkeit, sein Mitgefühl mit den Niedergeschlagenen, sein Witz, – und alles, was verkehrt an ihm war, das hatte er von mir, das war das Winslow-Blut!"

„Nein! Das glaube ich nicht!" Rachel faßte stürmisch seine Hände. „Das darfst du nicht sagen!"

Die Kerze in dem zinnernen Leuchter war heruntergebrannt, als er seinen Bericht beendete. Erschrocken sah er sich um. „Ich kann's nicht glauben! Nie habe ich zu einer Menschenseele von diesen Dingen gesprochen!“

„Ich bin froh, daß du's getan hast!“ sagte Rachel und legte die Arme um seinen Hals. „Es ist wunderbar, einen Helden zum Großvater zu haben!“

Verlegen lachte er auf und erhob sich. „Nun, der ‚Held' kann sich vor Müdigkeit kaum auf den Beinen halten. Soll ich in der Dachkammer schlafen, Jude?“

„Ja. Rachel kann das Schlafzimmer haben. Aber in der Dachkammer ist nur Platz für zwei –“ Er warf Sassamon einen feindseligen Blick zu.

„Ich werde draußen in der Scheune schlafen“, entgegnete der Indianer mit unbewegtem Gesicht.

Jude zögerte und erklärte dann: „Ich muß erst nach dem neugeborenen Kalb schauen. Es ist erst ein paar Stunden alt, es kann noch kaum trinken.“

Rachels Blick wanderte von Jude zu Sassamon, dessen Gesicht kein Anzeichen von Ärger über Judes Unhöflichkeit verriet. Sie zögerte, als wolle sie erst eine Entscheidung treffen, und wandte sich dann an Jude.

„Laß mich mitgehen, Jude!“ bat sie, so wie er es vorhergesehen hatte. Sie liebte alle Tiere, vor allem die Tierkinder. Sie sprang auf, lief zur Tür und rief über die Schulter zurück: „Schlaf gut, Gilbert Winslow! Ich möchte mehr von dieser Lady Cecily North hören!“

Das laute Gelächter ihres Großvaters klang ihr in den Ohren, als sie hinausgingen und den Weg zu dem kleinen Heuschober einschlugen, der so ungefähr zwanzig Meter vom Haus entfernt stand. Er öffnete die Tür und hielt die Kerze hoch, damit sie genug sehen konnte.

„Oh wie entzückend!“ rief sie und lief zu dem winzigen Kälbchen hin, das auf wackeligen Beinen im Stroh stand. „Wie schön es ist!“

Jude Alden stellte die Kerze auf einen Schemel und trat nahe zu ihr heran. „Ja“, sagte er lächelnd. „Wirklich lieb – und so schön!“

Sie merkte, wie ihre Wangen zu glühen begannen, und wurde verlegen. Alden zog sie zu sich hoch, und sie spürte, wie sich seine kräftigen Arme um sie schlangen. Als er sie an sich zog, flüsterte sie: „Nein – Jude!“

Doch abermals sagte er: „Du bist so schön, Rachel – jedesmal noch mehr!“ Sie war sich seiner männlichen Kraft eindringlich bewußt, als er sie noch fester an sich drückte. „Ich denke die ganze Zeit an dich. Hier draußen ganz allein in der Wildnis! Jeden Abend, wenn ich zu Bett gehe, denke ich an dich.“

Ein Zittern ergriff sie, und eine Empfindung, etwas Unrechtes zu tun, erfüllte sie, doch gleichzeitig war sie wie benommen von einem plötzlich auflodernden Gefühl. Sie hob den Kopf, und im flackernden Licht der Kerze sah er, wie ihre Lippen seinen Namen formten: Jude! Sie merkte auf einmal, wie ihre Arme sich um seinen Hals legten, und wunderte sich über ihre eigene Kühnheit. Doch es war beinahe, als ob jemand anderes und nicht sie selbst auf seinen Kuß antworte.

Langsam gab er sie wieder frei. Als sie aus seinen Armen glitt, sagte er: „Nie habe ich eine Frau wie dich kennengelernt, Rachel."

Sie erwartete, daß er weitersprechen werde, doch er schwieg. Plötzlich entsann sie sich an das, was sie über ihn gehört hatte, daß er so etwas wie ein Schürzenjäger sei, und empfand Scham bei dem Gedanken. „Ich gehe wohl besser wieder ins Haus zurück, Jude", sagte sie ruhig.

Da fragte er sie: „Hast du eigentlich nie ans Heiraten gedacht, Rachel?"

Sie sah ihn an und entgegnete: „Jedes Mädchen denkt daran." Mit einem plötzlichen Anflug von Humor setzte sie hinzu: „Du solltest vielleicht besser Betsy Small fragen, Jude. Ihr Vater hat eine große Farm, die er ihr als Mitgift geben wird – groß genug, daß es dir gleichgültig sein kann, wie mager sie ist."

Er lächelte, bemerkte jedoch sofort: „Ich habe wohl einen schlechten Ruf, wie, Rachel? Wegen der Frauen und wegen meines Ehrgeizes."

„Nun, es gibt Gerede – über beides."

„Zum ersten", erwiderte Alden leichthin, „muß ich gestehen, daß ich ein bißchen über die Stränge geschlagen habe – aber das ist vorbei. Zum zweiten bekenne ich mich schuldig. Ich sehe nichts Unrechtes daran, Dinge zu besitzen. Was ist daran auszusetzen?"

„Das hängt davon ab, auf welche Weise man seinen Wohlstand erwirbt – und was man mit dem Geld anfängt, wenn man es hat."

„Ich will es ausgeben", erklärte er lächelnd. „Du glaubst wohl, ich finde Spaß daran, einfach dazusitzen und es zu zählen? Nein, ich werde noch ein paar Jahre hart arbeiten und mir dann ein gutes Leben machen – reisen, Besuche machen, mit Leuten zusammentreffen!"

Er hatte eine Sehnsucht in ihr angerührt, von der sie keine Menschenseele je etwas merken ließ – ihr Wunsch zu reisen, doch keine Spur eines Verlangens zeigte sich in ihren Augen.

Da erkundigte er sich: „Wie ist es mit dir, Rachel? Was willst du denn machen?"

Sie biß sich auf die Lippe und zuckte die Schultern. „Ich weiß es nicht, Jude. Wahrscheinlich versuche ich, es herauszufinden."

In der Dunkelheit blickte er sie an und sagte: „Vielleicht können wir einander helfen, unseren Weg zu finden, Rachel."

„Vielleicht, Jude." Sie drehte sich um, und sie gingen in die Nacht hinaus. In ihrem Zimmer warf sie sich ärgerlich auf die Strohmatratze.

Am nächsten Morgen brachen sie zeitig auf und traten den Heimweg an. Gilbert fragte sie so leise, daß John es nicht hören konnte: „Hast du dich wegen Jude entschieden?"

Sie schaute ihn lachend an. „Ich würde es dir schon zutrauen, daß du aus dem Dachfenster kletterst und auf Händen und Knien herumkriechst, um uns zu belauschen."

„Wenn ich dir damit helfen könnte, würde ich's tun", entgegnete er einfach.

Sie nahm seine Hand und drückte sie. „Erzähl mir von Cecily North." Mit einem seltsamen Lächeln fuhr sie fort: „Ich weiß noch nicht, was ich wegen Jude mache. Ich werde es dir sagen, sobald ich mir klargeworden bin."

KAPITEL ELF

Die Vergangenheit wird lebendig

Lydia schwieg Rachel gegenüber, doch mehrere Tage nach ihrer Rückkehr vom Indianerdorf merkte sie, daß sich das Mädchen mit irgend etwas herumschlug. Als sie endlich nach dem Gottesdienst mit Gilbert in der Kirche allein war, sprach sie ihn an.

„Du hast nicht viel von deinem Besuch bei König Philip berichtet", sagte sie und setzte sich in eine der Kirchenbänke. „Bist du entmutigt?"

„Ja. Er ist verbittert, und früher oder später wird er uns Schwierigkeiten bereiten."

„Rachel ist sehr still, seit ihr zurück seid."

„Ach, das ist etwas anderes. Sie zerbricht sich den Kopf darüber, was sie wegen des jungen Alden machen soll. Sie trafen sich in der Scheune draußen, und seither ist sie ganz durcheinander."

„In der Scheune!"

Lachend klopfte er sie auf die Schulter. „Nun sträube nicht gleich dein Gefieder, Lydia. Sie hat mir davon erzählt, und es gibt da nichts, worüber du dich aufregen müßtest. Sie versuchen einfach, Klarheit darüber zu finden, ob sie zusammenpassen oder nicht."

Sie schüttelte den Kopf. „Ich wünschte, sie würde ihn heiraten, Gilbert."

Er zuckte die Achseln und biß sich auf die Lippe. „Ich stimme dir da nicht so ohne weiteres zu. Er ist sicher eine ganz gute Partie – er besitzt Land und arbeitet fleißig, aber mit Gott hat er nicht allzuviel im Sinn. Er ist eher so eine Art Sonntagschrist, und in der Indianerfrage hat er eine recht unchristliche Einstellung. Er benimmt sich John Sassamon gegenüber recht häßlich. Ich würde es gerne sehen, daß Rachel einen Mann bekommt, für den Gott an erster Stelle steht."

Sie sprachen an diesem Abend noch lange miteinander. Am folgenden Mittwoch kam Sassamon am späten Nachmittag vorbei. Sie hörten seine Schritte nicht und das Klopfen an der Tür erschreckte sie alle, als sie im Vorderzimmer saßen und lasen.

„Wer kann das sein?" murmelte Gilbert, als er aufstand und zur Tür ging. „Ach John, komm herein."

Sassamon trat ein und sagte: „Hallo, Mr. Winslow – wie geht es Euch, Mrs. Winslow?"

„Hallo John“, rief Lydia. „Immer hereinspaziert.“

„Nein, ich muß auf der Stelle den Gouverneur sprechen.“ Er zögerte kurz und fuhr fort: „Ich möchte gerne, daß Ihr mit mir kommt, Mr. Winslow. Vielleicht glaubt er nicht, was ich ihm zu sagen habe.“

Gilbert blickte ihn fest an, dann richtete er den Blick auf Lydia und Rachel. „Was ist los, John?“

Er trat von einem Bein aufs andere und platzte dann plötzlich heraus: „Es geht um Philip, Sir!“

„Was ist mit ihm?“

„Er organisiert einen Krieg gegen Euch!“

„Ich wußte es!“ rief Winslow. „Dieser Narr! Er wird die Grenze in Brand setzen!“

„Begleitet Ihr mich zu Gouverneur Bradford?“

„Ja, natürlich, aber steht das denn fest, John?“ Er nahm den Mantel vom Haken und schlüpfte hinein. „Wie bist du dahintergekommen?“

„Mein Bruder Matthew hat mich besucht. Er sagt, daß er dabei war, als Philip in sein Dorf kam. Philip verspricht, wenn alle Stämme sich gemeinsam erheben, würden die Siedler hinweggefegt und das Land würde wieder in die Hände seines Volkes zurückkommen!“

„Komm mit!“ bellte Gilbert und stürmte aus dem Haus. „Ich weiß nicht, ob wir den Gouverneur überzeugen können, aber wir müssen es auf jeden Fall versuchen!“

Rachel und Lydia blieben bis Mitternacht auf und warteten auf die beiden. Voller Sorge sprachen sie über die Möglichkeiten eines Krieges, doch es war schon spät, und sie saßen ruhig da, mit ihren Gedanken beschäftigt, als Rachel plötzlich sagte: „Ich habe Jude Alden in der Scheune geküßt, Mutter.“

Lydia mußte bei diesem Bekenntnis beinahe lachen. Es erinnerte sie so stark an die Zeiten, als Rachel als kleines Kind eine Zeitlang irgendeine kleine Missetat mit sich herumtrug und dann plötzlich anmarschiert kam und sie kühnen Blickes verkündigte.

„Wirklich?“

„Bist du nicht zornig?“

„Nein, ich glaube nicht“, meinte Lydia lächelnd. „Hast du das denn angenommen?“

„Wahrscheinlich nicht, Mutter, aber ich hatte das Gefühl, es sei ein wenig böse gewesen.“ Sie richtete ihren Blick auf Lydia. „Wie weißt du denn, daß du einen Mann liebst?“

„Nun ...“ Lydia war von der Frage überrumpelt. Nach einer Weile räusperte sie sich und sagte: „Ich glaube nicht, daß es da eine Regel gibt,

Rachel. Du mußt dir sicher sein, daß du den Wunsch hast, dein Leben mit ihm zu verbringen und daß du ihm Achtung entgegenbringst."

Das genügte Rachel jedoch nicht. Beharrlich fragte sie weiter: „Wie wußtest du denn, daß du in meinen Vater verliebt warst?"

Lydia saß in der Falle. Die Schlagader an ihrem Hals pochte schneller, als sie nach einer gewissen Überlegung erwiderte: „Ich kann es nicht in Worte fassen, Rachel. Du mußt einfach – "

Rachel starrte ihre Mutter an. Sie war enttäuscht, daß sie nicht eine einfache Antwort bekam. Gerade als sie das Thema weiter verfolgen wollte, hörten sie Stimmen. Beim Eintritt von Gilbert und John standen sie auf.

„Was sagte er?" erkundigte sich Lydia sofort.

„Der Gouverneur kann nicht glauben, daß die Lage so ernst ist, wie John sagt", meinte Gilbert achselzuckend. „Er wünscht, daß John ein wachsames Auge auf die Entwicklung hat und uns unterrichtet, wenn Gefahr im Anzug ist."

Rachel bemerkte, daß John wütend war. „Die Gefahr ist jetzt schon da!" erklärte er grimmig. „Wenn Philip angreift, schickt er nicht erst eine Mitteilung, das kann ich euch sagen!"

„Ich werde mich darum kümmern, John", sagte Gilbert und legte dem jungen Mann beschwichtigend die Hand auf die Schulter. „Gouverneur Bradford ist ein bißchen schwerfällig, aber vielleicht kann ich ihn überzeugen."

John zuckte die Achseln. „Anders geht es wohl nicht, nehme ich an. Aber Ihr müßt Euch beeilen, Mr. Winslow."

„Heute nacht bleibst du hier", sagte Lydia und holte eine Decke für John. „Ich werde dir ein kräftiges Frühstück vorsetzen, bevor du morgen heimgehst", versprach sie ihm, als sie sich zur Ruhe begab.

„Wir werden darüber beten, John, wie?" Gilbert nahm den jungen Mann fest in die Arme und ging dann in sein Zimmer.

Ehe sie zu Bett ging, warnte Rachel den Freund. „Sei vorsichtig, John. Philip haßt dich. Wenn er auch nur eine Sekunde auf den Gedanken käme, daß du mit uns über diese Sache sprichst, würde er dir die Kehle durchschneiden."

„Du hast recht. Ich werde gut aufpassen." Er nahm seine Decke und drehte sich noch einmal um. „Du stehst meinem Herzen sehr nahe, Nahteeah. Ich hüte die Erinnerung an unsere Kindertage hier mehr als jeden Schatz."

Sie sah ihn an, denn er hatte immer über seine Gefühle geschwiegen. „Ich empfinde genauso, John. Aber es werden noch mehr gute Tage kommen."

„Ich hoffe es, Nahteeah", erwiderte er und glitt leise wie ein Schatten aus dem Zimmer.

Als sie am nächsten Morgen aufstanden, war er fort. Gilbert meinte bedrückt: „Er befindet sich an einem schlechten Ort, Lydia. Ich habe Angst um die zum Christentum bekehrten Betenden Indianer. Wenn ein Krieg ausbricht, stehen sie zwischen den Fronten. Von beiden Seiten wird ihnen Haß entgegenschlagen."

„Wir müssen dafür sorgen, daß das nicht geschieht", sagte Lydia. Rachel fröstelte vor Furcht, denn in Johns Augen war ein schicksalsergebener Ausdruck gelegen, als er sie in der vergangenen Nacht verlassen hatte.

Sie spürte, daß die beiden anderen sie beobachteten. Gilbert bemerkte: „Es wird auch für Jude schlimm, denn sein Anwesen liegt mitten in Philips Territorium." Er sprach nicht weiter, und das Gewicht, das auf ihrem Herzen lastete, bedrückte sie in den nächsten Wochen tief.

Lydia erwachte und blickte gedankenlos auf den Kalender. Keinen Augenblick kam ihr der Gedanke, das Datum – 10. April – könne sich von den anderen Tagen unterscheiden. Sie stand auf, kleidete sich an und brachte die nächste Stunde mit ihrer Bibel und im Gebet zu. Dann eilte sie in die Küche, legte etwas Brot auf die vom abendlichen Backen noch glimmenden Kohlen, und als sie den Laib aufgeschnitten hatte, kamen Gilbert und Rachel herein und setzten sich zu Tisch.

Als das einfache Mahl aufgetragen war, sagte Gilbert: „Ich muß Mrs. Hewitt in Langley drüben besuchen. Es geht ihr nicht gut. Möchtest du mitgehen, Lydia?"

„Nein, ich gehe dann später in der Woche, Gilbert. Sag ihr, daß ich ihr etwas von der kräftigen Kaninchensuppe mitbringe, die sie so gerne mag."

„Ich werd's ausrichten. Ich glaube, ich bleibe dort über Nacht. Morgen gegen Mittag bin ich dann zurück." Sie neigten den Kopf und aßen rasch. „Was machst du heute, Rachel?"

„Am Vormittag helfe ich Mutter. Vielleicht mache ich am Nachmittag einen Besuch bei Mercy."

Winslow warf ihr einen scharfen Blick zu, denn ihre Stimme klang bedrückt, aber er schwieg. Nach dem Frühstück brach er auf, und die beiden Frauen verbrachten den ganzen Vormittag mit Hausputz.

Es war schon beinahe Mittag, als Rachel aus dem Fenster blickte und sagte: „So was, da kommt ja Großvater! Warum ist er wohl zurückgekehrt?"

Lydia schaute überrascht von ihrem Platz am Tisch auf, wo sie saß und nähte. „Ich kann es mir nicht vorstellen. Vielleicht hat er sich anders besonnen."

Rachel ging zur Tür und sagte: „Was hat dich denn zurückgebracht?"

Die Worte blieben ihr im Hals stecken, als habe ihr jemand die Kehle zugeschnürt. Der Mann, der vor ihr stand, war nicht ihr Großvater – aber er sah ihm so ähnlich, daß sie sprachlos dastand!

Er stand ruhig da und ließ den Blick seiner blauen Augen prüfend über ihr Gesicht schweifen. Er hatte das gleiche dreieckige Gesicht, die gleichen kräftigen Backenknochen und den breiten Mund wie Gilbert Winslow – nur stand dieser Mann in der Mitte seines Lebens.

Lydia blickte auf, um zu sehen, warum Rachel plötzlich verstummt war. Als sie die beiden stehen sah, erfaßte sie Furcht. Rasch stand sie auf und ging zur Tür. „Was ist geschehen, Gilbert?"

Sie hegte keinen Zweifel, daß ihr Schwiegervater vor ihr stand, denn er hatte die gleiche hochgewachsene Gestalt, und seine Kopfform war der Gilberts so ähnlich, daß ihr kein Zweifel kam. Rachel trat zur Seite, den Blick auf den Mann gerichtet. Er kam einen Schritt auf sie zu und sagte: „Hallo Lydia."

Er verließ den grellen Sonnenschein, und Lydia sah seine Gesichtszüge nun deutlicher als beim ersten Blick. Sie fuhr sich mit der Hand zum Mund und empfand entsetzliche Schwäche. Sie hörte ihr Herz heftig und schnell pochen, und auf einmal drehte sich das Zimmer um sie. Sie schloß die Augen und wäre beinahe zu Boden gesunken, doch Rachel faßte sie und rief: „Mutter!" Sie wich von der Tür zurück, bis die Tischkante sie gegen den Rücken stieß.

Eine plötzliche Stille umfing die drei Menschen, die wie angefroren wirkten – oder wie ein auf Leinwand gebanntes Bild. Lydia wußte, daß sie ihr Leben lang diese Szene vor Augen haben würde: Die glänzende Aprilsonne, die durch die Fenster hereinströmte und Myriaden von Stäubchen aufleuchten ließ, die wild durcheinanderwirbelten, als wollten sie dem Lichtstreifen entfliehen, – Rachel mit einem Gesicht von der Blässe alten Elfenbeins, die den hochgewachsenen Mann anstarrte, der ins Zimmer getreten war und sich in dem kleinen Raum umschaute.

„Ich – ich bin zurückgekommen, Lydia."

Sie versuchte zu sprechen, doch ihr Mund war so trocken, daß sie sich mit der Zunge über die Lippen fuhr. Als sie endlich die Stimme wieder fand, war ihr Klang hart und brüchig und durchschnitt die lastende Stille.

„Ich – wir – dachten, du seist – tot!"

Rachel stieß einen schwachen Schrei aus, und Lydia bemerkte, wie

Furcht das blasse Gesicht erfaßte. Rasch trat sie neben das Mädchen. Rachel legte einen Arm um ihre Mutter, als wolle sie sie stützen, doch sie selbst fühlte sich schwach und benommen von dem Schock.

Auch Matthew zitterte, und sein rauhes, von der Sonne gegerbtes Gesicht war grau vor Anspannung. Er schluckte schwer und brachte seine Worte nur mühsam heraus. „Ihr müßt euch setzen, alle beide." Mit jeder Hand packte er einen Stuhl und schob ihn den beiden Frauen hin. „Bitte – setz dich hin, Lydia!"

Lydia ließ sich schwerfällig auf den Stuhl nieder, denn der Schock seiner Erscheinung hatte ihr jegliche Kraft geraubt. Sie hatte einmal mitangesehen, wie ein Mann mit einer Axt sich beinahe das Bein abschlug, und sie hatte das gleiche eigentümlich leere Gefühl wie damals, als das scharlachrote Blut in Stößen in den Schnee floß. Sie schloß die Augen und versuchte zu beten, doch es kam nichts. Die Gedanken schossen ihr wild durch den Kopf, doch während sie dasaß, wurde ihr Atem allmählich gleichmäßiger, und sie spürte, wie der rasende Puls nach und nach wieder normal wurde.

Sie schlug die Augen auf, holte tief Luft, und mit einem vorsichtigen Blick auf das Gesicht ihres Mannes wiederholte sie: „Wir dachten, du seist tot."

„Ich wollte euch eine Nachricht schicken, daß ich komme, aber ich fand keine Gelegenheit zum Absenden."

Lydia sah ihn an, dann richtete sie den Blick auf Rachel. „Dies ist dein Vater, Rachel."

Die beiden schauten einander an. Keiner sprach ein Wort. Endlich brach er das Schweigen: „Du bist schön –" Er hielt inne, biß sich auf die Lippe und sagte: „Ich möchte mich auch gerne setzen, wenn ihr nichts dagegen habt."

Er stand da, und trotz aller Kraft, die er ausstrahlte, lag eine Verletzlichkeit auf seinem Gesicht – eine leichte Bewegung seiner breiten Lippen, eine winzige Spur von Unsicherheit in den klaren blauen Augen. Das war gewiß nicht der schneidige Matthew Winslow, den Lydia gekannt hatte. Er rührte sich nicht, fast als schiene er zu erwarten, daß man ihn aus dem Hause wies.

Lydia nickte. „Selbstverständlich." Sie beobachtete ihn, wie er sich den dritten Stuhl vom Tisch heranzog und sich darauf niederließ. Etwas Unheimliches war an ihm, denn das war nicht mehr der achtzehnjährige Jüngling, den sie über Jahre hinweg in ihrer Erinnerung vor Augen hatte, sondern ein schwererer, stärkerer Mann mit einer Festigkeit in seinem Blick, die ihrem Gedächtnis fremd war. Eine gewisse Autorität umgab ihn, als sei er daran gewöhnt, daß man ihm Gehorsam leiste, doch sein Gesicht trug einen Ausdruck einfacher Bescheidenheit. Seine Hände waren braun und von Muskelsträngen überzogen, und in seinen Bewegungen lag eine Andeutung von ungeheurer Kraft, bereit, jeden Augenblick in Aktion zu treten. Eine weiße Narbe zog sich von seiner rechten Augenbraue in das dichte braune Haar hinein, eine zweite seitlich am Hals wies die Form eines Angelhakens auf.

Er trug Kniehosen und Stiefel, eine Jacke aus dunkelrotem Samt und einen Mantel aus dunkelbraunem Manchester mit Silberknöpfen. Das Hemd war aus weißem Linnen; in der Hand hielt er einen breitkrempigen Hut mit hohem Kopf. Nichts in seiner Erscheinung verriet seinen Beruf, doch die Kleidung, zwar nicht neu, war kostspielig gewesen.

Er ließ das Schweigen verrinnen, während die beiden Frauen ihn anstarrten, ertrug es geduldig und wandte seinen Blick nicht von ihnen.

„Ich weiß, es ist ein Schock, daß ich einfach so daherkomme." Er zögerte, fuhr dann aber ruhig fort: „Du weißt nicht, wie sehr ich mich all die Jahre danach gesehnt habe, dich zu sehen, Lydia."

„Aber – wir hielten dich für tot!"

Er blickte sie an und nickte. „Ich nehme an, das ist ganz natürlich, nachdem du solange nichts von mir gehört hast. Aber ich konnte nicht schreiben!"

Lydia rieb ihre Hände aneinander und bemühte sich, das Zittern zu verbergen, doch der Zorn in ihrer Stimme verriet sie. „Du hast mich die ganzen Jahre hindurch in dem Glauben gelassen, daß du auf See untergegangen bist!"

„Untergegangen?" rief er und hob den Kopf. „Was brachte dich auf diesen Gedanken?"

Ungläubig starrte sie ihn an und preßte die Lippen zusammen, bis sie weiß wurden. „Du bist auf diesem Walfangschiff aus England fort – ich hab' den Namen vergessen – aber es ging mit Mann und Maus unter!"

Er sperrte den Mund auf, als versuche er, etwas zu sagen, doch es wollten keine Worte kommen. Endlich schluckte er und sagte: „Gott ist mein Zeuge, Lydia! Ein solcher Gedanke ist mir niemals gekommen! Nun, ich hatte mich auf der ‚Intrepid' eingeschrieben – aber im letzten Augenblick überlegte ich es mir anders und nahm eine Kabine an Bord eines für Afrika bestimmten Schoners. Ich habe nie erfahren – bis zu diesem Augenblick –, daß der Walfänger gesunken ist!" Er stand auf und ging erregt auf und ab. Dabei drehte er den Kopf zur Seite, eine Bewegung, die Rachel an Gilbert Winslow wohl tausendmal gesehen hatte.

„Bei allem, was mir heilig ist, niemals ist mir ein solcher Gedanke gekommen – nicht ein einziges Mal!“ Er schüttelte den Kopf. „Ich war damals fast von Sinnen, Lydia, in jenem Gefängnis. Du mußt dich doch noch daran erinnern, wie mein Geist durcheinander war.“

„Ich – erinnere mich“, sagte sie langsam, und ihre Augen blickten kalt wie Stahl.

„An jenem Tag, damals als ich nach dem Richter schickte, lag ich im Fieber, vielleicht erinnerst du dich auch noch daran? Ich hatte das Gefühl, als brenne es mir den letzten Rest aus meiner Seele! Als ich das Papier unterzeichnete, in dem ich mich verpflichtete, nie mehr zu predigen, war ich völlig benommen. Ich glaube, ich war drauf und dran, den Verstand zu verlieren. Ich entsinne mich noch, daß Bunyan versuchte, mit mir zu sprechen, aber es war, als ob – als ob ich unter Wasser sei. Ich bewegte mich ganz langsam und vermochte nicht durch den Dunstschleier hindurchzublicken.“

„Warum bist du nicht heimgekommen?“ wollte Lydia wissen. In ihren Augen lag eine solche Qual, daß er sich auf die Lippen biß und wegschaute. „Oh, Matthew, warum bist du nicht einfach heimgekommen?“

„Ich wollte es, Lydia – und genau dort habe ich angefangen. Aber ich war völlig von Sinnen. Ich – ich wußte, daß ihr beide, du und Vater, niemals verstehen würdet, was ich getan hatte! Ich glaube, wenn ich vernünftig hätte denken können, hätte ich es geschafft, aber ich konnte an nichts anderes denken als an die Schande! So wanderte ich eine Weile umher, und auf einmal kam mir der Gedanke, aus England fortzugehen und alles hinter mir zu lassen.“

Er schwieg, denn es fiel ihm schwer, alles zu erklären. Mit einem Tuch wischte er sich den Schweiß von der Stirn. „Und genau das tat ich dann auch“, fuhr er mit heiserer Stimme fort. „Ich ging zum Haus, holte meine Kleider und etwas Geld – dann bestieg ich die Postkutsche und verließ Bedford. Ich konnt's nicht ertragen, dir unter die Augen zu treten.“

Schwer atmend saß Lydia da und wartete, daß er weitersprechen werde, doch er blieb stumm. Endlich fragte sie: „Und dann? Wo warst du denn diese ganzen Jahre?“

Als er ihr sein Gesicht zuwandte, erblickte sie in seinen Augen etwas, was sie nicht zu erkennen vermochte. Er zögerte und antwortete dann ruhig: „Ich kann's dir jetzt nicht sagen! Du wärest gewiß nicht stolz auf mein Leben in den letzten fünfzehn Jahren, Lydia.“

Plötzlich quoll der Zorn in ihr auf. Sie erhob sich. „Das ist also deine Entschuldigung dafür, daß du Frau und Kind verlassen hast?“

Er zuckte zusammen, doch sein Blick wich nicht von ihr. „Wenn es einen Grund für mein Verhalten gäbe, glaubst du nicht, daß ich ihn nennen würde, Lydia? Aber ich habe keinen." Er straffte die schweren Schultern und bat: „Ich bin gekommen, deine Vergebung zu erbitten – und deine, Tochter – aber verlangt nicht von mir, daß ich euch von meinem Leben Rechenschaft ablege! Vergebt mir – das ist meine einzige Bitte!"

Lydia starrte ihn minutenlang an. Heftiges Zittern befiel sie. Rachel betrachtete sie völlig verstört, denn noch nie hatte sie erlebt, daß ihre Mutter ihre Fassung verlor.

„Dir vergeben!" Lydia spie die Worte geradezu heraus. „Einfach so. Du erwartest also, einfach in unser Leben zu treten und da weiterzumachen, wo du vor fünfzehn Jahren aufgehört hast, Matthew Winslow?"

Winslow ließ den Kopf sinken, als habe er einen körperlichen Schlag erlitten. „Ich kann verstehen, Lydia –"

„Verstehen? Du verstehst überhaupt nichts!" fiel sie ihm ins Wort. „Nachdem ich dich für tot hielt, war die Pein deines Verrats von mir genommen. Ich konnte mit dem Leben weitermachen, deinem Gedächtnis verzeihen, mich Gott widmen. Aber da erscheinst du plötzlich auf der Bildfläche und –"

Lydia verstummte. Ihr Gesicht war gerötet. Sie holte zweimal tief Luft, rang um Beherrschung und setzte dann leise hinzu: „Auch wenn es Sünde sein mag, Matthew, aber ich kann nicht so tun, als würde ich dir vergeben, wenn mein Herz dich nicht annehmen kann. Ich – ich kann keinen klaren Gedanken fassen –"

Er stand sofort auf. „Das kann ich gut verstehen." Er nahm seinen Hut und stand als hohe Gestalt im Licht eines goldenen Sonnenstrahls. Er setzte zum Sprechen an, zuckte die Achseln. Rachel sah, wie ein düsterer Ausdruck von Schicksalsergebenheit seine Augen verhüllte. Er blickte die beiden Frauen an und erkundigte sich: „Wo ist mein Vater?"

„Er ist nach Langley gegangen", antwortete Rachel. „Er kommt morgen gegen Mittag zurück."

„Ich werde an Bord der ‚Carrington' sein. Sie liegt gleich draußen auf Reede", erklärte er. „Wenn er mich sehen will, dann sagt ihm, er soll mir Bescheid geben."

„Ich werd's ihm sagen ..." Sie verstummte, wußte nicht, wie sie ihn anreden sollte.

Mit einem schwachen Lächeln sagte er zu ihr. „Du bist wirklich bezaubernd, Rachel."

Damit fuhr er herum und ging ohne ein weiteres Wort weg. Rachel sah ihm nach, wie er rasch die Straße hinunterging, bis er ihrem Blick entschwunden war. Sie wandte sich zu Lydia um und bemerkte: „Mutter – ich kann es nicht glauben!"

Lydia flüsterte: „Ich auch nicht, mein Kind." Sie ging zur Tür und starrte die Straße hinab. Nach einer Weile drehte sie sich um, ließ die Schultern fallen und brach in Tränen aus.

„Mutter! Fehlt dir etwas?" Rachel nahm ihre Mutter fest in die Arme, deren Leib lange Zeit von heftigem Schluchzen erschüttert wurde. Schließlich atmete sie tief durch, wischte sich die Augen und richtete sich auf.

„Ich muß zu Gilbert", sagte sie ganz benommen.

„Ich begleite dich!"

„Rachel – hast du etwas dagegen, wenn ich allein gehe?"

Rachel spürte, daß ihre Mutter von etwas umgetrieben wurde, bei dem nur Gilbert Winslow ihr helfen konnte. Daher war sie sofort einverstanden. „Selbstverständlich. Du mußt dich aber beeilen, wenn du vor Einbruch der Dunkelheit dort sein willst."

Zehn Minuten später stand Lydia unter der Tür und schloß Rachel in einer unerwarteten Geste in die Arme. „Wie geht es dir, Rachel? Ich möchte dich nicht alleinlassen, wenn du ..."

„Mir geht's gut, Mutter, bestimmt. Es ist nur so seltsam – einen Vater zu haben."

Lydia blitzte ihre Tochter an. „Du hast keinen Vater. Matthew Winslow gab alle Rechte an diesem Namen auf, als er vor fünfzehn Jahren davonlief!"

„Wahrscheinlich – aber es ist doch etwas anderes." Rachel schüttelte den Kopf. „Ganz gleich, was er getan hat, er ist nun einmal eine Realität."

Lydia biß sich auf die Lippen und sagte nachdenklich: „Rachel, ich habe den Kummer um deinen Vater hinter mir. Für mich ist er gestorben, bevor du geboren wurdest. Nun kehrt er zurück und bittet um Vergebung. Ich weiß kaum, wie ich ihm vergeben soll. Aber ich lasse nicht zu, daß er mir noch einmal wehtut – oder dir!"

„Ja, Mutter", bemerkte Rachel ruhig. „Du mußt dich beeilen. Bis du hinkommst, wird's dunkel."

„Wir kommen zeitig morgen früh zurück."

Rachel blickte ihrer Mutter nach, bis sie nicht mehr zu sehen war. Unsicher und von Gefühlen aufgewühlt stand sie da und fand keine Ruhe. Sie warf einen Mantel über und wanderte den ganzen Nachmittag hindurch am Strand entlang. Oft schweifte ihr Blick zu dem Schiff hinüber, das draußen vor Anker lag, und sie mußte an den hochgewachsenen Mann denken, der aus der Vergangenheit aufgetaucht war.

„Mein Vater." Sie sprach die Worte laut aus, während sie ständig auf das Schiff hinausblickte, bis die Dunkelheit sich langsam niedersenkte. Bald hüllte der Nebel das Schiff ein und entzog es der Sicht. Da wandte sie sich um und ging langsam dem Häuschen zu, erfüllt von einem Gefühl, das sie nicht einzuordnen vermochte – eine Mischung aus Hoffnung, Freude – und Furcht!

KAPITEL ZWÖLF

Ein neuer Mensch

Rachel fand in dieser Nacht nicht mehr Schlaf als die Schleiereule, die sich die ganze Zeit der Dunkelheit hindurch vernehmen ließ. Drei Stunden lang warf sie sich im Bett hin und her, dann stand sie auf und zog sich an. Ihre Gedanken waren in wildem Aufruhr, und ein nicht zu deutendes Gefühl erfüllte sie. Seit langem hatte sie die Tatsache akzeptiert, daß sie keinen Vater hatte, doch daß er nun so plötzlich in Erscheinung trat, machte sie irgendwie zornig. Er hätte auch schon vorher heimkommen können! dachte sie, während sie auf die Rückkehr von Gilbert und Lydia wartete. Wenn er mich und meine Mutter geliebt hätte, dann wäre er gekommen!

Zu dem Zeitpunkt, als sie Schritte herannahen hörte, hatten sich Kränkung und Bitterkeit in ihren Gedanken festgefressen. Sie öffnete die Tür und erkannte mit einem Blick, daß keiner der beiden in dieser Nacht Schlaf gefunden hatte. Gilberts Gesicht war in einer Weise verzerrt, wie sie es noch nie bei ihm gesehen hatte, denn er war ein fröhlicher Mensch und niemals mürrisch. Doch nun sah er alt und mitgenommen aus, als er sie in die Arme nahm. „Du siehst müde aus, Rachel", sagte er ruhig.

„Ich hab' nicht viel geschlafen. Aber ihr beiden wohl auch nicht, so wie ihr ausschaut. Ich habe schon Tee aufgebrüht." Als sie den Tee eingoß, meinte sie: „Für mich ist das schwer – aber für euch beide noch mehr."

Gilbert nahm den Tee, rührte mit dem Löffel um und versuchte zu lächeln. „Weißt du, ich fühle mich in großer Schuld. Da ist nun mein einziger Sohn aus dem Grab zurückgekehrt, und ich habe Gott nicht einmal dafür gedankt."

Lydia setzte sich erschöpft nieder und schaute aus dem Fenster, wo die Morgensonne eben anfing, die Erde zu erwärmen. Sie schüttelte den Kopf. „Matthew lebt – er ist nicht tot, und ich fühle mich so – so ..."

Gilbert blickte sie an und sagte: „Es wird eine Zeitlang dauern, meine Liebe." Er trank seinen Tee in kleinen Schlucken und fuhr fort: „Ich habe ihm sagen lassen, er solle so bald wie möglich kommen."

„Aber – was wirst du ihm denn sagen?" fragte Rachel, und ihr sonst so heiteres Gesicht spiegelte Verwirrung. Ihre vollen Lippen preßten sich zu einem Strich zusammen. „Er kann doch nicht erwarten, daß er einfach so in unser Leben treten kann, als sei nichts geschehen! Ich kann ihm nicht zulächeln und sagen: 'Vater, ich freue mich, daß du heimgekehrt bist'."

Gilbert starrte in seine Tasse und richtete dann seinen Blick auf sie. „Ich glaube kaum, daß er das erwartet, Rachel. Aber ich weiß, was du meinst." Nervös biß er sich auf die Lippe und setzte hinzu: „Wir wollen abwarten, bis wir mit ihm gesprochen haben, ehe wir Entscheidungen treffen oder uns ein Urteil bilden."

Die nächste Stunde, in der sie sich mit der Lage auseinandersetzten, bedeutete für alle eine innere Anspannung. Doch keiner erwähnte Matthews Namen. Als Lydia aus dem Fenster sah, rief sie auf einmal: „Da kommt er!" Alle drei erstarrten, und als es an der Tür klopfte, erhob sich Gilbert, schritt steif zur Tür, öffnete sie und trat zurück.

Matthew ging zwei Schritte ins Zimmer hinein und blieb dann stehen. Er begegnete Gilberts Blick und sagte: „Hallo Vater."

Die beiden Frauen rührten sich nicht und schwiegen. Sie waren völlig eingefangen von der Spannung, die den Raum erfüllte. Beide blickten auf Gilbert, dessen Gesicht nun seine Empfindungen verhüllte.

Gilbert Winslow war kein Mensch, der seine Gefühle versteckte. Das war Ausdruck seines persönlichen Charmes. Seine ausdrucksvollen Züge spiegelten seine Stimmungen wider, denn er pflegte sie nicht zu verbergen. Wenn er zornig war, blitzten seine blauen Augen von einer Wut, der die meisten Menschen nicht standhalten konnten, und wenn er sich freute, leuchtete sein Gesicht und steckte seine ganze Umgebung mit Freude an.

Doch nun verriet sein ruhiges Gesicht keinerlei Gefühle. „Matthew, das ist ein glücklicher Tag für mich. Willkommen daheim." Die Worte mochten herzlich klingen, doch sie wurden in einem vorsichtigen, verhaltenen Ton geäußert, der wenig Wärme anklingen ließ.

Matthews Gesicht, das einen tiefen Bronzeton von der Sonne des Ostens trug, war angespannt, doch Lydia entging nicht ein erwartungsvoller Ausdruck in seinen Augen und um seinen Mund. Bei den Worten seines Vaters nickte er leicht mit dem Kopf. „Danke, Sir."

Alles war geradezu qualvoll förmlich, daß Lydia ihn rasch aufforderte: „Komm herein und setz dich."

„Danke." Er trat zum Tisch, nahm Platz und faltete die Hände auf der Tischplatte. Gilbert setzte sich ihm gegenüber, doch die beiden Frauen blieben stehen.

Gilbert blickte seinem Sohn ins Gesicht. „Du siehst gut aus." Plötzlich hieb er mit der Faust auf den Tisch. „Matthew, warum!"

„Warte, Vater!" bat Matthew und drehte den Kopf zur Seite. Die Erinnerung an diese Angewohnheit traf Gilberts Nerven empfindlich. Seit langem wußte er, daß er Dinge sehen und hören würde, die er vergessen hatte.

Auf einmal lächelte Matthew, ein bittersüßes Lächeln, doch sein Ton verriet keine Schadenfreude. „Ich will euch beruhigen, – alle drei. Ihr habt eine Art Schock erlitten – und seid zornig auf mich –" Er hielt die Hand hoch, als Gilbert zum Sprechen ansetzte, und sprach mit kräftigerer Stimme weiter. „Wie könnte es anders sein? Du bist zornig, Vater, weil ich vor meiner Pflicht davonlief. Lydia, wie könntest du etwas anderes als Bitterkeit empfinden einem Manne gegenüber, der dich verließ? Und du, Rachel, wie könntest du einen Fremdling als Vater annehmen – einen Mann, der nie für dich auch nur das Geringste von dem getan hat, was eines Vaters Aufgabe ist?"

Seine Worte trafen alle drei wie ein Schlag. Gilbert ergriff schließlich das Wort. Innere Bewegung und eine gewisse Verwunderung ließen seine Stimme schärfer klingen. „Du hast im Laufe der Zeit Einsicht entwikkelt." Ein Lächeln breitete sich zu den Mundwinkeln aus, als er fortfuhr: „In meinem Falle hast du recht – aber ich gehe davon aus, daß ich diese Einstellung überwinden kann, wenn wir eine Weile zusammen sind."

Sie sahen einander durchdringend an. Matthew erwiderte mit ruhiger Stimme: „Ihr braucht keine Angst zu haben, daß ich mich in euer Leben eindränge." Bei diesen Worten huschte ein überraschter Ausdruck über Lydias Gesicht, doch er bemerkte es nicht. „Ich brauchte zwei Jahre für meinen Entschluß zur Rückkehr. Natürlich schämte ich mich, und ich hatte beschlossen, was immer ich tun würde, eines wollte ich mir nie mehr zuschulden kommen lassen – nämlich euch noch mehr Schmerz zuzufügen."

„Was brachte dich dazu, es dir anders zu überlegen,– Matthew?" fragte Lydia. Sie schien Mühe zu haben, seinen Namen auszusprechen, doch der Schock seiner Gegenwart ließ allmählich nach, und die angespannten Linien lösten sich.

Er zögerte und lächelte dann ein wenig verlegen. „Ich werde es euch sagen – aber es hört sich so schwach an, daß ich nicht von euch erwarte, mir Glauben zu schenken."

„Ich möchte über jeden Teil deines Lebens hören, von dem du uns erzählen willst, Matthew", ermunterte ihn Gilbert. „Lydia sagte mir, daß wir deiner Meinung nach über einiges entsetzt sein würden – aber ich glaube, es steht uns zu, wenigstens etwas zu erfahren! Das bist du uns schuldig, wie ich meine."

Matthew biß sich auf die Lippen und meinte achselzuckend: „Sicherlich. Wenn du etwas darüber wissen willst, Vater, dann werde ich berichten.“ Er stand auf und ging im Zimmer auf und ab, und seine Haltung, jede einzelne Bewegung riefen Lydia und Gilbert die Erinnerung an den jungen Mann zurück, den sie vor fünfzehn Jahren gekannt hatten.

„Wie ich Lydia schon sagte, war ich in einer Art Delirium, als ich das Gefängnis verließ. Du erinnerst dich vielleicht an die Geistesverfassung, in der ich mich damals befand. Das Schiff hatte Kurs Afrika, doch die meiste Zeit der langen Fahrt über war ich so krank, daß sie mich im Frachtraum unterbrachten, wahrscheinlich in der Annahme, daß ich sterben würde. Vielleicht wißt ihr das nicht, aber zwischen England und Spanien herrscht auf einem Gebiet scharfe Konkurrenz, und das ist der Handel mit schwarzen Sklaven aus Afrika. Nun, die ‚Eagle‘ machte eine beträchtliche Beute, doch sie wurde von einem spanischen Kriegsschiff eingeholt und als Schmuggelschiff aufgebracht. Sie behielten Schiff und Sklaven, und jeder Mann an Bord wurde wegen Schmuggels vor Gericht gestellt und verurteilt!“

Matthew warf ihnen einen eigentümlichen Blick zu und sagte: „Ich brachte beinahe sechs Jahre in einem spanischen Gefängnis zu – und das kommt der Hölle wohl näher als alles, was man sich auf Erden vorstellen kann!“

„Ich habe davon gehört“, erwiderte Gilbert. „Nach dem, was über spanische Gefängnisse berichtet wird, ist es ein Wunder, daß du noch am Leben bist.“

„Das wäre auch nicht der Fall, wenn ich nicht entflohen wäre. Es befand sich ein Häftling dort namens Rolfe, Isaac Rolfe. Er war Soldat gewesen, Pirat und auch sonst noch so ziemlich alles – aber er verhalf uns zur Flucht.“

„Was hast du dann gemacht?“ fragte Rachel unvermittelt. Sie hatte ihrem Vater zugesehen, wie er auf und abschritt, und empfand den brennenden Wunsch, alles über ihn zu erfahren.

„Nun, ich tat mich mit Rolfe zusammen“, fuhr er achselzuckend fort. „In den folgenden sechs Jahren unternahmen wir all das, was Männer in unserer Situation tun, um sich am Leben zu erhalten. Wir nannten uns ‚Soldaten des Glücks’ – eine phantasievolle Umschreibung für unsere Bereitschaft, auf jeder Seite zu kämpfen, wenn nur genügend Gold für uns dabei heraussprang.“ Er schwieg eine Weile und zog beim Nachdenken die Augenbrauen zusammen. „Ich muß bestimmt in einem halben Dutzend Armeen gedient haben, und die meiste Zeit wußte ich nicht einmal, worum es in dem Krieg ging.“

„Es gibt Schlimmeres, als Soldat zu sein“, sagte Lydia.

„Ja, das stimmt, und ich hab’s geschafft, eins davon zu entdecken“, sagte Matthew voller Bitterkeit. „Der Handel mit menschlichem Fleisch – das war mein nächstes feines Geschäft! Rolfe und ich kauften gemeinsam einen Schoner und unternahmen zahlreiche Fahrten nach Afrika, doch immer machte es mich ganz krank. Wir packten die Sklaven so eng aufs Schiff, daß sie einander im Arm lagen, wenn sie schliefen. Und wenn im Laderaum eine Seuche ausbrach, starben sie dahin wie die Fliegen! Zu Dutzenden kippten wir sie über Bord – Frauen, stillende Mütter, Säuglinge –!"

Er trat ans Fenster, stützte sich auf dem Sims auf und starrte hinaus auf das Grün der Wiesen und den sanften Schwung der Hügel. Er verlor sich so in Gedanken, daß er die anderen vergessen zu haben schien. Schließlich warf Gilbert einen raschen Blick auf Lydia und räusperte sich. „Was geschah dann?"

„Was? Oh, ich ertrug es, solange ich konnte –" Matthew wandte sich um und blickte sie mit einem seltsamen Ausdruck in seinen blauen Augen an. „Eines Tages verkaufte ich meinen Anteil an dem Schiff an Rolfe und schied aus dem Geschäft aus. Ich besaß genug Geld, um überall hinzugehen, wo ich wollte. Ein paar Monate lang wanderte ich einfach umher, schaute mich nach etwas um – doch ich fand keinen Frieden."

Er lächelte Gilbert zu. „Jetzt kommt der Teil, den ihr mir nicht glauben werdet. Er klingt allzu sehr nach einem schlechten Roman. Weißt du, Vater, seit jenen Tagen in dem spanischen Gefängnis ging mir ständig etwas durch den Kopf, was du einmal zu mir sagtest. Vielleicht entsinnst du dich nicht mehr daran – aber ich hab's nie vergessen. An dem Tag, als Onkel Edward und ich unsere Reise nach England antraten, warst du mit Mutter zum Abschied da. Es war das letztemal, daß ich sie sah."

„Ich erinnere mich recht gut", bemerkte Gilbert ruhig.

„Erinnerst du dich auch daran, daß du mir etwas zuriefst, als du anfingst, die Leiter hinunterzusteigen? Du sagtest: ‚Sei Gott getreu, Matthew – wende dich niemals von Ihm ab! Sei Gott getreu – und dir selbst'?"

„Ja, das habe ich gesagt."

„Nun, diese Worte kamen mir all die Jahre hindurch in den Sinn, als ich im Gefängnis saß und selbst als ich dem Teufel diente in den verschiedenen Kriegen und im Sklavenhandel. Aber als ich schließlich alle meine Verbindungen zu Rolfe abbrach, allein war und nichts zu tun hatte, da gewannen diese Worte immer mehr an Gewicht. Ich kann dir sagen, es war, als würde ich den Verstand verlieren – so wie sie mir ständig in den Ohren dröhnten! Und dann – aber nun kommt das, wie mir so schwerfällt, euch zu erzählen ..."

Er war so verwirrt, daß Gilbert aufmunternd sagte: „Sprich weiter. Wir wollen alles hören, mein Sohn!"

Matthew nickte und sprach dann mit einer vor innerer Bewegung zitternden Stimme weiter. „Ich kehrte ohne bestimmte Absicht nach England zurück, doch eines Tages beschloß ich plötzlich, nach Bedford zurückzugehen. Ich war wie in einem Traum befangen, als ich dort hinkam, das Häuschen sah, in dem wir gewohnt hatten, Lydia – und natürlich das Gefängnis! Ich erfuhr, daß Pastor Gifford fortgezogen war, aber wißt ihr über John Bunyan Bescheid?"

„Ja." Zum erstenmal lächelte Gilbert. „Seit seiner Freilassung vor drei Jahren ist er ein berühmter Prediger geworden, den man in ganz England hören will. Und er und Elizabeth haben nun zwei eigene Kinder!"

„Ja, ich weiß", sagte Matthew. „Ich blieb sechs Monate bei ihnen. John hat sich überhaupt nicht verändert. Die Jahre im Gefängnis haben ihn zu reinem Gold geläutert! Doch nun muß ich euch beiden berichten, – ich war ein verlorener Sünder, als ich bei den Bunyans eintraf, doch durch ihre Liebe und Güte – habe ich Christus als meinen Erlöser gefunden." Das Bekenntnis fiel ihm sichtlich schwer; er lachte kurz auf. „Ich hab' euch ja gesagt, es höre sich an wie ein Stück aus einem schlechten Roman. Der Sünder wird bekehrt und kehrt reuig ins Vaterhaus zurück, – nachdem er das Leben der drei Menschen, die er am meisten liebt, zugrundegerichtet hat." Matthew stand auf, drehte sich abrupt um und ging zur Tür. Nach einem Augenblick der Überlegung blickte er ins Zimmer zurück und setzte mit rauher Stimme hinzu: „Ich werde euch nicht belästigen, da könnt ihr sicher sein!"

Sein Aufbruch geschah so plötzlich, daß sie alle wie vom Donner gerührt dasaßen. Gilbert rief ihm nach: „Warte –!" Doch Matthew war schon fort.

„Ich – ich begreife nicht, Gilbert", sagte Lydia verstört. „Warum schämt er sich denn so, uns zu erzählen, daß er Christ geworden ist?"

„Ich denke mir, es kommt ihm zu einfach vor", meinte Gilbert und fuhr sich nachdenklich über das Kinn. „Ich kann schon verstehen, was in ihm vorgeht, du nicht? Er hat sich schmachvoll verhalten, und nun verwehrt ihm sein Stolz, zu akzeptieren, daß er nichts anderes tun muß als um Vergebung zu bitten."

„Aber – ist das denn echt? Seine Bekehrung meine ich?"

Gilbert wandte sich zu Rachel und erwiderte: „Ich weiß es nicht, aber in gewisser Weise ist es ganz gut, daß er so empfindet. Das verschafft uns Zeit, über alles nachzudenken und zu versuchen, Ordnung in unsere Gedanken und Gefühle zu bringen."

„Aber was wird er nun machen?“ fragte Lydia.

„Ich glaube“, sinnierte Gilbert leise, „daß er eine Menge Zeit damit zubringen wird, uns zu zeigen, daß er zu Gott gefunden hat – und nicht nur davon zu erzählen!“

Matthew hielt seine Worte beim Abschied – „Ich werde euch nicht belästigen, da könnt ihr sicher sein“ – so strikt ein, daß sie einen ganzen Monat lang fast den Eindruck gewannen, sein plötzliches Erscheinen sei ein Traum gewesen! Er kehrte nicht in das Haus der Winslows zurück, und sie mußten von anderen erfahren, was er unternahm.

„Der Herr, der Euren Namen hat, Pastor Winslow, ist das ein Verwandter von Ihnen?“ fragte Martin Tillotson eines Tages, als Gilbert im einzigen Gasthaus von Plymouth einkehrte. Tillotson war neu in der Stadt, ein kleingewachsener, höflicher Mann, der regelmäßig die Kirche besuchte. Lächelnd setzte er hinzu: „Ich konnte die Ähnlichkeit zwischen Euch und ihm bemerken – ein gutaussehender Mann, genau wie Ihr selbst, wenn ich das so sagen darf.“

„Ja, Bruder Tillotson“, sagte Gilbert rasch. „Er ist mein Sohn. Wie kam's, daß Ihr ihm begegnet seid?“

„Nun, er hat sich hier in der letzten Woche ein Zimmer genommen, Pastor – aber seit dem ersten Tag ist er fort. Sagte mir gleich, daß er nicht viel da sein werde. Er erwähnte nicht, welchen Geschäften er nachgeht.“

Gilbert ging auf diesen Wink mit dem Zaunpfahl nicht ein. Da er selbst von Matthews Unternehmungen keine Ahnung hatte, konnte er die Frage des Wirts schwerlich beantworten. Er wiederholte das Gespräch vor Lydia und Rachel. Auch sie waren verblüfft.

„Warum kam er hierher, wenn er vorhatte, so bald wieder abzureisen?“ fragte Rachel heftig. „Jeder weiß davon. Mercy fragte mich ganz offen: ‚Ist das wirklich dein Vater, der im Gasthaus wohnt?‘ Was sollte ich darauf sagen? Das ganze ist so – so unangenehm!“

Alle drei empfanden das gleiche, als Matthew am nächsten Sonntag die kleine Kirche betrat und in einer Bank ganz hinten Platz nahm. In einer so kleinen Stadt wurde jeder Fremde einer gründlichen Prüfung unterzogen, doch Matthews Erscheinen löste ein Summen und Wispern in der anwesenden Gemeinde aus, und manche Mitglieder verrenkten sich beinahe den Hals bei dem Versuch, einen Blick auf den Besucher zu erhaschen.

Lydia fühlte ihre Wangen glühen. Rachel wandte sich zu ihrer Mutter und flüsterte: „Wir können das nicht ertragen, Mutter!“

Gilbert nahm das lebhafte Interesse wohl wahr und bemerkte Lydias und Rachels Verwirrung. Sein eigenes Gesicht war blasser als sonst, doch er stand auf und begann den Gottesdienst, als sei nichts geschehen. Sie sangen, und verschiedene Gemeindemitglieder legten die Schrift aus. Dann hielt Gilbert eine einstündige Predigt.

Niemand wagte sich während des Gottesdienstes umzudrehen und Matthew anzusehen bis auf Mrs. Lawson, die selbst den Erzengel Michael angestarrt hätte. Doch wenn auch die Blicke der Gemeinde nicht auf den Besucher gerichtet waren – ihr Interesse war ihm allemal zugewandt!

Gilbert beendete den Gottesdienst, doch anstatt mit einem Schlußgebet zu enden, sagte er mit fester Stimme: „Wir haben heute Vormittag einen Gast in unserer Gemeinde, meinen Sohn Matthew. Einige von Euch, die schon lange hier leben, werden sich noch an ihn erinnern. Er galt viele Jahre als tot – doch Gott hat ihn in Seiner Barmherzigkeit bewahrt. Ich bitte euch, ihn zu Hause willkommen zu heißen und mit seiner Frau und seiner Tochter in den Dank an Gott für Seine große Barmherzigkeit einzustimmen."

Er betete, und anschließend kamen mehrere alte Freunde Matthews eifrig auf ihn zu. Matthews Lehrer, schon weit über achtzig, aber mit Augen so scharf wie ein Vogel, begrüßte den hochgewachsenen Mann, der mit dem Buben von einst, den er gekannt hatte, so wenig Ähnlichkeit mehr aufwies. „Gott sei gedankt, mein Junge, Gott sei gedankt!" rief er und drückte ihm herzlich die Hand. „Ich habe dich niemals vergessen, niemals! Es schnitt mir ins Herz, als damals die Nachricht von deinem Tod kam, und die ganzen Jahre hindurch hab' ich die Erinnerungen an die Zeit gehegt, als du in mein Haus kamst – so ein aufgeweckter kleiner Bursche!" Plötzlich streckte er die Arme aus, drückte Matthew unter Tränen an sich und klopfte seinen Arm.

Matthew blickte über den Kopf des alten Mannes hinweg auf Gilbert. Seine Augen waren verschleiert, als er sagte: „Das ist schön von Euch, Mr. Morrison – ganz Eure Art! Ich habe oft an Euch gedacht!"

Andere traten herzu, und diejenigen, die erst nach seinem vermeintlichen Tod nach Plymouth gezogen waren, kamen und stellten sich vor.

Für Matthew war es ein seltsamer Augenblick, wie er so dastand und die Willkommensgrüße seiner alten Freunde und anderer Menschen in Empfang nahm und sich dabei wie ein Schwindler fühlte. Aber es wäre halb so schwierig gewesen, wenn sich nicht Mrs. Lawson mit lauttönender Stimme hätte vernehmen lassen: „Nun, Lydia Winslow! Wie ist's denn so, nach all diesen Jahren einen Ehemann zurückzuhaben?"

Lydia zuckte unter der aufdringlichen Frage leicht zusammen, doch sie brachte ein Lächeln zustande. „Ich freue mich mit euch allen", sagte sie unverbindlich, „daß es Gott gefallen hat, meinen Mann am Leben zu erhalten."

Der peinliche Augenblick ging vorbei, und die Menge begann sich auf den Heimweg zu machen. Gilbert ging sofort hinüber und sagte: „Ich freue mich, daß du gekommen bist, mein Sohn."

„Wir – wir haben erwartet, daß du zurückkommst", setzte Lydia mit einem gewissen Zögern hinzu.

Matthew blickte sie an und schüttelte den Kopf. „Wie ich schon angekündigt habe, Lydia, ich werde euch nicht zur Last fallen."

Rachel trat neben ihre Mutter. „Nun, du kannst uns doch nicht einfach ignorieren!" sagte sie heftig.

Matthew lächelte ihr zu. „Rachel, ich bin mir darüber im klaren, wie beklemmend das für euch ist, vor allem für deine Mutter, aber ich reise heute aus Plymouth fort. Die Leute müssen sich nun über unsere Familie den Kopf zerbrechen."

„Fortreisen!" entgegnete Lydia rasch. „Aber – wohin gehst du denn?"

„Ich wollte bei euch vorbeischauen und Bescheid sagen, bevor ich abreise, aber –"

„Komm und iß eine Kleinigkeit mit uns", warf Gilbert ein. „Es würde einen eigentümlichen Eindruck machen, wenn du das nicht tust. Und außerdem möchte ich etwas über deine Pläne hören."

Sie aßen kaltes Rindfleisch und Brot, ihr gewöhnliches Mittagsmahl am Sonntag. Matthew erläuterte seinen Plan. „In England ist ein ausgezeichneter Markt für Biber. Ich werde ins Handelsgeschäft einsteigen. Tatsächlich habe ich schon eine ganze Wagenladung voll Handelsgüter aus England mitgebracht. Ich bin einige Wochen weg. Wenn ich dann eine Ladung bekomme, kehre ich zurück und verschiffe sie hier in Plymouth."

Alle drei merkten, daß dies mehr war als ein Geschäftsvorgang. Er entfernte sich aus Plymouth, um einen Teil des auf ihnen lastenden Druckes zu beseitigen. „Matthew", sagte Gilbert, „du mußt das nicht unseretwegen machen –"

„Ich glaube, so ist es am besten", unterbrach ihn Matthew, „wenn ich für eine Weile weg bin. Gib den Leuten Zeit, sich an den Gedanken zu gewöhnen, daß ich wieder zurückgekommen bin." Dann fuhr er einfach fort: „Weißt du, früher oder später muß ich für dauernd fortgehen. Es gibt keinen anderen Weg."

Diese Wochen seit Matthews plötzlichem Erscheinen waren für keinen von ihnen leicht gewesen. Alle drei hatten sich darüber Gedanken gemacht, wie er in ihr Leben hineinpassen würde. Es war nicht tragbar für ihn, auf die Dauer im Gasthaus zu wohnen, fern von Frau und Tochter. In Plymouth machte man das einfach nicht, und in jedem Falle hätte es alle miteinander einer unerträglichen Belastung ausgesetzt.

Matthew brach das beklemmende Schweigen. „Ich werde vorbeikommen, wenn ich in einigen Wochen zurückkehre."

Er ging, und obwohl im Ort nach wie vor über sein seltsames und plötzliches Erscheinen spekuliert wurde, hatten es die meisten um die Mitte des Juni aufgegeben, die Wahrheit über die Angelegenheit von der Familie herauszufinden.

Lydia nahm ab, wie Rachel bemerkte, und war bedeutend ruhiger, wenn sie ihrer Hausarbeit und den vielen wohltätigen Arbeiten nachging, die sie wahrnahm. Rachel wollte mit Gilbert und ihrer Mutter über ihren Vater sprechen, aber die beiden schienen innerlich tief beschäftigt und sagten höchstens: „Wir müssen weiterhin darüber beten", wenn sie das Thema anschnitt.

Am letzten Junitag tauchte unvermittelt John Sassamon voll von Neuigkeiten auf. Bei seiner Ankunft im Häuschen platzte er sofort heraus: „Ich bin mit deinem Vater zusammengetroffen!"

Rachel bestürmte den jungen Indianer um Informationen und fand heraus, daß ihr Vater in Johns Dorf gegangen war. Die beiden waren sich dort begegnet und hatten rasch Freundschaft geschlossen. Sassamon sprach in den höchsten Tönen von Matthew.

„Er ist ein guter Mensch, Nahteaah! So gut wie sein Vater!" Das war aus dem Munde des Indianers wahrlich ein hohes Lob! Er berichtete weiter: „Er ist der ehrlichste Händler, mit dem mein Volk es jemals zu tun hatte, aber die anderen Händler sind sehr zornig auf Mr. Matthew, weil er einen anständigen Preis zahlt und unser Volk nicht ausplündert! Und in den Wäldern ist er so gut wie ein Indianer! Ich bin mit ihm unterwegs gewesen, und er kann das Rotwild besser aufspüren als ich!"

Rachel hing an seinen Lippen. Plötzlich fragte Sassamon: „Was stimmt nicht zwischen Mr. Matthew und dir, Rachel?"

„Nun, nichts, John!"

„Das ist die erste Lüge, die ich seit langer Zeit von dir gehört habe!"

Sie schämte sich, daß sie unehrlich zu ihm war, und sagte: „Das ist eine alte Sache, John. Mein Vater hat vor vielen Jahren etwas Böses getan, und das steht wohl noch zwischen uns."

„Das ist schlimm, denn er ist ein guter Christ", entgegnete Sassamon lebhaft. „Zum erstenmal bin ich enttäuscht von Pastor Winslow. Er sollte Gott danken, daß er einen so guten Sohn hat – und du und deine Mutter – ihr habt einen guten Ehemann und Vater."

Rachel gab keine Antwort, und John sagte: „Ich muß jetzt zu Gouverneur Bradford."

„Bringst du wieder schlimme Nachrichten, John?"

„Ja, nichts Gutes! Philip versucht, die anderen Stämme gegen die Weißen aufzuhetzen, und er hat Erfolg damit." Sassamon trat von einem Fuß auf den anderen. „Ich glaube, es geht bald los."

„Du mußt sehr vorsichtig sein, John. Er wird dich umbringen, wenn er auch nur Verdacht schöpft, daß du mit den Behörden gesprochen hast."

Er zuckte die Achseln. „Mach dir um mich keine Sorgen, Nahteeah." Er lächelte, setzte dann aber ernst hinzu: „Du mußt lernen, deinen Vater liebzuhaben."

So schnell, wie er gekommen war, verschwand er wieder. Sein Besuch hatte Rachel so aufgewühlt, daß sie sich nicht auf ihre Arbeit konzentrieren konnte. Sie ging zum Strand hinab, wanderte zwischen den Felsen umher und dachte darüber nach, ob John wohl recht habe. „Aber ich hasse meinen Vater nicht!" protestierte sie sich selbst gegenüber. Doch während sie die Worte noch sprach, ging ihr auf, wie unaufrichtig sie war. Ich habe ihm nie verziehen, daß er mich und Mutter verlassen hat! gestand sie sich ein.

Langsam und unglücklich über sich selbst ging sie heim. Bei ihrer Ankunft war auch ihre Mutter zurückgekehrt, und sie setzte sich zu ihr auf das sonnige Plätzchen vor dem Haus. „Mutter, ich muß dir etwas sagen."

„Und was, Rachel?"

Rachel zögerte, warf den Kopf hoch und erklärte: „Ich – ich kann einfach das richtige Gefühl für meinen Vater nicht finden! Auch wenn ich's noch so sehr versuche, ich kann nicht – kann nicht –"

„Du kannst ihm nicht verzeihen, Rachel, willst du das sagen?"

„Ja, aber ich möchte es so gerne, Mutter! Warum ist das so schwer?"

Lydia schüttelte den Kopf und ließ den Blick auf die See hinaus schweifen. Mit bitterer Stimme sagte sie: „Ich habe die gleiche Schwierigkeit, Rachel. Es ist einfach der Stolz – nichts anderes. Wir haben Kränkung erlitten und können nun nicht zufrieden sein, bevor auch er so leidet wie wir!"

Rachel warf ihrer Mutter einen verblüfften Blick zu, denn nie hatte sie gewußt, daß Lydia einen Groll mit sich herumschleppte. „Aber Mutter, gewiß empfindest du doch nicht in dieser Weise!"

Lydia preßte plötzlich die Hand auf den Mund, und Rachel erkannte, daß sie ein Schluchzen unterdrückte. „Ja – ich empfinde genau so, und Gott möge mir vergeben! Aber das wird Er nicht, Rachel, denn in der

Bibel heißt es, daß Gott uns nicht vergibt, wenn wir nicht denen vergeben, die uns Unrecht getan haben!"

Nachdenklich meinte Rachel: „Ich möchte ihm ja vergeben – aber ich kann einfach nicht!"

Lydia schaute ihre Tochter an, und ehe sie sich erhob, um ins Haus zu gehen, sagte sie langsam: „Wir entdecken etwas über uns selbst, Rachel! Gott segnet uns mit einem Wunder – und wir schleudern es Ihm ins Antlitz zurück! Ich frage mich, wie wir beten werden, wenn wir Gott brauchen! Und ich frage mich auch, ob Er dann sagen wird: ‚Ich schenkte euch einen Segen und ihr habt ihn zurückgewiesen – nun besorgt euch eure eigenen Wunder!'"

Rachel blickte ihrer Mutter nach, als sie ins Haus zurückging. Den restlichen Nachmittag über erledigte sie ihre Arbeit langsam, fast mechanisch. Die Worte ihrer Mutter gingen ihr nicht aus dem Sinn. Wen würde ich anrufen, wenn ich ein Wunder bräuchte? überlegte sie.

Sie fand keine Antwort außer der leichten Brise in den Bäumen und dem fernen Schrei eines Brachvogels.

KAPITEL DREIZEHN

Tod im Winter

Jude Alden war ein zufriedener Mensch. Er lehnte sich an den Gitterzaun, den Blick in die Ferne gerichtet, und freute sich bei dem Gedanken, daß jeder Grashalm und jeder Baum ihm gehörte, soweit das Auge reichte. Er wandte sich zu Rachel um und deutete mit erhobenem Arm auf eine niedrige Hügelkette in der Ferne. „Siehst du, da hinten beginnt das neue Grundstück. Dort – bei der Baumreihe links."

„Wieviel Morgen sind es denn?"

„Mehr als dreihundert im ganzen." Jude ließ ein tief aus dem Brustkorb kommendes Lachen hören. „Der alte Taylor dachte, er würde mich bei dem Tausch aufs Kreuz legen – aber ich wußte, wenn ich ihm ein Angebot machte, würde er begierig werden auf das wertlose Stück Land, das ich gegen seines eintauschte. Ich ließ das Gerücht verbreiten, daß die neue Straße nach Norden hinauf über mein Land führen werde – und ich sorgte dafür, daß Taylor glaubte, ich wüßte nichts davon. Da mußten sogar die Hühner lachen, wie er unschuldig daherkam und mir einen Handel mit diesem Grundstück da anbot! Ich sag' dir, Rachel, das war, als ob man einem kleinen Kind sein Bonbon wegnimmt!"

Rachel blickte Alden mit einem Gefühl des Unbehagens an, als sie den Weg zum Haus zurückgingen. Sie war gewiß, daß ihr Großvater Judes Methoden niemals gutheißen würde. Im übrigen konnte sie nie das Vergnügen begreifen, das er beim Handeln empfand. Sie fragte nun neugierig: „Rührt sich eigentlich nie dein Gewissen, Jude? Ich meine, du hast dem alten Mann ein wertloses steiniges Grundstück gegen eine der besten Farmen in der Gegend angedreht."

Er warf ihr einen überraschten Blick zu, und sein Ausdruck verriet, daß er nie auf den Gedanken gekommen war, einen solchen Vorgang als moralisches Problem anzusehen. Er überlegte eingehend, wie er es ihr erklären sollte; sein scharfgeschnittenes Gesicht verriet, was in ihm vorging. „Nun, mit einer Witwe oder Waise würde ich anders verfahren – aber wenn ein Mann mit mir Geschäfte abwickeln will, dann muß er selbst sehen, wo er bleibt. Es ist einfach ein Spiel, verstehst du das, Rachel? Ich versuche, ihn zu schlagen, und er versucht das gleiche bei mir – das macht den Spaß an der Sache aus!"

Sie dachte darüber nach, doch ihr eigener Sinn für Recht und Unrecht war zu beschränkt, um hier ein Urteil fällen zu können. Daher meinte sie achselzuckend: „Nun, es gehört dir, Jude – all das Land ringsum. Aber ich kann mich an den Bäumen erfreuen – und die Vögel singen für mich genauso süß wie für dich."

Auf dem Rückweg zur Blockhütte sprach er kaum etwas. Endlich meinte er lächelnd: „Nun, du bist eine Frau, Rachel, und kannst über Geschäfte nicht so urteilen wie ein Mann. Mir ist das recht so. Ich will keine Frau, die in der Familie den Handel betreibt."

„Was wünschst du dir denn von einer Frau?" fragte sie vorwitzig. Belustigt sah sie, wie er den Mund aufsperrte und mit dieser Geste Verwirrung verriet.

Plötzlich hielt er an, zog sie an sich und küßte sie leidenschaftlich. Seine Lippen waren kalt vom Dezemberfrost, und die dicken Mäntel, die sie beide trugen, wirkten recht hinderlich. „Ich glaube, dafür wünsche ich mir eine Frau!" sagte er lachend, küßte sie von neuem und hielt sie fest, bis sie sich losriß.

„Los, lauf, ich werde dich schon zum Haus zurückbringen!" rief sie und rannte los. Sie flog so leichtfüßig dahin, daß er sie erst auf der Lichtung einholte, die sein Haus umgab. Abrupt blieb sie stehen und mußte nicht einmal rasch Luft holen, als sie bemerkte: „Du hast Gesellschaft bekommen." Sie hielt die Hand schützend über die Augen, um die helle Wintersonne abzuhalten, biß sich auf die Lippe und setzte hinzu: „Es ist mein Vater und John Sassamon."

Er warf ihr einen eigentümlichen Blick zu. Während sie über das freie Feld gingen, sagte er: „Niemand in Plymouth begreift deine Familie, Rachel." Sie gab keine Antwort, und er fuhr fort: „Dein Vater kam vor acht Monaten aus dem Nirgendwo. Er lebt nicht bei deiner Mutter und dir. Er streift im ganzen Land umher mit diesen Wilden zusammen, und ich nehme an, daß er inzwischen ein Vermögen mit Biberfellen verdient hat. Aber – du sprichst nie auch nur ein Wort über ihn."

„Das ist ein Familienproblem, Jude." Rachel zuckte die Achseln. „Vor vielen Jahren gab es einmal zwischen ihm und meiner Mutter einen Zwist."

Jude schüttelte den Kopf. „Ich will nichts über deine Familie sagen, Rachel, aber es wäre eine Tragödie, wenn deine Mutter ihn wieder aufnehmen würde."

„Warum sagst du das?" Sie senkte die Stimme, denn sie waren nur noch hundert Schritt vom Haus entfernt. „Mein Großvater sagt, er sei ein ganz verwandelter Mensch."

„Verwandelt wovon?" fragte Jude sofort. „Dieses Land steht am

Rande eines Indianerkrieges, Rachel. Philip ist ein Wahnsinniger! Und dein Vater verbringt seine ganze Zeit mit den Indianern."

„Bei den Betenden Indianern hält er sich meist auf, Jude. Er arbeitet viel mit Reverend Eliot zusammen."

„Betende Indianer!" murrte Jude. „Wenn der Krach losgeht, gibt's nur eine einzige Sorte von Indianern! Du wirst schon sehen. Und dein Freund Sassamon wird zu ihnen halten!"

Rachel hatte schon oft mit Jude über dieses Thema debattiert, doch es war hoffnungslos. Alden hatte, wie viele Siedler, die in der Wildnis draußen lebten, kein Vertrauen zu irgendeinem Indianer.

Sassamon trat auf sie zu und sagte: „Hallo, Rachel."

Sie ergriff seine Hand und lächelte ihm zu. „Das ist aber eine Überraschung, John. Hallo, Vater. Du siehst aber sehr schmal aus." Sie drückte auch ihm die Hand und dachte dabei über die vielen Monate nach, die es sie gekostet hatte, etwas so Einfaches zustandezubringen, wie Matthew Winslow „Vater" zu nennen. In den vergangenen acht Monaten hatte er gerade viermal bei ihr zu Hause vorgesprochen, und nie hatte er irgendwo anders übernachtet als im Gasthaus. Stets war es eine Art bewaffneter Waffenstillstand gewesen, und keiner von ihnen konnte sein Unbehagen völlig überwinden, wie sehr sie sich auch nach außen hin Mühe gaben.

„Wir benehmen uns wie eine Horde Stachelschweine!" rief Gilbert eines Abends voller Abscheu, nachdem Matthew fortgegangen war. „Wir sind voller Stacheln, die wir ständig einem anderen in die empfindlichen Stellen stoßen!"

„Nun", bemerkte Lydia darauf, „es ist nicht mehr so schlimm, wie es einmal war. Wir können wenigstens beieinandersitzen und miteinander sprechen."

„Wirklich großartig, was", knurrte Gilbert. „Ich bin doch in der Tat imstande, dazusitzen und mit meinem eigenen Sohn zu reden!"

Zum erstenmal in ihrem Leben war Rachel auf ihren Großvater losgefahren. „Du bist genauso schlimm wie sie! Er kommt hier rein und setzt sich zu uns, und du redest von nichts anderem als irgendeiner dummen Predigt! Es würde euch nicht umbringen, euch ein bißchen zu beugen und dem armen Mann ein paar freundliche Worte zu sagen, meint ihr nicht?"

Gilbert und Lydia starrten sie an und schließlich bemerkte Gilbert brummend: „Vielleicht hast du recht, Rachel, aber es gibt in unserer Vergangenheit einige tiefe Wunden. Narben verheilen nicht von heute auf morgen. Aber wie steht es denn mit dir? Ich habe dich noch nicht auf seinem Schoß sitzen sehen, und falls du heute abend ein herzliches Wort zu Matthew gesprochen hast, dann muß mir das entgangen sein!“

Lydia hatte die Auseinandersetzung beendet. „Wir haben alle Schuld, Gilbert. Wenn er das nächstemal kommt, werde ich – freundlicher sein.“

Nun, als Rachel in der Kälte dastand, trat ihr diese Szene wieder vor Augen. Sie brachte es fertig, sich Matthew lächelnd zuzuwenden. „Wir waren alle enttäuscht, daß du nicht mehr zu uns gekommen bist.“

Matthews Gesichtsausdruck veränderte sich auf einmal, und ein warmes Leuchten trat in seine blauen Augen. „Ich danke dir, Rachel. Ich habe jeden Tag an dich gedacht.“

Jude erkundigte sich: „Wo habt Ihr Euch aufgehalten, Mr. Winslow?“

„John und ich dachten, wir sollten einmal im nördlichen Gebiet Umschau halten. Vielleicht würden wir einige Biberflüsse finden, wo wir im Frühjahr Fallen aufstellen könnten.“

Jude runzelte die Stirn. „Ich wäre an Eurer Stelle vorsichtig. Ihr wißt, wie eifersüchtig Philip über sein Territorium wacht.“

„Philip wird nichts dagegen haben, wenn wir ein paar Biber fangen, Alden“, erwiderte Matthew leichthin. „Indianer finden nichts dabei, mit anderen zu teilen.“

Jude begann sich dann zu rechtfertigen, denn Winslow gab seiner Meinung Ausdruck, daß Siedler wie er die Indianer auf den Kriegspfad zwängen. „Nun, ich habe erfahren, daß die Stämme unruhig werden. Habt Ihr von dem Überfall auf die Farm in Bennington gehört?“

„Eine Horde von wildgewordenen Jugendlichen, die sich mit Whisky besoffen hatten“, entgegnete John Sassamon. „Im übrigen waren sie keine Wampanoags.“ Er wandte sich um und sagte: „Ich komme in drei Tagen wieder zurück, Mr. Winslow. Wo können wir uns treffen?“

„Nun, hier, wenn Alden nichts dagegen hat.“

„Natürlich.“ Judes Stimme klang nicht besonders herzlich, doch mit Rachel neben sich konnte er nicht gut ablehnen. „Rachel und ihr Großvater sind zu Besuch da. Ihr seid willkommen.“

„Ist Lydia nicht mitgekommen?“ fragte Matthew seine Tochter.

„Oh doch. Sie und Großvater sind drüben in Pageville. Dort ist eine kleine Gemeinde, in der es Auseinandersetzungen gibt. Sie machen dort Besuch, sooft sie können, und versuchen zu helfen.“

„Bleibt Ihr zum Nachtessen, Mr. Winslow?“ wollte Jude wissen.

„Ja, bitte, Vater, bleib doch“, sagte Rachel rasch. Judes Stimme hatte kalt und formell geklungen, und sie hatte bemerkt, daß Matthew drauf und dran war, den Kopf zu schütteln. Er war von ihrem Nachdruck überrascht. „Nun, ich denke, ich bleibe da.“

Auf John erstreckte sich die Einladung nicht, doch als er ging, flüsterte er Rachel zu: „Du bist ein braves Mädchen! Du ehrst deinen Vater und wirst lange leben, wie die Schrift sagt!“ Beim Weggehen drehte er sich noch einmal um und sagte so leise, daß sie ihn kaum verstand: „Gott hat dich lieb, Nahteeah – du bist diesem Indianer eine gute Schwester!“ Dann verschwand er mit leisen Schritten zwischen den Baumreihen östlich des Hauses.

Rachel brachte fast den ganzen Nachmittag mit Kochen zu und wunderte sich, daß Jude und ihr Vater ins Gespräch vertieft auf der Farm umhergingen. Offensichtlich war jeder mit der Gesellschaft des anderen zufrieden. Sie bemerkte, daß Jude den Versuch unternahm, ihren Vater besser kennenzulernen, und das erfüllte sie mit einem Gefühl der Wärme.

Gilbert und Lydia kehrten zurück, als die Sonne fast weiß, wie erfroren vom scharfen Winterwind, hinter den hohen Eichen unterging. Als sie das Haus betraten und die schweren Mäntel ablegten, fragte Rachel: „Wißt ihr, daß Vater hier ist?“

Lydia blieb abrupt stehen, wandte sich um und sagte: „Nein. Wo ist er?“

„Jude führt ihn auf der ganzen Farm umher.“ Sie brachte ein klägliches Lachen zustande. „Man könnte meinen, Vater sei an einem Kauf interessiert, so eingehend besieht er sich alles.“

Gilbert trat neben den Kamin und hielt die kalten Hände in die flakkernde Glut. Ein verschmitzter Ausdruck lag in seinen Augen. „Vielleicht interessiert sich Matthew weniger für die Farm und mehr für den Mann, dem sie gehört?“

Eine leichte Röte huschte über Rachels Wangen. Sie meinte: „Mutter, hilfst du mir, das Essen herzurichten? Sie sind hinaufgegangen, um sich ein Stück Land anzusehen, an dem Jude interessiert ist. Sagte, er wolle Vaters Meinung dazu hören.“

Als der Eßtisch gedeckt war, kamen die beiden Männer zurück. Rachel entging die Verwandlung im Gesicht ihres Vaters beim Anblick von Lydia und Gilbert nicht. Sie hätte nicht sagen können, was es war, nur eben eine gewisse Traurigkeit, die ihr nach und nach auffiel. Sein Gesicht verriet weder Niedergeschlagenheit noch Verzweiflung, und wenige hätten es überhaupt bemerkt, doch als sie ihn nun eintreten sah, beobachtete sie die sachte Veränderung. Als sein Blick auf Lydia fiel, sah sie eine Sehnsucht in seinen Zügen und ein sanftes Lächeln spielte um seinen Mund. Er liebt sie immer noch, dachte sie. Dann richtete sie ihre Aufmerksamkeit auf Jude.

Judes Gesicht war von dem langen Fußmarsch gerötet. Mit lebhafter Stimme sagte er: „Schaut euch dieses Essen an!" Er trat zum Tisch und meinte kopfschüttelnd: „Seit du das letzte Mal hier warst, hatte ich keine selbstzubereitete Mahlzeit mehr."

„Hallo, Matthew", sagte Gilbert und ergriff die Hand seines Sohnes. „Du bist lange fortgewesen."

„Ja", warf Lydia rasch ein und trat neben Gilbert. „Wir haben dich schon früher zurückerwartet."

„Seit meinem letzten Aufenthalt in Plymouth bin ich ziemlich weit herumgekommen." Zögernd fügte er noch hinzu: „Ihr seht beide gut aus."

Rachel unterbrach: „Wir können während des Essens reden – sonst wird alles kalt."

Sie setzten sich und genossen eine Atmosphäre der größten Entspannung seit Matthews Rückkehr. Die Zeit hatte den anfänglichen Schock abklingen lassen, und so empfanden sie in seiner Gegenwart nicht ständig Unbehagen. Die Anwesenheit von Jude trug das Ihre dazu bei, denn so waren sie gezwungen, ganz normal von gewöhnlichen Dingen zu sprechen.

Jude hielt die Unterhaltung in Gang, und als die beiden Frauen weiter Essen herbeitrugen und die Tassen nachfüllten, erzählte er Gilbert von der Vergrößerung seines Besitzes. „Das Land wird nie wieder so billig sein wie jetzt, Reverend Winslow!" rief er. „Nun ist die Zeit, jeden Zoll zu kaufen, den Ihr kriegen könnt, den in den kommenden Jahren wird dieses Land sehr viel Geld wert sein."

Die anderen hörten ihm zu, ohne viel zu sagen, und schließlich ging die Mahlzeit zu Ende. Als Lydia und Rachel den Tisch abräumten und das Geschirr forttrugen, saßen die Männer beieinander und unterhielten sich beiläufig über lokale Dinge. Rachel kam wieder herein und setzte sich zusammen mit ihrer Mutter ein wenig abseits.

Gilbert berichtete von der in der Nähe gelegenen Gemeinde. Dann wandte er sich Matthew zu. „Diakon Lattimore hat mir erzählt, daß du ihm eine große Stütze bist, mein Sohn."

„Nun, ich habe nicht allzuviel getan", wehrte Matthew ab.

„Lattimore wäre da anderer Meinung", entgegnete sein Vater lächelnd. „Er hält dich für einen beachtlichen Bibelgelehrten. Sagte uns ständig, wie sehr er deine Besuche schätzt. Ich wußte auch nicht, wieviel Hilfe du bei den Missionsschulen für die Indianer leistest."

„Ach, dafür ist in erster Linie John verantwortlich. Ich habe nur ein bißchen was zu den Kosten beigetragen."

Gilbert sah die Verwirrung seines Sohnes und bemerkte nur: „Gott wird deine Arbeit gewißlich segnen."

Schließlich ging Matthew zur Scheune, wo er übernachtete, und Gilbert und Lydia begaben sich zur Ruhe. Jude und Rachel saßen vor dem Kamin und unterhielten sich eine Weile.

Jude war durch den stillen Abend in sanfte Stimmung versetzt worden. Er hatte von Dingen gesprochen, die er plante – nichts Geschäftliches, sondern Dinge, über die er niemals mit ihr geredet hatte. Sein Gesicht nahm einen träumerischen Ausdruck an. Er war ausgeglichener, als sie ihn je erlebt hatte, und gestikulierte eifrig mit den Händen, als er von geplanten Reisen sprach, daß er nach England, ja sogar einmal nach Deutschland gehen wollte. Lange Zeit saß sie mit untergeschlagenen Beinen da, das Gesicht auf die Hände gestützt, und hörte ihm hingebungsvoll zu. Mehrmals sagte er „wir", wenn er von seinen Reisen und Plänen sprach. Ein stilles Lächeln breitete sich über ihr Gesicht bei dem Gedanken, wie sorgfältig er lange Zeit solch ein direktes Gespräch vermieden hatte.

Er stand auf, stocherte im Feuer und setzte sich dann neben sie. Sie flüsterte ihm zu: „Ich mag es, wenn du so sprichst, Jude!"

Sie bot einen bezaubernden Anblick. Das goldene Licht des Kaminfeuers spiegelte sich in ihren Augen, und ihre Lippen waren leicht geöffnet. Sein Blut wallte auf, er beugte den Kopf und küßte sie, dann legte er den Arm um sie und zog sie an sich.

Sie ließ es zu, ging sogar so weit, ihre Hand auf seinen Nacken zu legen. Ihr Herz klopfte rascher. Als sie sich eben von dem wachsenden Druck seiner Lippen zurückzog und flüsterte: „Nein, Jude – nicht –", ging die Tür plötzlich auf und Matthew trat ein mit den Worten: „Alden – da ist etwas, was –"

Jude und Rachel fuhren so heftig auseinander, daß sie beinahe von der Bank fiel. Ihre Haare gerieten in Unordnung, und in der Art, wie sie sich aufrappelten, verriet sich eine gewisse Schuld. Sie starrten Matthew an, der abrupt verstummte.

Sein Blick war auf die beiden gerichtet, und zum erstenmal in ihrem Leben sah Rachel den Winslow'schen Zorn, von dem sie seit ihren Kindertagen immer wieder gehört hatte. In den Augen ihres Vaters loderte ein blaues Feuer, und er trat so plötzlich einen Schritt vor, daß Jude nach rückwärts wich und die Hände hob!

„Nicht!" rief Rachel und ging einen Schritt auf ihn zu. Das war gut so, denn es lenkte die Aufmerksamkeit ihres Vaters auf sie. Sie bemerkte, wie sich sein Zorn in Sorge wandelte, als er sie ansah. Dann faßte er sich wieder und sagte: „Da ist irgendein Tier im Viehstall, Alden – wahrscheinlich ein Bär."

Jude, dem der Stimmungsumschwung Matthews sehr gelegen kam, sprang auf, zerrte die Büchse von der Wand und rief: „Ich werde gleich einmal nachsehen."

Eilends verließ er den Raum, und Matthew wandte sich wortlos zum Gehen, doch Rachel sagte in scharfem Ton: „Warte!"

„Ja, was ist, Rachel?"

Auf einmal war sie im tiefsten Inneren von Zorn erfüllt und verkannte, daß dieser Zorn sich gegen sie selbst richtete und nicht gegen ihren Vater. Sie warf den Kopf in den Nacken, und nun war es an ihm, etwas vom Winslow'schen Zorn zu entdecken, diesmal in den schwarzen französischen Augen seiner Tochter!

„Mir paßt nicht, was du denkst!" sagte sie mit angespannter Stimme, die vor Wut zitterte.

„Ich – habe nichts gesagt", antwortete Matthew. Wie er so im flakkernden Licht der Kerze dastand, eine hochgewachsene Gestalt, traten die scharfgeschnittenen Flächen seines Gesichts kühner hervor.

Sie schlug nach ihm, doch nicht die aus dem Augenblick entsprungene Verlegenheit trieb sie in einen Wutanfall, sondern der tief vergrabene Groll und der Ärger, die sie vom Augenblick seiner Rückkehr an empfunden hatte. Der vor fünfzehn Jahren von ihm begangene Verrat war es, der Matthew nun entgegenschlug.

„Du bist ja so heilig, nicht wahr?" schrie sie ihn an. „Der Vater, der so gekränkt aussieht, weil seine kostbare Tochter einen Mann küßt!" Tränen schossen ihr ins Gesicht, die sie ärgerlich wegwischte. Bitter fuhr sie fort: „Was gibt dir das Recht, überhaupt etwas zu denken? Wo warst du, als ich heranwuchs – als all die anderen Kinder einen Vater hatten – und ich – ich hatte keinen!" Ihre Stimme versagte, ein stoßweises Weinen drang aus ihrer Kehle. Mit zwei Schritten stand sie vor ihm und starrte ihm mit einer Wut ins Gesicht, die sie noch nie einem lebenden Wesen gegenüber gezeigt hatte. „Warum bist du zurückgekommen?" rief sie, hob die Hand und schlug ihm zweimal ins Gesicht, mit einem Aufschrei, als sei sie selbst geschlagen worden.

Seine Wangen brannten, vom Mal ihrer Hand gezeichnet, doch in seinen Augen lag kein Zorn – nur eine tiefinnere Traurigkeit. Er tat nichts, um das Schweigen zu brechen. Der einzige Laut im Zimmer war das Knacken eines Holzklotzes, der im Feuer auseinanderbrach. Dann sagte er so still, daß sie es über ihrem Schluchzen kaum zu hören vermochte:

„Ich kann dir keinen Vorwurf machen, daß du so empfindest, Rachel", sagte er. Nach kurzem Zögern setzte er hinzu: „Ich hätte niemals hierherkommen sollen."

Blindlings wandte sie sich um und rannte in ihr Zimmer. Sie hörte nicht mehr, wie sich die Tür schloß. Lange Zeit weinte sie bitterlich, bis nur noch Leere in ihr war. Endlich stand sie auf, zog sich aus und ging zu Bett. Als sie die Decken über sich zog, mußte sie an die Traurigkeit in seinem Gesicht denken – diesem Gesicht, das dem Gilberts so sehr ähnelte, und von ihm hatte sie noch nie ein unfreundliches Wort gehört. Die ganze Qual schmerzte in ihrer Kehle.

Morgen! Morgen bringe ich alles in Ordnung mit ihm, dachte sie. Die ganze Nacht hindurch lag sie so da und sehnte sich nach dem Anbruch des Tages.

Doch er war weg, und Jude, der ihren Blick mied, sagte: „Er ist eben fortgegangen."

Rachel wartete, bis sich Gelegenheit bot, mit Lydia allein zu sprechen. Sie erzählte ihr die ganze Geschichte. Tränen brannten in ihren Augen, und Lydia nahm sie in die Arme. „Du wirst Gelegenheit haben, ihm zu sagen, daß du Unrecht getan hast." Zögernd fuhr sie fort: „Auch ich habe ihm einiges zu sagen – vieles."

Rachel und Lydia warteten gespannt auf einen der seltenen Besuche von Matthew, doch er kam nicht nach Plymouth zurück. Zwei Wochen vergingen, und der Winter belegte das Land mit Beschlag, so daß die Reisewege nicht mehr passierbar waren. Sie sprachen nicht von ihm, doch ihre Gedanken kreisten um ihn. Lydia schwankte zwischen dem Verlangen, die verlorenen Jahre wieder einzuholen, und einem Gefühl der Bitterkeit, das sich immer wieder zeigte und sie in Fesseln der Unversöhnlichkeit schlug.

Die Wochen vergingen, der Februar kam. Da wurde die Siedlung von einer Gewalttat erschüttert, wie man sie seit vielen Jahren nicht mehr erlebt hatte.

Rachel und Gilbert waren mit Nahrungsmitteln auf dem Wege zu einer Witwe mit drei kleinen Kindern. Sie wollten gerade an der Kanone auf dem Platz vorbei, als sie eine Menge erblickten, die sich vor dem Gemeinschaftshaus drängte und einen solchen Lärm veranstaltete, daß Gilbert sagte: „Da muß etwas passiert sein."

Er führte sie in diese Richtung, wo ihnen Jake Mason mit zornrotem Gesicht entgegenkam. „Sie haben ihn umgebracht, jawohl!"

„Wen umgebracht, Mason?" wollte Gilbert sofort wissen.

„Nun diesen jungen Indianer –" Mason hielt unvermittelt inne, warf einen raschen Blick auf Rachel und sagte verwirrt: „Das sind schlechte Nachrichten für Euch, Miss Rachel!“

„Für mich?“ Angst durchfuhr sie bei dem Gedanken, es könnte ihr Vater sein.

„Es ist dieser junge Indianer, John Sassamon. Sie haben ihn umgebracht!“

Rachel stieß einen Schrei aus und folgte Gilbert, der sich einen Weg durch die Menge bahnte, bis er vor einem von zwei stämmigen Pferden gezogenen Schlitten stand. Der Fahrer war ein Mann, den er flüchtig kannte, Samuel Holt, ein Diakon der Gemeinde in Lenton, einer der Friedensrichter der Stadt. Er sagte sofort: „Wir haben viel Schwierigkeiten, Pastor Winslow!“

„Was ist geschehen, Mr. Holt?“ erkundigte sich Winslow.

„Nun, einer unserer jungen Leute fand die Leiche von Sassamon vor fast einer Woche. John Wingfield fand ihn, und es war schon eigenartig! John und zwei andere gingen an einem gefrorenen Teich in der Nähe von Middleborough vorbei und bemerkten etwas an der gefrorenen Oberfläche des Teiches. Es sah aus wie ein Männerhut, und sie fanden in der Nähe eine Büchse. Nun, ein Mann läßt solche Sachen für gewöhnlich nicht einfach herumliegen, und ganz gewiß nicht im Winter! Deshalb schaute John nochmals nach, und da sah er es!“ Holt schauderte ein wenig und sprach dann weiter. Seine Worte wurden von der Menge verschlungen.

„Direkt unter dem Eis war ein Gesicht! Sie rannten und holten eine Axt und hieben das Eis auf und holten die Leiche heraus, und da war's John Sassamon!“

Gilbert spürte, wie ein Schock durch Rachel lief. Er hielt sie mit einem Arm und fragte: „Ist er demnach ertrunken und der See dann über ihm gefroren?“

„Nun, das dachten wir auch, aber Sassamon war Indianer. Er hätte niemals die Torheit besessen, über das Eis zu gehen, bevor es ganz fest war. Wir schauten gründlich nach und sahen eine Schwellung seitlich am Kopf, die von einem Schlag herrühren konnte – doch dann stellten wir fest, daß sein Genick gebrochen war! Wenn ein Mensch in einen Teich fällt, dann ist es nicht sehr wahrscheinlich, daß er sich dabei das Genick bricht, was meint Ihr, Pastor?“

„Nein, das ist recht unwahrscheinlich.“

„Wirklich!“ bekräftigte Holt. „Der Gedanke kam uns, daß der arme Kerl ermordet wurde und daß es so aussehen sollte, als hätte er einen Unfall gehabt.“

„Keine Möglichkeit, das zu beweisen, wie, Mr. Holt?“

Der Friedensrichter hatte seine Zuhörer in der Hand und genoß den Augenblick. „Nicht viele, denke ich. Aber die Sünde eines Menschen verrät ihn.“ Er nickte, als einige Zuhörer mit einem gemurmelten Amen antworteten.

„Was? Habt Ihr etwas entdeckt?“ fragte Gilbert.

„Ja, Reverend, das haben wir – und das kam so: Ein Indianer, der mit König Philip im Streit liegt, hatte das ganze beobachtet! Er kam zu mir, und als er mir seine Geschichte erzählte, verhafteten wir drei Männer wegen des Mordes. Wir hatten einen Prozeß, – um genau zu sein, hatten wir zwei Prozesse. Einen mit Siedlern und den anderen mit vertrauenswürdigen Indianern.“

„Und was hat die Beweisaufnahme ergeben?“

„Schuldig gemäß der Anklage und alle drei zum Tod durch den Strang verurteilt!“ Holt warf einen Blick auf die Menge und sagte feierlich: „Und nun hört euch bitte dies an – Philip tobte vor Wut, und alle drei leugneten. Sie standen am Galgen und beschworen ihre Unschuld.“ Holt hielt erneut inne, und trotz der Kälte standen Schweißperlen auf seiner Stirn. Er zog ein umfangreiches Taschentuch aus der Manteltasche und wischte sich mit zitternder Hand über die Stirn, ehe er fortfuhr.

„Wir henkten zwei von ihnen, doch als die Reihe an den dritten kam, riß der Strick, und er kam wieder zum Bewußtsein! Er gestand, daß alle drei den Mord begangen hatten, und er schwor, daß Philip sie dazu angestiftet habe! Nun, wir hängten ihn zum zweitenmal, und nun hielt der Strick!“

Eine Fülle von Fragen wurde laut, doch Gilberts Stimme erhob sich klar und kräftig über die anderen: „Und was ist mit Philip?“

Holt sah ihn an, fuhr sich mit der Zunge über die Lippen und schüttelte den Kopf.

„Deshalb bin ich hier, um euch zu sagen, daß Philip sich auf den Kriegspfad begeben hat und wir uns organisieren müssen – denn wenn dieser rote Teufel losschlägt, dann hat kein Mann, keine Frau und kein hilfloses Kind in diesem Teil der Welt eine Chance zu überleben!“

KAPITEL VIERZEHN

Der Winter ist vergangen

Der Frühling ließ die Eisdecke über dem Land früh im Jahr abschmelzen, und schon Anfang März waren die Flüsse wieder frei. Es war eine der schönsten Frühlingszeiten, an die sich Rachel entsinnen konnte, doch sie vermochte sich nicht daran zu freuen. Die Erinnerung an die letzten Worte, die sie ihrem Vater entgegengeschleudert hatte, – „Warum bist du zurückgekommen?“ – ließen sie Tag und Nacht nicht los. Wann immer möglich, mied sie seine Gegenwart.

Lydia beobachtete Rachels Reaktion, und umgekehrt sah sie auch, was Rachels Ablehnung bei Matthew anrichtete. Sie schämte sich ihres eigenen Widerstands gegen ihn, mit dem sie die glücklichen Erinnerungen an ihr gemeinsames Leben unterdrückte, doch es schien ihr nicht zu gelingen, aus den Fesseln ihres Grolls auszubrechen. Solange sie ihn für tot gehalten hatte, brachte sie es fertig, ihm zu vergeben. Aber er war ja am Leben! Und sie vermochte ihre tiefe Bitterkeit nicht hinter sich zu lassen, gleichgültig, welche Veränderungen mit ihm vorgegangen waren. Sie wünschte sich, mit ihrer eigenwilligen Tochter zu reden, aber sie fand den Weg dazu nicht. Wie konnte sie Rachel helfen zu vergeben, wenn sie selbst es nicht fertigbrachte?

Als der Juni kam, wurde Rachel zunehmend von Unruhe erfüllt. Sie wanderte am Strand entlang, folgte den Fußwegen durch die nahegelegenen Wälder und stürzte sich mit einer Energie auf die Arbeit in der Gemeinde, die weder Gilbert noch Lydia entging.

Ein Ausweg bot sich schließlich in Form einer Reise nach Swansea, einem Dorf nur wenige Meilen von Judes Farm entfernt. Mercy und Praise God waren im Herbst von Plymouth weggezogen, und der junge Ehemann tauchte unerwartet auf und bat um einen Gefallen.

„Die Zeit für das Baby naht – und Mercy bittet Euch, zu kommen und bei ihr zu bleiben“, sagte er zu Rachel. „Natürlich sind noch einige ältere verheiratete Frauen da – aber sie möchte eben Euch um sich haben, Miss Rachel.“

Rachel erwiderte sofort: „Selbstverständlich komme ich.“

„Es wird aber über die Indianer geredet, Praise God“, wandte Lydia ein. „Warum bringt Ihr nicht Mercy hierher, um ihr Baby zu bekommen?“

„Ich hab's versucht, aber sie sagt, sie möchte mich um sich haben. Ich habe ihr gesagt, ich würde ihr das Nachgeben einbläuen", scherzte er mit breitem Grinsen, „aber sie weiß, daß sie sicher ist, bis das Kleine kommt!"

Lydia gefiel der Gedanke gar nicht, denn die Siedlung summte von Gerüchten über die Möglichkeit eines Indianerüberfalls, doch Rachel setzte ihren Willen durch, indem sie sich die Zustimmung von Gilbert sicherte. Es war ihr schon immer gelungen, ihn auf ihre Seite zu ziehen, und als sie die Bitte nun in die Form der Gelegenheit für eine christliche Liebestat kleidete, konnte er nicht gut nein sagen.

„Du bist ein Narr, wenn es um dieses Mädchen geht, Gilbert!" sagte Lydia ärgerlich. „Jeden Augenblick kann Krieg ausbrechen, und du weißt das ganz genau!"

Der Vorwurf traf Gilbert hart, doch er hatte sein Wort gegeben, und als er und Lydia sich von Rachel verabschiedeten, konnte er nur eine letzte Bitte vorbringen. „Warte bis zur nächsten Woche, Rachel, dann gehe ich selbst mit dir."

Sie lachte und gab ihm einen Kuß. Ihre Augen leuchteten vor Aufregung. „Wo ist denn dein Glauben, Reverend Winslow? Gott lenkt doch immer noch, oder nicht?" Sie lief zu Lydia hin, nahm sie herzlich in die Arme und flüsterte ihr ins Ohr: „Mach dir keine Sorgen um mich, Mutter. Wer weiß, vielleicht bringe ich dir von dieser Reise einen Schwiegersohn mit!"

Mit Pittman begab sie sich auf den Weg, und als sie schon nicht mehr zu sehen waren, stand Lydia immer noch da und starrte ihr nach, die dunklen Augen von tiefer Sorge verschattet. „Sie war in letzter Zeit recht unglücklich, Gilbert."

„Du auch, Lydia", erwiderte er und blickte sie eindrücklich an. Er zuckte unruhig mit den Schultern, fuhr dann mit gepreßter Stimme fort: „Der Herr hat in den vergangenen Wochen nur wenig zu mir gesprochen – und dies nach all den Jahren tiefer Harmonie. Das schmerzt mich sehr. Ich empfinde dies als Zurechtweisung wegen meines Verhaltens Matthew gegenüber. Letzte Woche hatte ich dazu einen Traum."

„Einen Traum?"

„Ja, mir träumte, daß ich in ein wunderschönes Haus gehe, und irgendwie wußte ich, daß es das Haus Gottes war. Ich ging durch eine Tür und stand in einem prächtigen Licht, so strahlend, daß ich es nicht ertragen konnte. Doch ich empfand den Wunsch, näherzutreten, denn ich wußte, das war mein lieber Herr! Ich versuchte näher zu kommen, doch aus dem Licht drang eine Stimme, die zu mir sagte: ‚Du bist mein Sohn, aber ich nehme dich erst an, wenn du rein geworden bist!'" Gilbert schaute Lydia an, und in seinen ehrlichen Augen lag eine solche Qual, daß sie beinahe in Tränen ausbrach. Dann fuhr er fort: „Man braucht keinen Daniel, um diesen Traum zu deuten, Lydia. Es sind die Worte, die ich zu meinem eigenen Sohn gesprochen habe, seit er zurückgekehrt ist."

„Du warst aber doch nicht unfreundlich, Gilbert –"

„Nicht unfreundlich!" rief er laut. „Gott im Himmel! Nicht unfreundlich – ist das alles, was ich für meinen Sohn aufbringe, der von den Toten zurückkommt? Wie wäre es, wenn der Vater im Gleichnis vom Verlorenen Sohn nur das gewesen wäre – nicht unfreundlich! Lydia, ich hätte das beste Gewand und einen Ring für seinen Finger herbeibringen müssen! Ich hätte es von den Dächern schreien sollen: ‚Dieser mein Sohn war tot und ist wieder lebendig geworden – er war verloren und ist gefunden worden!'"

Blind vor Tränen wandte er sich ab und stolperte mit bebenden Schultern aus dem Zimmer.

Lydia war zutiefst aufgewühlt. Sie zog sich in die Stille ihres Schlafzimmers zurück, fiel auf die Knie nieder und betete, wie sie noch nie in ihrem Leben gebetet hatte. Sie blieb, ohne die Zeit wahrzunehmen, den ganzen Tag dort. Die Sonne stieg am Himmel hoch und senkte sich allmählich wieder dem Horizont zu. Immer wieder schrie sie zu Gott auf, immer wieder mit Worten der Bibel: „Hilf, Herr, dein Diener vergeht!" Ihr Kummer verschloß ihr oftmals vollständig den Mund. Ein Gebet entrang sich ihrem tiefsten Inneren, und die unbedingte Gewißheit der Gegenwart Gottes erfüllte sie.

Die Nacht kam, und Lydia lag noch immer da und betete. Am nächtlichen Himmel erschienen die Sterne wie kalt funkelnde Lichter auf dem schwarzen Samt des Firmaments. Es war, als warte sie auf etwas, als sei sie an die tägliche Bewegung der Erde selbst gebunden, und als die Dunkelheit die Erde bedeckte, da zog auch über ihren Geist eine schreckliche Finsternis. Sie erinnerte sich an die Geburt ihres Kindes, an die Sorgen und Schmerzen, und die ganze Nacht hindurch rang sie, um in ihrem Geist etwas zum Leben zu verhelfen.

Als der Tag anbrach, war jede Kraft von ihr geschwunden. Mit schweißnassen Haaren und vor Schwäche zitternden Gliedern lag sie erschöpft und leer da. Sie konnte nicht einmal mehr weinen. Als sich der tiefschwarze Himmel draußen in ein zartes Rosa färbte, da schien es plötzlich, als fange sich etwas von dem Licht in ihrem Zimmer. Lydia hob den Kopf nicht, doch empfand sie eine seltsame Wärme in ihrem Herzen, und ihr Geist wurde stille.

Sie wurde von einem Gefühl erfüllt, wie es die Jünger erlebt haben mochten, als sich die Wellen nach dem Tosen des Sturmes auf einmal legten und nur noch ein Lufthauch über sie hinstrich.

Lange Zeit lang sie da und nahm die Stille in sich auf in dem Wissen, daß Gott, der Herr über alle Welt, ihr nahe war. Da vernahm sie eine Botschaft, leise erst wie ein fernes Raunen, dann immer lauter, bis ihr ganzes Herz davon erfüllt war:

Stehe auf, meine Freundin, meine Schöne, und komm her! Denn siehe, der Winter ist vergangen, der Regen ist vorbei und dahin. Die Blumen sind aufgegangen im Lande, der Lenz ist herbeigekommen, und die Turteltaube läßt sich hören in unserm Land.

Nie vergaß Lydia diese Stimme, und sie vergaß auch nicht das Gebot, das sich anschloß, denn nach den Worten aus dem Hohenlied Salomos, die in ihrem Herzen klangen, trat etwas ein, von dem sie wußte, daß sie nie im Leben darüber würde sprechen können. Es gibt Dinge, die zu heilig sind, um sie in Worte zu fassen. Als sie sich endlich erhob, waren ihre Glieder verkrampft und schmerzten, doch in ihr Herz war ein Frieden eingezogen, von dem sie nie etwas geahnt hatte.

Die ganze Woche hindurch war sie sich der Nähe Gottes bewußt. Der Schein auf ihrem Gesicht verriet Gilbert, daß sie die Bewährungsprobe überstanden hatte.

Die Gewißheit kam, als er am Mittwoch der folgenden Woche nachmittags nach Hause kam und verkündete: „Matthew ist heute mit einer Ladung Biberpelze zurückgekehrt."

Sie schaute unvermittelt von dem Kleidungsstück auf, an dem sie nähte, und sagte ruhig: „Gilbert, ich bitte dich, zu Matthew zu gehen. Sag ihm, ich möchte ihn sprechen."

Ihre plötzliche Ankündigung überraschte ihn. „Meinst du – jetzt gleich?"

„Ja."

Mit einem fragenden Blick stand er nachdenklich auf, sagte jedoch nichts. Im Laufe der Jahre hatte er gelernt, daß es nichts mehr umzustoßen gab, wenn seine dunkeläugige Schwiegertochter sich etwas vorgenommen hatte.

„Ich mache mich gleich auf den Weg, Lydia", sagte er und ging raschen

Schrittes weg. Sie saß eine Weile da mit dem Kleidungsstück auf dem Schoß. Ihr Blick war ins Leere gerichtet. Dann holte sie tief Luft und sagte: „Amen."

Eine halbe Stunde später vernahm sie Schritte auf dem Gehweg. Ihr Herz schlug schneller, als sie aufstand. Dann stand er auch schon an der Tür und klopfte an.

„Komm herein, Matthew", sagte sie ruhig und versuchte, ihre Gefühle nicht zu zeigen.

Er öffnete die Tür und sah sie neben dem Tisch stehen, und jedesmal von neuem nahm ihn ihre dunkle Schönheit gefangen. Er trat ein, schloß die Tür und wartete, daß sie etwas sagen werde. „Du wolltest mich sehen, Lydia?"

Ihr ovales Gesicht war von einem Kranz dunkler Locken umrahmt, und die weichen Züge ließen ihre Augen noch größer erscheinen. Die vollen roten Lippen zitterten kaum merklich. Sie nickte. „Matthew, ich möchte dich bitten – mir zu vergeben."

Er starrte sie an und sah, daß sie versuchte, die Fassung zu wahren. „Aber Lydia, ich glaube nicht –"

„Bitte –", flüsterte sie, „sag nichts! Seit du zurückgekommen bist, habe ich mich einfach schrecklich verhalten!" Tränen liefen ihr über die Wangen; sie ließ es geschehen, ohne sie abzuwischen. „Ich war so erfüllt von Bitterkeit und verletztem Stolz, daß Gott mich erst zerbrechen mußte! Aber ich war nicht nur ungerecht, ich habe Rachel dazu veranlaßt, genauso zu empfinden – und das bricht mir das Herz!"

Matthew stand ganz still da, doch seine Gefühle waren in wildem Aufruhr. Verwundert schüttelte er den Kopf. „Lydia, du brauchst dir doch keine Vorwürfe zu machen."

„Aber ich tue es trotzdem!" rief sie und trat mit erhobenen Händen so unvermittelt auf ihn zu, daß er sie in seinen starken Armen auffing. Sie blickte ihn an und sagte langsam: „Ich bin deine Frau, Matthew – wenn du mich haben willst!"

Tosen erfüllte seinen Kopf, und Erinnerungen tauchten auf, die er seit Jahren erstorben glaubte. Sie schlang die Arme um seinen Hals, zog seinen Kopf zu sich herab und rief ihm zu: „Ich liebe dich, Matthew!"

Er küßte sie zuerst zart, dann hob er den Kopf und flüsterte mit heiserer Stimme: „Ich habe nie aufgehört, dich zu lieben – Prinzessin!"

Der Klang des alten Namens rann wie Feuer durch Lydia, und sie lachte leise. „Du hast ihn nicht vergessen?"

„Vergessen?" fragte er lächelnd. „Von solchen Erinnerungsfetzen an unsere Liebe habe ich gelebt."

Sie preßte sich fester an ihn und legte ihren Kopf an seine Brust. „Sag nichts mehr! Gott sei Dank können wir noch einmal von neuem beginnen – und wir werden schönere Erinnerungen schaffen, als du sie je geträumt hast, mein lieber Mann!“

Gilbert wartete im Gasthaus auf Matthews Rückkehr, doch als es neun Uhr wurde, lächelte er eigentümlich vor sich hin und blickte zum Haus am Hügel hinauf. Er stand auf und sagte zum Wirt: „Bruder Tillotson, ich habe den dringenden Eindruck, daß mein Sohn heute nacht sein Zimmer nicht benutzen wird. Darum werde ich in seinem Bett schlafen.“ Auf dem Weg zur Treppe drehte er sich noch einmal um und rief mit heiterem Ton: „Ich denke nicht, daß mein Sohn dieses Zimmer noch einmal braucht. Ich glaube, er hat eine passendere Unterkunft gefunden!“

KAPITEL FÜNFZEHN

Gefangen!

In den zwei Tagen nach ihrer Ankunft in Swansea brachte Rachel es fertig, ihre eigenen Beschwernisse zu vergessen und ihre ganze Zeit Mercy zu widmen, die ziemlich zu leiden hatte. Das Baby sollte erst in drei Monaten geboren werden, doch so gesund Mercy gewesen war, nun ging es ihr so schlecht, daß sie kaum essen konnte und so schwach war, daß Rachel sich ständig um sie kümmern mußte.

Praise God war wegen einer Ladung Werkzeuge nach Plymouth zurückgekehrt, und am nächsten Tag kam Jude. Er traf Rachel beim Butterrühren an und begrüßte sie sofort.

„Jude, ich habe so gehofft, daß du kommst!" sagte sie und stand zur Begrüßung auf. Er nahm sie in den Arm und gab ihr einen raschen Kuß. Sie schob ihn lächelnd von sich und meinte: „Das kann noch warten. Wie lange kannst du bleiben?"

„Nur bis morgen", erwiderte er. Ein sorgenvoller Ausdruck spiegelte sich in seinem Gesicht. „Du solltest nicht hier sein, Rachel – und Mercy auch nicht. Die Wilden hier in der Gegend machen erhebliche Schwierigkeiten, und wenn es zu Auseinandersetzungen kommt, dann ist weder Mann noch Frau noch Kind hier sicher."

Sie lachte und drückte spielerisch seinen Arm. „Du wirst ja ein richtiger Prophet des Unheils! Im übrigen sind nicht alle Indianer ‚Wilde', wie du sie nennst. Nimm Platz und erzähl mir, was du machst."

Sie verbrachten einen angenehmen Tag zusammen, und als Mercy sich am Abend zu Bett begeben hatte, saßen sie noch lange beieinander, schwatzten und lachten. Endlich stand er auf, und als sie mit ihm zur Tür ging, blieb er plötzlich stehen, wandte sich um und sagte ernst: „Ich möchte dich heiraten, Rachel!"

Sein Vorschlag überrumpelte sie im Augenblick. Sie hielt abrupt an und meinte dann nachdenklich: „In Ordnung, Jude."

Er umarmte sie und küßte sie zärtlich. „Ich liebe dich so sehr, Rachel!"

Als mißtraue er sich selbst, ließ er sie rasch los und ging aus dem Zimmer. Rachel stand da, lehnte sich an die Wand und dachte darüber nach, wie anders das Leben schon bald verlaufen werde. Dann legte sie sich zu Bett und schlief traumlos die ganze Nacht hindurch.

Am nächsten Morgen stand sie auf und richtete eben eine Hafersuppe für Mercy her, als sie die ersten Schreie vernahm. Sie stellte den Topf ab und ging, einigermaßen verwirrt über die Stimmen, zur Tür. Als sie öffnete, sah sie einen Wagen voller Frauen und kleiner Kinder in wilder Fahrt um die große Eiche im Hof biegen. Ein bärtiger Mann sprang vom Kutschbock und schrie Rachel zu: „Schafft die Frauen ins Haus!"

„Indianer kommen!" rief eine junge Frau mit einem Säugling auf dem Arm über die Schulter. „Sie bringen alles um, was ihnen in den Weg kommt!"

Rachel glaubte, ihr Herz bleibe stehen. Sie brachte das Kind ins Haus. Als sie hinauslief, um das nächste zu holen, kam Jude mit einer Büchse in der Hand aus der Scheune gelaufen. „Sind's die Indianer, Isaac?" brüllte er.

„In einer halben Stunde werden sie dasein, Jude", antwortete der Mann mit grimmigem Gesicht. „Sie haben die Hendersons und die Potters und Gott weiß wen noch alles ausgelöscht! Meine Jungen kommen noch – da sind sie schon – aber wir werden's schwer haben, Jude!"

„Wir müssen uns im Haus verschanzen", stellte Jude mit einem Kopfnicken fest. Er drehte sich um und kam auf Rachel zu. Mit blassem Gesicht sagte er zu ihr: „Tu alles, um den Frauen und Kindern zu helfen!"

„Ich kann schießen, Jude!" rief Rachel. „Großvater hat's mir beigebracht."

„Gut", bemerkte der Ältere. „Wir können jeden brauchen, der mit einem Gewehr umgehen kann. Ich hab' eine Ladung Munition und einige zusätzliche Büchsen im Wagen."

Zwei Buben im Alter von ungefähr fünfzehn Jahren kamen völlig außer Atem angerannt. Ihr Vater, der Trowbridge hieß, wies sie an: „John, ich will, daß du und Luke jede Büchse ausladet, die wir mitgebracht haben. Los, wir haben herzlich wenig Zeit!"

Sie griffen alle mit zu, um die Musketen und die Munition ins Haus zu schaffen. In den nächsten fünfzehn Minuten organisierten Jude und Trowbridge die kleine Truppe, so gut sie es vermochten. Vier Frauen waren da, von denen jede eine Büchse laden konnte. Sie waren so aufgestellt, daß die Schützen schnell eine frischgeladene Waffe greifbereit hatten.

„Sie werden bald anrücken", meinte Trowbridge. Er blickte seine Frau und Kinder an und fuhr fort: „Wir wollen uns in die Hand Gottes befehlen." Sie neigten den Kopf, er sprach ein kurzes Gebet und sagte: „Ich und meine Buben werden das untere Geschoß übernehmen, Jude. Ihr beiden übernehmt den oberen Stock. Ihr solltet in der Lage sein, sie von dort fernzuhalten, aber sie werden versuchen, euch zuerst abzuknallen."

„Komm, Rachel!“ forderte Jude sie auf und kletterte die Stiege zum Dachstock hinauf. Er wies ihr einen Platz an einem der kleinen Fenster zu. „Sie müssen die Lichtung überqueren, um zum Haus zu gelangen. Das können wir verhindern – wenigstens bis zum Einbruch der Dunkelheit.“

„Haben wir überhaupt eine Chance, Jude?“ fragte sie gelassen.

Er trat neben sie, legte einen Arm um sie und so standen sie beieinander. „Ich weiß es nicht, Rachel“, sagte er leise. „Mein ganzen Leben lang hat man mir gesagt, daß Gott alles zu tun vermag. Vielleicht kann Er uns hier herausführen, aber ich muß dir sagen, daß die Chance recht gering ist.“

„Das dachte ich mir.“

„Ich – ich bin froh, daß ich dich gestern abend gebeten habe, meine Frau zu werden, Rachel“, sagte er. „Weißt du, welcher Gedanke mir die ganze Nacht über durch den Kopf ging?“

„Was, Jude?“

„Ich dachte mir: Diese Rachel – sie wird einen besseren Menschen aus mir machen!“

Er küßte sie rasch, und sie sagte: „Ich hoffe, daß uns ein gemeinsames Leben beschieden ist. Wenn das aber nicht der Fall ist, dann haben wir uns wenigstens gefunden.“

In diesem Augenblick knallte ein Schuß. Er fuhr herum, schnappte seine Büchse, brachte sie auf dem Fenstersims in Position, zielte sorgfältig und drückte ab. „Eine Rothaut weniger, die uns Schaden zufügen kann!“

Rachel nahm sich eine Muskete und legte sie behutsam auf den Sims. Ihr Herz pochte heftig, und sie überlegte sich, ob sie es fertigbringen würde, einen Menschen in den Tod zu schicken. Da sah sie plötzlich einen Indianer in Kriegsbemalung mit einem Gewehr in der einen und einem Tomahawk in der anderen Hand auf das Haus zulaufen. An seinem Gürtel hingen mehrere blutige Skalps. Ohne Zögern drückte sie ab und tötete ihn mit einem einzigen, sorgfältig gezielten Schuß.

Noch bevor sie Zeit hatte, Übelkeit zu empfinden, näherte sich von einer anderen Seite ein weiterer Indianer. Sie ergriff eine geladene Büchse und schoß. Ein Bein knickte unter ihm ein, und er stürzte schwer verwundet zu Boden.

Vom ersten Stock dröhnte eine Gewehrsalve. Rachel und Jude leerten ihre Büchsen und luden rasch nach, während sich die Indianer zurückzogen. Doch sie waren nicht fort, und ihr schauerliches Wutgeheul zerriß die morgendliche Luft.

Über eine Stunde lang gab es kein weiteres Anzeichen für einen Angriff, doch dann erschütterte plötzliches Gewehrfeuer das Haus. Die Geschosse knallten beim Aufschlag wie Kies. Sämtliche Glasscheiben gingen zu Bruch. Ein Splitter ritzte Rachel an der Wange, doch sie nahm es erst wahr, als ihr Blut über das Gesicht lief. Sie konnte es nur mit dem Ärmel abwischen, mehr Zeit blieb ihr nicht.

Die Schüsse trafen weiter das Haus und trieben sie von den Fenstern fort. Dieses Mal gelang es drei Indianern, bis zum Haus vorzudringen. Sie warfen sich mit ihrem ganzen Gewicht gegen die massive Eichentür, die jedoch nicht nachgab. Daraufhin versuchten sie es bei den Fenstern, wurden aber von Trowbridge und seinen Söhnen weggeputzt.

Erneut trat eine Kampfpause ein. Rachel schob ihren Kopf vorsichtig durch den Fensterrahmen. Aus der Deckung eines Gummibaumes heraus flog ein brennender Pfeil wenige Schritte vor dem Haus auf den Boden. „Macht euch bereit, loszurennen! Sie treffen das Dach sicher!" schrie Jude.

Er hatte recht, denn trotz ihrer Versuche, die Bogenschützen zurückzudrängen und sie beim Zielen zu stören, zischte ein Pfeil im Bogen über sie hinweg und landete mit dumpfem Geräusch auf dem Dach.

Das trockene Stroh fing sofort Feuer, und innerhalb weniger Minuten waren Rachel und Jude gezwungen, blind vom Qualm die schmale Stiege hinunterzuklettern.

„Wir müssen den Kampf im Freien draußen aufnehmen, Jude!" brüllte Trowbridge, um das Prasseln des Feuers zu übertönen. „Sonst verbrennen wir in dieser Blockhütte bei lebendigem Leib!"

Plötzlich begann das Dach herunterzubrechen, und Fetzen brennenden Strohs fielen hinter ihnen auf den Boden.

„Ich gehe zuerst, du kommst mir nach, Jude!"

Trowbridge riß die Tür auf und wollte hinauslaufen, da traf ihn ein Pfeil in die Brust. Er ließ seine Büchse fallen, um am Schaft zu ziehen, doch da fuhr ihm ein zweiter in die Kehle. Leblos sank er zu Boden.

„Alles raus!" schrie Jude, und alles setzte sich zur Tür in Bewegung. Rachel lief zu Mercy hin, die sich auf die Beine hochrappelte. Als sie ihr bis zur Tür geholfen hatte und hinaustrat, war das Blutbad bereits in vollem Gange. Ein stämmiger Indianer packte John Trowbridge mit einer Hand, und als Rachel noch zusah, riß er das Kriegsbeil hoch und tötete den Jungen mit einem einzigen Hieb auf den Kopf. Der andere versuchte seine Mutter vor zwei Kriegern zu schützen, die an ihr zerrten, doch einer der beiden schlitzte ihm mit einem langen Messer die Kehle auf.

Der andere Indianer drehte sich zu der Frau um, die auf den Knien lag und einen Säugling an die Brust drückte. Sie wandte ihm das Gesicht zu und rief: „Bitte – laßt mein Baby am Leben!“ Der Indianer aber stieß nur ein Geheul aus und tötete beide.

Angstschreie erfüllten die Luft. Plötzlich erhob sich ein Ruf über den ganzen Lärm: „Rachel! Paß auf!“

Rachel fuhr herum und sah einen großen, muskulösen, über und über mit roter Farbe beschmierten Indianer mit hocherhobenem Tomahawk auf sich zurennen.

Jude tauchte zwischen den übereinanderliegenden Leichen auf, und der Indianer wandte sich von Rachel und Mercy ab. Er ging mit geschwungenem Kriegsbeil auf Jude los, der den Hieb jedoch mit dem Lauf seiner Muskete abwehren konnte, schwenkte dann den schweren Kolben und schlug dem Indianer damit den Schädel ein.

„Rachel!“ brüllte Jude und drehte sich zu ihr um, doch in diesem Augenblick nahte sich eine massige Gestalt von links her – ein kurzgewachsener Indianer mit einem schweren, hocherhobenem Tomahawk in der Hand. Jude erhaschte noch einen Blick auf ihn, doch es war zu spät. Das schwere Beil traf ihn an der Schläfe, und er stürzte tot zu Boden.

Der Indianer fuhr herum und wollte mit dem Kriegsbeil auf Mercy losgehen, doch Rachel tat instinktiv etwas, was sie selbst sich nie hätte träumen lassen. Sie sprang vor die zu Boden gestürzte Frau hin und trat dem Wilden ohne Zeichen von Angst entgegen.

„Im Namen Jesu Christi!“ rief sie mit einer Stimme, die wie eine Trompete über den blutgetränkten Hof schallte, „befehle ich dir, diese Frau in Ruhe zu lassen!“

Die Indianer blieben abrupt stehen und schauten sich um, wer da gerufen hatte. Sie sahen eine junge Weiße, die vor ihrer Freundin stand. Der wildeste Krieger ihres Stammes hielt sein Kriegsbeil über ihr – und doch zeigte sie keine Angst.

Doch es war mehr als nur das. Sie hatte den Namen ihres Gottes angerufen. Keiner von ihnen war Christ, doch sie waren abergläubisch, und was sie da sahen, hatte mit Zauber zu tun.

Der kleine Krieger, der Jude getötet hatte, wurde Fox, der Fuchs, genannt. Er war nicht nur der tapferste unter den Kriegern, sondern auch so schlau, wie sein Name vermuten ließ. Er stand da und war sich bewußt, daß die anderen ihn beobachteten, und sein dramatischer Sinn gewann die Oberhand. Er stieß einen Schrei aus und hob das Kriegsbeil hoch, wirbelte es über seinem Kopf und machte ganz den Eindruck eines Mannes, der einen tödlichen Schlag führen will.

Doch das weiße Mädchen rührte sich nicht von der Stelle – ja sie blinzelte nicht einmal. Wieder sagte sie, diesmal mit ruhigerer Stimme: „Im Namen Jesu Christi, ich befehle dir, uns in Ruhe zu lassen!"

Fox ließ den Tomahawk fallen und starrte das Mädchen an. Er war von ihrem Gott nicht in dem Maße beeindruckt wie von ihrem Mut. Er brachte den meisten Christen Verachtung entgegen, denn er hatte genug Habgier bei ihnen gesehen, um ihn davon zu überzeugen, daß ihre Religion nur Schein war. Doch ein oder zwei, die er getroffen hatte, waren anders gewesen, und nun war seine Neugierde geweckt.

Sein Blutdurst war erloschen, und plötzlich erklärte er in gebrochenem Englisch: „Wir nehmen die hier mit."

Ein schwer gebauter Indianer sprang nach vorn und packte sie am Arm, doch Rachel fuhr zurück und kniete sich neben Mercy nieder. Sie richtete ihren Blick auf Fox und sagte: „Wenn du dieser Mutter ein Haar krümmst, bist du ein Weib!" Das Wort, das sie benutzte, hatte ihr John Sassamon beigebracht, als sie noch Kinder waren. Es bedeutete einen weibischen Mann, einen, der sich lieber bei den Squaws aufhielt als bei den Kriegern, – eine tödliche Beleidigung. „Wenn du je einen Indianer reizen willst", hatte John zu ihr gesagt, „dann schleudere ihm dieses Wort ins Gesicht!"

Sie hatte davon gehört, daß Indianer hinter ihren leidenschaftslosen Gesichtern einen seltsamen Sinn für Humor bewahren, und nun konnte sie dessen Zeuge sein. Etwas an diesem jungen Mädchen, das Fox als weibisch bezeichnete, reizte ihre Vorstellungskraft. Sie begannen wie kleine Buben wild zu lachen – ein Anblick, den Rachel bis zu ihrer letzten Stunde nicht vergessen würde, – die brutalen, mit dem Blut von Frauen und Kindern verschmierten Mörder, die sich mit den Händen in die Seiten schlugen, vor Lachen schrien und sich immer wieder das Wort zuriefen, das sie Fox entgegengeschleudert hatte.

Fox selbst hätte jeden Mann für diese Beleidigung auf der Stelle getötet, doch die Schwäche Rachels und ihr unerschrockenes, furchtloses Verhalten kühlten sein Blut ab. Das war eine Art von Spaß, die ein Indianer verstehen konnte.

Er sagte etwas, was sie nicht verstand, und zwei immer noch von Lachen geschüttelte Indianer traten herzu. Sie werden uns beide umbringen, dachte sie, aber das geschah nicht. Sie halfen Mercy auf die Beine und marschierten dann mit den beiden Frauen in Richtung zu ihrem Lager. Dabei gingen sie mit der Schwangeren besonders vorsichtig um. Fox kam nach hinten zur Nachhut des Zuges und ging neben Rachel. Von Zeit zu Zeit warf er ihr neugierige Blicke zu. „Du nicht Angst vor Sterben?"

„Nein." Zum erstenmal in ihrem Leben erkannte Rachel, daß es der Wahrheit entsprach. Als sie den Namen Christi anrief, war etwas geschehen. Plötzlich wurde sie einer Gegenwart in ihrem Inneren gewahr – vielleicht die Gegenwart, von der ihre Mutter so oft gesprochen hatte, der Friede, der sich im Gebet auf sie senkte. Rachel fand kaum Zeit zu beten, doch sie wußte zu ihrem Erstaunen, daß sie keine Angst empfand.

„Fox auch nicht Angst." Er schaute auf den Schein des brennenden Hauses zurück. „Der Mann ich getötet – dein Mann?"

Bei dem Gedanken an Judes auf dem Boden liegenden zerschlagenen Leichnam brach sie beinahe zusammen, raffte sich jedoch auf und sagte ruhig: „Er wäre es bald geworden." Dann warf sie Fox einen Blick zu und bemerkte: „Nun ist er bei Jesus Christus."

Einen Augenblick lang trafen sich ihre Blicke, ehe er entgegnete: „Dein Gott, Jesus Christus, er nicht retten dein Volk."

Sie erwiderte ihm ohne Zögern: „Er hat mich gerettet, Fox."

Er nickte. In seinen schwarzen Augen leuchtete Bewunderung auf, doch er sagte nur: „Ja – jetzt. Seine Medizin ist stark für dich. Wir werden sehen."

„Wir haben Lager hier. Du sorgst für Frau", wies er sie an und schaute nach vorn.

Mercy war kaum noch bei Bewußtsein, doch sie lebte. Rachel wusch ihr das Gesicht mit Wasser aus dem Fluß ab, und später aßen sie etwas von dem halbrohen Fleisch, das einer der Indianer nicht haben wollte. Er warf es Rachel zu, wie er es einem Hund vorgeworfen hätte. Ihr Stolz lehnte sich auf, doch sie dachte bei sich: Tue alles, was du tun mußt, damit Mercy und du selbst überlebt! Sie mußte Mercy das Fleisch beinahe hineinstopfen, doch sie sagte zu ihr: „Iß! Es könnte ziemlich lange dauern, bis wir wieder etwas bekommen."

Sie schliefen einige Stunden, dann stieß Fox Rachel mit seinem Fuß an. Seine schwarzen Augen glitzerten wie Glasperlen. „Auf – sieh, ob du mit Weib Schritt halten kannst." Er hatte das Wort von ihr aufgegriffen, um sich über ihre Beleidigung lustig zu machen. „Wie du heißen?"

Sie sah ihn an. „Nahteeah."

Er blinzelte und fragte: „Wer dich so nennen?"

„Mein Bruder – John Sassamon."

Sein Blick nahm einen anderen Ausdruck an. Sie konnte nicht wissen, daß Fox Sassamon gehaßt hatte, weil er die alten Sitten verlassen und sich dem Gott des weißen Mannes angeschlossen hatte, doch er hatte ihn bewundert um seiner Aufrichtigkeit und Bereitschaft willen, für seinen Glauben zu leiden.

„Wir gehen jetzt“, erklärte Fox, doch schlug er einen langsameren Gang an, damit die Schwangere nicht starb. In den folgenden Tagen kam er oft und sprach mit den beiden Frauen, und sein Einfluß erhielt sie am Leben.

Am nächsten Tag langten sie in einem größeren Lager an, wo sie sich einige Tage aufhielten und ruhten. Rachel hatte befürchtet, daß der Schock Mercy töten könnte, doch auf wunderbare Weise bekamen ihr die knappe Nahrung und die harten Lebensbedingungen recht gut. Sie hatte sich in einen einzigen Gedanken verbissen, den sie jeden Tag wiederholte: „Praise God wird uns finden, Rachel – hab keine Angst!“

Rachel war sich dessen keineswegs sicher, denn die Indianer waren ständig unterwegs. Philip zeigte sich von Zeit zu Zeit im Lager und führte lange Kriegsgespräche; dann ritt er wieder fort. Bald darauf brach die Horde dann auf und überfiel eine weitere Gruppe von Siedlern oder ein kleines Dorf. Danach legten sie eine möglichst große Entfernung zwischen sich und dem Ort des Überfalls.

Fox kam oft und setzte sich zu Rachel, und zwischen beiden entstand eine Art seltsamer Vertrautheit. Häufig argumentierte er mit ihr über Religion, erklärte ihr, Jesus sei zu schwach, doch nie ließ sie den mindesten Zweifel erkennen. „Jesus hat mich aus einem bestimmten Grund hierhergeführt“, entgegnete sie ihm. Einmal setzte sie hinzu: „Vielleicht um dir den Weg zum wahren Gott zu zeigen.“

Er wiegte sich vor und zurück vor stummer Heiterkeit und sagte schließlich: „Du willst mich zu Weib machen, wie zuerst sagen? Fox ist ein Mann – Jesus-Männer sind schwach.“

Nie verlor sie die Beherrschung, und er war beeindruckt von der Art und Weise, wie sie die furchtbaren Beschwernisse des Lagerlebens ohne ein Wort der Klage ertrug. Er wartete auch darauf, daß sie um Freilassung bitten werde, doch nie erwähnte sie das Thema auch nur mit einem Wort.

Sie arbeitete den ganzen Tag über hart, übernahm ihren Anteil an der Arbeit, und die Indianerinnen, die am Anfang recht grausam gewesen waren, lernten ihre Geduld schätzen. Zuerst fiel ihr die Arbeit der indianischen Frauen ziemlich schwer, doch nach zwei Wochen vermochte sie mit ihnen Schritt zu halten, und sie ließen sie in Frieden.

Abends betete sie gemeinsam mit Mercy, in den langen Nächten rief sie allein zu Gott, bis der Schlaf sie umhüllte. Eine Zeitlang träumte sie von Jude, doch sie war viel zu erschöpft, um Kummer zu empfinden.

Sie verlor jedes Zeitgefühl und war sich nur bewußt, daß seit Judes Tod Wochen vergangen waren. Eines Tages erschien Fox mit Neuigkeiten.

„Wir verlassen bald diesen Platz – vielleicht zwei Tage." Er wartete in der Annahme, daß sie nach dem neuen Ziel fragen werde, doch sie blieb stumm. „Vielleicht du glauben, weiße Männer kommen und dich heimbringen? Nein, wir gehen weit fort – zu Nipmuck-Volk, ganz weit weg." Er wartete wieder und fuhr sie dann zornig an: „Du mit uns sterben! Nie mehr heimkommen!" Sie sah ihn an und erklärte ihm ruhig: „Fox, mein Gott hat eine Million Engel in Seinem Stamm. Er könnte einen einzigen von ihnen zu mir senden, und du wärest hilflos gegen ihn."

Fox packte sie bei ihren langen Haaren – das erstemal, daß er sie berührte –, und zischte: „Kein Jesus-Mann kann Fox töten!" Er ließ sie kopfschüttelnd los. „Wir brechen bald auf."

Zum ersten Male geriet Rachels Glauben ins Wanken. Sie weinte in der Dunkelheit, und zum erstenmal schien sie beim Beten ohne Antwort zu bleiben. Als sie am nächsten Morgen aufstand und das alte Lager in Richtung Norden verließ, bemerkte Fox ihr Gesicht. Lächelnd sprach er zu ihr: „Nun du sehen, daß Jesus Gott schwach ist!"

KAPITEL SECHZEHN

„Gott ist noch Herr der Lage!“

Die Nachrichten von Philips Überfall verbreiteten sich in Windeseile im Land. Fast täglich hörten sie von Massakern – Swansea, Dartmough, Taunton, Middleborough und Sudbury. In Lancaster wurden fünfzig Männer umgebracht und in Groton vierzig Häuser eingeäschert. Die Indianer hatten sich unter Führung von Philip erhoben, und Neu-England war strategisch, geistig und geistlich auf diese Situation völlig unvorbereitet. Eine Kompanie schlecht ausgebildeter Miliz stolperte in einen Hinterhalt der Indianer und wurde niedergemetzelt. Keiner wußte, was zu tun war.

Als die Nachricht von dem Überfall auf Swansea eintraf, waren Matthew und Gilbert wie vom Schlag getroffen. Praise God kam wie wild angeritten und versuchte, einen Rettungstrupp auf die Beine zu stellen.

„Sie haben meine Mercy – und Euer Mädchen, Master Winslow“, stöhnte er bitter. „Gott möge mir verzeihen, daß ich sie allein ließ!“

„Seid Ihr sicher, daß sie am Leben sind, Pittman?“ fragte Matthew rauh.

„Ich habe mitgeholfen, jeden einzelnen zu bestatten, und wir sind ihrem heidnischen Weg gefolgt“, entgegnete er nickend. „Sie haben wenigstens das Pferd nicht getötet. Ich werde meine Frau zurückholen, und wenn ich's allein mache!“

„In einer Stunde komme ich mit dir, Praise God“, sagte Matthew. „Wir müssen es Rachels Mutter beibringen, dann brechen wir auf.“

Während sie eilenden Schrittes zum Haus gingen, meinte Gilbert: „Wir müssen eine Miliz aufstellen, Matthew.“

Er sagte nichts, doch drin im Haus begab er sich zu Lydia und nahm sie in die Arme. „Die Indianer haben Swansea überfallen – Rachel und Mercy sind gefangen worden.“ Er sah ihr in die Augen. „Ich werde sie zurückbringen, Lydia. Glaubst du mir das?“

Sie wurde schwach von dem Schreck dieser Nachricht, doch sie blickte in sein kraftvolles Gesicht auf und flüsterte zitternd: „Wenn du das sagst, Matthew, glaube ich dir. Ich warte auf dich.“

Für einen langen Abschied blieb keine Zeit, doch als Matthew seine Büchse nahm und sein altes Lederzeug anzog, mit dem er unterwegs gewesen war, sprach Gilbert mit ihm.

„Du kannst nicht allein gehen, mein Sohn. Ich werde den Gouverneur aufsuchen. Er muß nun endlich etwas unternehmen!"

Matthew band sich die zusammengerollte Schlafdecke auf und begab sich zur Tür, wandte sich dann aber zu Gilbert um. Sie waren sich so ähnlich und doch verriet sich in seinem Sohn eine Härte, die Gilbert bisher noch nie bei ihm wahrgenommen hatte. Immer war er selbst die Stärke der Familie gewesen, und nun erkannte er, daß seine Zeit dahin war. „Was kannst du unternehmen, Matthew?"

In den blauen Augen glühte Kampfgeist, als Matthew erwiderte: „Die Miliz wird es nie mit Philips Bande oder irgendwelchen anderen Indianern aufnehmen können. Aber es gibt eine Schar, die das fertigbringt."

Gilbert fragte geradeheraus: „Und wer soll das sein?"

„Die Betenden Indianer!" sagte Matthew mit grimmigem Lächeln. „Ich werde eine Gruppe von ihnen zusammentrommeln. Wir werden herausfinden, wo sich die beiden Frauen aufhalten, und wenn's ein Jahr dauert, aber das glaube ich nicht. Einige von den Betenden Indianern haben Angehörige, die sich nicht bekehrt haben, doch sie erfahren einiges."

Gilbert nickte. „Auf diese Weise könnt ihr sie vielleicht finden, aber wie willst du sie aus dem Lager herausholen?"

Matthew ließ seine Deckenrolle fallen, ging zur Wand und holte Gilberts Degen herunter, mit dem sein Vater gegen Lord Roth und gegen die Meuterer gekämpft hatte, die seinerzeit die „Mayflower" in ihre Gewalt gebracht hatten. Er zog die Waffe aus der Scheide, hielt sie hoch und ließ seinen Blick über den Lichtstreifen gleiten, der auf dem kalten Stahl schimmerte.

„Ich möchte den gerne ausleihen, Vater", sagte er bedächtig.

Gilbert lächelte, und in seinen Augen brannte eine längst entschwundene Sehnsucht. Doch er wußte, daß er viel zu langsam geworden war, und so sagte er: „Nimm ihn, mein Junge – und Gott sei mit dir."

Matthew kniete sich plötzlich vor seinen Vater hin und sagte mit heiserer Stimme: „Gib mir deinen Segen, Vater!"

Gilbert Winslow betete über seinem Sohn, dem Letzten des Hauses Winslow; dann erhob sich Matthew und ging.

Die Betenden Indianer hatten es gelernt, Matthew Vertrauen entgegenzubringen, doch sie reagierten nur zögernd auf seine Bitte. „Wir sind nur wenige, und Philip hat die größte Streitmacht von Indianern, die man seit Anbeginn gesehen hat", wandte James Bearclaw ein.

„Gott wird uns einen Weg weisen, James. Er hat das Leben der beiden

Frauen bewahrt, und ich weiß, daß Er uns helfen wird. Werdet ihr mitgehen, wenn ich euch verspreche, daß es zu keinem Kampf kommen wird – wenigstens für euch nicht?"

Nach einer Beratung mit den anderen sagte James schließlich: „Wir werden die Frauen finden – aber herausholen müßt ihr sie selbst."

„Das ist ein Handel!" meinte Matthew lächelnd. Später berichtete er Pittman: „Wir haben eine Chance, Praise God."

„Wie soll das geschehen, Matthew? Wir beide gegen einen Haufen Wilde!"

„Es soll nicht durch Macht oder Kraft geschehen, sondern durch meinen Geist!" zitierte Winslow aus der Schrift. „Erst müssen wir sie finden, dann sehen wir weiter."

Es dauerte nur vier Tage, bis sie das Lager aufgespürt hatten. Einer von James Bearclaws Verwandten, ein junger Mann mit Namen Rookna, brachte den Hinweis, und James kam umgehend damit zu Winslow und Pittman.

„Wir wissen, wo sie sind, aber die Horde zieht bald weiter. Rookna sagt, daß sie zum Nipmuck-Stamm wollen, und wenn sie dorthin gelangen, werdet Ihr sie niemals wiederfinden!"

„Bring uns zu dem Ort!" sagte Matthew. Zwei Stunden später waren sie auf dem Weg nach Westen. Sie legten die ganze Nacht hindurch einen strammen Marsch vor. Bei Tagesanbruch kam einer der Scouts mit Nachricht. „Sie sind keine zwei Meilen von hier in einem kleinen Canyon. Es hat nicht viele Krieger – aber Fox ist dort."

„Hast du die Frauen gesehen?" erkundigte sich Matthew.

„Ja, sie sind dort."

Winslow erteilte einige Instruktionen, dann ging es schweigend weiter. Praise God fragte nervös: „Ich glaub' nicht, daß wir's schaffen, Matthew. Dieser Fox ist doch kein Dummkopf, wie?"

„Nein – aber er ist stolz, und dabei müssen wir ihn packen. Laß den Hahn an dieser Büchse unten. Wenn wir diese Partie gewinnen wollen, dann muß es auf andere Weise geschehen als mit Musketen, Praise God!"

Rachel war gerade auf dem Pfad zur Nachhut des Trupps unterwegs, als sie das Geschrei hörte. Beim Aufblicken sah sie Fox und die anderen Krieger, die ihre gezogenen Waffen in Anschlag hielten.

„Was ist los, Rachel?" fragte Mercy.

„Ich weiß nicht. Komm, wir gehen näher ran."

Sie näherten sich dem Kopf des Canyon, den sie durchschritten hatten. Fox warf ihnen einen wilden Blick zu und gebot ihnen, stehenzubleiben. Er schaute erst an den Felswänden zur rechten, dann zur linken hoch.

Dichte Eichenbestände zogen sich an den Rändern des Canyons entlang und verwehrten ihm die Sicht.

Von irgend woher ertönte eine Stimme, die wie eine Geisterstimme durch die Morgenluft klang.

„Fox – du bist ein Weib!“ Es war die gleiche Beleidigung, die Rachel ihm ins Gesicht geschleudert hatte, doch diese kräftige Stimme gehörte keiner schwachen Frau!

„Komm herunter – dann wirst du sehen, was Fox ist!“ brüllte der stämmige Indianer.

Einen Augenblick lang herrschte Schweigen, dann stieß plötzlich einer der Indianer einen Ruf aus. Fox wirbelte herum und sah am Rande des Canyons einen Mann stehen – einen Weißen.

Sofort erteilte Fox einen Befehl, und mehrere seiner Männer sprangen auf, um auf den Eindringling loszugehen, doch sie blieben abrupt stehen, als eine Gewehrsalve aufbellte und vor ihren Füßen der Staub hochstiebte!

Fox starrte auf die Staubwolke und richtete den Blick dann zu dem Mann am Rande des Canyons empor. „Was du wollen, weißer Mann?“

„Ich will die beiden Frauen, Fox!“

Rachel hielt unvermittelt die Luft an, hielt sich die Hand über die Augen und hauchte nur ein Wort: „Vater!“

Fox warf ihr einen schnellen Blick zu und sah dann zu dem Mann hinauf. „Ich habe die Frauen. Wir dich auch bald haben, weißer Mann!“

Wieder knallte ein Schuß, und nur wenige Fingerbreit vor Foxes Füßen stob Staub auf. Unwillkürlich machte er einen Satz rückwärts und zog die Augenbrauen zusammen.

„Dieser Schuß hätte deinen Kopf treffen können, Fox“, rief Matthew dem Indianer von oben zu.

„Ich habe keine Angst vor Sterben!“

„Du hast doch Angst!“ forderte ihn Winslow heraus. „Du bist ein Weib, Fox, und alle deine Männer sind Feiglinge, die nur gegen Frauen und Kinder kämpfen können!“

Ein Wutschrei erhob sich, doch Fox gebot mit einer Handbewegung Ruhe. „Wir werden sehr bald sehen, wer feige ist!“

„Ich werde dir beweisen, daß du ein Weib bist“, sagte Matthew. „Such dir vier deiner besten Krieger aus, und ich kämpfe allein gegen sie!“

Sofort war ein Gebrüll zu hören, das Fox verriet, daß er keine Wahl hatte. Er war nur solange Anführer, wie die anderen wußten, daß er keine Angst hatte. Wenn er die Herausforderung nicht annahm, dann würden ihn sämtliche Krieger seines Trupps herausfordern.

„Komm herunter, großer Wind!“ forderte er Matthew auf. „Du wirst nicht mehr lange sprechen.“

Die Stille wurde nur durch den fernen Schrei eines Vogels unterbrochen. Rachels Herz schlug schneller, pochte wie ein Schmiedehammer.

Matthew verschwand und tauchte gleich darauf aus einer Baumgruppe vielleicht hundert Meter den Weg hinunter auf. Er trug keine Büchse, doch in seiner Hand lag ein Degen, der im Licht der Sonne wie ein silbernes Feuer aufblitzte. Er trug keinen Hut, und die Sonne fing sich in seinen kastanienbraunen Haaren.

Sämtliche Augen waren auf den hochgewachsenen Mann gerichtet, der so lässig den Fußweg entlangschritt, als sei nicht eine Horde bewaffneter Wilder gegen ihn in Stellung gegangen.

„Fox, ich wünsche dir einen guten Tag“, sagte er und lächelte mit einem Kopfnicken Rachel zu. „Bist du in Ordnung?“

Rachel zog die Luft ein und antwortete ruhig: „Ja, wir sind gut behandelt worden.“

Matthew nickte und fuhr fort: „Fox, du bist zu meinen Leuten gut gewesen. Es würde mich schmerzen, deine Krieger auszulöschen. Gib mir die Frauen heraus und laß uns wie Männer auseinandergehen.“

Es war ein ordentlicher Versuch, und Fox ließ ein kurzes Lächeln sehen. „Ich nicht glaube, was du sagst. Bist du Lügner wie andere weiße Männer?“

Mit einem Ruck ließ Winslow plötzlich den Degen zischend durch die Luft sausen. Das Pfeifen und die abrupte Bewegung erschreckte die Indianer. „Dies ist eine magische Klinge, Fox. Es war der Degen meines Vaters, und er benutzte ihn, um unsere Feinde zu vernichten. Er ist nicht wie andere Klingen, und ich will nicht deine jungen Männer wie Schafe sterben sehen. Aber du bist der Anführer. Ich warte auf vier Männer.“

Er wandte sich ab, ging fünf Schritte und fuhr dann mit erhobener Waffe herum.

Fox fragte: „Wer tötet diesen Mann für unser Volk?“

Jeder einzelne der Krieger schrie auf, doch Fox war vorsichtig. Er erkannte etwas an dem weißen Mann, was ihm nicht gefiel, und er wollte keine Fehler machen, – daher rief er vier Namen auf, alles bewährte Krieger, keine Anfänger.

Die vier Männer stießen ein Kriegsgeheul aus und warfen bis auf die Messer ihre Waffen zu Boden. Dann rückten sie auf Matthew vor, der sich nicht rührte und nur seinen Degen leicht senkte, bis er genau auf die Roten gerichtet war.

Beim Näherkommen sprach einer von ihnen, und sie begannen daraufhin auszuschwärmen, wie Matthew sicher erwartet hatte. Er hätte an ihrer Stelle das gleiche getan. Das war das Problem, über das er nächtelang nachgegrübelt hatte, denn dieser Plan war der Verzweiflung entsprungen – der einzige mit einer schwachen Aussicht auf Erfolg, der ihm einfiel.

Er hatte keinen Plan außer dem, keinen Plan zu haben. Sein Vorteil war jedoch, daß diese Männer noch nie einen Degenfechter in Aktion gesehen hatten. Sie hatten keinerlei Vorstellung von der Schnelligkeit, mit der er seine Klinge handhaben konnte, schneller fast als eine Schlange, die auf ihre Beute zustößt.

Dieser Vorteil fiel jedoch weg, wenn sie hinter seinen Rücken gelangten oder ihre Messer schleuderten. Doch das Messerwerfen gehörte nicht zu den Fertigkeiten, die bei den Indianern ausgeübt wurden.

Nun begannen sie ihn wie hungrige Wölfe zu umkreisen. Beim Anblick dieser Szene konnte Rachel nur mühsam ein Schluchzen unterdrücken. Ihr Vater wirkte dort so entsetzlich allein! Die Wilden waren, wie sie wohl wußte, kräftig, flink und vollkommen furchtlos. Wie konnte er nur darauf hoffen, gegen sie zu siegen? Und er kam, mich zu retten – nach all meinem Haß! schrie es in ihr, und aus ihrem Herzen stieg ein inbrünstiges, stummes Gebet für ihn zu Gott empor.

Winslow war sich bewußt, daß nun der entscheidende Augenblick gekommen war. Die beiden Krieger an seinen Flanken waren schon fast aus seinem Blickwinkel entschwunden, während die beiden anderen nur ein bis zwei Schritte entfernt bereitstanden und nur darauf warteten, daß er sich einem anderen zuwenden würde.

„Immer das Unerwartete tun!" Diese Worte hatte vor vielen Jahren sein Lehrer gesprochen, der ihn im Degenfechten unterrichtet hatte. „Der beste Kämpfer kann besiegt werden, wenn er die Nerven verliert!"

Er tat das einzig Richtige, – er ignorierte die beiden Indianer, die ihn von hinten zu fassen versuchten und achtete nicht auf den Mann zu seiner Linken, sondern senkte plötzlich seinen Degen und machte mit seinem ganzen Körper einen Ausfall gegen den großen Indianer auf seiner rechten Seite!

Der kritische Faktor war die Entfernung, denn wenn sein Gegner einen zu großen Abstand hatte, würde das Schwert ihn nicht berühren, und Matthew wäre dann in der vorgestreckten Position völlig hilflos. Stand ihm der Mann jedoch zu nahe, dann würde ihm die Klinge tief in den Leib fahren, und bis er die Waffe wieder herausgezogen hätte, könnten ihn die anderen in Stücke schneiden.

Nun strömte die Kraft durch sein Bein, und mit der Schnelligkeit, die aus lebenslanger Erfahrung entspringt, fuhr die Klinge mit aller Kraft seines Körpers durch die Luft! Der Indianer lehnte sich auf den Zehenspitzen balancierend vor; er konnte nicht glauben, daß der weiße Mann auf ihn zukam. Verzweifelt versuchte er sich auf den Füßen umzudrehen, doch es war zu spät!

Der Schwung trieb den Degen tief in seinen Leib und durchbohrte das Herz und wurde gleich wieder von Winslow zurückgezogen, der die rotgefärbte Klinge schwang und schrie: „Du siehst, Fox, die Klinge hat magische Kraft!"

Der Mann, den er erstochen hatte, ließ sein Messer fallen und starrte ungläubig auf die kleine Stichwunde in seiner Brust. Er blickte zu Matthew hin und versuchte, etwas zu sagen, fiel aber plötzlich zu Boden – tot.

Matthew sah, daß der Wilde zu seiner Linken nicht auf ihn achtete. Er tat, was er niemals getan hätte, wäre es nicht um die beiden Frauen gegangen. Er stieß einen Schrei aus und unternahm mit gleicher Schnelligkeit einen weiteren Ausfall. Der Mann fand noch Zeit, sein Messer hochzureißen, doch Matthews Klinge fuhr darüber hinweg und drang ihm in die Seite. Der Krieger faßte nach seiner Wunde und stöhnte, doch er war aus hartem Stoff gemacht, denn er warf sich auf Winslow, der keine andere Wahl hatte, als ihm den tödlichen Stoß zu versetzen.

Doch als er zweite Indianer zu Boden stürzte, wußte er, daß er den anderen zu lange den Rücken zugekehrt hatte, und obwohl er einen wilden Sprung zur linken Seite tat, fühlte er einen brennenden Schmerz auf seinem Rücken, als eine Schneide sein Fleisch aufriß. Die Indianer stießen ein Siegesgeheul aus, als er zu Boden ging, und er wußte, daß die beiden Männer wie Tiere über ihn herfallen würden.

Er hatte nur noch Zeit, sich auf den Rücken zu wälzen, ehe der verschwitzte Körper des einen Indianers auf ihn stürzte. Er packte mit der Linken den Unterarm des Mannes und schaffte es so, den Wurf des Messers abzulenken, das ihm sonst unweigerlich in den Kopf gedrungen wäre.

Auf so kurze Entfernung war sein Degen nutzlos. Er ließ ihn daher fallen, schleuderte den Indianer mit einem kraftvollen Ruck von sich weg und schwang sich gerade noch rechtzeitig auf die Füße, um zu seiner Linken eine Gestalt zu bemerken. Er hatte keine Zeit mehr zum Überlegen, sondern packte einfach blindlings zu. Die Muskeln seines Gegners waren schlüpfrig, doch seine Hand schloß sich um einen kräftigen Arm. Er wirbelte den Mann mit aller Kraft herum und ließ ihn dann los.

Als der Indianer durch die Luft flog, griff Matthew zum Boden und hob mit einer schnellen Bewegung seinen Degen auf. Gerade noch rechtzeitig duckte er sich nach links, um dem tückischen Stich auszuweichen, der ihm die Kehle aufgeschlitzt hätte. Er fand eine Lücke und trieb dem Indianer, der das Gleichgewicht verloren hatte, die Klinge in den Leib.

Während sein Gegner zu Boden fiel, wirbelte Matthew herum und sah seinen letzten Gegner mit ausgestrecktem Messer auf sich zustürzen. Der hielt jedoch plötzlich inne, als er seine drei Gefährten tot oder sterbend daliegen sah.

Winslow hätte ihn da, wo er stand, ohne weiteres töten können, doch er senkte seinen Degen, und in der Stille, die sich auf einmal über den Schauplatz senkte, richtete er seinen Blick auf Fox und rief ihm zu: „Dieser Mann braucht nicht zu sterben, Fox. Er hat bewiesen, daß er kein Feigling ist."

Der Mann stieß einen Schrei aus und rannte in einem selbstmörderischen Anlauf gegen Matthews Klinge, doch Fox schrie ihm etwas zu. Da blieb er stehen.

Fox stand da und starrte auf den hochgewachsenen weißen Mann, dann auf die Männer am Boden. Matthew wußte, wenn dieser kleine Indianer den Befehl gab, würde er mit einem Pfeil im Herzen sterben, doch der rührte sich nicht und schwieg.

Nach einer Weile sagte Fox: „Nimm die Frauen."

Rachel stützte Mercy, als sie herzukamen. Fox sah sie an, warf ihr einen Blick zu und sagte so leise, daß nur sie und Mercy es hören konnten: „Dieser Jesus-Mann ist stark. Noch ein paar wie Er – vielleicht wird dann Fox auch Jesus-Mann!"

Laut forderte er sie auf: „Ihr geht jetzt." Lange stand er da und schaute ihnen nach, wie Matthew und die beiden Frauen allmählich im Wald verschwanden.

Sie sprachen nicht, bis Praise God und James auftauchten. Mercy fiel ihrem Mann weinend in die Arme. Rachel wandte sich zu ihrem Vater um.

Er lächelte sie an. Plötzlich warf sie sich an seine Brust – und das war, als fände sie nach Hause! Lange Zeit standen sie dort. Endlich küßte er sie auf die Wange und sagte: „Deine Mutter hat mir verziehen. Wir sind nun wieder zusammen."

Unter Tränen lächelte sie und nickte. „Vergib mir, Vater, daß ich so –"

Er legte ihr behutsam die Hand auf den Mund und sagte: „Ich habe nun eine Tochter gefunden – und von diesem Tag an müssen wir beginnen."

„Ja!" rief sie. Ihr Herz quoll über vor Freude. „Komm, Vater, jetzt gehen wir zu Mutter heim."

Drei Tage später vernahm Lydia das Geräusch von Schritten vor dem Eingang.

„Mutter! Ich bin wieder zurück! Vater hat mich heimgebracht!"

Als Lydia das Mädchen in ihren Armen hielt, blickte sie lächelnd zu ihrem Mann hinüber. „Ich wußte, daß er's schaffen würde." Dann streckte sie Matthew ihren freien Arm entgegen. Als er sich an sie schmiegte, setzte sie mit feuchten Augen hinzu: „Diese Winslow-Männer – die tun immer, was sie sagen!"

Teil drei

SALEM
1691

KAPITEL SIEBZEHN

Ein neuer Pfarrer

Miles Winslow richtete sich steil in den Steigbügeln auf, hielt sich schützend die Hand über die Augen gegen die helle Aprilsonne, die gerade ihren höchsten Stand erreicht hatte, und blickte die Straße hinab. Dann riß er sich den Hut vom Kopf und entblößte einen dicken Schopf blonder Haare. „Da sind sie, Howland!“ schrie er und spornte seinen aufgeschreckten Rotschimmel zu einem gestreckten Galopp auf ein schindelgedecktes Häuschen zu an.

Sein Gefährte schüttelte jedoch nur den Kopf und ritt in gleichmäßigem Schritt weiter. Er war kein impulsiver Mensch, doch mit heiterer Toleranz beobachtete er, wie der junge Winslow sein Pferd zügelte, mit der Leichtigkeit des geborenen Reiters absprang und das Paar in die Arme nahm, das vor dem hübschen, weißgestrichenen Zaun stand, der sich um das Haus zog.

Nicht besonders würdevoll für den jüngsten Studenten von Harvard, dachte Robert Howland. Ein Geistlicher sollte sich etwas mehr zurückhalten. Howland war ein stämmig gebauter Mann mit kräftigen Schultern und muskulösem Genick. Sein kantiges Gesicht und kraftvolles Kinn verrieten einen Hang zum Starrsinn, den er vergeblich in Schranken zu halten versuchte. Das hellbraune Haar über den grauen Augen war kurzgeschnitten, und seine Gesichtszüge zeigten eher Ausdauer als ein ansprechendes Äußeres. Er machte in der Tat eher den Eindruck eines tatkräftigen Landedelmannes als eines Gelehrten.

Er ritt zum Zaun, schwang sich aus dem Sattel und wartete geduldig, bis der junge Winslow mit seiner Begrüßung fertig war. In Howland mischte sich auf seltsame Weise überlegtes Denken mit einem gewissen schwerfälligen Verhalten, das die Flinkheit seines Geistes verdeckte und leicht Emotionen aufrühren konnte, die sorgfältig gezügelt waren.

„Komm her, Robert“, rief der junge Miles und lenkte die Aufmerksamkeit des Ehepaares auf den Besucher. „Dies sind meine Eltern – und das ist mein Freund und Lehrer, Reverend Robert Howland.“

„Wir freuen uns, Euch in Salem zu begrüßen, Sir“, sagte Matthew herzlich. Die Hand, die er ihm entgegenstreckte, war hart und stark wie Howlands eigene Hand. „Seit Miles in Harvard ist, haben wir ununterbrochen Euren Namen gehört.“

Howland betrachtete mit lebhaftem Interesse Winslows kraftvolle Gestalt. Der Ruf von Miles' Vater war ihm durchaus bekannt, und die Erscheinung des Mannes war eindrucksvoll. Er war gut sechs Fuß groß mit dem starken, athletischen Körper eines Mannes Ende vierzig und praktisch eine ältere Ausgabe von Miles. Die Ähnlichkeit zwischen beiden war so ausgeprägt, daß sie Howland völlig überraschte. Vater und Sohn besaßen die gleichen scharfgeschnittenen Gesichtszüge, das helle Haar mit einem rötlich-goldenen Schimmer, wenn die Sonne sich darin verfing wie im Augenblick, den breiten Mund und die hellblauen Augen, die das Winslow-Blut verrieten.

„Ich bin glücklich, Euch kennenzulernen, Mr. Winslow – und Euch, Madam", sagte Howland mit einer tiefen, stolzen Stimme. Er nickte der gutaussehenden Frau zu, die neben den drei großen Männern klein wirkte. Sie wirkte immer noch viel zu jung, um einen sechzehnjährigen Sohn zu haben.

„Tretet ein, Reverend Howland", forderte Lydia Winslow ihn auf. In ihrer Stimme und den schwarzen Augen lag eine Spur von Koketterie. In ihrer dunklen Schönheit und den ausdrucksvollen Zügen zeigte sich das französische Blut ihres Vaters.

Sie betraten das Haus und saßen während der nächsten Stunde um den Eichentisch, wo Howland die Quelle von Witz und Intelligenz seines Schülers ausfindig machte. Er hatte Miles vor drei Jahren „entdeckt", als der Junge mit dreizehn Jahren nach Harvard kam. Bei ihrem ersten Zusammentreffen war er verblüfft gewesen von dem weitgespannten Wissen des jungen Miles und zugleich angetan von seiner Bescheidenheit und seinem Charme. Seit drei Jahren förderte er den Jungen, der in der Schule nur als „Howlands Student" bekannt war, denn der Ältere wachte eifersüchtig über seinen Schüler und vertraute den „letzten Schliff", den er für notwendig erachtete, keinem anderen Lehrer an.

Für gewöhnlich war ein solches Monopol eigentlich verboten, doch Robert Howland selbst hatte in Harvard eine besondere Stellung. Er war ein enger Freund von Cotton Mather, und das gab Howland weitgehend freie Hand, das zu tun, was er für richtig hielt. Zu seiner Gerechtigkeit sei gesagt, daß nicht seine Freundschaft mit dem führenden Kopf der puritanischen Welt ihn zu einer Legende in Harvard machte, sondern sein eigenes glänzendes Können. Cotton Mather absolvierte ihn im Alter von vierzehn, doch oft sagte er: „Ich hatte einen frühen Start, und Robert Howland hat einen späten – doch wenn wir gleichzeitig begonnen hätten, dann wäre ich bald in seinem Schatten gestanden."

Howland fühlte sich hier am Tisch so behaglich wie kaum je bei einem ersten Besuch. Er entdeckte, daß Matthews Intelligenz und der rasche Witz und Charme seiner Frau sich im Sohn vereinigten.

„Ich bin überrascht, daß Ihr Euch mit der Absicht tragt, Eure Stellung in Harvard aufzugeben, um Pfarrer in einer kleinen Gemeinde zu werden, Reverend Howland“, sagte Matthew schließlich.

„Die Entscheidung fiel mir schwer“, gab Howland zu. „Aber ich habe mich in den letzten Jahren viel zu sehr in meine Bücher vergraben. Der Herr hat mich angewiesen, hinauszuziehen, dahin, wo die Ernte reif ist. Abgesehen von der Zeit, wo ich für Reverend Mather predigte, war ich praktisch an meinen Schreibtisch gebunden.“

„Ja, ein Mann muß unter den Leuten sein“, bekräftigte Winslow nikkend. „Mein Vater sagt, es gäbe viel zu viele Leute an den Universitäten, die mehr akademische Grade als Körperwärme haben!“

„Matthew!“ wies ihn Lydia scharf zurecht, „du solltest so etwas nicht zu Reverend Howland sagen.“

„Ach, Vater kann alles sagen!“ lachte Winslow. „Er ist jetzt einundneunzig, und er war noch nie für besonderen Takt bekannt.“

„Ich hätte ihn gerne kennengelernt“, meinte Howland. „Miles behauptet, er habe mehr Verstand als ganz Harvard zusammen.“

Matthew warf lachend den Kopf in den Nacken und schlug seinem Sohn kräftig auf die Schulter. „Mein Sohn, du hast nicht mehr Taktgefühl als wir anderen dickköpfigen Winslows! Wenn man sich vorstellt, daß du deinem Lehrer so etwas ins Gesicht sagst!“

„Es ist schön, einen jungen Mann zu treffen, der seine Eltern ehrt, Mr. Winslow“, bemerkte Howland und lächelte dem jungen Mann zu.

Sie unterhielten sich noch eine Weile, als Miles aus dem Schiebefenster blickte und unvermittelt aufsprang. „Da kommen Großvater und Rachel!“ schrie er und stürmte aus dem Zimmer. Howland hörte ihn aufgeregt reden und nahm zu seiner Erheiterung wahr, wie der junge Mann, der sich in Harvard große Mühe gab, würdevoll zu erscheinen, in Gegenwart seiner Familie die Ausgelassenheit eines jungen Hundes an den Tag legte.

Als sie das Blockhaus betraten, stellte Miles vor: „Dies ist mein Großvater – und hier Robert Howland, Sir!“

Howland blickte Gilbert Winslow mit einer gewissen Scheu an, denn immerhin war dieser Mann der letzte Überlebende jener zähen Schar von Pilgern, die vor so vielen Jahren mit der „Mayflower“ herübergekommen waren!

„Ich bin tief geehrt, Mr. Winslow. Ich glaube, Ihr habt meinen Großvater, John Howland, gekannt?“ sagte er. Die Hand, die sich um seine schloß, hatte noch immer einen festen Griff und zitterte nicht, trotz der Jahre.

„John Howland!" Der alte Mann sah ihn an. „Ja, ich hab' ihn wirklich gekannt. Er war ein prächtiger Mann! Mein Enkel spricht mit großer Wertschätzung von Euch."

Die Zeit hatte seine ursprüngliche Größe etwas schrumpfen lassen, und er war nun ein wenig kleiner als sein Sohn und Enkel, doch er stand noch aufrecht und gerade wie ein Fichtenschößling. Die kornblumenblauen Augen blickten klar und ungetrübt, und sein Gesicht war von der Sonne gebräunt. Die Stimme war nicht mehr so kräftig wie einst, doch er sprach mit einem dünnen, klaren Ton, in dem keine Spur von Zittern schwang, und seine Bewegungen waren zwar nicht mehr so flink wie die seiner Nachkommen, aber sicher und anmutig.

„Reverend Howland wird Pastor in Littleton, Vater", sagte Matthew.

„Sie brauchen dort wirklich einen Mann Gottes", bekräftigte Gilbert. „Der letzte, den sie dort hatten, besaß nicht mehr Rückgrat als eine Auster!" Er warf Howland einen raschen Blick zu und fuhr fort: „Mein Enkel erzählt mir, daß Ihr das Wort Gottes genau kennt, Sir. Ich hoffe, daß Ihr es unverfälscht predigen werdet – das Feuer wieder in der Hölle brennen laßt und diesen halbgaren, lauwarmen Imitationen von Christen wieder die Furcht Gottes einbläut!"

Miles lachte entzückt und zwinkerte Howland zu. „Geh nicht um den heißen Brei, Großvater! Sag offen und ehrlich, was du von Bruder Howlands neuem Amt hältst!"

„Beherrsche dich bitte, Gilbert Winslow!" befahl Lydia Winslow und drückte liebevoll seinen Arm. „Ich glaube, Reverend Howland kann sich bestimmt ohne deine Hilfe um seine Gemeinde kümmern."

Gilbert wollte schon weitersprechen, schloß aber bei Lydias Worten den Mund wieder. Er lächelte ihr zu und bemerkte: „Du willst wohl immer noch einen Gentleman aus mir machen, Lydia? Eigentlich solltest du inzwischen wissen, wie hoffnungslos das ist."

„Reverend, dies ist meine Tochter Rachel", sagte Matthew und richtete seinen Blick von Gilbert weg auf die Frau, die mit eingetreten war und ruhig neben ihrem Vater stand.

„Dies ist Reverend Robert Howland, Rachel – der Lehrer, von dem Miles schon so viel erzählt hat."

„Willkommen in Salem, Reverend Howland."

„Ich – ich freue mich sehr, Euch kennenzulernen, Miss Winslow."

Howland war etwas ins Stottern geraten, denn Miles hatte zwar fast ständig über seine ältere Schwester gesprochen, doch nicht ein einziges

Mal hatte er erwähnt, daß sie eine Frau von hinreißender Schönheit war. ‚Warum hat der Bengel mir nicht gesagt, daß sie so bezaubernd ist!' dachte er leicht gereizt. Er war ein Mensch, der Überraschungen nicht sehr schätzte, und es behagte ihm überhaupt nicht, daß er von ihrer Schönheit in einem Maße überrumpelt wurde, das ihn wie einen jungen Dachs zum Stammeln brachte. Im Alter von dreiunddreißig war er dem Aussehen hübscher junger Frauen gegenüber ziemlich abgehärtet. Er hatte entdeckt, daß seine Eigenschaft als einer der begehrtesten Junggesellen im Lande bei den Leuten die schlimmsten Eigenschaften zum Vorschein brachte. Fast jeder hatte eine Schwester, Nichte oder sonst ein Mädchen, das die vollkommene Gattin für ihn wäre, und so hatte er schon vor langen Jahren einen Schutzwall gegen solche Anschläge um sich errichtet.

Doch diese Frau erschütterte den harten Panzer, denn zweifellos war sie die anziehendste Frau, die ihm jemals begegnet war, wie er sich widerwillig eingestehen mußte. Er richtete einen prüfenden Blick auf sie in der Hoffnung, einen Riß in dem makellosen Bild zu finden, jedoch ohne Erfolg.

Er wußte, daß sie zweiunddreißig Jahre alt war, doch niemand hätte ihr dieses Alter angesehen. Sie sieht nicht mehr als zwanzig aus! ging es Howland plötzlich durch den Sinn. Er nahm die zarten Wangen von der Farbe blassen Elfenbeins wahr, die von haselnußbraunen, mandelförmigen Augen mit einem gelegentlichen kecken grünlichen Schimmer hervorgehoben wurde. Die schwarzen Haare drangen in rebellischen Locken unter der weißen Haube hervor. Das einfache graue Kleid aus handgesponnenem Stoff verbarg die sanften Rundungen ihres Körpers nicht, und trotz ihres offenen Blicks und einer beinahe militärischen Haltung strahlte sie eine starke Weiblichkeit aus.

„Du bleibst heute abend bei uns", sagte Miles verschmitzt. Ihm war der verstörte Blick nicht entgangen, den Howland seiner Schwester zugeworfen hatte. Er hatte seinen Spaß daran, daß der sonst so beherrschte Geistliche aus dem Gleichgewicht geraten war.

„Ich möchte keine Mühe bereiten", erwiderte Howland rasch.

„Das macht keine Mühe, Sir", wehrte Gilbert Winslow ab. „Ich möchte mit Euch über einige Dinge sprechen."

„Seht Euch vor, Reverend", warf Lydia lachend ein. „Wo es um Theologie geht, kennen die Winslows kein Erbarmen."

„Und sie ist die Schlimmste unter allen", erklärte Matthew und legte Rachel liebevoll den Arm um die Schultern.

„Versteht mehr von der Heiligen Schrift als die meisten dieser Narren, die sich heutzutage Geistliche nennen“, bekräftigte Gilbert. „Wir erwarten euch zum Abendessen – alle miteinander.“

Er wandte sich um und ging, und Rachel sagte lächelnd: „Ich freue mich, Euch heute abend zu sehen, Reverend Howland.“ Sie folgte ihrem Großvater, und Howland sah, daß die beiden auf dem Weg die Straße hinunter lebhaft schwatzten wie zwei Schulkinder.

„Ich hoffe, Ihr fühlt Euch durch meinen Vater nicht gekränkt, Sir“, sagte Matthew entschuldigend. „Er spricht seine Gedanken oft recht unverblümt aus.“

„Ich habe von Miles soviel über ihn gehört, daß ich ziemlich eingeschüchtert bin“, antwortete Howland. „Er ist ja wirklich eine Institution!“

„Wir waren uns nicht sicher, wie er den Umzug von Plymouth hierher aufnehmen würde“, bemerkte Matthew. „Aber mein Geschäft liegt hier in Salem, und Reverend Findley starb kurz nach unserer Ankunft. Vater hat – mit Rachels Hilfe – die Gemeinde seit Jahren betreut.“

Miles nickte Howland zu. „Wenn man Großvater glauben will, ist sie der beste Pfarrer in der ganzen Kolonie.“ Bewundernd schüttelte er den Kopf und warnte Howland mit einem Grinsen: „Ich warne dich, laß dich nicht in eine theologische Auseinandersetzung mit ihr ein. Abgesehen von dir kennt sie die Schrift besser als jeder andere.“

„Und sie kann auch besser predigen!“ behauptete Matthew. „Natürlich nennt sie's verkündigen – aber ich sage Euch, Reverend, wenn sie vor einer Gemeinde spricht, das ist schon ein Erlebnis!“

Howland runzelte die Stirn. „Ich freue mich, daß sie das Wort kennt, aber die Schrift sagt: ‚Das Weib schweige in der Kirche‘, wie Ihr Euch sicher erinnert.“

„Ich fürchte, Rachel hat zuviel Winslow-Erbe in sich“, entgegnete Matthew reuig. „Miles hat schon recht, und ich möchte Euch ebenfalls den Rat geben, sich von ihr fernzuhalten. Sie hat eine Art, weit logischer zu denken, als man bei einer so gutaussehenden Frau erwarten würde.“

„Das ist's ja gerade, Vater“, sagte Miles. „Sie ist so hübsch, daß die Männer ihr keinerlei Intelligenz zutrauen – oder sie werden alle nervös, weil sie eine schöne Frau ist. Ich habe immerhin einige wirklich beschlagene Bibelgelehrte in die Knie gehen sehen – theologisch gesprochen natürlich! – und sie waren sich nicht darüber im klaren, wie sie geschlagen worden waren!“

„Ihr beiden schweigt jetzt bitte still!“ unterbrach Lydia und fuhr dann ruhig, aber mit Nachdruck fort: „Rachel ist eine Dienerin des Herrn, Reverend Howland. Sie sagt, daß sie niemals heiraten wird, weil sie als

Unverheiratete Gott besser dienen kann, wie der Apostel Paulus schreibt. Ihr werdet in dieser Gegend niemand finden – weder Mann noch Frau, – der Gott getreulicher dient."

„Das ist wahr", stimmte ihr Mann bei. „Die Armen segnen sie, und ihre Gebete für die Kranken–" Er schüttelte verwundernd den Kopf und setzte hinzu: „Ihr werdet sie genauso bewundern wie wir alle, aber für manche unserer Geistlichen stellt sie ein Problem dar."

Howland nickte. „Miles hat mir von den guten Werken seiner Schwester erzählt, und ich weiß, daß Ihr Gott für eine solche Tochter lobt und dankt. Ich freue mich sehr, sie besser kennenzulernen."

Robert Howland lernte Rachel Winslow an diesem Abend besser kennen, doch seine Einstellung besserte sich dadurch nicht.

Das Essen war ausgezeichnet, und er hörte mit großer Freude Gilbert Winslows Erzählung von der Reise auf der „Mayflower" zu. Es war beinahe, als träte ein Zeuge aus der Heiligen Schrift in Erscheinung, – denn die Erstankömmlinge waren selbstverständlich die Helden der Kirche in Amerika –, wenn der alte Mann Sätze äußerte wie „. . . da sagte Standish zu mir . . .!" oder „Dann ging ich zu Gouverneur Bradford und erklärte ihm, daß es so gemacht werden müsse!" Diese Halbgötter – so erschienen sie wenigstens für Howland – waren Winslows Freunde gewesen, er hatte sie gut gekannt, und ihm zuzuhören grenzte an ein Wunder.

Endlich sagte Gilbert Winslow: „Es war schon eine großartige Mannschaft. Wollte Gott, daß ein wenig von ihrem Geist auf diese Generation kommen würde!"

„Oh, ich glaube doch, daß wir auch in unseren Tagen eine stattliche Zahl von engagierten Christen haben!" entgegnete Howland. „Es ist ein weitverbreiteter Irrtum, zu glauben, daß die Menschen in früheren Zeiten religiöser waren als in unseren Tagen."

„Glaubt Ihr das wirklich, Mr. Howland?" Rachel hatte im Verlaufe des Abends kaum etwas gesagt, doch nun blickte sie ihn über den Tisch, an dem sie den Tee tranken, hinweg an. Ihre braunen Augen leuchteten, das Kinn war energisch vorgereckt, als sie den Kopf schüttelte. „Ihr habt in Harvard ein behütetes Leben geführt."

Howland errötete, denn er war nicht daran gewöhnt, herausgefordert zu werden – noch dazu von einer Frau. „Ich glaube, wir sind nicht so schlecht, wie viele behaupten, Miss Winslow."

„Ich glaube, wir sind schlimmer, Sir!" Sie erhob ihre Stimme nicht, doch weder ihr Ton noch ihr Blick verrieten Schwäche, als sie sich nun unmittelbar an den Geistlichen wandte. „Unsere Väter gaben alles auf, was sie auf der Welt besaßen, riskierten den Tod und den Verlust all ihrer

Habe um des Vorrechts willen, Gott anzubeten. Und welches Risiko nehmen die Menschen heute auf sich? Gar keins!“

„Nun, Miss Winslow, vom theologischen Standpunkt aus sind wir in keiner so schlechten Verfassung. Wir haben heute mehr Mitglieder in unseren Kirchen-“

„Mehr Mitglieder, gewiß!“ warf Rachel rasch dazwischen. „Aber wie sieht es mit der Qualität aus? Ich nehme an, Ihr seid mit dem Half-Way Covenant vertraut?“

„Sicherlich! Aber –“

„Ein Bund geradewegs aus der Hölle!“ erklärte sie schroff. Howland erschrak beinahe über ihre unverblümte Redeweise. Der Half-Way Covenant war im Jahre 1657 vom Pastorenkonvent verabschiedet worden. Damit sollte eine Frage beigelegt werden, die theologischer wie sozialer Natur war. Nur Kirchenmitglieder konnten in der Bay Colony abstimmen, und als die Kinder der ersten Siedler großjährig wurden, hielt man sie für Heilige, weil sie mit ihren Eltern an dem Bund teilhaftig waren. Doch dann wurden deren Kinder groß, und die meisten von ihnen hatten keine eigene Bekehrungserfahrung. Die Kirche steckte in einem Dilemma. Wenn man diese nicht wiedergeborenen Menschen in die Kirche aufnahm, bedeutete dies, daß keiner mehr bekehrt sein mußte, – andererseits konnten sie nur abstimmen, wenn sie aufgenommen waren. Mit dem Half-Way Covenant wurde eine Lösung erzielt, die den Kindern von Mitgliedern erlaubte, der Kirche ohne die Erfahrung einer Bekehrung anzugehören.

Howland erwiderte mit einem gewissen Eifer: „Gewiß, dieser Bund ist nicht die beste Antwort, und Reverend Mather hat sich ihm widersetzt, doch wir müssen im Rahmen der gesamten Kirche tätig sein, Miss Winslow.“

„Die Kirche, Sir“, argumentierte sie, „ist die Braut Jesu Christi, und kein Mann und keine Gruppe kann durch gemeinsamen Beschluß ihre Kleider besudeln!“

„Ihr vereinfacht das allzusehr!“ ereiferte er sich.

„Jesus hat gesagt: ‚Ihr müßt wiedergeboren werden.‘ Wollt Ihr behaupten, daß unser Erlöser die Voraussetzungen für die Errettung ‚allzusehr vereinfacht‘ habe?“ fragte sie herausfordernd.

„Nun – natürlich will ich das nicht behaupten –“

„Dann ist der Half-Way Covenant also unrecht?“

Nie im Leben hatte Howland ein derartiges Unbehagen empfunden, und die Tatsache, daß er von ihren großen Augen genauso verwirrt war wie von ihrem Umgang mit der Schrift und ihrem logischem Verstand, machte die Sache keineswegs besser. „Ich glaube, Ihr müßtet viel Forschung und Studien betreiben, um zu dieser Schlußfolgerung zu kommen, Miss Rachel!" erwiderte er lahm.

„Die Schlußfolgerung ist einfach, Sir", beharrte Rachel und schenkte ihrer Mutter keine Beachtung, die ihr bedeutete, sie solle aufhören. „Entweder werden die Menschen durch gute Absichten und moralische Lebensführung errettet – oder sie werden errettet durch die Gnade in dem Blute des Herrn Jesus!" Plötzlich streckte sie die Hand aus und holte eine Bibel zu sich heran, die sie vor Howland hinschob. „Beweist es mir durch das Wort Gottes, Sir, und ich werde es glauben!"

„Ich sage Euch, Madam, so einfach ist es nicht!" Howland klangvolle Stimme schwoll an und füllte den Raum. Sein Gesicht war rot angelaufen.

Plötzlich wurde die so unvermittelt aufgetretene Spannung gebrochen, als Gilbert Winslow auf den Tisch hieb und lachte. „Bei Gott, Robert! Ihr seid ganz genau wie Euer Großvater! Er war ein prächtiger Kerl, dieser John. Wißt Ihr, ich kannte ihn schon in England, noch bevor wir nach Plymouth kamen."

Howland blickte ihn an; seine Auseinandersetzung mit Rachel war vergessen. „Ich habe nie jemand getroffen, der ihn gekannt hat, Sir."

„Nun, ich kannte ihn jedenfalls, mein Junge!" Der alte Mann lächelte bei der Erinnerung. „In der Tat wäret Ihr ohne mich heute nicht hier."

„Wie bitte, Sir?"

„Nun, eines Abends ging Euer Großvater auf Deck hoch und brachte es irgendwie fertig, über Bord zu fallen. Er bekam ein Seil zu fassen und hielt sich aus Leibeskräften daran fest. Ich kam gerade nach oben und hörte ihn schreien, trommelte ein paar Helfer zusammen und gemeinsam hievten wir ihn wieder an Bord."

„Davon habe ich noch nie gehört!"

„Mr. Bradford berichtet davon in seiner Geschichte", sagte Gilbert. „Er war Euch recht ähnlich – in körperlicher Hinsicht, allerdings war er kein Gelehrter. Ein starker Mann – wirklich! Einmal, als die allgemeine Krankheit uns in jenem ersten Winter heimsuchte, waren nur noch ich selbst, Miles Standish, John Bradford und Euer Großvater in der Lage, aufzustehen. John und ich hoben so manches Grab aus – und nie beklagte er sich, kein einziges Mal! Er war wirklich ein kräftiger Mann und ein treuer Gefährte", bemerkte Gilbert leise und setzte nachdenklich hinzu: „Ich vermisse ihn bis zum heutigen Tage."

Die Worte des alten Mannes ließen wieder Frieden im Raum einkehren, und bald brachen sie auf, nachdem Howland versprochen hatte, am nächsten Tag Gilbert einen neuen Besuch abzustatten. Auf dem Nachhauseweg sagte Miles verschmitzt: „Ich habe dir ja gesagt, du sollest Rachel nicht unterschätzen."

„Ich werde das nicht vergessen", meinte Howland knapp. „Ich glaube, sie braucht einen Ehemann mit einer starken Hand."

Miles ließ sich das durch den Kopf gehen. „Nun", sagte er, „wenn es auf der Welt einen Mann gibt, der meine Schwester an Stärke überragt, dann möchte ich ihn gerne kennenlernen. Es gibt eine lange Liste von Kandidaten, die sie heiraten wollten. Aber keiner hat das nötige Format."

Howland gab keine Antwort, sondern dachte bei sich: ‚Was diese Frau braucht, ist eine anständige Tracht Prügel.' Doch zugleich wurde ihm klar, daß seine eigene Bewunderung für ihre Schönheit ihm im Wege stehen würde, und so verbannte er die Sache Rachel Winslow vorerst aus seinen Gedanken.

KAPITEL ACHTZEHN

Ein brüderlicher Kuß

„Robert, dieses ganze Gerede von Hexen – was hältst du davon?"

„Sir, der Teufel ist nicht tot – und er wird einen Zugang finden, wenn das Volk Gottes die Tür nicht verschlossen hält."

Die Pflichten in seiner Gemeinde hielten Howland für gewöhnlich in seinem Ort fest, doch seine einzige Erholung in den beiden Monaten seit seinem Weggang aus Harvard war das Angeln mit Gilbert Winslow. Der junge Mann hatte entdeckt, daß ein Pastor ein bestimmtes Maß an praktischer Erfahrung brauchte, die durch die Kenntnis von Latein und Griechisch in keiner Weise ersetzt werden konnte. Wenigstens einmal in der Woche kam er nach Salem, um mit dem alten Manne in dem Fluß, der sich durch die Siedlung wand, zu fischen.

Sie saßen unter einem mächtigen Kastanienbaum und sprachen kaum ein Wort, bis Winslow mit seiner Frage nach der Hexerei das Schweigen brach. Er war mit der Antwort keineswegs zufrieden, denn er schüttelte den Kopf und sagte: „Mir gefällt das nicht, Robert. An der Sache ist etwas, was die Leute dazu bringt, sich töricht zu verhalten. Würdest du's für möglich halten, daß diese dumme Putnam das Gerücht herumtratscht, sie habe alle ihre Kinder im Kindbett verloren, weil Rebecca Nurse sie mit einem Fluch belegt habe? Wenn es jemals eine Hexe gab, dann ist es Ann Putnam, und wenn ich je eine Heilige gesehen habe, dann ist es Rebecca Nurse!"

„Gewiß, Mr. Winslow, es wird immer Unwissenheit geben, aber Reverend Cotton Mathers Buch über die Hexerei belegt die Handlungen der Hexen recht gut. Es ist alles da, die unsichtbare Welt, all Eure Incubi und Succubi, den Buhlteufeln und weiblichen Dämonen, all Eure Hexen und Zauberer der Nacht und des Tages. ‚Du sollst eine Hexe nicht am Leben lassen', wie die Schrift sagt."

Die sanfte Maibrise wehte eine Locke von silbrigem Haar auf Gilberts Stirn. Er strich sie beiseite und entgegnete: „Daraus wird nichts Gutes entstehen. Was wir brauchen, ist eine Dosis guter, altmodischer Religion. Das und nur das würde die törichten Vorstellungen der Leute kurieren, sie könnten am Sonntag für Gott leben und für den Teufel an den übrigen sechs Tagen."

Howland lachte aus vollem Hals, zog die Angelrute zu sich heran und begann die Leine aufzuwickeln. „Bei Euch liegen die Dinge immer so einfach, Sir! Kein Grau – nur Schwarz und Weiß, Recht und Unrecht."

„Nun, ich bin jetzt ein alter Mann, mein Sohn", bemerkte Winslow lächelnd, während er seine eigene Angelschnur einholte. „Als ich in deinem Alter war, da hielt ich's genauso wie du, lief ständig umher und versuchte Haare zu spalten. Doch je näher ich meinem Heimgang komme, desto mehr erkenne ich, daß das Leben nicht sonderlich kompliziert ist. Jesus sagte: ‚Wer nicht zu mir kommt und alles hinter sich läßt, kann nicht mein Jünger sein', – das ist recht einfach – ‚alles, was er besitzt'."

Howland hob die Schnur auf, an der sie die gefangenen Fische aufgereiht hatten. Auf dem Heimweg an dem quirligen Wasserlauf entlang meinte er nachdenklich: „Eure Welt war aber eine andere, oder nicht? Heute sind die Dinge erheblich komplizierter als zu der Zeit, da Ihr nach Plymouth kamt."

„Menschen werden geboren, sie lieben, sie sterben – und irgendwo auf ihrem Lebensweg begegnen sie Jesus Christus und folgen Ihm nach oder nicht."

„Ihr hört Euch grade so an wie Rachel", lachte Howland. „Vielleicht sollte ich sagen, sie hört sich an wie Ihr. Ihr Winslows seid alle recht ähnlich, wie?"

„Eine starrköpfige Brut, Robert!" bekräftigte Gilbert lächelnd. Sie gingen auf sein Haus zu, und Rachel erwartete die beiden unter der Tür mit fröhlichem Gesicht.

„Noch mehr Fische zum Putzen?" fragte sie kopfschüttelnd. „Legt sie nach hinten, ich putze sie dann, wenn ich zurückkomme. Ich muß rüber zu Elizabeth Crowley und Essen hinbringen."

„Ich werde die Fische putzen", sagte Gilbert und nahm Robert die Schnur mit den Fischen ab. „Du gehst mit Rachel, Robert – komm dann mit ihr zurück, dann werden wir diese Burschen zu Abend verspeisen."

„Nun, ich weiß nicht ..."

„Doch, kommt mit zum Nachtessen, Reverend", drängte Rachel und kicherte leise, was ihn überraschte. „Ich verspreche, Euch nicht den Kopf abzubeißen oder über die Schrift zu debattieren."

Howland hatte sich nach dem Disput am ersten Abend von Rachel ferngehalten, doch nun nahm er den schweren Essenskorb, den sie ihm reichte. Gemeinsam machten sie sich auf den Weg durchs Dorf und unterhielten sich über belanglose Dinge.

Endlich sagte er: „Ich möchte mich wegen meiner scharfen Worte bei Euch entschuldigen, Miss Rachel."

Sie warf ihm einen lächelnden Blick zu. „Ich weiß wohl, daß ich viel zu direkt bin. Bitte verzeiht mir."

Damit war die Atmosphäre bereinigt. Er erzählte ihr von seiner Gemeinde und ihren Problemen, bis sie zu einem ungestrichenen, schindelgedeckten Häuschen kamen.

Vier Kinder spielten im Hof, doch als sie Rachel bemerkten, kamen sie auf sie zugelaufen, riefen ihren Namen und hängten sich an ihr Kleid. Howland fragte sich bei diesem hübschen Anblick nicht zum erstenmal, warum sie wohl nie geheiratet hatte.

Sie gab jedem Kind eine Waffel aus dem Korb und führte ihn dann nach drinnen. „Elizabeth?" rief sie. Eine kleine, verhärmte Frau kam zur Tür und hielt beim Anblick des Geistlichen inne.

„Dies ist Reverend Howland von Littleton, Elizabeth. Reverend Howland, dies ist Mrs. Crowley."

„Grüß Gott, Sir!" sagte die Frau mit leiser Stimme und wandte sich dann um. „Jamie geht's schlechter, Miss Rachel!"

„Ich sehe gleich nach", erklärte Rachel. Zu dritt betraten sie den Raum, in dem ein kleiner Bub von vier bis fünf Jahren unter Decken verborgen im Bett lag. Sein Gesichtchen war gerötet, und der Atem ging rauh und unregelmäßig.

Rachel setzte sich zu ihm, wollte etwas sagen und drehte sich dann um, als sei ihr gerade etwas eingefallen. „Reverend Howland, wollt Ihr für Jamie beten?"

„Aber sicher." Howland trat vor und sprach ein kurzes Gebet. Nach getaner Pflicht trat er wieder zurück. „Ich vertraue auf den Herrn, daß Er Eurem Jungen Barmherzigkeit widerfahren läßt, Mrs. Crowley", sagte er leise. Beim Gebet für Kranke empfand er stets Unbehagen. In Harvard war das sehr selten vorgekommen, doch als Pfarrer einer Gemeinde lagen die Dinge anders, und das war eines der Themen, die ihn bewogen, mit Gilbert Winslow zu sprechen.

„Bitte, Miss Rachel", flüsterte Mrs. Crowley, „möchtet Ihr nicht auch ein Gebet sprechen?"

„Wenn Ihr wünscht, Elizabeth." Sie griff in eine Tasche und holte einen kleinen Gegenstand heraus. Howland beugte sich vor und sah, daß es sich um ein kleines Fläschchen handelte. Sie öffnete es, goß einen Tropfen auf ihre Finger, verschloß das Fläschchen wieder und steckte es in die Tasche. Sanft berührte sie die Stirn des Jungen mit dem Öl und legte die Hand auf seinen Kopf. Lange Zeit sprach sie kein Wort, dann sagte sie so leise, daß ihre Worte kaum zu verstehen waren: „Herr, was ist dein Wille für Jamie?"

Howland war verblüfft! Er stand da und starrte auf die Szene. Das Schweigen war fast zum Greifen schwer, als sie dasaß und wartete. Der Bub rührte sich nicht, und sie sprach nicht wieder. Den Anwesenden schien es, als sei eine lange Zeit vergangen. Da sah er, wie sie nickte, als stimme sie dem zu, was ihr jemand gesagt hatte. „Herr, wir bitten dich, dieses Kind zu heilen."

Die Lider des Jungen flatterten, als er langsam die Augen aufschlug. Er richtete seinen Blick auf sie und sagte mit zitterndem Stimmchen: „Hallo, Miss Rachel."

Sie beugte sich zu ihm nieder und gab ihm einen Kuß. „Hallo, Jamie."

„Ich bin krank gewesen."

„Ja, aber jetzt geht's dir wieder gut." Rachel erhob sich. Auf ihrem ebenmäßigen Gesicht lag ein Ausdruck des Friedens, als sie an Howland vorbeiging. „Ich würde ihn nicht unter dieser schweren Decke lassen, Elizabeth. Und gebt ihm vor morgen nichts Schweres zu essen."

„Gott segne Euch, Miss Rachel!" rief Mrs. Crowley aus und wischte sich die Augen mit ihrer Schürze. „Gott segne Euch – und Euch auch, Sir", setzte sie hinzu, als die beiden das Häuschen verließen.

Sie gingen die Straße hinab, und jeder, der ihnen begegnete, begrüßte Rachel mit Namen und nickte Howland zu. Er wartete, ob sie über Jamie sprechen werde, doch sie schwieg.

Endlich sagte er: „Glaubt Ihr, daß das Kind – nicht mehr krank ist?"

„Jamie?" fragte sie überrascht und blickte auf. „Oh sicher, ihm geht's gut." Dann erkundigte sie sich: „Warum fragt Ihr?"

„Nun –" Er brachte nur ein verlegenes Grinsen zustande, und trotz seiner manchmal schwerfälligen Art erkannte sie, daß er Humor besaß. „Ich nehme an, ich hatte bisher so wenig Erfolg mit meinen Gebeten für Kranke, daß mich die Art, wie Ihr gebetet habt – so positiv – beinahe erschreckte!" Er sah ihr in die klaren Augen und bekannte: „Ich wäre nicht dazu imstande gewesen! Was wäre denn, falls er nicht gesund würde? Was würden die Leute dann denken?"

„Ich kümmere mich nicht darum, was die Leute denken", entgegnete sie entschieden. „Gott hat mich nicht dazu berufen, bei den Leuten beliebt zu sein, sondern Seinen Willen zu tun. In dem Augenblick, da Ihr anfangt an Gottes Wort zu zweifeln, versagt Ihr in der Tat."

Er dachte über ihre Worte nach und meinte dann kopfschüttelnd: „Nun, ich gestehe, daß mir wirklich Zweifel kommen. Fragt Ihr Euch nie, ob Euer Gebet auch erhört werde?"

„Gott hat sich noch nie geweigert, mein Gebet zu erhören."

Er blieb abrupt stehen und starrte sie ungläubig an. Ein älteres Ehepaar, das ihnen entgegenkam, hielt an und drehte sich zu den beiden um, die da mitten auf der Straße standen. „Gott hat jedes Eurer Gebete beantwortet?“ fragte er. Seine Stimme verriet deutliche Zweifel. „Ich habe eine solche Aussage noch nie von jemand gehört.“

Sie schaute ihn mit einem Ausdruck voll Ruhe und Gelassenheit an. Um die vollen Lippen kräuselte sich ein Lächeln, als belustige sie sein Zweifel. „Habt Ihr in Harvard nicht über das elfte Kapitel des Markus-Evangeliums gelehrt?“

„Aber selbstverständlich!“

Sie begann daraus zu zitieren, und in ihrer Stimme klang eine Gewißheit, die ihn in Bann schlug:

„Jesus antwortete ihnen: Habt Glauben an Gott! Wahrlich ich sage euch: Wer zu diesem Berge spricht: Erheb dich und wirf dich ins Meer! und in seinem Herzen nicht zweifelt, sondern glaubt, daß geschieht, was er sagt, dem wird's zuteil werden. Darum sage ich euch: Bei allem, worum ihr in eurem Gebet bittet, glaubt nur, daß ihr's schon empfangen habt, so wird's euch zuteil werden.“

Er blickte sie verwundert an und sagte: „Aber – das ist doch gewiß symbolisch?“

„Ich versuche davon auszugehen, daß der Herr Jesus genau das meint, was er gesagt hat.“

Stumm schüttelte er den Kopf. Während sie ihren Weg fortsetzten, brach er schließlich das Schweigen. „Ich bin nie einem Menschen begegnet, der behauptet, Gott beantworte alle seine Gebete.“

„Doch, das seid Ihr!“ überrascht von ihrer Bestimmtheit sah er sie an. Sie brach in Lachen aus. „Ihr kennt doch meinen Großvater.“

„Sagt er das auch?“

„Ja, und meine Mutter.“

„Ich kann das nicht glauben!“

„Reverend Howland –“

„Bitte nennt mich Robert!“

„Der Name gefällt mir!“ erwiderte sie auf seine Aufforderung. „Nun, Robert, ich weiß nicht, ob ich's zu erklären vermag oder nicht, aber ich will es versuchen. Vor vielen Jahren“, begann sie, und in ihre dunklen Augen trat ein Ausdruck, als sei ihr Blick in weite Ferne gerichtet, „beobachtete ich Mutter einmal beim Beten, und ich sah, wie Gott anscheinend immer darauf antwortete. Aber für mich selbst hatte ich diese Kraft noch nicht erfahren. Es erforderte eine Krise – eine verzweifelte Notlage –, um mich zu der Erkenntnis zu bringen, wie sehr ich Christus und Seine Kraft für meine Nöte brauchte.“

„Eine Krise?“ Howlands Ausdruck wurde immer gespannter, als er in den Bann des Dramas von Rachels Geschichte geriet.

„Ja. Ich geriet mitten in einen Indianerüberfall auf ein kleines Dorf bei Plymouth. Jemand, an dem ich sehr hing, wurde –“ Sie hielt inne und suchte nach Worten.

„Bitte sprecht weiter“, ermunterte Howland sie behutsam.

Rachel holte tief Luft. „Nun, inmitten von all dem Geschrei und Feuer und Blutvergießen geschah etwas in mir. Ich rief zum Herrn, und Er antwortete – ja, er antwortete wirklich – und errettete mich und eine Freundin vom sicheren Tod.“

Howland ließ einen leisen Pfiff hören.

„Wir wurden einige Zeit bei den Indianern gefangengehalten, doch in gewisser Weise war ich weniger in Banden als mein ganzes Leben lang. Ich hatte einer ‚Form der Frömmigkeit‘ angehangen, wie die Schrift sagt, ohne ihre Kraft zu erfahren. Endlich erkannte ich zum erstenmal die Gegenwart Christi und erfuhr, daß Er meine Gebete beantwortete. Bis zu diesem Zeitpunkt war mein Glaube – wenn man ihn überhaupt so nennen kann – ein Erlebnis aus zweiter Hand von meiner Mutter.“

„Ist das der Grund, warum Ihr so gegen den Half-Way Covenant eingestellt seid?“ fragte Robert und mußte beim Gedanken an ihre letzte geistliche Auseinandersetzung grinsen.

Rachel lachte. „Bitte, fangt nicht mehr davon an! Ich möchte es so ausdrücken, daß ich von da ab Jesus Christus für mich selbst erfahren habe. Und seit dieser Zeit hat Er meine Gebete immer beantwortet.“

„Aber wie?“ Howland war immer noch verwirrt.

„Großvater hat mich das Beten gelehrt, und das einzige, wodurch er sich in seinem Beten unterscheidet, ist, daß er Gott niemals um etwas bittet, wenn er nicht sicher ist, daß es sich dabei um Gottes Willen handelt.“

„Ich verstehe das nicht ganz“, entgegnete Howland stirnrunzelnd. „Wie kann er stets Gottes Willen erkennen? Gott kann es auch für besser halten, seinen Willen nicht zu offenbaren.“

„Dann wartet er ab, bis Gott wirklich zu ihm spricht. Das ist also die Art, wie ich bete. Als wir bei Jamie waren, bat ich Gott, mir Seinen Willen zu offenbaren.“

„Und hat Gott Euch wirklich wissen lassen, daß es Sein Wille sei, den Jungen zu heilen?“ Howland empfand Skepsis, wie er sie allen entgegenbrachte, die Visionen und persönliche Botschaften von Gott hatten, die ihre Aussagen immer mit den Worten einleiteten: ‚Gott sagte mir, ich soll dies oder das sagen ...‘

Sie antwortete nicht sofort. Ihr Gesicht war ganz ruhig, während sie sich überlegte, wie sie ihm am besten erklären könnte, was dabei in ihr vorging. „Ich höre Gott nicht, nicht so, wie ich Euch höre“, gab sie zu. „Aber der Mensch besitzt doch einen Geist. Und sagte uns der Herr Jesus nicht, daß Sein Heiliger Geist uns alle Dinge lehren würde?“

„Nun ja, aber ich glaube nicht, daß das – konkrete Dinge bedeutet.“

„Warum nicht?“ fragte sie ruhig. „Glaubt Ihr nicht, daß Jesus sich für die Dinge interessiert, die wir tun? Sorgt Er sich nicht um Jamie weit mehr, als Ihr oder ich es könnten?“

„Ja, Gott sorgt sich darum, aber –“

„Er sagte: ‚Meine Schafe hören meine Stimme‘, oder nicht?“

Diese Unterhaltung machte Robert Howland recht nervös, und er suchte nach einem Weg, das Thema zu wechseln, doch sie nahm von seiner inneren Erregung keine Kenntnis.

„Ich fragte Gott, ob es Sein Wille sei, Jamie zu heilen – und ich spürte in meinem Geist, daß Er ‚ja‘ sagte. So betete ich einfach um das, was Gott bereits tun wollte. Und Jamie ist geheilt.“

Ihre Augen füllten sich mit Tränen, und sie sagte leise: „Dem Herrn sei Lob und Dank, denn Seine Güte währet ewiglich!“

Das alles war grundverschieden vom Studium verstaubter Bücher zum Thema „Gebet für die Kranken“. Howland war sicher, daß die Frau das Opfer überschießender Gefühlsausbrüche war. Er hatte sich vom Charme der ganzen Familie hinreißen lassen. Nun entschied er sich unvermittelt, weniger Zeit in ihrer Gesellschaft zu verbringen.

Doch er war nun verpflichtet, an dem Fischessen teilzunehmen, und so ging er mit ihr zum Haus von Reverend Samuel Parris, dem Pastor des Ortes. Parris wohnte in einem Ziegelhäuschen mitten im Dorf. Als sie zum Haus kamen, öffnete eine Schwarze die Tür. „Hallo Tituba“, sagte Rachel. „Ist Reverend Parris zu Hause?“

„Ja, er mit Miss Betty.“

In diesem Augenblick betrat ein schlanker Mann mit engstehenden Augen und verhärmtem Ausdruck den Flur. Zwei junge Frauen, beide blaß und erregt, folgten ihm. Beim Anblick der beiden Besucher blieb er abrupt stehen, warf den beiden Frauen einen scharfen Blick zu und sagte: „Abigail, Ihr und Susanna lauft jetzt los – aber seid heute Nachmittag wieder hier.“

„Ja, Sir“, erwiderte die eine, ein hübsches, braunhaariges Mädchen mit klugem Blick. „Komm, Susanna.“ Die beiden verschwanden, und Rachel stellte die beiden Männer vor.

„Reverend Parris, dies ist Reverend Robert Howland, der neue Pastor in Littleton. Reverend Samuel Parris.“

„Seid mir willkommen, Sir", begrüßte ihn Parris rasch. Er hatte ein nervöses Zucken am linken Auge. „Ich hoffe, daß Ihr in Eurem neuen Feld ein fruchtbares Wirken haben werdet – aber Ihr müßt Euch hüten! Diese Leute können wenig vertrauenswürdig sein, Sir!"

„Nun, ich glaube, ich bin bisher recht anständig behandelt worden, Reverend Parris", antwortete Howland. Er war etwas bestürzt, daß ein Pfarrer einem Fremden gegenüber solch offene Kritik an seinen Gemeindemitgliedern übte.

„Sie waren ausgesprochen ungerecht! Würdet Ihr's für möglich halten, Sir, daß sie mich zwangen, selbst mein Holz zu fällen, wo doch vereinbart war, daß die Kirche mich mit Holz versorgt!"

Howland erfuhr rasch, daß es zwischen Parris und seiner Gemeinde einen ständigen Kriegszustand gab. Die meisten Mitglieder der Gemeinde einschließlich der Winslows hatten es restlos satt, ständig von dem Unrecht zu hören, das ihm angetan werde.

„Ich hörte, daß Eure Betty krank ist", sagte Rachel und griff damit ein anderes Thema auf.

„Krank? Wer hat Euch das erzählt?" fuhr Parris los, als habe ihn jemand eines Verbrechens beschuldigt. Dann holte er schnüffelnd Luft und beruhigte sich etwas. „Nun, sie hat einen Schnupfen, weiter nichts."

„Möchtet Ihr gerne, daß wir mit ihr beten?" fragte Rachel freundlich.

„Ist nicht notwendig, gewiß nicht!" entgegnete Parris sofort. „Vielleicht möchtet Ihr gerne Tee?"

„Oh nein, ich muß noch mehrere Besuche machen", teilte Rachel ihm mit. „Ich wollte Euch mit Reverend Howland bekanntmachen, da Ihr nun Brüder im geistlichem Amt seid."

„Ihr müßt einmal zu Besuch kommen, wenn Ihr hier ein wenig vertraut seid", meinte Parris. Beim Sprechen trat das Zucken an seinem Auge deutlicher in Erscheinung. Er fuhr sich wie in einer gewohnheitsmäßigen Geste mit der Hand darüber.

„Ich stehe Euch immer zur Verfügung", sagte Howland und schüttelte die zerbrechliche Hand des Pastors. Nachdem sie gegangen waren, bemerkte Howland schüchtern: „Reverend Parris macht einen ziemlich aufgeregten Eindruck."

„Ja, nicht wahr? Er ist ein recht nervöser Mann. Wißt Ihr, Robert, er war hier nie glücklich. Er glaubt, daß er in einem kleinen Dorf wie hier falsch am Platze ist."

„Das Leben eines Geistlichen ist für gewöhnlich recht hart, meint Ihr nicht auch, Rachel?"

„Nein, das denke ich nicht", erwiderte sie überrascht. Nach einer

Weile fuhr sie fort: „Hart ist es, wenn man die Gnade Gottes nicht kennt. Wenn Jesus Christus mit mir ist, wie kann da etwas hart sein?"

Robert empfand plötzlich große Bewunderung für diese Frau. Er nahm sie beim Arm, ohne sich dessen bewußt zu sein, und sagte: „Ihr habt einen wunderbaren Geist, Rachel!"

Sie wurde rot und lachte. „Kommt, Robert, wir müssen uns beeilen. Ich würde es Gilbert Winslow durchaus zutrauen, daß er die Fische zubereitet und dann alle miteinander allein aufißt!"

Alle drei genossen einen heiteren Abend. Nach dem köstlichen Abendessen entschieden Gilbert und Rachel, daß es für Robert zu spät sei, um noch nach Hause zurückzuwandern. „Wir haben ein freies Zimmer, ein Prophetenzimmer, wie wir's nennen", meinte Rachel lächelnd. „Ihr werdet meinem Großvater gute Gesellschaft leisten."

Sie saßen bis acht Uhr um den Tisch, und Robert konnte nicht genug von den Geschichten des alten Mannes über die erste Zeit bekommen. Endlich gähnte Winslow. „Ich scheine alt zu werden! Ich kann nicht mehr bis Mitternacht aufbleiben." Lächelnd stand er auf, und zum erstenmal lag in seiner Stimme ein Anklang von Müdigkeit, und seine Hände zitterten leicht. „Du hast mir einen schönen Abend beschert, mein Junge! Ich hoffe, du kommst noch oft hierher. Du bist deinem Großvater John wirklich sehr ähnlich!"

Er zog sich in sein Zimmer zurück. Howland sagte zu Rachel: „Es fällt mir schwer, nicht zu vergessen, daß er einundneunzig ist, Rachel!"

„Ich weiß", sagte sie nachdenklich. „Er ist der kräftigste Mann, den ich je kennengelernt habe, Robert. Ich werde – ihn vermissen."

Howland warf ihr einen erstaunten Blick zu. „Er ist doch nicht krank, hoffe ich?"

„Nein, Gott sei Dank – aber die Zeit ist bald für ihn gekommen, zu seinem Herrn heimzukehren. Dafür lebt er. Ich freue mich, wenn diese Zeit kommt, aber ich werde ..."

Sie stand unvermittelt auf und ging hinaus in die warme Sommernacht. Er folgte ihr und trat neben sie, als sie sich an die Hauswand lehnte.

Beide schwiegen lange Zeit still. ‚Seltsam', dachte er, ‚daß wir nicht zu sprechen brauchen.'

„Wißt Ihr, Rachel", begann er schließlich, „Ihr seid die einzige Frau, die dreißig Sekunden lang schweigen kann."

Sie wandte sich zu ihm um. Er erschrak, als er die Tränen in ihren Augen sah. Nie hatte er das geringste Zeichen von Schwäche an ihr bemerkt, doch nun fühlte er sich tief bewegt. Auf einmal nahm er ihre Hand und hielt sie fest. „Bevor wir nach draußen gingen, wolltet Ihr wohl sagen, daß Ihr einsam sein werdet, wenn er einmal dahingegangen ist?"

„Ja, ich nehme an."

Er blickte sie an, und sie wirkte in dem sanften Mondlicht sehr klein und sehr verletzlich. Endlich wagte er die Frage, die ihm so oft durch den Kopf gegangen war: „Warum habt Ihr nie geheiratet, Rachel? Seid Ihr nie verliebt gewesen?"

„Einmal schon", flüsterte sie, „wenigstens dachte ich das damals. Doch dann starb er, und ich versprach Gott, Ihm immer zu dienen."

Howland hielt sich viel zugute auf seine Beherrschung. Er lebte nach einem Codex eiserner Disziplin, der ihm nicht erlaubte, der Schwäche des Fleisches nachzugeben. Vor Jahren hatte er sich einmal den Gedanken an eine Ehe aus dem Kopf geschlagen, wenigstens bis Gott ihm die Freiheit schenkte, sich eine Frau zu wählen.

Doch als er nun dastand und Rachels Hand hielt, nahm er plötzlich ihr Gesicht wahr, das sich ihm zuwandte. Ein seltsames Gefühl der Schwäche erfüllte ihn und ließ seine Hand zittern.

Sie blickte überrascht auf, als sie dieses Zittern bemerkte. Ihre großen Augen glänzten im Mondlicht. „Ihr zittert ja, Robert!" rief sie. Unwillkürlich berührte sie seine Wange, und eine Träne rollte über ihr Gesicht und zog eine silbrigglänzende Spur. „Ihr dürft mich nicht bedauern", sagte sie.

Doch tiefes Mitleid und das jähe Gefühl überwältigten ihn. Er war ein Mann, der seine Gefühle und alles andere unter strenger Kontrolle hielt, doch ihre Hand, die er auf seiner Wange fühlte, löste etwas in ihm, was über Jahre hinweg gebunden war.

Er nahm sie bei den Schultern, neigte den Kopf und küßte ihre weichen Lippen. Sein Mund schmeckte das Salz ihrer Tränen.

Rachel hatte Howland durchaus als Mann wahrgenommen, und sein Kuß jagte ihr einen Schauer durch den Körper, den sie nicht zu unterdrücken vermochte. Er legte die Arme um sie und hielt sie behutsam fest. Seine Liebkosung drückte Mitgefühl aus, doch es lag mehr darin. Sie hatte ihn in seinem Innersten angerührt, und sein Herz neigte sich ihr zu.

Wie Howland hatte auch Rachel diesen Lebensbereich vollständig abgesperrt, doch plötzlich wurde die Tür aufgestoßen, und sie fühlte nur noch seine starken Arme, die sie umfingen, dicht an sich zogen, und seine Lippen auf ihrem Mund.

Auf einmal wich sie zurück und zog heftig die Luft ein. Gleich ließ er verwirrt die Arme fallen. Sie schauten sich an und keiner brachte ein Wort heraus. Endlich sagte Howland: „Ich – ich muß –"

Er konnte den Satz nicht beenden, denn Rachel wischte sich mit einer raschen Bewegung die Tränen weg und erwiderte: „Mach dir keine Vorwürfe, Robert, – es ist nicht deine Schuld."

Howland war tief entsetzt und stammelte: „Ich – ich kann nicht glauben, daß ich mich so benommen habe!"

Sie blickte ihn mit einem seltsamen Lächeln an. „Du hast ein weites Herz, Robert, und hältst es wohl verschlossen! Aber ich habe wohl eben erkannt, was für ein leidenschaftlicher Mann unter dieser starren Oberfläche verborgen ist!"

Er schüttelte den Kopf. „Ich bin froh, daß du so darüber denken kannst, Rachel."

„Du hattest Mitleid mit mir – mehr nicht." Sie ging zur Tür, blieb kurz davor stehen und sagte: „Es war ein brüderlicher Kuß, Robert. Gute Nacht."

Er sah ihr nach, wie sie das Haus betrat, wanderte dann noch lange Zeit unter dem Sternenhimmel dahin und kehrte endlich ins Haus zurück. Das letzte, was ihm vor dem Einschlafen durch den Sinn ging, waren ihre letzten Worte: Es war ein brüderlicher Kuß – mehr nicht!

KAPITEL NEUNZEHN

Die Jagd ist los

„Komm rein, Robert, komm rein! Wo um alles in der Welt hast du denn gesteckt?“

Miles packte Robert Howland beim Arm, zerrte ihn buchstäblich ins Haus und legte los, ihn wegen seines Fernbleibens auszuschelten. Howlands Gesicht verzog sich zu einem Lächeln. Seine Zuneigung zu dem jungen Mann brachte den düsteren Ausdruck seines Schülers zum Verschwinden. Robert ließ den Sturm der Worte über sich ergehen und befaßte sich in Gedanken weniger darüber als vielmehr über die eigentümliche Geistesverfassung, in der er sich seit seinem letzten Besuch in Salem befand.

Er war kein Mensch, der sich allzu sehr mit sich selbst beschäftigte, doch das kurze Zwischenspiel mit Rachel hatte einen so tiefen Eindruck hinterlassen, daß ihm die Szene immer wieder vor Augen trat, wie sehr er sich auch bemühte, sie aus seinen Gedanken zu verbannen. Jahrelang war er auf der Hut gewesen vor allem, was ihn in seinem geistlichen Amt hätte behindern können – und das augenfälligste Hindernis wäre seinem Urteil nach eine Ehe gewesen. Die Abwehr potentieller Ehekandidatinnen war ihm beinahe zur zweiten Natur geworden, doch dieser Fall lag anders. Er vermochte den Finger nicht darauf zu legen, aber auch nicht zu vergessen. Das letzte Zusammentreffen nagte an ihm, zerrte seinen Geist in zwei Richtungen. Seit einem Monat litten seine Arbeit, sein Studium der Schrift und sein Schlaf. Heute morgen endlich hatte er nach einer weiteren unruhigen Nacht die Zähne zusammengebissen und sich auf den Weg nach Salem begeben. Er hatte sich keinen Plan zurechtgelegt, doch er wußte, daß er Rachel gegenübertreten mußte, und wenn auch nur mit dem Ziel festzustellen, ob seine lebhafte Erinnerung an sie eine Ausgeburt seiner Einbildung war.

„Sind deine Eltern zu Hause?“ unterbrach er schließlich den Monolog des jungen Miles.

„Wie? Nein, sie sind nicht daheim, und mich hättest du beinahe auch nicht mehr erwischt, Robert.“ Sein Gesicht verriet auf einmal Besorgnis. Ernsthaft fuhr er fort: „Ich bin froh, daß du gekommen bist – hier kochen die Dinge über. Ich schwöre dir, die ganze Stadt ist wahnsinnig geworden!“

„Was ist passiert?"

„Ach, es ist dieser törichte Hexenunfug!" sagte Miles angewidert. „Ein paar dumme Weiber beschuldigten eine arme alte Frau – Bridget Bishop –, eine Hexe zu sein, und der Prozeß hat eben angefangen. Komm mit, er ist schon im Gange, vielleicht kannst du von Hilfe sein."

„Ich kann mir nicht denken, auf welche Weise", wandte Howland ein, doch er ließ sich mitschleppen. In seinem eigenen Dorf hatte es eine Menge Gerede über Hexerei gegeben; er war neugierig, wie dieses Problem in Salem behandelt wurde.

Sie lenkten ihre Schritte zum größten Gebäude in Salem, einem zweistöckigen Bauwerk aus rotem Ziegel. Eine Menschenmenge drängte sich aufgeregt schwatzend davor und starrte durch die offenen Fenster.

„Wir kommen nie da hinein!" sagte Howland, doch Miles zog ihn am Arm. Sie wurden von einem älteren Mann eingelassen, der dem jungen Mann zunickte und die Tür gerade soweit öffnete, daß sie hineinschlüpfen konnten.

Die Tür befand sich an der Rückseite des großen Raumes; daher bemerkten nur wenige ihren Eintritt. Sie stellten sich an der Wand zu den anderen, die keinen Sitzplatz mehr bekommen hatten. Robert sah die Familie Winslow weit vorne in der Nähe einer der Bänke sitzen, die rechtwinklig im Raum standen, der erhöhten Plattform gegenüber, wo mehrere ältere Männer an einem langen Tisch saßen – Friedensrichter, vermutete er, und Richter für das Verhör.

Rachel schaute zu ihm herüber. Als sich ihre Blicke trafen, hatte er das seltsame Empfinden, als sei sie genauso ruhelos wie er, denn sie biß sich erregt auf die Lippe, nickte und wandte sich dann wieder der Szene vor ihr zu.

Auf einer schmalen, mit einem Geländer eingefaßten Plattform stand eine einfach gekleidete alte Frau, die vor Aufregung nur mit brechender Stimme sprechen konnte. Sie mußte mindestens fünfundsechzig bis siebzig Jahre alt sein, und nach ihrer Redeweise und ihren Handlungen schloß Howland, daß sie von bescheidener Herkunft und nicht besonders intelligent war.

„Und Ihr habt Zeugnis um Zeugnis gehört, das bekräftigt, daß Ihr ihnen in einer greulichen Gestalt erschienen seid", sagte einer der Richter in strengem Ton. Er war ein großgewachsener, dürrer Mann mit langem Gesicht und starren Augen. „John Cook schwört, daß Ihr ihm vor fünf Jahren erschienen seid, daß Ihr ihn auf den Kopf geschlagen habt und am gleichen Tage in das Zimmer gegangen seid, in dem er saß, und daß ein Apfel auf seltsame Weise aus seiner Hand in den Schoß seiner Mutter flog, sechs bis acht Fuß von ihm entfernt. Was sagt Ihr dazu, Bridget Bishop?"

„Och, ich hab' seine Mutter nie mit einem Apfel getroffen – Gott sei mein Zeuge, daß ich ihn nie geschlagen habe."

„Er hat aber geschworen, daß Ihr's getan habt! Wollt Ihr Master Cook einen Lügner nennen?"

„Oh nein, Sir!" Die alte Frau zitterte vor Angst so sehr, daß sie schwankte. „Bei Gott, Sir, Mr. Cook – er war zornig mit mir wegen der Sache mit den Ferkeln, aber ich hab' ihm nie etwas angetan!"

„Was ist's mit diesen Schweinen?" Alle Köpfe drehten sich um und sahen Matthew Winslow aufstehen und sich an das Gericht wenden.

„Mr. Winslow! Wir werden dafür Sorge tragen, daß alle Hinweise gehört werden! Ihr seid kein Richter in diesem Verhör!"

Winslow streckte plötzlich den Arm aus wie einen Degen und wies auf den Mann mit dem langen Gesicht, der von Wut erfüllt war. „Thomas Carlew, Ihr habt ein Dutzend Zeugen zugelassen, um einen lächerlichen Vorfall zu bekunden, der sich vor zehn Jahren zutrug, während Ihr zu gleicher Zeit taub seid für jeden Hinweis, daß diese Leute vielleicht genauso töricht sind, wie sie sich anhören!"

Ein ärgerliches Summen schwirrte durch den Saal, und Miles flüsterte Howland zu: „Vater hat Bewegung in die Sache gebracht, wie? Schau nur, wie wütend die Zeugen sind."

Howland bemerkte, daß viele vor Wut auf Winslow kochten. Bei sich dachte er: ‚Winslow bringt sich in Schwierigkeiten!'

Es gab eine hitzige Auseinandersetzung darüber, ob die Beschuldigte ihre Aussage über das Thema der Schweine erweitern dürfe oder nicht, doch die direkten Angriffe Winslows gingen weiter, und die alte Frau sagte: „Bitte Sir, es war nur so, daß Master Cook sechs Ferkelchen von mir gekauft hat und dann sind vier gestorben – und so ist er gekommen und hat sein Geld wiederhaben wollen – sagte, sie seien verflucht gewesen. Aber ich hab' kein Geld gehabt, und da hat er gesagt, daß ich eine Diebin und Hexe bin." Sie fing an zu weinen, und Matthew wandte sich an einen Mann von dunkler Gesichtsfarbe in der vordersten Reihe.

„Mr. Cook, Ihr seid ein voreingenommener Zeuge – Euer Zeugnis ist ohne Wert."

Cook sprang auf und begann auf Winslow einzuschreien, doch der Richter sprach laut: „Setzt Euch, Mr. Cook! Und Ihr auch, Matthew Winslow! Sonst muß ich Euch aus dem Saal weisen!"

Winslow richtete seinen Blick auf ihn und sagte laut: „Ihr seid eine Schande für Euer Amt, Jacob Sneed!" Er schwenkte den Arm über den ganzen Gerichtssaal und rief: „In Gottes Namen, seht Ihr denn nicht, was dieses Verhör für eine Farce ist? Keine Spur von Beweisen! Nichts als eine Horde schnüffelnder, törichter, hirnloser Klatschweiber, die entschlossen sind, sich auf Kosten einer armen, unglücklichen Frau einen lustigen Tag zu machen! Gott möge Euch allen gnädig sein!"

Im Saal brach ein Tumult los. Einige brachten Winslow Sympathie entgegen, doch die meisten waren zornig über die Unterbrechung. Richter Sneed brachte endlich soweit Ruhe in die Menge, daß er sagen konnte: „Ihr werdet diesen Raum verlassen, Matthew Winslow – bevor ich Euch wegen Mißachtung des Gerichts mit einer Geldbuße belege!"

Winslow erhob sich mit loderndem Blick und rief in schneidendem Ton: „Es gibt nicht Worte genug auf der Welt noch Verstand genug in Euren Köpfen, um die Verachtung auszudrücken, die ich für dieses – nein, ich will nicht sagen Gericht – empfinde, denn es ist keins! Für dieses Pack von Hunden ohne eine Spur von christlicher Liebe! Ich will mit Euch nichts mehr zu schaffen haben!"

Er trat in den Mittelgang hinaus, das Gesicht eine Maske ohnmächtigen Zorns. Lydia, Rachel und Gilbert folgten ihm. Als sie den Saal verließen, schlossen sich Miles und Howland an. Draußen drängten sich die Leute um sie, manche zornig, andere aber riefen ihnen zu: „Gut gesagt, Sir!"

Ein stämmiger Mann mit pockennarbigem Gesicht baute sich vor Matthew auf und redete ihn voller Hohn an: „Ihr habt das große Wort geführt, Winslow, jetzt rede ich!" Er warf einen raschen Blick in die Runde und stellte befriedigt fest, daß die Menge aufmerksam lauschte. „Also wie ist das nun, Winslow? Ihr habt meinen Bruder einen Lügner genannt, wie?"

Matthew hob den Kopf und blickte seinen Ankläger kalt an. In seinen Augen lag ein Ausdruck, der den schwerfälligen Mann bewog, plötzlich zu blinzeln und einen Schritt zurückzutreten. „Rufus Cook, Euer Bruder ist ein Lügner, das ist in dieser Gemeinde allgemein bekannt. Ihr seid ein Lügner und Dieb, und ich bin gerne bereit, das jederzeit vollständig vor einem Gerichtshof zu beweisen, – oder jetzt auf der Stelle mit Fäusten, Messern, Gewehren oder welche Waffe Ihr haben wollt!"

Schweigen senkte sich über den Platz, denn Winslows Ruf aus seinen jüngeren Tagen als Fechter von ungeheurem Format war noch durchaus lebendig.

Rufus Cook duckte sich. „Ha, Ihr seid ja so gut und rein, Ihr Winslows alle miteinander! Aber ich sag' Euch, da gibt's eine Menge Gerede über Euch, jawohl! Das Mädchen da, ha – die ganze Stadt weiß, daß das nicht mit natürlichen Dingen zugeht, wie die Leute gesund werden, wenn sie zu ihnen geht. Und wenn man einen Körper gesund machen kann, ha, da kann man ihn auch verwünschen und krank machen, oder vielleicht nicht?“

Ein unheilvolles Gemurmel lief durch die Menge, und Cook nickte wild mit dem Kopf. „Und die Frau da von Euch, die betet so komisch. Sagt Sachen in einer Sprache, die kein ordentliches Englisch ist! Und was wissen wir denn schon, was sie da sagt, Winslow – womöglich das Vaterunser rückwärts, könnt' schon sein, was?“

Matthews Arm fuhr so schnell vor, daß es kaum zu sehen war. Seine Faust traf Cook mit dumpfem Krach und einer Wucht mitten ins Gesicht, daß der stämmige Mann rückwärts in den Staub fiel. Winslow packte ihn am Mantel und zerrte ihn auf die Füße. Er nahm von dem Blutstrom, der aus Cooks Nase floß, keine Notiz, sondern sagte mit kalter Stimme: „Wenn Ihr noch einmal Euer Maul über meine Familie aufreißt, Rufus Cook, dann braucht sich diese Gemeinde nicht länger um Eure nutzlose Anwesenheit zu kümmern!“

Er schob den Mann von sich, und die Menge wich auseinander, um die Familie durchzulassen. Keiner sprach, bis sie von dem Platz aus nicht mehr zu sehen waren. „Sie sind wahnsinnig!“ stellte Miles verbittert fest.

„Sie werden die alte Frau auf Grund von solchen Beweisen bestimmt nicht verurteilen!“ sagte Rachel.

„Vielleicht doch“, erwiderte ihr Vater bedrückt. „Wir müssen uns um Hilfe kümmern. Ich hätte Rufus Cook nicht schlagen sollen!“ Er schüttelte den Kopf und lächelte Robert entschuldigend zu. „Habt Ihr hierzu irgendeine Idee, Reverend?“

„Ich glaube, Ihr solltet zu Reverend Parris gehen“, riet Howland. „Er entspricht vielleicht nicht Euren Vorstellungen von einem guten Pastor – aber er ist doch in einer Position, wo er einiges Gute bewirken kann.“

„Ja, das stimmt“, warf Gilbert plötzlich ein. „Der Mann besitzt nicht viel vom Geist des Herrn, aber als Pastor hat er die Autorität, diese Horde von Narren zu zerstreuen!“

„Ich frage mich, warum er nicht beim Prozeß war, Matthew“, sagte Lydia.

„Ich glaube, seine Tochter ist krank“, antwortete Lydia. „Vielleicht wollte er sie nicht alleinlassen.“

„Nun, dieser Ton gefällt mir nicht“, brummte Matthew. „Bei einer Sache von solcher Tragweite sollte der Pfarrer auf jeden Fall anwesend sein. Wir wollen abwarten, bis das Verhör vorbei ist; dann werden wir mit Reverend Paris sprechen.“

Sie mußten lange ausharren, und Howland fühlte sich hier etwas fehl am Platz, doch als er vom Weggehen sprach, erhob Matthew Einwendungen. „Nein, Ihr müßt mit uns gehen, Robert! Parris hört auf einen Amtskollegen wahrscheinlich mehr – denn mir wird er gewiß nicht viel Gehör schenken."

Der Morgen schlich sich dahin, und Lydia richtete einen kleinen Mittagsimbiß her. Keiner hatte richtig Hunger, und obwohl sich ihre Gedanken mit dem Prozeß beschäftigten, bewegte sich ihr Gespräch meist um andere Dinge. Nach dem Essen legte sich Gilbert zu einem Schläfchen nieder; Miles erledigte etwas für seinen Vater. Als auch Matthew und Lydia verschwanden, war Howland auf einmal zu seiner Bestürzung allein mit Rachel.

Als er sich an den Tisch setzte, um Tee zu trinken, kam sie und nahm ihm gegenüber Platz. „Ihr seht müde aus, Robert", bemerkte sie. „Ich vermute, daß Ihr hart arbeitet."

Er zuckte die Achseln, wollte ihr schon zustimmen, doch dann gewann seine Ehrlichkeit die Oberhand. „Nein, Rachel, ich bin ziemlich bekümmert seit meinem letzten Besuch hier." Er fing ihren überraschten Blick auf und lachte kurz. „Darf ich davon ausgehen, daß Ihr nicht außer Fassung geraten seid?"

Rachel sah ihn an, eine schwache Röte färbte ihre Wangen und verlieh ihr, wie er fand, noch mehr Zauber. „Ich habe an Euch gedacht", sagte sie ruhig.

Dann herrschte Schweigen, das dem Ticken der Uhr auf dem Kaminsims ein besonderes Gewicht gab. Sie griff in einer sehr weiblichen Geste an ihren Hals, und ihre Augen begegneten sich; so blickten sie einander sekundenlang an.

Schließlich sagte sie: „Wir sind uns recht ähnlich, Robert, meint Ihr nicht? Beide haben wir beschlossen, unser Leben Gott zu widmen, und beide haben wir mit großer Sorgfalt eine hohe Mauer um unsere Herzen errichtet. Ich erkannte das bei Euch, als wir uns das erstemal trafen." Bei der Erinnerung mußte sie lächeln. „Es war wie eine große Tafel, die ein Mann an seine Tür gehängt hatte: BETRETEN VERBOTEN – LIEBE NICHT GESTATTET!"

Auf Howlands Gesicht trat eine Veränderung ein, denn ihre Worte rückten sein Leben plötzlich ins Licht. Nie hatte er in dieser Weise darüber nachgedacht, doch nun sagte er: „Nun, Ihr habt da ganz recht! Ich möchte mein Leben wirklich Gott weihen, doch ich habe nie ein Gelübde darüber abgelegt."

„Ich auch nicht!" bekannte sie und biß sich auf die Lippe. Trauer spiegelte sich in ihren braunen Augen, als sie fortfuhr: „Als ich den Mann verlor, mit dem ich verlobt war, dachte ich, das Leben sei in gewissem Sinne vorbei. So wandte ich mich Gott zu, und seit jenem Tage versuche ich, an nichts anderes zu denken, als wie ich Ihm dienen kann."

Er stand auf und ging nervös im Zimmer auf und ab. Gelegentlich blickte er aus dem Fenster. Endlich blieb er vor ihr stehen und schaute sie mit kummervollen Augen an. „Ich denke ununterbrochen an Euch", sagte er. „Ich kann Euren Kuß nicht vergessen."

Erregt stand sie auf, doch er faßte sie am Arm, ehe sie sich abwenden konnte. „Robert!" protestierte sie, doch er hielt sie fest, und ihr Herz begann wild zu pochen.

„Ich glaube, ich habe mich in dich verliebt, Rachel", sagte er ruhig.

„Du – das darf nicht sein!" rief sie. „Jetzt ist nicht die Zeit, darüber zu sprechen, bei all den Sorgen, die wir haben", setzte sie rauh hinzu.

„Wenn ein Mann liebt", entgegnete er heiser, „dann ist die Zeit, darüber zu sprechen, wenn er die Frau in seinen Armen hält – so wie jetzt." Er küßte sie wieder und achtete nicht auf ihre Versuche, sich von ihm freizumachen.

Nie war ihr bewußt, wer von ihnen sich zuerst vom anderen löste, denn sie war ganz in das Wunder versunken. Doch als er den Kopf hob und einen Schritt zurücktrat, sagte sie rasch: „Das darf nicht sein! Es ist – zu schnell! Was würdest du dazu sagen, wenn jemand von den jungen Leuten in unserer Kirche das täte, was wir tun?"

„Wir sind keine Kinder, Rachel", erwiderte Howland. „Eines weiß ich gewiß: Daß ich nie einer Frau gegenüber das gleiche empfunden habe, wie ich für dich fühle! Wenn dies nicht Liebe ist, weiß ich nicht, was es dann sein soll. Aber sage mir erst, was du empfindest?"

Sie war zwischen zwei Wünschen hin- und hergerissen, beide gleich stark, und so vermochte sie nicht gleich zu antworten. Er wartete, als er den Kampf beobachtete, der sich in ihrem Gesicht spiegelte. Seufzend meinte sie endlich: „Ich muß erst beten! Es ist nichts Geringes, sein Herz in die Hände eines anderen Menschen zu legen!"

Lächelnd nahm er ihre Hände in seine. „Rachel, dies ist eine Zeit der Prüfung. Du sagst, Gott habe dir nie etwas verweigert? Dann ist die Sache nicht schwer. Du mußt Ihn nur fragen, ob es Sein Wille ist, daß ich in dein Leben trete."

„Das werde ich tun. Aber ich glaube, diesmal wird Gott die Antwort nicht von den Hausdächern rufen. Die Antwort wird, glaube ich, wie der Schatz sein, der in einem Feld verborgen liegt. Robert, wir werden alles daransetzen müssen, was wir haben, um Gott in dieser Frage zu finden!"

Lydia war nicht entgangen, was sich zwischen ihrer Tochter und

Robert abspielte. Auf dem Weg zu Pastor Parris warf Lydia Robert einen fragenden Blick zu, sagte aber nichts, doch in ihren dunklen Augen lag ein Ausdruck, der ihm Unbehagen bereitete wie bei einem kleinen Jungen, der mit den Fingern im Honigtopf erwischt wird. Er beschloß, so bald wie möglich mit Rachels Eltern über seine Gefühle zu sprechen, um jedes Mißverständnis zu vermeiden.

Ihr Besuch bei Parris verlief recht kurz, beinahe brüsk, denn der Pastor war so aufgeregt, daß er kaum zu sprechen vermochte. Seine rotgeränderten Augen verrieten, daß er seit Tagen keinen Schlaf mehr gefunden hatte. Als Matthew ihm mitteilte, warum sie gekommen seien, rief Parris: „Oh nein, ich kann mich nicht gegen das Gericht stellen! Nein, nicht nach dem, was hier, in meinem eigenen Hause – geschehen ist!"

„Aber was ist denn los, Pastor?" fragte Winslow verblüfft.

Parris ließ ein gequältes Stöhnen hören. Endlich versuchte er, sich zu fassen, und begann: „Ich muß – ich muß Euch sagen", kam es unter Qualen aus ihm heraus, „der Teufel erhebt sein Haupt – in meinem eigenen Hause!"

„Was wollt Ihr damit sagen?" rief Winslow.

„Meine Tochter Betty und meine Nichte Susanna wurden vom Teufel angefallen! Betty ist in Trance, und ihre Kusine hat mir mitgeteilt, daß sie beide von meiner Dienerin Tituba und zwei anderen gepeinigt wurden! Ach, es ist viel schlimmer, als Ihr Euch vorstellen könnt! Sie haben im Wald draußen getanzt, nackt! Und Abigail Williams – sie ist auch daran beteiligt – und Gott weiß wer noch alles! Der Teufel ist unter uns los, sage ich Euch!"

„Bruder! Beruhigt Euch!" sagte Matthew energisch. Er blickte den verstörten Pastor an und sagte: „Ihr müßt Euch irren!"

„Wollte Gott, es wäre so!" ächzte Parris. „Aber sie haben gestanden, und ich habe um Hilfe aus Boston geschickt. Reverend Hale muß schon auf dem Wege sein, wenigstens hoffe ich das."

„John Hale aus Beverly?" erkundigte sich Howland rasch.

„Ja, ich glaube", nickte Parris. „Kennt Ihr ihn, Reverend Howland?"

„Ja. Er war im vergangenen Jahr in Harvard."

„Er besitzt im ganzen Land die größte Kenntnis in der Frage von Hexen – außer Cotton Mather natürlich."

„Sind wir soweit gekommen, nach Experten über Hexen zu schicken!" rief Winslow aus. „Wir sind fromme Menschen! Wir können selbst die Wahrheit in dieser Sache herausfinden!"

Parris preßte eigensinnig die Lippen zusammen. „Meine Tochter ist in Trance, Sir! Wir müssen den Teufel mit der Wurzel ausreißen – selbst wenn der die Gestalt eines getreuen Mitglieds der Kirche annimmt!"

„Darin liegt ja die Gefahr, Parris!" rief Matthew. „Wäret Ihr beim Verhör gewesen, dann hättet Ihr ein Beispiel erlebt für dieses Ausschnüffeln von Hexen! John Cook deutet mit dem Finger auf eine arme alte Frau, die er seit Jahren wegen einer lächerlichen Kleinigkeit haßt, und schreit: ‚Sie ist eine Hexe!' Andere mischen sich ein, und bevor Ihr's Euch versehť, ist jeder ganz wild darauf, sich an der Jagd zu beteiligen!"

„Mr. Winslow, ich weigere mich, über diese Sache zu reden!" schrie Parris. „Reverend Hale wird den Teufel aufspüren, der unsere Leute mit seinem Geschick eingefangen hat – und dann werden wir uns mit ihm befassen!"

Winslow nickte. „Wir werden sehen, was dieser Mann zu sagen hat, aber wir laufen Gefahr, uns bei dieser Geschichte selbst zu verlieren, das sage ich Euch!"

Sie gingen, und hinter ihnen fiel die Tür mit einem Knall ins Schloß.

„Was für ein Mensch ist dieser Hale?" fragte Matthew auf dem Heimweg.

„Er ist kein schlechter Kerl, Matthew", entgegnete Howland bedächtig, „aber er ist von dem Thema ganz besessen! Er verbringt seine ganze Zeit damit, über Hexen zu lesen und die unsichtbare Welt zu studieren. Reverend Mather interessiert sich für das Thema, wie Ihr wißt, aber bei Hale ist – kein Gleichgewicht da! Hinter jedem Busch sieht er einen Dämon! Aber er ist ein gerechter Mann, einer, der Gott liebt."

„Das ist eine traurige Sache – wirklich traurig!" Gilbert schüttelte den Kopf, während sie ihren Weg fortsetzten. „In den alten Tagen, auf der ‚Mayflower' halfen wir einander, und in den ersten Jahren hingen wir zusammen wie die Kinder – und nun sind Christen hinter dem Leben von Glaubensbrüdern her!" Er schwieg, bis sie zum Haus kamen. Dort blieb er stehen und ließ seinen Blick über das Dorf schweifen, schüttelte den Kopf und sagte: „Ich glaube, ich habe zu lange gelebt!"

„Nein, das darfst du nicht sagen!" rief Rachel sofort. „Wir werden das durchstehen, Großvater!"

„Es ist eine Zeit der Finsternis, mein Kind", sagte er bedächtig. „Und viele von uns werden in dieser Welle des Bösen verschlungen werden!" Sein prophetischer Ton ließ Howland erschauern. Er machte sich so niedergeschlagen auf den Heimweg, wie er noch selten gewesen war.

KAPITEL ZWANZIG

Bridget

Reverend Hale war ein Mann von ungefähr vierzig Jahren, von kleiner Statur, aber erfüllt von Eifer für seine Aufgabe. Er hielt sich erst wenige Stunden in Salem auf, als er zu seiner vollkommenen Zufriedenheit bereits den Hufabdruck des Teufels entdeckte.

Howland war zugegen, als Hale das Problem mit Parris' Tochter Betty aufspürte. Hale hatte Howlands Anwesenheit nur zögernd gestattet, doch er konnte keinen brauchbaren Vorwand finden, den jungen Schützling von Cotton Mather auszuschließen.

Das kleine Zimmer war gedrängt voller Menschen. Außer Hale waren noch die westindische Dienerin Tituba, Parris' Nichte Susanna und Abigail Williams anwesend.

Hale begann mit der Feststellung: „Wir müssen in dieser Sache ganz genau sein, denn der Teufel ist schlau. Aber wir werden ihm auf die Spur kommen!"

Über eine Stunde lang gab es dann eine Befragung der Mädchen, und schließlich kam die Wahrheit, wenn auch nur zögernd, ans Licht. Susanna Walcott war während des ersten Teils der Befragung so nervös, daß sie kaum zu sprechen vermochte, während Abigail Williams sich zornig verteidigte. Susanna war es, die zuletzt in Tränen ausbrach und rief: „Ja, wir haben getanzt! Und da war eine Schüssel mit Suppe mit etwas Scheußlichem drin, aber Abigail veranlaßte mich, davon zu trinken!"

Howland warf in diesem Augenblick zufällig einen Blick auf Abigail Williams, als die Jüngere ihre Aussage herausschrie, und er bemerkte eine augenblickliche Veränderung in ihrem Gesicht. Bisher war sie mürrisch und wütend gewesen, doch im Bruchteil einer Sekunde zeigte sie einen Ausdruck von Kummer und Sorge! Sie spielt Theater! dachte er verblüfft. Gleich darauf fing sie an, laut zu rufen und Zeichen von aufrichtigem Kummer zu zeigen.

„Tituba war's!" ächzte sie. „Sie schüttete Blut in die Suppe und drohte uns, daß sie uns alle töten werde, wenn wir nicht davon trinken würden!"

Hale richtete seine Waffen nun gegen die Schwarze, die auf der Stelle zusammenbrach und alles gestand, was er ihr eingab. In ihrer Stimme klang deutlich Hysterie, als sie nun zu kreischen begann: „Ich sah Mistress Mason mit dem Teufel! Ich sah Bridget Bishop mit dem Teufel!"

Sofort schrie Abigail los: „Ich will das Licht Gottes! Ich will die Liebe Gottes. Ich sah John Proctor mit dem Teufel! Ich sah Mistress Osburn mit dem Teufel!"

Betty Parris brach plötzlich in Tränen aus und fing ebenfalls an, eine Reihe von Leuten zu beschuldigen. Schließlich führte Hale die Männer hinaus und sagte: „Nun haben wir's also!"

„Sir, was Ihr hier habt, ist eine Horde hysterischer Frauen!" entgegnete Howland scharf.

Hale fühlte sich durch Howlands Feststellung beleidigt. Er wandte sich nun gegen ihn: „Ich werde keine Opposition dulden, Sir! In Harvard mögt Ihr vielleicht viel gelten wegen eurer Freundschaft mit Mr. Mather – aber hier gilt das nichts!"

Howland versuchte, mit dem Mann vernünftig zu diskutieren, aber zuguterletzt war er doch überzeugt, daß hier andere Mittel angewendet werden mußten. Er verließ das Haus und begab sich auf der Stelle zu Matthew Winslow.

Winslow und sein Vater hörten ihm aufmerksam zu, dann brachen beide wütend los. „Dieser Narr!" rief Matthew. „Kann er denn nicht sehen, daß diese Mädchen ihm etwas vorspielen?"

„Ich hab's bemerkt", gab Howland zu. „Aber Hale ist ein Mann auf der Suche nach dem Heiligen, wenigstens in seiner eigenen Vorstellung."

„Wir müssen dagegen vorgehen!" erklärte Matthew erbittert. „Und was geschieht mit dem Evangelium, während wir unsere Zeit mit dieser Ungeheuerlichkeit vergeuden?"

„Winslow, Ihr müßt Euch vorsehen!" warnte Howland. „Das wird noch schlimmer werden – ich habe das schon bei anderer Gelegenheit beobachtet. Ich weiß, daß Ihr helfen wollt, aber wenn derartige Dinge erst einmal ihren Anfang nehmen, dann ist das wie ein Waldbrand, den niemand austreten kann!"

„Aber – was soll ich Eurer Ansicht nach tun?"

„Abwarten, das ist alles!" erwiderte Howland ernst, doch er sah die eigensinnigen Linien in Matthews Gesicht und wußte, daß seine Warnung hoffnungslos war.

„Ich habe einmal den Feigling gespielt, Robert", sagte Matthew mit einem Blick auf seinen Vater. „Ich war, wie Ihr wißt, mit John Bunyan im Gefängnis von Bedford und habe Gott den Rücken gekehrt – ein zweites Mal kommt das nicht vor!"

Howland zuckte die Schultern. „Ich dachte mir das schon, Matthew."

Den Mai über war Salem mehr als drei Wochen hindurch ein Schlachtfeld. Es wurde so üblich, seinen Nachbarn wegen Hexerei zu denunzieren, daß niemand wußte, wer als nächstes im Gefängnis landen werde. Die Winslows und einige andere bezogen gegen die Hexenjagd Stellung und prangerten das Ganze als eine gottlose Sache an, doch ihr Widerstand zeigte wenig Wirkung, denn es war, wie Howland vorhergesagt hatte, wie ein Waldbrand, der von Tag zu Tag mehr an Boden gewann.

Am siebten Juni fiel der Schlag. Howland hielt sich bei den Winslows auf, denn er hatte die Arbeit in seiner eigenen Gemeinde praktisch aufgegeben, um sie zu unterstützen. Sie saßen alle um den Tisch, als es an der Tür klopfte.

„Muß wohl William Gates sein wegen der neuen Lieferung", meinte Matthew. Er stand auf und öffnete die Tür, doch draußen stand eine Gruppe von sechs Männern, über ihre Absicht war er sich keinen Augenblick im unklaren.

Marshall Herrick, ein Mann Anfang dreißig, hielt ihm ein Papier entgegen. „Ich habe einen Haftbefehl für Euch, Matthew Winslow."

„Matthew!" Lydia stand auf und trat neben ihren Mann.

„Bleib ruhig, Lydia. Bis zum Abend bin ich wieder zurück –"

„Der Haftbefehl gilt für Euch beide", unterbrach Herrick.

Matthew erbleichte, und Lydia, die einen Temperamentsausbruch befürchtete, sagte rasch: „Ich hole meinen Mantel – reg dich nicht auf, mein Lieber!"

Matthew biß die Zähne zusammen und senkte den Kopf. ‚Oh Gott!' rief er in seinem Inneren, ‚nicht noch einmal!' Die Schrecken des Gefängnisses von Bedford drängten sich mit lähmender Gewalt in sein Gedächtnis. Endlich atmete er tief durch und sagte: „Schon gut!"

Herrick wirkte erleichtert und wandte sich an ihn: „Ich muß Euch auffordern, diese Ketten anzulegen, Mr. Winslow – und Eure Frau!"

„Ketten!" Winslow blickte entsetzt auf die Eisen. Die Männer unter der Tür bemerkten das Aufblitzen in seinen Augen und bereiteten sich auf Gewalttätigkeiten vor, doch er schaffte es, seine Fassung zu bewahren. „Miles, gib acht auf deine Schwester", sagte er, während ihm die Eisen um die Handgelenke gelegt wurden.

„Liegt für mich kein Haftbefehl vor, Marshall?" fragte Rachel.

„Nun, Euer Name wurde genannt", gab Herrick zu, „aber bis jetzt wurde kein Haftbefehl ausgestellt."

„Für mich auch nicht?" wollte Gilbert wissen. Er warf den Kopf in die Höhe und stieß heftig hervor: „Bei Gott, es wird bald einen geben! Dafür werde ich sorgen!"

Rachel ging zu ihm hin und legte ihren Arm um ihn. Wie versteinert standen sie da und sahen stumm der Gruppe nach, die allmählich ihren Blicken entschwand.

Howland brach das Schweigen. „Ich weiß, daß dies ein schwerer Schlag ist, aber Ihr dürft nicht verzweifeln. Dieser Wahnsinn kann nicht auf immer weitergehen!"

„Er braucht nicht auf immer weiterzugehen, Robert", erklärte Gilbert, „nur lange genug, um die Leute an den Galgen zu bringen."

„Soweit wird es nicht kommen, das glaube ich niemals!" beharrte Howland. „Im schlimmsten Fall werden ein paar Leute für einige Wochen im Gefängnis bleiben müssen – aber sie werden es nicht wagen, jemand hinzurichten!"

„In England wurden im letzten Jahr über dreihundert Menschen wegen Hexerei hingerichtet", warf Rachel ruhig ein.

„Hier ist nicht England!" entgegnete Howland ärgerlich und rief: „Da muß ein Ausweg gefunden werden!"

Doch die Tage gingen vorüber, und die Sache wurde immer schlimmer. Bis Mitte Juni waren mehr als hundert Menschen im Gefängnis. Endlich traf ein Sondergericht – lauter prominente Männer – in Salem ein, um die Prozesse durchzuführen.

„Nun werden sie ein wenig Vernunft in die Sache bringen!" meinte Howland. „Samuel Sewall ist ein gerechter Mann, das weiß ich bestimmt."

Doch die Gerichtsszene wurde von Richter Hawthorn und dem stellvertretenden Gouverneur Danforth beherrscht, deren erste Handlung darin bestand, Bridget Bishop zum Galgen zu verurteilen!

Rachel und Miles besuchten gerade ihre Eltern in der Gemeinschaftszelle, als die Nachricht eintraf.. Sie hatten wie gewöhnlich Essen gebracht, doch die Zelle war so überfüllt, daß sie nur schwer Platz fanden.

Miles sah abgehärmt und weit schlechter aus als sein Vater, weil er fast nichts mehr aß. „Wißt ihr, was jetzt geschieht – mit den Geständnissen meine ich?"

„Was ist damit, mein Sohn?" fragte Matthew.

„Sie sind alle verrückt geworden, Vater!" stieß Miles mit rauher Stimme hervor. „Sie haben Mistress Raymond vor Gericht gestellt, und sie hat gestanden, eine Hexe zu sein –"

„So was! Die Frau ist zwar dumm genug, aber so wenig eine Hexe wie ich!" sagte Matthew entsetzt.

„Wurde sie zum Tod verurteilt?" fragte Lydia sofort.

„Verurteilt?" schnarrte Miles grimmig. „Sie wurde freigelassen – nachdem sie ihre eigene Schuld bekannte und bereute. Sie klagte Giles Cory der Hexerei an, und nun ist Giles in Haft, und diese Raymond wurde auf freien Fuß gesetzt."

„Aber – das ist ja ungeheuerlich!" brachte Matthew mit bebender Stimme hervor und starrte Miles ungläubig an.

„Noch drei weitere haben ‚gestanden'", fuhr Miles erbittert fort. „Man braucht jetzt nichts weiter zu tun, als jemand anderen der Hexerei zu beschuldigen, und schon wird man entlassen."

Sie sprachen eine halbe Stunde miteinander, als Howland mit blassem Gesicht hereinkam und sich einen Weg durch die Menge bahnte. Er sprach kein Wort, sondern stand nur da und sah sie an mit einem Ausdruck in seinen grauen Augen, auf den sie sich keinen Reim machen konnten.

„Was ist geschehen, Robert?" fragte Rachel und faßte ihn am Arm.

Er blickte Matthew an und brachte gequält heraus: „Euer Vater – er wurde genannt und nun sind sie losgezogen, ihn zu verhaften."

„Gott möge ihnen gnädig sein!" zischte Matthew. „Ich bin's nicht!"

„Das ist nicht alles." Ein grimmiger Ausdruck trat in Howlands Gesicht. „Bridget Bishop – sie wird morgen bei Tagesanbruch hingerichtet."

„Nein! Das ist doch nicht möglich!" stieß Lydia hervor.

„Wenn Ihr ans Fenster tretet, könnt ihr das Hämmern hören. Sie errichten eben den Galgen."

Schweigend warteten sie, und noch keine Stunde war vergangen, als die Tür aufging und Gilbert Winslow eintrat. Er erblickte sie sofort und kam zu ihnen herüber. „Jetzt geht es mir besser. Irgendwie kam ich mir da draußen wie ein Verräter an der Familie vor."

Matthew starrte seinen Vater an und schüttelte ungläubig den Kopf. „Von der ‚Mayflower' an diesen Ort!"

„Gott sitzt noch immer auf Seinem Thron", meinte Gilbert lächelnd. Er setzte sich bequem hin und nahm sich ein Stück Kuchen, das Rachel gebracht hatte. „Laß nur den Teufel sich austoben – denn mein Herr Jesus hat diesem schleimigen Burschen bereits Seinen Fuß auf das Genick gesetzt!"

Miles rang um Fassung und blickte Howland an. „Robert, kannst du denn nicht irgend etwas unternehmen? Du mußt doch jemand kennen, der uns helfen kann!"

„Ich werde heute abend abreisen, Miles", sagte Howland. „Ich habe bereits zweimal an Cotton Mather geschrieben, aber bis jetzt keine Antwort erhalten. Ich glaube nicht, daß er die Briefe bekommen hat. Deshalb werde ich ihn aufspüren. Er sollte besser hier etwas unternehmen, sonst werde ich in Erfahrung bringen, warum das nicht geschieht!"

„Robert – warte bis morgen. Bridget braucht dich."

Die beiden hatten die alte Frau jeden Tag aufgesucht, ihr Essen gebracht und versucht, sie ein wenig aufzumuntern. Sie hatte sich mit der Zeit ganz an sie angelehnt. Howland nickte nur. „Ja, selbstverständlich, Rachel. Vielleicht sollten wir jetzt lieber gehen."

Sie verließen die Gemeinschaftszelle und stellten fest, daß das kleine Gebäude, in dem die verurteilten Gefangenen untergebracht waren, von bewaffneten Wächtern umstellt war. Einer der Wachen kannte die beiden, sagte jedoch: „Ihr könnt die Bishop nicht besuchen ohne Genehmigung von einem der Richter."

Howland und Rachel begaben sich zum Gerichtssaal, der nahezu leer war. Die Richter, wurde ihnen gesagt, hätten sich vor der nächsten Sitzung zum Essen zurückgezogen. Howland ging daher zu der Tür an der Rückseite des großen Raums und klopfte energisch.

Die Tür öffnete sich, und der stellvertretende Gouverneur Danforth stand mit gereiztem Ausdruck da. „Was ist los, Mann? Könnt Ihr uns denn nicht einen Augenblick Frieden gönnen?"

„Ich glaube nicht, daß Ihr jemals wieder so etwas wie Frieden haben werdet, Danforth", entgegnete Howland und blickte ihm gerade ins Gesicht.

Danforth war ein großgewachsener Mann, der es gewohnt war, daß alles nach seinen Wünschen ging. In seinen blassen Augen flackerte Zorn. „Was soll das heißen – und was wollt Ihr?"

Howland trat auf ihn zu und zwang Danforth, zurückzuweichen, eine Bewegung, die seinen Stolz verletzte. „Ich meine damit, daß keiner von Euch noch einmal Frieden haben wird, nachdem ihr hinfällige Greisinnen zum Tod verurteilt!" Er sah, daß seine Worte dem Mann einen heftigen Schlag versetzten, doch er ließ ihm keinen Spielraum. „Im übrigen bin ich gekommen, um eine Erlaubnis zum Besuch der unschuldigen Frau zu holen, die Ihr zum Tod verurteilt habt."

„Wer seid Ihr?" schrie Danforth. „Ihr wagt es, dieses Gericht zu beleidigen!"

„Ich bin Reverend Robert Howland." Howland erhob langsam die Stimme. „Erklärt mich zur Hexe, wenn Ihr wollt, aber ich werde auf jeden Fall nach Bridget Bishop sehen."

Samuel Sewall, ein unscheinbarer Mann mit blassem Gesicht und gequältem Ausdruck, der am Tisch gesessen war und an einem Stück Brot knabberte, erhob sich plötzlich und kam eilends herüber.

„Ich kenne diesen Mann, Danforth – ich werde mich der Sache annehmen!“

Danforth warf Howland einen Blick zu, sagte aber nichts, als Sewall und Robert hinausgingen.

„Robert, beherrscht Euch!“ warnte Sewall.

„Aber Reverend Sewall, wie könnt Ihr –“

„Ihr helft niemand, wenn Ihr auch noch verhaftet werdet, nicht wahr?“ Sewall kramte in seiner Tasche, fand jedoch kein Papier und rief nach einer der Wachen. „Ihr da! Bringt diesen Mann zu Bridget Bishop – führt ihn und diese junge Dame sofort hinein, hört Ihr!“

„Danke, Sir“, sagte Howland. Dann blickte er Sewall an und fuhr fort: „Ich gehe zu Cotton Mather. Für diese arme Frau ist es zu spät, aber ich habe die Absicht, Euch das Haus über dem Kopf einzureißen – wenn es mir gelingt!“

Sewall schloß gequält die Augen und flehte: „Geht auf der Stelle, Robert! Wollte Gott, daß einer dieser Geschichte ein Ende setzt!“ Er sagte nichts mehr, drehte sich um und ging in das andere Zimmer zurück.

Howland und Rachel folgten der Wache zu dem kleinen Gebäude und wurden auf Grund seines Wortes durchgelassen. Sie fanden die alte Frau auf einer Bank sitzen. Als sie näherkamen, starrte sie ihnen mit ängstlichem Blick entgegen, doch dann schimmerte Hoffnung in den blassen Augen auf.

„Ihr laßt nicht zu, daß sie mir wehtun, mein liebes Fräulein?“ Sie klammerte sich weinend an Rachel. Sie blieben den restlichen Tag über bei ihr. Am Abend ging Robert fort, doch Rachel wachte die ganze Nacht über bei ihr und las ihr aus der Schrift vor. Als Howland bei Tagesanbruch zurückkam, waren die beiden Frauen völlig erschöpft.

„Wir haben nur noch zehn Minuten“, murmelte Howland ruhig. „Ist sie –“

„Sie ist bereit, zu ihrem Herrn heimzugehen“, sagte Rachel. Sie beugte sich vor und flüsterte: „Bridget, wacht auf. Der Herr ist Euch nahe.“

Howland vergaß diesen Augenblick nie. Diese alte Frau, die am Abend bei seinem Weggang am Rande des Wahnsinns gewesen war, schlug die Augen auf und blickte ihn mit einer Ruhe an, die er nie zuvor an ihr wahrgenommen hatte.

Sie setzte sich auf und fragte Rachel: „Ist's jetzt soweit?“

„Ja. In wenigen Minuten werdet Ihr bei Eurem Herrn sein, der Euch mehr liebt als Ihr Euch vorstellen könnt! Werdet Ihr an Ihn denken, wenn Ihr Eurem Ende entgegengeht?“

Bridget holte tief Luft, schloß die Augen und sagte: „Ich wär' froh, wenn's vorüber wär' – und wenn ich bei Ihm wär'!"

Sie saßen ruhig da, während Rachel aus dem Johannes-Evangelium vorlas. Da klopfte es an der Tür. Sie standen alle auf; als die Tür aufging und Bridget den stellvertretenden Gouverneur und den Henker mit der schwarzen Kapuze erblickte, befürchtete Howland schon, sie könne zusammenbrechen, doch sie blieb stark.

„Ich bin bereit", sagte sie ruhig und ging ohne ein weiteres Wort zur Tür. Rachel begleitete sie, als die Menge zurückwich und Platz machte. Die beiden hielten sich wie Schulkinder an der Hand.

In der frühen Morgenluft lag dichtes Schweigen, kein Wort war zu hören, obgleich sich die Menge um den rohgezimmerten Galgen drängte.

Howland folgte den beiden Frauen mit schmerzender Kehle. Als sie am Fuße des Galgens angelangt waren, küßte Rachel die alte Bridget und flüsterte ihr zu: „Lebwohl, Schwester! Und grüße den teuren Erlöser an meiner Stelle!"

Bridget bestieg das Gerüst mit festem Schritt. Als die schwarze Kapuze über ihr Haupt gesenkt wurde, gab sie kein Wort von sich. Ihre Augen waren geöffnet, und um die runzligen Lippen spielte ein Lächeln, als die Kapuze niederglitt. Dann folgte die Schlinge.

Der Henker trat zurück, legte die Hand auf den Hebel und richtete seinen Blick auf den stellvertretenden Gouverneur, daß er das Zeichen gebe.

In dem Augenblick, als das Zeichen gegeben wurde, ertönte unter der Kapuze hervor ein lauter Ruf: „Er ist da! Ich sehe Ihn!"

Dann fiel die Klappe, und alles war vorbei.

KAPITEL EINUNDZWANZIG

Zeit zum Sterben

Howland hatte gehofft, innerhalb von einer Woche nach Salem zurückkehren zu können, doch es wurde Ende August, als er das Dorf wieder betrat. Seine Nerven waren erschüttert, und die rotgeränderten Augen verrieten den fehlenden Schlaf. Er begab sich sofort zum Gefängnis. Als er vom Pferd stieg, rief der Wachmann: „Oh, Reverend Howland, ich wußte nicht, daß Ihr zurück seid!"

Howland nickte. Nach dem Öffnen der Tür ging er sofort zu Matthew hin, der am Fenster stand. Lydia und Gilbert lagen auf einem groben Strohsack zu seinen Füßen. Matthew war so abwesend, daß er Howland nicht näherkommen hörte.

„Matthew –" sagte Howland ruhig. Als sich der große Mann vom Fenster abwandte, sah er zehn Jahre älter aus als einen Monat zuvor. Sein Haar war nicht gekämmt, und er hatte deutlich an Gewicht verloren. In sein Gesicht hatten sich Linien eingegraben, die früher nicht vorhanden waren, doch beim Anblick des Freundes leuchteten seine Augen auf.

„Robert – du bist zurück!"

Seine Stimme weckte Lydia auf. Er beugte sich nieder, um ihr aufzuhelfen. Auch sie sah erschöpft und krank aus. Sie versuchte zu lächeln, doch ihrer Stimme fehlte die Kraft. „Habt Ihr Rachel gesehen?"

„Nein, ich bin direkt hierhergekommen."

Matthew, der Roberts Zögern bemerkte, versuchte zu lächeln. „Ich weiß, daß du keine guten Nachrichten bringst, Robert. Aus deinen Briefen haben wir ohnehin nicht allzuviel Hoffnung geschöpft."

Howland berichtete müde: „Mather war fort, und ich brauchte drei Wochen, um ihn aufzuspüren. Als ich ihn dann gefunden hatte, weigerte er sich, einzugreifen."

„Ich habe das auch nie erwartet", meinte Matthew kopfschüttelnd. „Sie hängen doch alle zusammen, oder nicht?" Dann lachte er kurz auf. „Ich hätte dieses Bild nicht gebrauchen dürfen – zusammenhängen – das ist ein verbotenes Wort."

„Wie viele –?"

„Haben sie hingerichtet?" vollendete Matthew den Satz, den Howland nicht über die Lippen brachte. „Nun, es ist schwer, noch mitzuzählen.

Im Juli waren es fünf und im August sechs – macht zusammen elf – nicht wahr?"

„Robert", fiel Lydia rasch ein, „Ihr müßt mit Rachel und Miles reden – und zwar auf der Stelle! Sie prangern in aller Öffentlichkeit das Gericht an. Es ist nur noch eine Frage der Zeit, bis sie verhaftet werden, wenn sie damit nicht aufhören. Ich möchte, daß sie fortgehen, bis–"

„Ihr wißt, daß sie das nicht tun werden, Lydia!"

Gilbert rührte sich; er war von dem harten Lager so steif, daß Matthew und Lydia ihm auf die Beine helfen mußten. Er wollte sprechen, doch ein Hustenanfall erstickte seine Worte. Howland sah entsetzt, wie mager der alte Mann geworden war. Sein Gesicht sah fahl und ungesund aus und war von Schmerzen gezeichnet.

Howland warf einen fragenden Blick zu Matthew hinüber und erhielt ein warnendes Kopfschütteln zur Antwort. Er konnte nicht übersehen, daß Gilbert Winslow schwerkrank war. Howland sagte: „Ich hatte keinen Erfolg, aber ich gebe nicht auf."

Gilbert Winslow stand vorsichtig auf, als befürchte er, seine brüchigen Knochen könnten unter der Anstrengung nachgeben. Obwohl sein Körper nicht mehr viel Kraft besaß, trug Gilbert den Kopf hoch erhoben, sein Blick war stetig und gerade und sein Geist stark und ungewandelt. „Nun, Robert, wie du siehst, sind wir immer noch hier." Seine zähen alten Lippen verzogen sich zu einem schwachen Grinsen. Heftiger Husten schüttelte ihn, dann fuhr er fort: „Sie haben mich noch nicht getötet, und selbst wenn sie es tun, werden sie mir nur einmal das Leben nehmen!"

Matthew wandte sich lächelnd an Howland. „Kannst du nicht zusehen, ob du Vater eine bessere Unterkunft verschaffen kannst, Robert?"

„Ich werd's versuchen", versprach Howland. „Vielleicht hilft uns Sewall."

„Geht erst zu Rachel", bat Lydia. „Versucht, mit ihr zu sprechen, Robert!"

„Ich werde mein Bestes tun – aber dieses starrköpfige Winslow-Blut leistet harten Widerstand, wie Ihr wißt!" Er lächelte ihnen zu und ging sofort.

Rachel war zu Hause, als Robert auftauchte. Ihre Augen verrieten Überraschung bei seinem Anblick. Wortlos schloß er sie in die Arme und hielt sie fest. Zum erstenmal klammerte sie sich widerstandslos an ihn, zog seinen Kopf zu sich herab und küßte ihn.

Verblüfft sah er sie an und meinte: „Nun, du weißt wirklich, wie man einen Mann bei seiner Rückkehr begrüßt!"

Sie wurde rot und lachte. Auch sie hatte abgenommen, genau wie er, und ihre Gesichtszüge wiesen die gleichen scharfen Linien auf wie die ihrer Eltern. „Hast du mit Reverend Mather gesprochen?“ fragte sie und blickte ihn an.

„Ja – und er weigert sich, etwas zu unternehmen“, erwiderte Howland bedächtig. „Ich habe gefleht und gedroht, doch er ließ sich durch nichts bewegen. Wir müssen einen anderen Weg finden.“

Rachel wandte sich ab und ging zum Fenster. Lange Zeit stand sie da und beobachtete ein Pärchen Hüttensänger in der alten Eiche, die im grünen Laub einen lebhaften blauen Farbtupfer abgaben. Er trat zu ihr. „Robert, vielleicht gibt es keinen anderen Weg“, sagte sie, ohne den Blick abzuwenden. „Vielleicht ist dies so ein Zeitpunkt, wo man aushalten und sterben muß. Es gibt doch solche Zeiten, nicht wahr?“

Er legte ihr die Hand auf die Schulter und nahm den zarten Duft ihrer Haare wahr. „Ich glaube schon – aber wir können nicht sicher sein, daß es so ist. Wir müssen kämpfen, und dann, wenn wir alles getan haben, was menschliche Kraft vermag, überlassen wir es Gott.“

Sie wandte sich um und schaute ihn an. Ihr Gesicht strahlte ein solches Vertrauen aus, daß ihm das Herz überging. Er durfte sie nicht enttäuschen! „Was auch immer geschieht, Robert – wenigstens habe ich dich gefunden!“ flüsterte sie.

Er wollte ihr antworten, doch noch während sie sprach, riß sie plötzlich verstört die Augen auf, stieß einen kurzen Schrei aus und preßte die Hand auf den Mund. Sie drehte sich abrupt um und lehnte sich mit zitternden Schultern gegen die Wand.

„Rachel! Was ist los?“

Zuerst wollte sie nicht antworten und rührte sich nicht. Behutsam zog er sie an sich. „Ich – das gleiche hab' ich zu Jude Alden gesagt – und am selben Tage starb er!“

Er legte die Arme um sie und ließ sie weinen. Nach einer Weile beruhigte sie sich. „Ich muß dir etwas sagen, Rachel“, sprach er, „etwas, was du vielleicht nicht verstehen wirst.“

„Ich werde dir glauben, Robert Howland, auch wenn ich dich vielleicht nicht verstehen kann!“

„Wirst du das?“

„Ganz gewiß!“

Er lächelte sie an, doch dann wurde er ernst. „Wir müssen beten – beten wie nie zuvor in unserem Leben. Aber es gibt Dinge, die getan werden können, Rachel, und ich muß etwas versuchen – ich muß einfach! In den nächsten Tagen wirst du mich vielleicht Dinge tun sehen, die dir – ungewöhnlich erscheinen mögen. Im Augenblick kann ich dir nicht sagen, was, aber ich glaube, daß mich Gott zu diesem Zeitpunkt zu einem ganz bestimmten Zweck an diesen Platz gestellt hat. Dieser Zweck könnte darin bestehen, deiner Familie beizustehen. Ich habe die Absicht, das zu tun, aber es wird nicht leicht werden, und ich fürchte, daß es auch nicht ganz respektabel zugehen wird."

Sie warf ihm einen beunruhigten Blick zu und flüsterte: „Ich – ich verstehe dich nicht, Robert."

„Du wirst mich in den kommenden Tagen noch weniger verstehen, aber ich möchte, daß du eines im Gedächtnis bewahrst–" Er nahm sie in seine Arme und küßte sie auf eine Art, in der etwas Endgültiges lag. „Wirst du dich immer daran erinnern, daß ich dich liebe und lieben werde bis zu dem Tag, an dem sie mir einen Stein aufs Grab legen?"

„Ja, wenn du das sagst, Robert!"

Er strich ihr übers Haar und trat zurück. „Versuch mit Miles zu reden. Sieh zu, daß du ihn aus dieser Geschichte heraushalten kannst. Ich muß jetzt gehen."

Er verließ das Haus, und sie stand da und wartete, daß er sich umdrehen und ihr winken würde, wie es seine Gewohnheit war, doch er ging geraden Schrittes weiter. Die Haltung seiner kräftigen Schultern wirkte, als bereite sich da einer auf die Schlacht vor. Wie diese Schlacht aussehen würde, wußte sie nicht. Doch sie wußte, daß er sie liebte – das war genug! Bei diesem Gedanken huschte ein Lächeln über ihr Gesicht.

Der August ging dahin, und als der September herbeikam, gingen die Hinrichtungen weiter – einundzwanzig alles in allem. Das Gefängnis war immer noch voll, ungeachtet der Zahl der Hingerichteten, denn immer mehr Menschen wurden angeklagt und verhaftet.

Die feuchte Hitze, die im Gefängnis herrschte, und der dauernde Staub vom Boden und von dem für die Matratzen benutzten Stroh reizte die Lungen sämtlicher Häftlinge. Das Husten war so anhaltend, daß sie es gar nicht mehr wahrnahmen. Krankheit hielt Einzug in den Zellen, und bis Anfang September fielen ihr sechs Häftlinge zum Opfer. Für andere kam Hilfe, selbst wenn sie noch freigelassen werden sollten, zu spät.

Die Prozesse zogen sich träge dahin. Wenn Häftlinge zum Tode verurteilt wurden, verlegte man sie aus der größeren Zelle in die kleinere. Dort gab es keine Überfüllung, denn die Verurteilten endeten am Galgen, kaum daß sie den Boden der kleineren Zelle betreten hatten.

Rachel und Miles arbeiteten unaufhörlich. Sie bemühten sich nicht nur, ihre eigene Familie vor dem Notleiden zu bewahren, sondern auch möglichst viele im Gefängnis zu versorgen, die niemanden hatten, der ihnen half. Rachel war vom Morgengrauen bis weit nach dem Einbruch der

Dunkelheit als Krankenschwester wie als Köchin tätig und verausgabte sich bis zur völligen Erschöpfung.

„Meine liebe Tochter, du mußt dir ein wenig Ruhe gönnen“, bat Matthew sie eines Abends. Sie hatte geholfen, einige kranke Frauen zu waschen, und als sie anschließend wie gewöhnlich zu ihren Eltern und ihrem Großvater kam und sich zu ihnen setzte, lehnte sie sich an Gilbert an und schlief ein.

Sie richtete sich sofort auf, lachte kurz und meinte: „Oh, mir geht's schon gut, ich bin nur ein wenig müde.“

Giles Cory, ein weiterer Gefangener, hatte sich an die Winslows angeschlossen. Er war ein kräftiger Mann um die achtzig. Wenigstens war er voller Kraft gewesen, bevor die Haft sie aufgezehrt hatte. Er hatte Angst um seine Frau, die ebenfalls beschuldigt worden war, und brachte viel Zeit damit zu, mit Matthew das Problem seines Eigentums zu besprechen. „Wenn sie mich verurteilen, Mr. Winslow, nehmen sie mir mein Eigentum weg, und meine Kinder und Enkelkinder müssen verhungern“, hatte er vorgebracht. Matthew konnte ihm nur wenig Trost spenden, dann dieses Schicksal drohte ihnen allen.

Gilberts Zustand verschlechterte sich. Sein Husten war inzwischen chronisch geworden. Hätte er nur die Gefängniskost gehabt, dann wäre er schon längst nicht mehr am Leben gewesen. Er lehnte mit dem Rükken an der Wand, sah Rachel an und fragte: „Wo ist denn dein junger Mann? Er ist jetzt schon seit einer Woche fort – oder noch länger.“

Rachel blickte etwas verwirrt auf und sagte: „Ich – ich glaube, er hat mit seiner Gemeinde viel zu tun, Großvater.“

„Der große Pastor?“ erkundigte sich Giles. „Er sitzt die meiste Zeit im Gericht, heißt es. John Proctor sagt, daß er dort sitzt mit seinem Buch und alles aufschreibt, was die Richter sagen.“

„Ich wußte nicht, daß Robert das macht“, murmelte Matthew.

„Oh ja, und Richter Hawthorn hat ihn mitten im Gericht angeschrien, sagte John.“ Er lachte und setzte hinzu: „Der Richter hat den Pastor gefragt, was er da schreibt, und der Pastor hat gesagt, er wisse, daß Gott alles verzeichnet für den Tag des Jüngsten Gerichts – aber er mache ein Verzeichnis für den Tag, wo die Welt etwas von diesen Prozessen erfährt!“

Lydia warf einen Blick auf Rachel und fragte ruhig: „Hat Robert dir gesagt, was er tut?“

„Nein.“ Rachel stand auf und sagte: „Ich habe ihn seit einer Woche nicht gesehen.“ Dann ging sie, während Matthew ihr nachsah.

„Irgend etwas stimmt da nicht“, meinte er nachdenklich.

„Ja. Sie ist gekränkt.“ Lydia schaute aus dem Fenster und sah ihre Tochter mit hängenden Schultern am Galgen vorbeigehen wie jemand, der eine Niederlage erlitten hat. Ihr selbst war das Herz schwer, denn sie hatte zwar wenig Hoffnung für sich oder Matthew, doch sie verbrachte die meiste Zeit mit Gebet, daß Rachel und Miles überleben möchten. Entsetzt merkte sie auf einmal, wie sehr sie sich darauf verlassen hatte, daß Howland helfen würde.

Abigail Williams verließ den Gerichtssaal, und wie immer hatte sich in ihr die Spannung entwickelt. Sie war jeden Tag dort, und oftmals war sie in den letzten Monaten zurückgerufen worden, um Zeugnis abzulegen. Sie war ein schönes Mädchen, und der Sinn für das Dramatische lag ihr im Blut. Von Kind auf hatte sie sich immer wieder Szenen ausgedacht und sie dargestellt, wenn sie allein war. Nun aber war die Darstellung wirklich, und sie berauschte sich daran.

Sie wohnte bei einer älteren Frau, einer Mistress Taylor, die ihren Aktivitäten keinerlei Beachtung schenkte. Bis zum Beginn der Prozesse hatte Abigail für andere Leute die Häuser geputzt. Nun tat sie nichts weiter als im Gericht zu sitzen und hernach mit Susanna und ein oder zwei anderen Mädchen über die Prozesse zu reden.

Sie ging die Straße hinunter und nahm den großen Mann nicht wahr, der den Weg überquerte. Plötzlich stieß sie mit ihm zusammen und wäre hingefallen, wenn er sie nicht aufgefangen und festgehalten hätte.

„Vorsicht!“ mahnte eine tiefe Stimme. Erschrocken blickte sie in das Gesicht von Robert Howland. „Tut mir leid, daß ich so unbeholfen war, Miss Abigail.“

Sie war sich der Hand auf ihrem Arm wohl bewußt und erwiderte lächelnd: „Ach nein, das war mein eigener Fehler, Reverend Howland. Ich renne immer gegen alles Mögliche und stolpere in Löcher.“

„Geht Ihr diesen Weg hier? Ich auch.“ Er ging neben ihr weiter und meinte: „Ich wollte mit Euch sprechen, Miss Abigail.“

Sie hatte alles erwartet, nur das nicht, denn seine Verbindung mit der Familie Winslow war ihr genau so wohlbekannt wie dem ganzen Ort. Mißtrauisch erwiderte sie: „Mit mir? Ich glaube, das würde Euren Freunden, den Winslows, nicht gefallen, Sir!“

„Nein“, seufzte er. „Sie sind wirklich zu bedauern, meint Ihr nicht?“

Sie dachte darüber nach und antwortete: „Ich dachte, Ihr seid der Meinung, daß sie keine Hexen sind!“

„Oh, das war meine Einstellung am Anfang, wie bei den meisten dieser armen, bedauernswerten Menschen“, sagte Howland.

Abigail hörte ihm zu, während er redete. Der hochgewachsene Geistliche hatte etwas an sich, was sie erregte. Sie hatte ihn schon immer für den attraktivsten Mann gehalten, der ihr jemals begegnet war, und die Unterhaltung mit ihm regte ihre Phantasie an. In ihren Vorstellungen sah sie ihn Besuche bei ihr machen, sie zum Gerichtssaal begleiten, während alle die beiden anstarrten.

Als sie bei ihrer Wohnung anlangten, wußte sie immerhin eines über Howland – nämlich daß er ein Mann war, der eine Frau zu schätzen wußte. Sie war ein hübsches Mädchen, und seit sie fünfzehn Jahre alt war, erregte sie die Aufmerksamkeit der Männer. Sie erkannte Bewunderung, wenn sie ihr entgegenschlug – und sie sah sie nun in Howlands Blick.

„Warum kommt Ihr nicht mit herein und trinkt eine Tasse Tee mit mir?“ fragte sie mit kühnem Lächeln.

„Oh, das wäre sehr nett“, entgegnete er überrascht. „Vielleicht könntet Ihr mir ein bißchen mehr über Eure Erfahrungen mit diesen schrecklichen Hexen erzählen“, fügte er hinzu. „Ich habe da überhaupt keine Erfahrung, und es wäre mir eine große Hilfe, einmal das Wirkliche zu erfahren – obwohl ich nicht erwarten kann, daß eine hübsche junge Frau wie Ihr sich mit solchen Dingen abgibt.“

„Das macht mir nichts aus“, meinte Abigail lächelnd und ließ sich von ihm ins Haus führen.

Von diesem Tage an saß Howland nicht mehr vorne im Gerichtssaal und machte keine Notizen mehr, sondern nahm weiter hinten Platz. Der Aufmerksamkeit des Dorfes entging nicht, daß er Abigail jeden Tag ins Gericht und wieder nach Hause begleitete und daß er häufig Tee bei ihr trank. Das spielte sich in aller Achtbarkeit ab, denn Mistress Taylor war immer anwesend. Hätten die Dorfbewohner allerdings gewußt, daß die alte Frau um sieben Uhr schlafen ging und Howland meist bis zehn Uhr oder noch länger blieb, dann hätte es noch mehr Gerede gegeben, als es ohnehin schon der Fall war.

Im allgemeinen Gefängnis wurde nicht viel gesprochen, vor allem nicht von den Winslows, doch die anderen Gefangenen schnappten von ihren Angehörigen und Freunden den Klatsch auf.

Howland besuchte seine Freunde von Zeit zu Zeit, doch es bestand eine Spannung zwischen ihnen, die seine Besuche zur Qual machten, und nach dem ersten Oktober ließ er sich nicht mehr sehen.

Matthew hatte ein kurzes Gespräch mit Lydia. Mit anderen sprach er nicht darüber: „Nie bin ich von einem Menschen so enttäuscht gewesen.“

Miles war weniger taktvoll. Er hatte von dem Gerede gehört, daß er sich um Abigail bemühte, doch zuerst weigerte er sich, daran zu glauben. Schließlich hatte er Howland deshalb zur Rede gestellt, und Robert entgegnete darauf nur: „So ist es nun einmal, Miles. Tut mir leid für deine Familie."

„Ich kann's nicht glauben, daß du das ernst meinst, Robert!" sagte er mit hochrotem Gesicht. Er hatte diesen Mann einmal liebgehabt, mehr als jeden anderen außer seiner Familie. Nach der Bewunderung für ihn, dem Vertrauen, das er ihm entgegengebracht hatte, nun mit ansehen zu müssen, wie er die Verbindung zur Familie wegen Abigail Williams, der zentralen Figur der Prozesse, wegwarf, war mehr, als sein Geist verkraften konnte.

„Was ist mit meiner Schwester?" stieß er zwischen zusammengebissenen Zähnen hervor.

„Das geht dich nichts an."

Miles richtete sich mit kreidebleichem Gesicht auf. „Du bist ein Schuft, Howland!" schrie er und schlug den Älteren mit voller Wucht ins Gesicht.

Howland rührte sich nicht. Er blickte seinen Freund an und sagte nur: „Laß es dabei bewenden, Miles. Ich will nicht mit dir streiten."

Miles drehte sich brüsk um und ging wie blind davon. Sein jugendliches Gesicht war zu einer Maske von Kummer und Unglauben verzerrt.

Miles blieb wenig Zeit für seinen Kummer, denn zwei Tage später wurde Rachel angeschuldigt und verhaftet. Ihre Anklägerin war eine schlampige Person, der Rachel oft geholfen hatte. Sie hatte ihren vier Kindern Essen gebracht, sie versorgt, wenn ihr betrunkener Ehemann sie verprügelte, und war zu ihr gegangen, als sie Pocken hatte und andere um keinen Preis in ihre Nähe kommen wollten. Die Frau selbst war angeklagt worden, weil sie angeblich andere mit einem Fluch belegt hatte, doch sie blieb nur eine Woche im Gefängnis, bevor sie zusammenbrach. In ihrer Angst hatte sie sechs oder sieben Frauen beschuldigt, darunter Rachel.

Rachel wurde mit den wenigen Dingen, die sie tragen konnte, ins Gefängnis verbracht. Miles folgte ihr dichtauf und litt stumm, als einer um den anderen seiner Lieben verhaftet wurde. Lydia warf nur einen Blick auf sie, und zum erstenmal in diesen trübseligen Wochen verlor sie die Fassung. Sie lehnte den Kopf an Matthews Brust, während ihr schmaler Körper von trockenem Schluchzen geschüttelt wurde. Zärtlich hielt er die zerbrechliche, weinende Gestalt in den Armen und versuchte, ihr von seiner Kraft zufließen zu lassen. Seine Gedanken kehrten zu jenen letzten Monaten im Gefängnis von Bedford zurück, als er sich von ihr abgewandt hatte und sich weigerte, ihren Trost anzunehmen.

Rachel lächelte, als sie ihre Angehörigen erblickte. „Nun brauche ich nicht mehr jeden Abend zu kommen“, bemerkte sie heiter. „Aber mit Miles ist alles in Ordnung, und wir werden sicher bald hier herauskommen.“ Beim Aussprechen dieser Worte kreisten ihre Gedanken um die bedrückende Zukunft.

Gilbert saß mit gelblichem Gesicht auf einer Bank, doch in seinen blaß gewordenen blauen Augen brannte ein Feuer. „Ich wünschte, deine Großmutter könnte dich sehen, mein Mädchen! Sie wäre stolz auf dich!“

Drei Tage später wurden fünf weitere Gefangene gehängt, und am nächsten Tag folgte der Prozeß gegen die Winslows – mit Ausnahme von Rachel. Ihr werde, wie es hieß, noch Zeit eingeräumt, ihre Bosheit zu bereuen. Sie wurden in den überfüllten Gerichtssaal geführt, schmutzig und krank von der langen Haft, und alles lief, wie sie es befürchtet hatten. Einer um den anderen traten die Ankläger auf, doch es gab keine Verteidigung gegen ihre Feinde. Es gab auch kein Beweismaterial und damit keine Widerlegung.

„Die Ankläger haben immer recht“, sagte Matthew nach dem Schauprozeß ermüdet. Er war beendet worden, als Danforth sagte: „Bekennt Eure Schuld! Gebt diejenigen an, die bei dieser gemeinen Hexerei Eure Spießgesellen sind! Nennt sie uns – und Ihr werdet in Freiheit gesetzt.“

„Angenommen ich bekenne mich schuldig und bereue“, fragte Matthew an einer Stelle, „bin aber nicht bereit, andere mit hineinzuziehen, was dann?“

„Dann habt Ihr nicht bereut!“ entgegnete Richter Hawthorn mit schreiender Unlogik. „Ein wahrer Christ stellt sich immer gegen den Teufel – Ihr werdet entweder jene identifizieren, die Hexen sind, oder Ihr werdet sterben.“

Jeder einzelne von ihnen wurde aufgefordert, zu widerrufen, und selbstverständlich weigerte sich jeder. Sie wurden schuldig gesprochen und zum Tode durch den Galgen verurteilt. Dann brachte man sie in das kleine Gebäude, in dem die Verurteilten untergebracht waren.

„Ihr wißt ja, daß es von Anfang an keine Hoffnung gab“, stellte Matthew gelassen fest, als sie ihr neues Quartier betraten. „Nicht eine einzige Seele wurde für unschuldig befunden, seit diese Farce begonnen hat.“

In körperlicher Hinsicht waren sie ein wenig besser dran, da es hier Betten und etwas mehr Platz gab. Doch Tag um Tag schnappte die Falltür des Galgens zurück, und es war nur eine Frage der Zeit, bis sie ihren letzten Weg antreten würden.

Howland war, wie sie erfahren hatten, verschwunden. „Ich hoffe, ich muß nie wieder das Gesicht dieses Verräters sehen!" rief Miles erbittert.

Rachel sagte nichts. Zwei Tage später kam der Gefängniswärter und kündigte an: „Morgen seid Ihr an der Reihe, Rachel Winslow!"

Sie war so erschöpft, daß sie nur noch Gott zu danken vermochte, weil nun bald alles zu Ende sein würde!

KAPITEL ZWEIUNDZWANZIG

Der Prozeß gegen Rachel Winslow

Der Morgen kündigte sich mit einem fahlen Licht an, das durch das Fensterchen einsickerte. Rachel stand da und blickte hinaus, doch sie nahm nichts wahr. Ihre Augen waren offen, doch ihr Geist hielt sich woanders auf.

Aufgeschreckt vom Klirren des Schlüssels drehte sie sich um. Martin Plummer, der junge Gefängniswärter, kam mit ihrem Essen herein. „Hier ist Euer Frühstück, Miss", sagte er. Er war zwanzig und empfand dem Gericht gegenüber keinerlei Sympathie. Nun fuhr er entschuldigend fort: „Heute morgen gibt's keine Eier, Miss."

„Danke, Martin", erwiderte Rachel mit schwachem Lächeln.

Matthew und Lydia erhoben sich. Gilbert, der sehr krank aussah, zog sich mit langsamen Bewegungen hoch und setzte sich auf die Bettkante.

Während sie dasaßen und ihre Mahlzeit zu sich nahmen, bemerkte Rachel, daß der junge Gefängniswächter sich nicht zum Gehen anschickte. Er stand da und trat von einem Fuß auf den anderen, bis sie fragte: „Ist etwas los, Martin?"

Er biß sich auf die Lippe und schüttelte zornig den Kopf. „Es – es ist wegen Mr. Cory!"

„Giles?" fragte Matthew und hob den Kopf. „Was ist mit ihm, junger Mann?"

Martin fuhr sich mit der Zunge über die Lippen und murmelte: „Er – ist tot, Sir. Letzte Nacht gestorben."

Die Gefangenen sahen einander an, und Gilbert brachte mit rauher Stimme heraus: „Sie haben ihn doch nicht in der Nacht erhängt?"

„Nein, Sir. Sie haben ihn überhaupt nicht gehängt."

Sie warteten, bis er weitersprach. Endlich räusperte er sich und berichtete: „Sie haben ihn zusammengepreßt!"

„Zusammengepreßt? Was um Himmels willen ist das?" fragte Matthew.

„Ja, seht, Sir, Mr. Cory, der wollte zu den Beschuldigungen weder ja noch nein sagen – weil er wußte, wenn er die Anschuldigung bestritt, würden sie ihn hängen und seinen Besitz verkaufen. So sagte er nichts und starb unter dem Gesetz – und so können die Söhne seine Farm bekommen."

„Was bedeutet das?“ wollte Rachel wissen.

„Nun, so ist das Gesetz, Miss! Er konnte nicht als Zauberer verurteilt werden, ohne daß er auf die Anklage antwortete, versteht Ihr?“

„Und was taten sie mit ihm?“ fragte Gilbert, den Blick auf den jungen Gefängniswärter gerichtet.

„Sie haben ihn zusammengepreßt, Sir“, erwiderte Martin.

„Zusammengepreßt? Wie?“

„Sie legten ihm große Steine auf die Brust, daß er ja oder nein antworten sollte.“

Gilbert blickte Martin an und sagte leise: „Und er hat nichts gesagt, nicht wahr?“

Martin leckte sich die Lippen und hob den Kopf. „Er sagte: ‚Mehr Gewicht!‘ Mehr kriegten sie aus Mr. Cory nicht heraus!“

„Er war ein ängstlicher Mann, dieser Giles Cory!“ meinte Gilbert bedächtig, und sein Gesicht zeigte einen Ausdruck von Scheu.

„Ich komme und hole Euch in einer Stunde, Miss“, kündigte Martin an. „Ihr anderen müßt auch mitkommen, auf Anordnung des Gerichts.“

„Wir werden uns bereit halten, Martin.“

Nachdem er gegangen war, aßen sie alle ein bißchen etwas, bis auf Gilbert, der nur ein wenig Flüssigkeit aus dem Krug zu sich nahm.

„Ich hoffe, Miles wird nicht im Gerichtssaal erscheinen“, bemerkte Rachel.

„Er wird hinkommen“, entgegnete Matthew und nickte. Er ließ seinen Blick durch die Zelle schweifen und stellte fest: „Dieser Raum ist um vieles besser als das Gefängnis von Bedford!“ Sein Gesicht wurde nachdenklich. „Ich habe in den letzten Tagen so oft an Bunyan gedacht. Elf Jahre in diesem stinkenden Loch, und dabei hätte er es jederzeit verlassen können.“

„Auch er war ein furchtsamer Mann“, meinte Gilbert lächelnd. „Er ist nun ebenfalls zum Herrn heimgekehrt, aber sein Buch über den Pilger ist um die ganze Welt verbreitet, glaube ich.“

Matthew schaute Lydia an, dann wandte er sich Rachel zu. „Ich kann in dem hier keinen Sinn erkennen“, sagte er mit einer gewissen Hoffnungslosigkeit in der Stimme. „Es scheint alles so – sinnlos!“

„Denen, die Gott lieben, müssen alle Dinge zum Besten dienen“, sagte Lydia leise, doch eine neue Hoffnung schwang mit. Sie trat neben Matthew und legte ihm die Hände auf die Schultern. „Uns waren so viele gute Jahre beschieden, und unser Gott ist gut – ganz gleich, was geschieht!“

Sie unterhielten sich eine Weile ruhig miteinander, und als die Stunde beinahe vorüber war, sagte Gilbert plötzlich: „Rachel, ich denke an Howland."

Rachel stand regungslos still. „Ja, Großvater?"

Mühsam erhob sich der alte Mann und kam zu ihr. Er nahm ihre Hand in seine und blickte so lange darauf, daß sie schon glaubte, er habe vergessen, was er sagen wollte. Da sprach er ruhig: „Es gab eine Zeit in meinem Leben, da alles, was ich tat, unrecht wirkte – auf jeden."

Mehr sagte er nicht, doch sie wußte, daß er versuchte, ihr etwas mitzuteilen, für das er keine Worte fand. Endlich fragte sie ihn: „Glaubst du, daß er ein guter Mensch ist, Großvater?"

„Was glaubst du, Mädchen?"

Sie blickte ihn an, und nun war sie es, die nach Worten suchte. „Ich dachte, daß er mich liebt – und ich weiß, daß ich ihn geliebt habe."

„Rachel", sagte er eindrücklich, „mach niemals deine Ängste zu deinen Ratgebern! Wenn du einen Mann liebst, dann steh zu ihm und zweifle nicht, auch wenn die ganze Welt einstürzt!"

Rachels Augen wurden ganz weit. Sie senkte die Lider und nickte. „Ja, du hast recht, Großvater!"

In diesem Augenblick ging die Tür auf, und Martin verkündete: „Das Gericht ist zusammengetreten. Bitte kommt mit."

Sie folgten den Wachen in den Gerichtssaal. Trotz der frühen Morgenstunden waren alle Plätze besetzt, und wie üblich drückten sich an den Fenstern die Gesichter von Neugierigen.

Die Richter saßen an ihren Plätzen. Rachel setzte sich auf den Stuhl, zu dem Martin sie gewiesen hatte, während die anderen zu einer der seitlichen Bänke gingen. Zu ihrer eigenen Überraschung merkte Rachel, daß sie keinerlei Angst hatte. Gilberts Worte über Robert Howland gingen ihr durch den Sinn; sie mußte sich anstrengen, ihre Gedanken wieder zur Sache zu rufen, als Richter Hawthorn die Beschuldigungen verlas.

„Ihr, Rachel Winslow, seid beschuldigt worden, vertraute Geister zu benutzen, unheilige Künste anzuwenden, die Toten herbeizurufen und einen Bann auszusprechen. Die Zeugen haben unter Eid beschworen, daß Ihr diese Dinge getan habt. Wir werden nun damit beginnen, die Beschuldigungen von diesen Zeugen in offener Verhandlung zu hören."

In der folgenden Stunde machten fünf Zeugen ihre Aussage. Rachel gab keinerlei Antwort darauf. Ihre Bewegungslosigkeit erregte den heftigen Zorn von Danforth, der die Zeugenvernahme unterbrach: „Ihr scheint die Gefahr nicht zu erkennen, Mädchen, die Euch droht!"

„Von diesem Gericht droht mir keine Gefahr, Sir."

„Wir haben die Macht, Euch an den Galgen zu schicken!"

„Ich fürchte nicht den, der den Leib töten kann, sondern den, der Seele und Leib in die Hölle werfen kann“, erwiderte Rachel gelassen.

Samuel Sewall schaltete sich ein. „Miss Winslow, wir haben Zeugnis über Zeugnis von Euren vielen guten Werken gehört—“

„Für welche dieser Werke verurteilt Ihr mich?“ gab sie zurück.

„Weil Ihr eine Hexe seid!“ schrie Hawthorn.

In diesem Augenblick hörte Rachel, wie die Tür zuschlug, und gleich darauf erhob sich aufgeregtes Flüstern. Sie wandte sich um und sah Robert Howland in Begleitung eines kleinen älteren Mannes den Mittelgang heraufkommen.

Sie vernahm ein Geräusch von der Richterbank und sah, daß sich alle Richter mit kreideweißen Gesichtern von ihrem Sitz erhoben.

Der Mann, der in den Siebzigern sein mochte, nickte und setzte sich. Howland nahm neben ihm Platz, und beide Männer blickten abwartend zu den Richtern hinüber.

Richter Hawthorn sah aus, als habe er eine Art Anfall erlitten. Sein Gesicht war aschgrau, und plötzlich traten Schweißperlen auf seine Stirn. Als er nun sprach, lag ein leichtes Zittern in seiner Stimme.

„Reverend Mather ...?“ sagte er zögernd, räusperte sich dann und fragte: „Ist – wollt Ihr gerne bei den Richtern Platz nehmen?“

„Nein, das will ich nicht. Fahrt mit dem Prozeß fort.“

„Aber wirklich, Sir, es wäre doch angemessener, wenn Ihr Euch zu uns setzen würdet.“

Rachel hörte den Namen „Increase Mather“ und warf einen raschen Blick auf den kleingewachsenen Mann. Sie hatte ihn noch nie gesehen, doch er war der inoffizielle Monarch der puritanischen Welt, der von seiner Kanzel in der Old North Church in Boston aus herrschte. Sein Sohn Cotton war der aufsteigende Stern, doch es war allgemein bekannt, daß der Sohn den Vater verehrte. Es gab in der ganzen Neuen Welt niemand wie Increase Mather. Er war das amerikanische Gegenstück zum Erzbischof von Canterbury – oder zum Papst selber, wie manche meinten. Auf jeden Fall reichte allein seine Anwesenheit, die Richter in Salem erstarren zu lassen. Mit einiger Mühe brachte Hawthorn heraus: „Wir haben, glaube ich, noch zwei weitere Zeugen?“

„Ja, haben wir, Sir“, nickte der Gerichtsdiener. „Sarah Marsh soll vortreten.“

Das war die Frau, die zuerst Rachels Namen angegeben hatte, eine armselige Zeugin für das Gericht. Sie brach in Tränen aus, sobald sie Rachels ansichtig wurde, bis Hawthorn endlich sagte: „Ihr habt gesehen, wie diese Frau schwarze Kunst anwandte, um Euer Kind zu heilen?“

„Sie kam – und tat etwas auf seinen Kopf – und sie betete – und er wurde gesund!"

„Aha, und war es Blut, was sie auf seinen Kopf gab, Mistress March?" wollte Hawthorn mit einer gewissen Sicherheit wissen.

„Nein – es war nur Öl – mehr nicht!"

„Könnt Ihr das beschwören?"

„Oh, ich hab's gesehen, weil ich sie gefragt hab', und sie hat's mir gezeigt – es war einfach Olivenöl!"

Hawthorn hackte noch eine halbe Stunde auf der Frau herum. Sie wiederholte alles, was er sagte, doch ihr Zeugnis war ohne Substanz.

„Ruft die nächste Zeugin!" sagte er angewidert. An die Adresse des hervorragenden Gastes gerichtet, kündigte er laut an: „Zum Glück gibt es auskunftsfreudigere Zeuginnen, die diese Frau als das zeigen, was sie ist. Ruft Susanna Walcott!"

„Susanna Walcott – tretet näher", rief der Gerichtsdiener. Das Mädchen kam nach vorn. Sie sah elend aus und blickte auf den Boden, nachdem sie sich gesetzt hatte.

„Susanna Walcott, habt Ihr diese Frau mit dem Teufel gesehen?" wollte Hawthorn wissen.

„Ja, Sir."

„Erzählt dem Gericht davon."

„Nun, ich lag im Bett, und sie flog durchs Fenster herein, und da war dieses entsetzliche Ding bei ihr – der Teufel, der war's! Und sie wollte mich dazu bringen, das Buch zu unterschreiben, das er hatte, und als ich's nicht tun wollte, da zwickte sie mich, bis ich blau war!"

Sie brachte das alles vor, als habe sie es auswendig gelernt, doch Hawthorn genügte es. Er fing an, nach weiteren Einzelheiten zu fragen.

Susanna machte den Mund auf, doch es war nicht ihre Stimme, die hinausschrie: „Ich hab' Rachel Winslow mit dem Teufel gesehen!"

Die Stimme war klar, und jedes Auge im Gerichtssaal wandte sich dorthin, wo eine junge Frau mit Namen Sarah Good aufgestanden war und zur Decke blickte. Sie begann hin und herzuschwanken, und wieder schrie sie: „Ich hab' Rachel Winslow mit dem Teufel gesehen!"

Mehrere andere junge Mädchen nahmen diese Fassung auf und riefen, daß sie mehrere Leute mit dem Teufel gesehen hätten. Das geschah häufig im Gericht, und Hawthorn stand mit einem Ausdruck der Befriedigung da.

Schließlich ergriff er das Wort. „Der Teufel ist enthüllt! Rachel Winslow, Ihr seid angeklagt! Die Beweise lauten, daß Ihr eine Dienerin der Ungerechtigkeit und des Bösen seid."

Er wollte noch mehr sagen, doch plötzlich ertönte wieder Sarah Goods Stimme. Diesmal trat sie von ihrem Platz vor und bewegte sich beinahe gespensterhaft den Mittelgang vor. Dann streckte sie ihren Finger aus und rief mit durchdringender Stimme: „Ich hab' Richter Hawthorn im Wald gesehen! Er hat aus dem Becher des Teufels getrunken!"

Tödliche Stille senkte sich über den Raum. Keiner rührte sich, und Sarah Good rief noch lauter: „Richter Hawthorn ist der Schwarze Mann – er kam zu mir in mein Zimmer – er hat mich dazu gebracht, sein Buch zu unterschreiben! Er ist der Schwarze Mann!"

Hawthorns Gesicht hatte die Farbe von brüchigem Kitt angenommen, seine Stimme versagte ihm den Dienst. Er saß auf seinem Stuhl, während das Mädchen fortfuhr, entsetzliche Anklagen gegen ihn hinauszuschreien – Dinge, von denen ein anständiges Mädchen nicht einmal etwas wußte!

Und wie zuvor nahmen andere den Tenor auf. Es waren die jungen Mädchen, die schon vorher losgeschrien hatten, auch einige ältere Frauen und ein paar Männer, doch diesmal riefen sie: „Ich hab' Gouverneur Danforth mit dem Teufel gesehen!" „Ich hab' Samuel Sewall mit dem Satan gesehen!" Eine von ihnen rief, sie habe den Gouverneur der Kolonie mit dem Teufel gesehen!

Da schrie ein junges Mädchen, nicht älter als vierzehn: „Ich hab' Cotton Mather mit dem Teufel gesehen! Ich hab' Increase Mather mit dem Teufel gesehen!"

Die Zuschauermenge schnappte nach Luft, denn Howlands Gefährte war aufgestanden. Er ging zur vorderen Plattform und richtete seinen Blick auf die Richter. Er sagte nichts, sondern wartete, bis sich die Stille allmählich ausbreitete, dann sprach er mit seidenweicher Stimme: „Ich glaube, Ihr Herren werdet der Hexerei angeklagt."

„Aber das ist absolut lächerlich!" stotterte Hawthorn. „Diese Zeugen lügen!"

„Haben sie auch andere Leute beschuldigt?" fragte Mather, immer noch, ohne die Stimme zu erheben.

„Nun, ich glaube, – vielleicht einen oder zwei."

„Wurden einige dieser Angeklagten hingerichtet, Richter Hawthorn?"

Ein Gemurmel lief durch den Raum. Hawthorn saß da wie gelähmt, unfähig zu sprechen.

„Ja, das war der Fall", antwortete Richter Sewall ruhig.

Increase Mather starrte die Richter an und sagte mit emotionsloser Stimme: „Ich erkläre dieses Gericht für entlassen – ich will die Richter sofort anschließend privat sprechen."

Er drehte sich um und ging auf die Tür an der Rückseite des Raumes zu. Die Richter folgten ihm mit aschfahlen Gesichtern.

Keiner unter den Zuschauern ging, doch immer lauter wurden die Stimmen, und eine halbe Stunde lang summte der Gerichtssaal wie ein Bienenstock. Dann ging die Tür auf, und Reverend Mather trat mit steinernem Gesicht heraus, im Gefolge die Richter. Diesmal gingen sie nicht auf ihre Plattform hinauf, sondern blieben mit dem Blick auf die Zuschauer unten stehen.

Increase Mather ließ seinen Blick mit ruhigem Gesicht über die Anwesenden schweifen, doch ein Leuchten in seinen dunklen Augen verriet den lodernden Zorn, den er sorgfältig beherrschte.

„Leute von Salem, ich habe Zeugnis darüber erhalten, daß das von diesem Gericht für die Strafverfolgung der Angeklagten benutzte ‚Beweismaterial' ungesetzlicher Natur ist." Die Menge schnappte hörbar nach Luft, doch er achtete nicht darauf und fuhr fort: „Hiermit entlasse ich dieses Gericht und erkläre, daß alle Gefangenen bis auf weitere Ermittlungen in Freiheit gesetzt werden." Erneut legte er eine Pause ein und sah zu den Richtern hinab. „Die Richter dieses Gerichts sind von ihren Ämtern entlassen und werden sich auf der Stelle zur Berichterstattung nach Boston begeben. Sie werden dort bleiben, bis die zuständigen Behörden einen umfassenden und vollständigen Bericht über diese ganzen Prozesse erstellt haben."

Mit diesen Worten verließ er den Gerichtssaal. Hinter ihm folgten die Richter mit mürrischen Gesichtern und gesenkten Köpfen.

Howland stand auf und ging zu Rachel hinüber, die sprachlos dastand. „Du bist frei, Rachel. Komm, ich bringe dich heim."

Sie wandte ihm das Gesicht zu, doch sie vermochte sich nicht verständlich zu machen, da die Menge von einer Woge der Emotionen erfaßt wurde. Mit erhobener Stimme rief sie: „Ja, bring mich heim, Robert!" Ein Blick zu ihrer Familie hinüber zeigte ihr Gesichter, die ungläubigen aber freudigen Schock verrieten. „Bring uns alle nach Hause!"

Gilbert war so schwach, daß er nicht gehen konnte. Sie besorgten eine Kutsche, in der er zusammen mit Matthew und Lydia heimfuhr. Die anderen gingen, da der Weg nicht weit war. Weder Rachel noch Miles sprachen mit Howland.

Sie legten ihren Weg schweigend zurück. Rachel blickte zu einer Krähe empor, die sich an dem kahlen Ast eines Pfirsichbaumes festklammerte und ein gutturales Krächzen vernehmen ließ, als sie unter dem Baum vorbeigingen. Sie atmete tief auf und trank die frische, kalte Luft, in der schon die Schärfe des Winters lag, in sich hinein. Welche Freude, lebendig und frei zu sein! ‚Nie wieder werde ich etwas für gewiß halten!‘ dachte sie bei sich.

Ein kostbarer Augenblick brach an, als sie alle gemeinsam das Haus betraten. Matthew und Lydia hielten Gilbert aufrecht und blickten sich um, als hätten sie den Raum noch nie zuvor gesehen.

„Nie hätte ich geglaubt, daß ich diesen Raum noch einmal erblicken würde!“ rief Matthew und half seinem Vater in den Sessel. Mit einer plötzlichen Bewegung wandte er sich dann an Howland. „Robert, du bist ein großartiger Schauspieler!“ überwältigt von der Größe des Dienstes, den Robert ihnen geleistet hatte, schlang er ihm die Arme um die Schultern, und Tränen rannen ihm über das Gesicht. Miles und Lydia schlossen sich an. In ihren Augen leuchtete Dankbarkeit, und Lydia nahm in einer unvermittelten Geste Roberts Hand und küßte sie.

„Oh nein, das dürft Ihr doch nicht tun!“ protestierte Howland.

Rachel trat zu ihm, während die anderen schweigend zusahen. „Robert, du hast mich gewarnt, daß ich dich nicht verstehen würde, – du hattest recht. Ich – zweifelte an dir. Bitte vergib mir! Aber du hast hier einen Fürsprecher. Großvater sagte zu mir, ich solle niemals zweifeln, und von diesem Augenblick an waren meine Zweifel verschwunden!“

„Ihr macht viel zuviel Aufhebens von der Geschichte!“ sagte Howland ganz verlegen von der Reaktion der Familie.

„Ich möchte gern wissen, was eigentlich geschehen ist. Erzähl uns alles!“ drängte Rachel und zog ihn zu einem Stuhl. Nachdem sich alle gesetzt hatten und ihn erwartungsvoll ansahen, begann er:

„Nun, es ist recht einfach – wenigstens scheint es nun so“, stellte er lächelnd fest. „Ich hatte Abigail Williams schon vorher gesehen, – Ihr erinnert Euch, als wir an jenem ersten Tag, als ich mit Miles hierherkam, zu Parris gingen. Später sah ich sie dann, als Reverend Hale die Tochter von Parris verhörte. Dabei ist mir eines nicht entgangen: Sobald offenkundig wurde, daß man ihr auf die Schliche kommen würde, setzte dieses Mädchen ein Schauspiel in Szene. Es war eine ausgezeichnete Darbietung, aber ich sah sie, als sie glaubte, niemand schaue zu!“

„Sie hat fast jeden zum Narren gehalten“, warf Rachel ein.

„Ich wußte, daß sie log“, bekräftigte Howland mit einem Kopfnicken. „Ich wußte aber auch, daß Cotton Mather nichts in der Sache unternehmen würde. Da kam mir der Gedanke, daß es nur einen Menschen gab, der mächtiger war als Cotton Mather – und das war sein Vater!“

„Kanntest du ihn?“ fragte Edward.

„Nein, aber ich wußte, daß er sich in keine Sache einmischen würde, bei der sein Sohn sich weigerte, etwas zu tun. So verknüpfte ich die beiden Dinge miteinander: Increase Mather konnte etwas unternehmen, um die Prozesse zu stoppen, aber er mußte erst überzeugt werden. Abigail wußte, daß die Prozesse nicht auf der Wahrheit beruhten, doch sie wollte es nicht zugeben."

„Also darum hast du angefangen, sie zu besuchen!" rief Miles. „Was war ich doch für ein Narr!"

„Das waren wir alle", meinte Lydia gelassen. „Doch wir haben ein ganzes Leben, um es wieder gut zu machen, Robert."

Rachel runzelte die Stirn und warf Howland einen eigentümlichen Blick zu. „Ich frage mich, wie du dieses Mädchen dazu gebracht hast, dir zu helfen, Robert. Sie ist recht schlau."

Howlands Lippen kräuselten sich zu einem verschmitzten Lächeln. Mit grimmigem Ton erwiderte er: „Ich habe das einzige auf der Welt eingesetzt, was sie zu dem Eingeständnis bewegen konnte, daß sie eine Betrügerin ist – nämlich Geld."

„Du hast sie dafür bezahlt, ihre Schuld zuzugeben?" fragte Matthew ungläubig.

„Etwas anderes fiel mir nicht ein. Wenn ich versucht hätte, sie einzuschüchtern, dann hätte sie mir ins Gesicht gelacht. So gewöhnte ich mir an, sie zu besuchen, und mit der Zeit ließ ihre Wachsamkeit nach."

„Aber hatte sie denn keine Angst, was geschehen würde, wenn die Leute herausfanden, daß sie gelogen hatte?" wollte Rachel wissen. „Und hätte man sie nicht ins Gefängnis gesteckt, weil sie vor Gericht die Unwahrheit gesagt hatte?"

Howland hob in einer angewiderten Geste die Hand. „Diese junge Frau schert sich nicht darum, was man von ihr hält – wirklich nicht. Und was die Schwierigkeiten mit dem Gericht betrifft, nun, dazu müssen sie sie erst einmal erwischen."

„Ist sie fort aus Salem?" fragte Lydia rasch.

„Auf Nimmerwiederkehr, möchte ich behaupten." Er zuckte die Achseln und setzte hinzu: „Sie ist ein gerissenes Luder, das kann ich euch sagen! Als ich ihr sagte, ich wünschte von ihr, sie solle ihre Geschichte Increase Mather erzählen, schraubte sie den Preis so hoch, daß sie überall hingehen kann, wo es ihr beliebt, und sich ein Leben wie eine Königin zu leisten vermag."

„Du hast doch gar nicht soviel Geld, Robert", wandte Matthew sofort ein. „Ich werde selbstverständlich für die Kosten aufkommen."

„Das wirst du vielleicht auch müssen, Matthew", meinte Howland lächelnd. „Ich selbst habe kein Geld, und so mußte ich mich bis über die Ohren in Schulden stürzen, um den Preis zusammenzubekommen."

Lydia, die neben Matthew saß, schüttelte den Kopf, als könne sie nicht glauben, was sie hörte. „Ich kann es nicht fassen, daß dieses Mädchen so bösartig war."

„Sie hat Männer und Frauen in den Tod geschickt!" seufzte Matthew mit wehem Herzen. „Der arme alte Giles und Bridget und John Proctor – und alle anderen – vergeblich gestorben!"

„Aber Gott hat uns einen Retter geschickt!" rief Lydia. „Unser Freund und Retter – Robert Howland–"

„Könntet Ihr nicht noch 'Schwiegersohn' hinzusetzen, bitte?" unterbrach Howland. Er stand auf und legte Rachel den Arm um die Schultern.

Mit Freudenrufen begrüßten sie alle ihren neuen Sohn und Bruder.

Gilbert sah Robert mit Tränen in den Augen an. „Mein Junge", sagte er ruhig, „du bist deinem Großvater so ähnlich! Ganz wie er!" Er fuhr sich über die Augen und lachte plötzlich auf. „Ich freue mich wirklich, daß ich John damals aus der See gefischt habe! Er hat's mir vielfältig vergolten! Ein neuer Zweig am Familienbaum der Winslows!"

KAPITEL DREIUNDZWANZIG

Bringt mich heim!

Der Winter fiel in diesem Jahr recht mild aus, doch für Gilbert Winslow brachte er eine Zeit der Krankheit. Er konnte den Husten, den er sich im Gefängnis zugezogen hatte, nicht loswerden, und bis zum März war er nicht mehr in der Lage, ohne Hilfe umherzugehen.

„Im Frühling wird's ihm wieder besser gehen", sagte Lydia voller Hoffnung zu Rachel. „Die Winterluft drückt ihn nieder."

Rachel gab keine Antwort, denn sie erkannte, daß es mehr als nur körperliche Schwäche war, sondern eher eine geistige Schwäche. Er fühlte sich schwach und konnte nicht richtig essen, aber die Prozesse hatten etwas in ihm zerbrochen.

„Er kämpft nicht mehr, wie er es früher tat", sagte sie besorgt zu ihrem Vater. „Sein Geist ist ermattet."

„Ich sehe es, Rachel", stimmte Matthew zu. Mit einem Blick auf sie seufzte er. „Er hat mehr Leben in sich als die meisten anderen. Wir werden ihn vermissen – du wirst ihn noch mehr vermissen als wir alle."

Sie sagte nichts darauf, doch als der Frühling kam, ging es Gilbert nicht besser. Der Arzt besuchte ihn, wollte sich aber nicht festlegen. Er wußte genauso gut, was mit dem bisher so feurigen alten Mann geschah – seine Kräfte schwanden dahin.

Als Rachel eines Abends im Mai dasaß und las, sah sie, daß ihr Großvater sich aufgesetzt hatte und versuchte, etwas zu sagen. Er beugte sich vor, und noch bevor sie bei ihm war, stürzte er zu Boden. Sein Atem ging unregelmäßig, das Gesicht war aschfahl. Sie rannte rasch zu einem Nachbarn und bat ihn, den Arzt und die Familie zu holen.

Nach ihrem Eintreffen trugen sie ihn behutsam ins Bett. Er rührte sich nicht, und der Arzt entschied, Gilbert habe eine Art von Schlaganfall erlitten. Drei Tage lang lag er da, ohne die Augen zu öffnen.

Howland kam, so bald er konnte, und blieb Tag und Nacht bei der Familie. Keiner von ihnen erwartete, daß Gilbert das Bewußtsein noch einmal erlangen würde, doch er kam wieder zu sich. Eines Morgens in der Frühe, als Rachel an seinem Bett wachte, schlug er die Augen auf und sagte: „Rachel?"

Sie fing an zu weinen. Da lächelte er und sagte schwach: „Komm, komm, dafür ist jetzt nicht die Zeit."

Sie ließ ihn kurz allein, um die Familie zu rufen.

Gilbert lag da und blickte sie an. „Ich sehe, ihr seid überrascht, daß ich wieder zu euch zurückgekehrt bin."

Matthew nahm seine Hand. „Du hast uns einen ziemlichen Schrecken eingejagt."

„Ich werde euch noch einen weiteren Schrecken einjagen!"

Verwirrt blickte Matthew ihn an. „Wie das, Vater?"

Gilbert lächelte. Er sah Matthew und auch Miles so ähnlich, daß Rachel beinahe in Tränen ausbrach. „Ich möchte eine kleine Fahrt unternehmen", sagte er.

„Eine Fahrt!" rief Matthew erstaunt. „Nun, wenn's dir besser geht –"

„Ich meine jetzt gleich, mein Sohn", bekräftigte er. „Und auch keine kurze Fahrt."

Sie blickten sich gegenseitig an. Da fuhr er fort: „Oh, ich habe nicht meinen Verstand verloren. Aber es ist keine große Bitte – nur eine einzige Fahrt."

Rachel kniete nieder und nahm seine Hand. „Wohin möchtest du gehen, Großvater? Ich bringe dich überall hin!"

„Du bist mein braves Mädchen!" keuchte er. Er schloß die Augen, und sie glaubten, er sei eingeschlummert, doch er öffnete sie wieder und sagte: „Bringt mich nach Plymouth – ans Meer – wo meine Humility begraben liegt."

Matthew wollte protestieren, doch Lydia drückte seinen Arm. Er ließ seinen Blick lange auf seinem Vater ruhen und sagte dann still: „Ich werde einen Wagen herrichten."

Robert und Miles gingen mit ihm, und in weniger als einer Stunde hatten sie einen Sitz aus einem Wagen entfernt, einen Rahmen eingebaut und eine Matratze daraufgelegt.

Die Frauen hatten Gilbert angekleidet, bis Matthew nach Hause kam. „Bist du bereit, Vater?" fragte Matthew.

„Bring mich heim, mein Sohn", sagte mit er geschlossenen Augen.

Matthew nahm seinen Vater ohne große Anstrengung in die Arme wie ein kleines Kind. In diesem Augenblick schlug Gilbert die Augen auf und lächelte. „Einst habe ich dich getragen, mein Junge – nun ist's umgekehrt."

Matthew erwiderte nichts, sondern trug ihn hinaus, legte ihn behutsam in den Wagen und sagte: „Wir werden langsam fahren."

Miles hatte noch einen weiteren Wagen beschafft, den sie nun bestiegen und ohne viel Umstände ihre Fahrt antraten, als gelte es nur einen Besuch in der Stadt.

Sie mußten oft anhalten, und die Herbergen unterwegs waren nicht die besten, doch Gilberts Zustand verschlechterte sich nicht. Nie klagte er, und abends setzte sich die Familie meist zusammen, während er ihnen zuhörte. Er sprach selbst nicht viel, erwähnte aber gelegentlich Dinge, die sich vor langer Zeit zugetragen hatten.

Um die Mittagszeit kamen sie nach Plymouth. Da bat Gilbert seinen Sohn: „Bring mich zum Meer, Matthew."

Sie umfuhren die Stadt und langten von der Seeseite her an. Bei der Ankunft rief Gilbert: „Helft mir auf!" Matthew richtete ihn auf. Gilberts Blick streifte über die rollenden Wellen, die dahineilenden weißen Wolken, hinauf zu dem Ort auf dem Hügel, trank die Erinnerungen in sich hinein und drückte sie tief in seinen Geist ein.

„Nun mag es kommen", flüsterte er.

Matthew fand ein Haus, das er mietete. Sie richteten sich alle auf einen begrenzten Haushalt ein. Es war eine stille, geheiligte Zeit, denn sie sahen, wie Gilberts Gesicht mit den dahinschwindenden Tagen immer mehr Frieden ausstrahlte.

Am vierten Tage nach ihrer Ankunft rief Gilbert kurz vor der Abenddämmerung mit schwacher Stimme: „Rachel – Matthew!"

„Ja, was ist, Großvater?" Rachel eilte zu seinem Bett.

„Die Zeit ist gekommen, daß ich nun heimkehre", sagte er einfach. In seinen Augen lag ein Ausdruck voller Erwartung. An Matthew gewandt bat er eindringlich: „Bring mich zum Meer, mein Sohn. Die Flut läuft ab."

„Gern, Vater. Rachel, sag den anderen Bescheid."

Obwohl sie sich auf diesen Tag innerlich vorbereitet hatten, griff Trauer nach ihren Herzen in dem Wissen, daß dies wohl der endgültige Abschied war. Matthew bettete seinen Vater fürsorglich auf den Wagen, den Kopf auf Rachels Schoß, während die anderen in einem zweiten Wagen folgten.

„Fahr zum Hügel, wo sie liegt", wies Gilbert seinen Sohn an.

Matthew fuhr zu dem hohen Hügel hinauf, der den Ausblick auf den Hafen bot, und hielt die Pferde neben einem eisernen Zaun an, in dessen Schutz einige verwitterte Grabsteine standen.

Behutsam trug er seinen Vater zu einem besonderen Stein an diesem stillen Plätzchen und hielt die schmale Gestalt seines Vater in seinen starken Armen, während sich die anderen um ihn scharten.

Gilbert schlug die Augen auf und blickte den Stein an, auf dem geschrieben stand: 'Humility Cooper Winslow – Sie tat, was sie zu tun vermochte.'

Er sagte nichts, doch über sein Gesicht breitete sich ein Lächeln. „Leg mich für einen Augenblick hier hin, mein Sohn."

Matthew brachte ihn zu der Marmorbank und setzte sich neben ihn. Gilbert richtete seinen Blick hinaus auf die See und sagte leise: „Dort sind wir damals beim erstenmal gelandet. Was waren wir für eine Mannschaft – voller Hunger nach Gott und ohne Angst – Bradford und Standish und Howland – der gute alte John Alden und seine Priscilla!"

Mit erhobener Stimme fuhr er fort: „Dieses Land ist wie kein anderes – und ihr seid Winslows! Ihr dürft nie einem anderen dienen als dem Herrn Jesus Christus mit eurem ganzen Herzen – aber ihr werdet in diesem Land leben – und dieses Land bietet euch – Freiheit –"

Er hielt inne und hob den Kopf, als habe er jemand seinen Namen rufen hören. Lächelnd flüsterte er: „Ja!" Er schlug die Augen auf und sah sie der Reihe nach an. „Ich bin stolz, – auf euch alle! Gott – ist – gut –"

Er holte kurz Luft, dann fiel sein Kopf nach vorne. „Vater!" rief Matthew, doch er wußte wie sie alle, daß Gilbert Winslow in seine wahre Heimat hinübergegangen war! Rachel blickte das Antlitz an, das sie ihr Leben lang geliebt hatte. „Leb wohl – für eine kleine Weile!" flüsterte sie und drückte einen Kuß auf seine Augenbraue.

Eine Weile knieten sie mit gesenktem Kopf und tränenüberströmten Gesicht bei ihm. Dann standen sie auf, und Matthew trug seinen Vater zum Wagen.

Am nächsten Tag hielten sie eine kleine Feier, und Gilbert Winslow lag wieder neben seiner geliebten Humility.

Wie blind ging Rachel von der kleinen Begräbnisstätte weg. Sie wollte allein sein. Stundenlang wanderte sie über den Strand und gedachte der Zeiten, die sie mit ihrem Großvater als kleines Mädchen hier verbracht hatte, und wie er ihr in all den Jahren, da sie ihren Vater tot geglaubt hatte, zugleich Großvater und Vater war. Er hatte ihr die reine Freude am Leben und die Liebe zu Gott eingegeben. Sie verdankte ihm so viel, sie würde ihn sehr vermissen. Doch im Laufe des Tages breitete sich Frieden in ihr aus; sie spürte die Gegenwart des Herrn. Es war, als reiche Seine liebende Hand herab, rühre an die schmerzende Wunde in ihr und erfülle sie mit Freude.

„Rachel?"

Sie wandte sich um und sah Robert auf einem vorspringenden Felsblock stehen. Mit einem freudigen Schrei lief sie zu ihm hin und barg sich in seinen schützenden Armen.

„Geht's dir gut?" fragte er sanft und hielt sie fest.

Sie drückte mit aller Kraft seinen muskulösen Körper und löste sich dann von ihm, wischte sich die Tränen aus den Augen und sagte: „Ja, mir geht's gut – solange du mich liebst!"

Er hielt sie ganz fest umfangen und küßte ihr die Tränen fort.

„Rachel Winslow", sagte er einfach, „wenn es dir gut geht, solange ich dich liebe, dann brauchst du dir keine Sorgen zu machen! Ich werde dich niemals wieder loslassen!"

Sie küßte ihn wieder und flüsterte mit einem strahlenden Lächeln: „Bring mich heim, Robert! Bring mich heim!"

»Das Haus Winslow« von Gilbert Morris

In dieser Reihe liegt bereits vor:

Der ehrenhafte Betrüger
Edition C, Nr. E 80, 340 Seiten

Sie hatten einen Glauben, eine Vision und einen Traum von Freiheit. Als sie mit der »Mayflower« lossegelten, wurden Kräfte frei, die das Leben eines Menschen, seiner Familie, einer ganzen Nation verändern sollten . . .

Eine historische Erzählung, angesiedelt im Milieu der Presbyterianer und zur Zeit der »Mayflower« spielend. Eine Erzählung voller Spannung, Dramatik und Gottvertrauen.

FRANCKE
Verlag der Francke-Buchhandlung GmbH

»Die Zion-Chroniken« von Bodie Thoene

»Die Zion-Chroniken« ist eine großangelegte, äußerst spannende Serie vor dem Hintergrund des Überlebenskampfes des jüdischen Volkes nach dem Holocaust. Die Autorin Bodie Thoene ist hauptsächlich für Filmproduktionen tätig. Ihre »Zion-Chroniken« – vor dem Hintergrund der jüdischen Staatsgründung spielend – besteht aus fünf Bänden.

Auf Deutsch liegen bisher vor:

Der Weg nach Zion
Edition C, Nr. E 72, 440 Seiten

Eine Tochter aus Zion
Edition C, Nr. E 73, 328 Seiten

Die Rückkehr nach Zion
Edition C, Nr. E 74, 470 Seiten

Licht über Zion
Edition C, Nr. E 75, 440 Seiten

Band 5 in Vorbereitung